KB111245

악녀라서 편하고 좋은데요?

악녀라서 편하고 좋은데요? 4

망고킴 장편소설

초판 1쇄 찍은 날 | 2023년 1월 6일
초판 2쇄 펴낸 날 | 2024년 4월 12일

지은이 | 망고킴
발행인 | 이진수
펴낸이 | 황현수

기획 | 정수민
편집 | 윤수진

펴낸곳 | 주식회사 카카오엔터테인먼트
등록번호 | 제2015-000037호
등록일자 | 2010년 8월 16일
주소 | 경기도 성남시 분당구 판교역로 221 6(일부)층

제작·감수 | KW북스
E-mail | paperbook@kwbooks.co.kr

ⓒ 망고킴, 2020

ISBN 979-11-385-8626-9 04810
       979-11-385-8622-1 (set)

※ 파본은 구입하신 서점에서 교환하여 드립니다.
※ 저자와 협의하여 인지를 붙이지 않습니다.
※ 이 책은 저작권법의 보호를 받는 저작물입니다. 무단 전재 및 유포, 공유를 금합니다.

악녀라서
편하고
좋은데요?

망고킴 장편소설

4

Yeondam

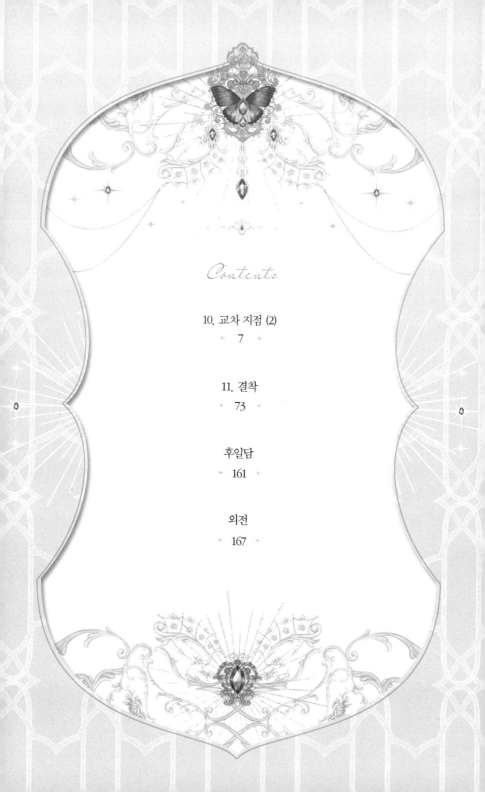

Contents

10

교차 지점 (2)

제국의 가장 큰 명절인 추수 감사절도 막을 내리고, 날씨가 본격적으로 추워지는 겨울로 접어들었다.

　'추운 건 지긋지긋해.'

　외풍이 심했던 낡은 비노슈 가문의 집을 떠올리며 미야는 미간을 찌푸렸다.

　은여우 털로 만든 모피 코트를 입고 싶었지만, 수수하고 소탈해 보이기 위해 별수 없이 허름한 로브를 뒤집어쓴 미야는 프랑소아 후작이 붙여 준 수행원과 함께 과거에 갔었던 보육원에 다시 들렀다.

　'이렇게 노력하는데, 왜 귀족들은 날 의심하는 거야.'

　무도회에서 몇몇 귀족과 황태자에게 의구심 어린 시선을 받았던 미야는 강박적으로 선행을 보이려고 했다.

　"역시 미야 님이로군요. 정말 성녀의 현신이라고 해도 믿겠습니다."

　보육원에 들른 신관이 그녀의 헌신적인 태도를 칭찬했으나 도무지 만족감이 차오르지 않는다. 그녀를 기분 좋게 만드는 건 낮고 보잘것없는 것들의 찬사가 아니라, 고귀한 척하는 귀족들이 건네는 부러움의 시선이었다.

"선행을 베풀면, 당신을 의심하는 여론 자체를 악으로 몰아갈 수 있어요."

프랑소아 후작의 말을 떠올리면서 그녀는 애써 다감한 미소를 머금고 귀족에게 선물받은 보석을 보육원 원장에게 건넸다.

"작지만 아이들에게 도움이 되었으면 좋겠어요."

"아이고! 미야 님, 마음은 너무나 감사하지만, 이런 선물은 괜찮습니다."

보육원 원장이 손사래를 쳤다.

"아르망 재단에서 정기적으로 꽤 큰 금액을 후원해 주고 있습니다. 운영비는 부족하지 않으니 이런 아름다운 보석은 미야 님께서 쓰셨으면 좋겠습니다."

"아르망이라면…… 데보라 공녀가 운영하는 가게 아닌가요?"

"맞습니다. 데보라 공녀님께서는 아카데미에서 받은 수석 장학금을 시작으로, 가게 수익금의 일부를 매달 꾸준히 후원금으로 보내셨습니다."

이런 곳에서도 데보라 공녀의 이름이 나와서 미야의 표정이 굳었다.

또, 데보라 시모어.

"사실, 상단을 내세워 후원금을 보내셔서 그간 데보라 공녀께서 큰 은혜를 베푼 줄 전혀 모르고 있었지요."

근처를 지나며 물건을 정리하던 부원장이 말을 보탰다.

"과시하길 좋아하는 거만한 사람이라는 소문은 거짓말이었죠."

"지원금뿐이 아니라, 이런 작은 마을에서는 구하기 힘든 장난감과 책까지 추수 감사절 선물로 보내 주셨답니다. 미야 님도 그렇고 훌륭한 귀족 영애들이 많아 제국의 앞날이 밝습니다. 허허."

원장의 말에 미야는 묘한 배신감을 느끼며 잘게 떨리는 입술을 깨물었다. 시모어의 악녀, 시모어의 망나니라고 그간 잘도 떠들어 대더니 고작 돈 몇 푼 퍼 줬다고 태도를 바꾼다.

그녀와 대조되는 선한 이미지를 누리며 묘한 우월감을 느꼈던 미야는 이제 인격까지 같은 선상에서 비교가 되자 문득 역한 토기를 느꼈다. 몰락 귀족이라는 수렁에서 조금이나마 벗어날 것 같으면, 기다렸다는 듯이 송곳처럼 튀어나와 걸리적대는 데보라 시모어의 존재가 진저리났다.

"미야 님, 마차까지 제가 배웅을……."

미야가 지금까지 본 적 없는 차가운 표정을 짓고 있었기에 원장은 말을 하다 말고 입을 다물었다.

프랑소아 후작가로 돌아온 미야는 처소로 걸어가다가 짐마차 앞에서 열을 내고 있는 프랑소아 후작을 발견했다.

"빌어먹을! 계속 일이 꼬이고 있습니다. 미야가 하늘숲에서 멍청하게 손을 놓고 있었던 바람에 미야를 의심하는 귀족들이 점점 늘어나고 있어요!"

프랑소아 후작이 초조한 얼굴로 매끄러운 얼굴을 벅벅 긁어댔다. 그의 주군은 인내심이 강한 사람이 아니었기 때문에 후작은 공포감을 견디지 못하고 자학을 하기 시작했다.

"여론은 뜻대로 흘러가지 않고, 원로원에서는 미야 영애가 향화에서 일으켰던 그 힘을 보고 싶어 하고, 산 넘어 산입니다!"

"어차피 미야 비노슈는 이미지가 좋습니다. 그보다는 향화 의식 때 나타난 성녀를 찾는 게 더 먼저입니다."

'뭐라고?'

4황비님께서 행하신 일이 아니라, 진짜 성녀가 있다는 뜻이잖아…….

미야가 충격을 받은 얼굴로 숨을 멈췄다.

미야가 굳은 얼굴로 입술을 아플 정도로 지근대며 그들의 대화를 엿듣는 동안 프랑소아 후작과 알베르는 대화를 이어 나갔다.

"프랑소아 후작. 미야의 착한 공주님 놀이에 헛돈 쓰지 말고, 죽여도 뒤탈 없는 노예를 사는 데 돈을 더 씁시다. 힘이 필요합니다. 성녀가 그 누구든…… 죽일 수 있는 힘 말입니다."

의식의 제물로 바칠 노예를 사들이라는 건 재산을 또 처분하라는 뜻이다. 외모를 가꾸고, 아름답게 보이는 데에 병적으로 집착하는 프랑소아 후작이 잠시 머뭇거렸고 알베르의 미간이 좁아졌다.

"몇몇 귀족이 미야를 의심하며 웅성대는 건 어떻게든 수습할 수 있습니다. 동정론을 만들어 여론을 역이용할 수도 있고요. 하지만 진짜 성녀가 나타난다면 미야가 지금 돌아다니면서 하는 일은 그저 헛수고에 불과해! 알잖소?"

알베르의 목소리는 점점 거칠어졌고 프랑소아 후작은 피가 날 정도로 뺨을 세게 긁었다.

"……"

"후작. 상황이 난처할수록 성녀를 잡아 죽여서 그분께 성녀의 피를 바쳐야 당신을 향한 그분의 노여움이 조금이나마 누그러지실 게요."

"저라고 성녀를 찾는 일에서 손을 놓고 있었던 건 아닙니다. 향화 의식에 참가한 자들의 명단 중에 짐작 가는 이가 없어서 문제지요. 알베르 님은 조금이나마 단서를 찾으셨습니까?"

둘 사이에 무거운 침묵이 깔렸다. 그때였다.

"나, 성녀가 누군 줄 알고 있어요."

서늘한 목소리가 둘 사이를 가로질렀다.

"언제부터 거기 있었습니까?"

"아까부터요."

"그런데, 당신 방금 뭐라고……."

"잠깐! 미야 비노슈, 내가 제대로 들은 것 맞나? 성녀가 누구인지 알고 있다고?"

알베르의 다급한 물음에 미야는 입술에 맺힌 피를 훑으면서 고개를 끄덕였다.

"알아요."

묘한 열기로 번뜩이는 미야의 눈동자를 보면서 알베르는 내심 놀랐다. 과거 그녀가 봉사하는 모습을 멀리서 봤을 당시엔 꼭두각시 인형 같다고 생각했는데, 지금은 그때와 전혀 다른 사람처럼 느껴졌다.

프랑소아 후작은 그녀의 여린 어깨를 다급히 움켜쥐었다.

"대체 성녀가 누구지?"

"……데보라 시모어."

공녀의 이름을 내뱉은 순간, 미야는 제 마음속 모서리 끝에 아슬아슬하게 걸려 있던 무언가가 산산이 조각나는 소리를 들었다.

그리고 그것은, 아마도…….

"향화 의식에서 힘을 발휘한 성녀가 데보라 시모어다?"

"예."

4황비는 몸을 슥 내밀어 깨진 유리 조각처럼 위험한 빛을 띤 미야의 눈을 아주 가까이에서 노려보았다. 당돌하게도 그녀는 4황비가 무저갱 같은 힘을 드러내는데도 시선을 피하지 않았다.

"미야, 너는 분명 이 입술로 내가 그 힘을 널 위해 안배했다고, 감사하다고 무릎을 꿇지 않았니?"

그녀가 미야의 갈라지고 핏물이 맺힌 입술을 엄지로 꾹 눌렀다.

"그런데 갑자기 데보라 시모어가 성녀라고 확신하는 이유가 뭐야? 내가 납득할 수 있는 이유를 내뱉어야 할 거다."

미야는 통증에도 눈 하나 까딱하지 않고 말했다.

"무도회에서…… 황태자는 제단 중앙에 강한 마물이 있다는 식으로 말했어요. 공교롭게도 재단 중앙 쪽엔 황태자와 의식을 진행하던 데보라 공녀가 있었고요."

"흐음. 또?"

"무엇보다 데보라 공녀는 그간 전하의 계획을 사사건건 방해해 왔어요. 마치 미리 알기라도 한 것처럼요. 하늘숲에서 균열이 있었을 당시, 데보라 공녀의 기사단이 나타나 오르고 공작 부인을 구한 게 과연 우연일까요?"

"……."

"균열이 일어났으면 향화 때 마물을 막았던 성녀가 다시 존재를 드러내야 하는데, 여태껏 그 힘을 발휘한 성녀는 감감무소식이죠. 또한, 사치스러운 악녀인 줄 알았던 공녀는 알고 보니 수석 장학금을 기부하고 재단을 세워 보육원 운영을 돕고 있었어요. 아무리 봐도 공녀는 향화 때 나타난 성녀가 틀림없어요!"

긴말을 빠르게 마친 미야는 충혈된 눈으로 숨을 거칠게 헐떡였다.

"미야. 너는 예측과 다른 상황이 벌어졌을 때, 매번 융통성 없게 대처하다가 뒤로 밀려나기만을 반복했지. 너의 부족함을 인정하기 싫으니 마치 데보라 공녀가 사사건건 널 방해한 것처럼 느낀 것 아닐까?"

4황비는 차가운 목소리로 눈을 사납게 부릅뜨고 있는 미야를 몰아세웠다.

"무엇보다 데보라 공녀는 망나니라고 소문난 영애야. 최근 여러 가지 일들로 공녀가 과거에 한 막돼먹은 짓이 희석되었지만, 그 여자를 과연 성녀라고 할 수 있을까?"

"성녀가 맞아요! 틀림없어요!"

들끓는 듯한 목소리로 미야가 말했다.

"미야! 지금 네가 무슨 말을 하고 있는지 알아?"

"……."

"넌 확신을 가질 만한 명확한 근거 없이 시모어의 공녀를 죽여 달라고 말하는 거다."

심장을 날카롭게 파고드는 질문에 미야가 기이하게 비틀린 얼굴로 피식거리며 매섭게 소리쳤다.

"알아!"

사실 미야는 그 여자가 진짜 성녀가 맞든 아니든, 상관없었다.

"……."

"그 여자만 없으면 난 더 잘할 수 있어요."

천한 놈들마저 데보라 공녀 이야기를 하는 것을 본 순간, 미야는 짙은 살의를 느꼈다.

데보라 시모어.

툭툭 내뱉는 듯한 거만한 어투를 구사하는 그 여자는 제멋대로 살면서 귀하고 좋은 것들을 당연하다는 듯이 누리고, 동경의 시선을 독

차지하며, 미야가 애써 얻은 선함마저도 쉽게 가로챘다.

"……죽었으면 좋겠어. 죽여 버리고 싶어."

그래서 알베르가 성녀를 잡아 죽여야 한다고 말했을 때 미야는 잔혹한 충동을 느꼈다.

데보라 시모어를 성녀로 몰아 죽여야겠다고.

"꺄하하하하!"

미야가 어디서도 꺼내 보지 못한 본심을 입 밖으로 중얼거린 순간, 4황비가 재밌다는 듯이 크게 웃기 시작했다. 마치 악마가 이를 드러내고 낄낄거리는 것 같은 섬뜩한 광경이었지만 미야는 하나도 두렵지 않았다. 그저 처음 느껴 보는 지독한 고양감으로 심장이 거세게 뜀박질해서 고막이 아플 따름이었다.

"난 성녀를 떠올리게 만드는 네 선하고 순수한 외모만 마음에 들었는데, 사실 꽤나 음험한 속내를 가지고 있었구나."

미야는 그동안 꼭두각시처럼 수동적으로 움직여 왔다. 흑마법사들의 납치와 살인을 방조하면서, 그들의 계획에 동참하는 것에 대해 어쩔 수 없다고 자기 합리화를 해 왔고, 몰락 귀족에서 벗어나 위로 상승하고 싶은 욕망을 숨기며 피해자인 양 스스로를 대했다.

하지만 지금은 아니었다. 그녀도 공녀처럼 거슬리는 것은 눈앞에서 치우고, 갖고 싶은 것을 모두 손에 쥐고 싶었다.

그리고 4황비는 미야가 솔직하게 욕망을 드러내자 모처럼 즐거운 기분을 느꼈다.

"당신은 나를 진짜 성녀를 끌어내는 미끼로 이용했으니, 이번엔 내 부탁을 들어줘!"

"호오. 나와 흥정까지 하겠다? 네가 처음으로 흡족한 모습을 보이는구나. 그래, 그 정도 야망은 있어야 함께 뜻을 도모할 만하지."

"죽이겠다는 뜻인가요?"

4황비는 눈가를 가늘게 좁혔다.

시모어의 공녀를 살해하는 건 결코 쉽지 않은 일이지만 미야의 주장이 아예 터무니없는 건 아니었다. 데보라 시모어의 기행 때문에 시종일관 계획이 틀어졌기에 내내 눈엣가시였다.

게다가 최근엔 성력이 있는 아기를 납치하던 흑마법사들이 정체를 숨긴 괴한들에 의해 쥐도 새도 모르게 사라지는 사건이 발생했다.

'혹시 일부러 성녀라는 것을 숨겨 왔던 것이라면……?'

문득 떠오르는 가정에 그녀는 입을 열었다.

"그래."

즐거움을 어찌하지 못하고 비릿하게 웃고 있는 미야를 바라보며 4황비가 말했다.

"네 뜻대로 데보라 시모어를 죽여 주마."

매서운 한풍이 앙상한 나무를 거칠게 흔들고 지나갔지만 나는 방에 틀어박혀 있어서 추위를 느낄 겨를이 없었다. 데뷔탕트가 끝나고, 모처럼 휴식을 취하며 따뜻한 이불 속에만 누워 있었으니까.

"누나, 아파요?"

방으로 찾아올 때마다 침대 위에 늘어져 있는 나를 보며 엔리크가 걱정스러운 얼굴을 했다.

"열은 없는데……."

작은 손으로 내 이마를 짚은 엔리크가 고개를 갸웃했다.

"아픈 게 아니라 최선을 다해서 게으름을 피우는 중이야. 너도 같이할래?"

날 흉내 내는 듯 옆에 철퍼덕 누운 엔리크는 얼마 지나지 않아 색색 잠들었고, 나는 아이의 규칙적인 숨소리를 듣다가 곯아떨어졌다.

'또 그 꿈이군, 아니…… 엄밀히 말하면 꿈이 아니라 기억인가.'

내가 계속 잠을 자는 이유는 나일라의 기억 때문이기도 했다.

'이놈의 꿈 때문에 잠을 자도 잔 것 같지 않아.'

신기한 건, 기억을 되찾을수록 신성력이라는 힘에 점점 익숙해진다는 것이다.

'잠만 잤는데 강해지다니.'

나는 꿈속에서 나일라가 신성력을 사용할 때마다 강대한 힘을 어떤 식으로 컨트롤하는지 직접적으로 체험할 수 있었다. 마치 아주 오래전 배웠던 수영을 어른이 되어 다시 몸으로 되새기는 느낌이 들었다.

'그나저나 꿈속 상황은 점점 더 아수라장이 되어 가는군.'

이시도르를 닮은 남자와 함께 사막을 빠져나온 나일라는 남부의 어느 작은 마을에 짐을 풀었고, 여독을 풀기도 전에 거대한 마물의 습격을 받았다. 중상자가 많아서 나일라는 더욱 바빠졌다.

하지만 예상외로, 그녀를 큰 위기에 빠뜨리는 건 강한 마물이 아니라 성녀를 노린 노예 상인들이었다.

"크크, 성녀라니. 높으신 나으리에게 비싸게 팔아먹을 수 있겠어."

그렇게 끌려가기 직전 남자가 마치 구원 투수처럼 등장하고, 노예

상인들을 눈 깜짝할 사이에 전멸시킨 그는 나일라를 짐짝처럼 둘러 메었다.

"너의 신은 네 몸을 지킬 힘도 주지 않고 남의 목숨을 살려내라고 하는 이기적인 놈이군. 아니면 네가 신에게 호구 잡힌 건가?"

".....주신을 모독하지 마세요."

"지랄 말고 네 몸을 지킬 궁리부터 먼저 해. 내가 네 보모도 아니고 늘 옆에 붙어 있을 수는 없잖아."

"난 운동 신경이 떨어지고 완력도 약해서 무기를 잘 못 다뤄요. 저도 당신의 막강한 힘이 부럽습니다."

그때 남자가 미묘한 얼굴로 날 바라보았다.

"고대 테게아 제국, 실라스 황제 치세 당시에 '다나에'라는 신관이 있었어."

다나에.

남자의 입에서 그 이름이 들려온 순간 나는 강한 기시감을 느꼈다.

[이 책을 친애하는 다나에에게 바친다.]

'마나 수식 개론 서문에 나온 이름......'

추수 감사절 행사 후, 영지 상황을 둘러보기 위해 잠시 남부로 내려갔던 이시도르는 근 일주일 만에 수도로 돌아왔다.

'……얼굴 보고 싶어.'

"쿠키야. 너도 공녀님 보고 싶지?"

야옹-

털실을 열심히 굴리는 쿠키를 쓰다듬으면서 무심코 공녀의 얼굴을 떠올리고 있을 때, 마치 텔레파시라도 통한 것처럼 새가 작은 편지를 물고 왔다.

그는 종이를 펼쳐 보면서 옅게 웃었다.

[오늘 시간 있어?]

이시도르는 깃펜으로 빠르게 글을 써 내려갔다.

[없어도 만들어야죠.]

얼마 후 답장이 도착했다.

[괜찮다면 내가 비스콘티 공작님의 타운 하우스로 놀러 갈게.]

'여기에 온다고?'

요네스 지구에서의 극장 데이트를 구상하던 이시도르는 갑작스러운 공녀의 방문 선언에 움찔 놀랐다. 그러고 보니 그녀가 이곳 타운 하우스에 들르는 건 처음이었다.

'지난번엔 입구까지 왔다가 돌아갔지.'

자리에서 벌떡 일어난 이시도르는 설렁줄을 빠르게 흔들었다.

"미겔."

"네. 주군."

심각한 이시도르의 표정에 미겔이 긴장했다.

"손님 맞을 준비 해. 제국에서 가장 고귀한 분이니 지난번 황태자가 들렀을 때와는 비교도 안 될 정도로 세심하게. 환영하는 꽃다발도 준비하고. 알겠어?"

"설마…… 황제 폐하나 교황 성하께서 오십니까?"

"자꾸 감히 어딜 갖다 대? 데보라 공녀가 온다."

엄밀히 말하면 제국에서 가장 사랑받는 존재의 기억을 가진 성녀의 현신이라고 할 수 있으니 단순한 콩깍지는 아닌 셈이었다.

"……아, 예. 알겠습니다."

하지만 내막을 모르는 미겔은 황당한 기분을 애써 감추며 집무실에서 나갔다. 이시도르는 쿠키의 털이 여기저기 붙어 있는 팔을 황급히 털면서 드레스 룸으로 들어갔다.

얼마 후, 베스트 차림으로 바꿔 입은 그는 금테 안경을 착용한 뒤 셔츠 단추를 하나 풀었다.

"어때?"

미겔은 썩은 동태 눈깔을 하고 입을 열었다.

"업무에 하루 종일 열중하다가 손님을 맞이하는 지적인 가주의 모습을 표현하고 싶으셨다면 성공입니다. 소매 커프스와 베스트 색까지 기가 막힌 조합이군요."

"자네 혹시 악마와 계약했나? 최근 말에서 도통 영혼이 안 느껴지는데……."

악덕 고용주와 악마가 대체 무슨 차이가 있는지 미겔이 진지하게 고민하던 때, 그들은 시모어 가문의 마차가 비스콘티 타운 하우스에 도착했다는 전언을 받았다. 어쩌면 미래의 공작 부인이 될지도 모르는 영애의 방문이라서 비스콘티 가문의 사용인들은 바짝 기합이 들어간 채로 그녀를 맞이했다.

공기가 팽팽하게 당겨진 가운데, 검은 롱코트를 차려입은 데보라 공녀가 마차에서 느릿하게 나왔다. 사용인들은 소문보다 차가운 인상에 더욱 긴장할 수밖에 없었다.

"잘 왔어요."

이시도르가 부드럽게 웃으면서 커다란 꽃다발을 공녀에게 건넸고, 졸지에 생화를 한가득 품에 끌어안게 된 그녀는 긴 눈매를 휘며 아주 여리게 미소 지었다.

그 모습을 우연히 목도한 사용인 몇몇은 그녀의 인상을 조금 수정했다. 확실히 시선을 사로잡는 매력적인 미인이라고.

"환영 인사가 너무 거창해. 이렇게까지 안 해도 되는데."

데보라 공녀의 중얼거림에 이시도르가 어깨를 으쓱했다.

"어제 방문한다고 말했으면 마차부터 별관까지 레드 카펫을 깔아 뒀을 거예요."

"놀리는 거지?"

"쑥스러워하는 게 귀여워서 그러죠."

그녀의 코트를 뒤에서 받아 준 이시도르가 사슴처럼 길게 뻗은 하얀 목덜미에 여러 번 입을 맞췄다. 이보다 더한 스킨십도 많이 했는데 공녀는 여전히 귀 끝을 발갛게 물들이며 괜히 애꿎은 꽃잎을 만지작 거렸다.

"여기 앉아요. 차를 준비할게요."

둘은 화려하게 장식된 복도를 지나 고풍스러운 응접실로 들어갔다. 공녀가 자리를 잡자마자 미겔이 트레이를 끌고 왔다. 테이블 위엔 각종 디저트가 놓였고 공녀는 황금빛 손잡이를 가진 찻잔을 느릿하게 들어 올렸다.

"차는 입맛에 맞아요?"

"응. 맛있어."

이시도르가 꿀에 절인 체리를 포크로 찍어서 그녀의 붉은 입술 사이로 넣어 주며 입을 뗐다.

"밖에서 데이트를 해도 되는데 왜 이곳으로 왔어요? 물론 나는 좋아요. 굳이 연통을 보내지 않아도 되니 언제든 놀러 와요. 공녀가 좋아할 만한 공간을 만들어 놓을게요."

시모어 공작이 공녀를 위해 식물 사냥꾼까지 고용해 거대한 화원을 꾸몄다고 들었다. 날도 추워졌으니, 비스콘티 화원 안에 그녀가 휴식을 취할 만한 온실을 만들어야겠다고 생각했을 때였다.

"사실 이곳에 온 이유는 따로 있어."

불쑥 데보라가 손을 뻗어 이시도르의 날렵한 코에 걸린 안경을 천천히 벗겨내자 그의 에메랄드빛 눈동자가 긴장감으로 잘게 떨렸다.

"……."

"오늘 시간 있으면 나랑 대련해 보자, 이시도르."

"……뭐?"

방금 대련이라는, 로맨틱한 상황과 전혀 어울리지 않는 단어를 들은 것 같은데 귀가 이상해졌나.

"경은 기사니까 타운 하우스 내부에 결투를 할 만한 큰 대련장이 있을 것 같아서. 시모어는 그런 공간이 없어서 기사들이 있는 병영까지 나가야 하거든."

그녀는 이시도르가 썼던 안경을 만지며 중얼거렸다.

"싸울 때 안경을 끼면 위험하니까……."

'진짜 결투 신청?'

이시도르는 당황한 표정으로 눈을 느리게 깜빡였고, 심각해진 그의 기분과는 동떨어진 주전자 뚜껑이 잘그락거리는 소리가 났다.

'난데없이 방문해서 주군과 싸우러 왔다니. 진짜 미치겠다.'

데보라 공녀는 볼수록 호감형이라고 생각하면서 찻주전자를 들고 부들부들 떨던 미겔은 주군의 따가운 눈총에 간신히 입술을 꽉 말아 물고 웃음을 멈췄다. 이시도르는 빙긋 웃는 낯으로 공녀의 손을 그러쥐었다.

"혹시 나도 모르게 당신에게 큰 실수를 한 적이 있나요? 마음에 안 드는 게 있으면 저어하지 말고 꼭 말해 주세요."

"그런 거 절대 아니고……. 일단은 눈으로 보여 줄게."

새하얀 섬광이 화살처럼 쏘아졌고, 연무장이 크게 울리는 소리와 함께 이시도르가 항복을 외쳤다.

"내가 지다니. 대련하다가 이렇게 말린 적은 처음이네요."

이시도르가 부서진 목검을 보면서 흥미로운 얼굴로 중얼거렸다.

"거봐. 내가 방심하지 말랬잖아."

이시도르와의 결투(?)는 결국 그의 무기를 박살 낸 나의 승리로 끝이 났다.

물론 그가 날 제대로 공격하지 못했기 때문에 정당한 대련이라고 하긴 힘들지만, 이동 마법까지 사용하는 그가 내 공격을 피하지 못하고 목검으로 막아냈다는 건 큰 의미가 있었다.

"방금 공녀가 사용한 힘은 대체 뭐였죠? 언뜻 보기엔 신성력인 것 같은데 굉장한 파괴력을 가지고 있군요."

나는 땀으로 젖은 보호구를 벗어 바닥에 내려놓으면서 입을 열었다.

"신성 마법이야."

"신성 마법?"

들도 보도 못한 단어인 듯 그는 내 이마를 손수건으로 땀을 닦아 주다가 미간을 살짝 좁혔다.

그럴 법했다. 신성 마법은 고데 테게아 시절 다나에라는 신관이 성전(聖戰)에 대비하기 위해 창시했지만, 까다로운 운용 방식과 한정된 사용 조건 때문에 널리 퍼지지 못하고 계승이 끊긴 분야였으니까.

일주일 전.

나는 기억 속, 나일라와 이시도르를 닮은 남자의 대화를 통해 수식 개론 서문에 나오는 '다나에'가 누구이고 어떤 사람인지 알게 되었다.

"다나에. 괴짜 신관으로 알려져 있지. 그 여자는 신성력을 공격 계열 마법처럼 사용한 특이한 사람이었어."

대마법사 시메온과 드래곤 리쿠르고스가 수식을 개발한 뒤 다나에게 넘긴 이유는, 그녀가 자연에 분포한 마나를 신성력과 융합해 공격 마법처럼 쓸 수 있다고 주장해 왔기 때문이다.

"마나와 신성력. 두 힘은 전혀 다르지 않아요?"

마나는 중간계에서 변질된 힘이었고, 신성력은 신이 부여한 태초의 순수한 힘이다. 두 힘은 성격이 다르기 때문에 신관은 체내에 마나 서클을 만드는 것이 불가능했다.

"그래. 하지만 공기 중의 마나를 신성력과 결합해 사용하는 건 또 다른 이야기야."

"그럼 저도 이젠 제 몸을 지킬 수 있는 힘을 가질 수 있나요?"

"그건 몰라. 신성 마법이 왜 대가 끊겼는데. 굉장히 까다롭기 때문이야. 마나 감응력도 있어야 하고."

신성력과 마나를 융합하기 위해서는 공기 중에 떠도는 마나를 느낄 수 있어야 했고, 엎친 데 덮친 격으로 고대에 개발된 수식은 캐스팅 과정이 매우 복잡했기 때문에 나일라는 신성 마법을 굉장히 어려워했다.

'흠. 난 일주일만 연습해도 잘 되던데?'

시모어 핏줄이라서 그런가.

그것도 그렇겠지만, 아마 현재 공기 중에 있는 마나 밀도가 나일라가 있던 시절에 비하면 낮아져서 신성력과 융합시키기 쉬워서 그럴 것이다. 무엇보다 내 개량 수식은 고대 수식에 비해 훨씬 간단하다.

'뭐 그렇다고 아무나 융합할 수 있는 건 아니지.'

강대하고 순도 높은 신성력이 있어야 공기 중에 있는 마나를 변형시켜서 신성력이 공격력을 갖도록 치환할 수 있기 때문에 추기경 이상은 되어야 가능할까 말까 한 분야였다.

'……뭐, 난 제자를 키울 생각은 없으니까.'

누가 봐도 좋은 거니까 나만 실컷 쓰다가 갈 생각이었다.

'그나저나 세상일은 매번 예측할 수 없게 흘러가네.'

난 수식을 개량한 장본인임에도 정작 내가 실전에서 사용하지는 못해서 은연중에 무시당해 왔다. 아쉬운 대로 저작권료만 타 먹고 있던 와중, 수식을 사용할 수 있을지도 모른다는 가능성을 발견하자 기분이 몹시 들떴다.

그래서 나는 추수 감사절 이후 내내 방에 틀어박혀서 신성 마법에 대해 연구했고 이시도르와 대련을 할 수준까지 올라온 것이다.

"앞으로 봐주면서 하면 십중팔구 나한테 질걸? 난 마법 클래스에 구애받지 않고 신성력을 활용해서 공격 계열 마법을 얼마든지 사용할 수 있거든."

내가 씩 웃으면서 허세를 부리자 이시도르가 내 머리칼을 가볍게 흐트러뜨렸다.

"다음엔 긴장해야겠네요. ……그런데 나, 당신이랑 앞으로도 계속 싸워야 하는 건가요?"

그가 조금은 울적해 보이는 얼굴로 물었다.

"농담이야, 농담. 안 그럴게."

주인을 공격하라고 협박당한 강아지나 저런 표정을 지을 것 같았다.

"솔직히 공녀의 농담은 10개 중에 9개는 재미없어요."

"명색이 애인인데 너무 뼈 때리는 거 아냐?"

"공녀는 내 뼈를 진짜로 때리려고 했잖아요."

그는 투덜거리면서 나와 대련을 하기 위해 잠시 벗어 둔 베스트를 걸치고 옷매무시를 정리한 뒤 다시 안경을 꼈다.

'매번 느끼지만 스타일이 참 좋단 말이지.'

나는 원래 안경이라는 아이템을 그렇게 좋아하지는 않는데, 그의 코디 때문인지 지적인 매력이 물씬 풍겼다. 매번 옷이나 헤어스타일에 따라 달라지는 분위기나 외모가 너무 재밌어서 자꾸만 넋을 놓고 구경하게 되었다.

"이시도르."

"왜요?"

"이런 농담은 어때?"

내가 다시금 그의 안경으로 손을 뻗자 이시도르가 못마땅한 얼굴로 눈썹을 슥 들어 올렸다.

"재미없다니까……."

나는 그의 안경을 재빨리 벗기고 삐죽거리는 입을 막았다. 내 허리를 다급하게 바짝 당겨 안은 이시도르가 조금 웃는 소리를 내면서 아랫입술을 여러 번 깨물었다.

"아까 전에 은근히 기대하던 거 들켰나 보네."

"뭔가를 기대했었어? 전혀 몰랐는데."

"내가 지내는 영역으로 공녀가 들어왔다는 것 하나만으로도 얼마나 설레고 가슴이 뛰는지 아마 모를 거예요."

그는 연무장 옆에 있는 드레스 룸의 문을 닫고 내 목덜미로 입술을 여러 번 미끄러뜨렸다. 내 몸을 탐하는 커다란 손의 노골적인 움직임에 숨이 가빠지고 발끝이 살짝 오므라들었다.

그는 내 어깨와 목덜미 여기저기 붉은 자국을 냈고 나는 더운 숨을 내뱉으면서 그의 머리를 꾹 당겨 안았다.

"엉망이네."

얼마 후, 헝클어진 머리칼을 대충 정리한 나는 열이 오른 뺨을 문질렀다.

"예쁘기만 한데요."

그가 붉게 물들어 있는 입술을 핥으면서 야살스럽게 말했고, 나는 그와 아슬아슬한 시간을 보내다가 응접실로 돌아갔다.

머지않아 사용인들이 차가운 음료수와 요깃거리를 들고 왔다. 카드 놀이를 하는 내내 쉴 새 없이 입맛을 돋우는 간식거리가 나와서 마치 비스콘티 가문 사람들에게 사육당하는 기분이었다.

"……이 집 되게 좋다."

게으름 피우며 사는 돈 많은 백수. 내 꿈을 실현한 집이라 나도 모르게 중얼거리자 이런 말이 나오길 의도한 것처럼 그가 눈을 반짝였다.

"자주 놀러 와요."

"이러다가 정말 여기 눌러앉아 버릴 것 같아."

"말로는 눌러앉는다고 하면서 왜 벌써 가려고 해요?"

슬슬 돌아가야 할 것 같아서 나는 자리에서 일어났다.

"리더십을 주제로 한 포럼에 초대를 받았거든. 얼굴만 내미는 거긴 하지만 토론회 주제와 관련한 내용은 준비해야 할 것 같아서……."

그간 수식 강의 초청만 들어왔는데, 최근 각종 행사나 티 파티에

와달라는 편지를 많이 받고 있었다. 데뷔탕트 후 당분간 휴식을 취하고 싶다는 구실로 거절해 왔지만, 이번 행사는 거절하기가 힘들었다.

황실의 높은 관리들이 기획하고 주관하는 행사라서 애초에 거절하기 부담스러웠고, 아르망에 각종 특혜를 주는 데비온 후작이 실무를 담당하고 있어서 인맥 관리 차원에서라도 한번 얼굴을 내밀어야 할 것 같았다.

"공녀가 참석하려는 행사는 모레인 걸로 알고 있는데 왜 벌써 준비해요?"

"나, 사실은 주목받으면 굉장히 긴장하는 경향이 있어. 머릿속이 하얗게 변한다고."

"……전혀 티가 안 나서 잘 몰랐어요."

"그렇지? 그래서 생각보다 많은 준비를 해야 간신히 마음에 안정이 찾아오는……."

그때, 어디선가 야옹- 하고 가늘게 우는 고양이 소리가 들리더니 왠지 모르게 낯이 익은 황금색 고양이가 내게 다가와서 작은 머리를 비볐다.

'왜 얘를 예전에 아카데미에서 본 것 같은 기분이 들지?'

"쿠키도 가지 말라고 하네요."

"이 작은 고양이가 쿠키라고?"

"원래 블랑샤에서는 몸집을 키우고 있어요. 사람을 무서워하고 겁이 많아서요. 사람을 잘 따르지 않는데, 공녀를 유독 좋아해서 신기했죠."

'쿠키도 성수였구나.'

그 집채만 한 녀석이 겁이 많다니. 조막만 했을 때도 맹랑했던 퍼플과는 정반대라 나는 튀어나올 뻔한 웃음을 삼키면서 작은 쿠키를 번쩍 안아 들었다.

"네가 쿠키였어?"

쿠키가 노란 눈을 초롱초롱 빛내며 가늘게 운다.

"귀여워라."

뾰족한 귀를 쫑긋 세우고 긴 수염을 파르르 떠는 모습을 보니 가슴이 쿡쿡 아파 왔다.

'이 집에는 심지어 깜찍한 고양이까지 있다니.'

턱을 살살 간질이자 쿠키가 눈을 가늘게 접으면서 골골거렸다. 쿠키에게 푹 빠져 있는 나를 바라보며 이시도르가 다감하게 미소 지었다.

"시간이 늦었는데 저녁 식사 준비하라고 할까요?"

"응."

나는 홀린 듯이 고개를 끄덕일 수밖에 없었다.

결론만 말하면, 비스콘티 타운 하우스 첫 방문은 잘 마무리되지 못하고 엉망으로 끝이 났다. 남부 해안가 근처 영지에서 균열이 일어났기 때문이다.

비스콘티령에 있는 병사들이 마물은 처리한 듯했지만, 이시도르는 피해 상황을 수습하기 위해서 수도에서 떠날 준비를 했고, 나는 치미는 불안감을 애써 억누르며 집으로 돌아왔다.

'대체 이번엔 어떤 의도로 균열을 만든 걸까. 아니면, 그간 제국 각

지에서 일어났던 균열처럼 명확한 의도 없이 단순히 혼란을 일으키기 위해 만든 균열인 건가?'

아직 배후가 누구인지 명확히 짚을 수 없는 상황이라 두통이 일었다.

단순히 심증으로는 배후를 추측하기가 쉽지 않다. 현재 프랑소아 후작의 동선을 조사하는 중이지만, 내가 블랑샤로 진입할 때처럼 가게 안에 설치된 마법진을 이용한다면 수뇌부가 있는 구체적인 위치를 파악하기 힘들어진다.

그가 드나드는 가게에 들이닥쳐도, 마법진이 있는 지하를 곧장 폐쇄해 버리면 그만이라서 사실상 미행이 큰 의미가 없는 상황이었다. 흑마법사들은 자신들의 정체가 생명과 직결된 문제이니 굉장히 정교한 방식으로 움직이고 있겠지.

'골치 아프군.'

이 와중에 내가 신성 마법이라는 힘을 사용할 수 있게 된 것이 그나마 불행 중 다행이라고 해야 할까.

'아니면……'

한숨을 삼킨 나는 상념을 치워 두고 포럼에서 발표할 자료를 준비했다. 뭔가에 집중하면 조금이나마 나아질 줄 알았는데 정신은 점점 더 산만해질 뿐이었다.

나는 답답한 기분으로 별 하나 보이지 않는, 짙은 먹을 흩뿌린 것 같은 밤하늘을 하염없이 바라보았다.

데비온 후작이 진행하는 포럼은 호룬 지구 내 황립 도서관 건물에서 개최되었다. 고풍스럽고 중후한 멋이 있는 건물이라서 꽤나 볼 맛이 났다.

내가 등장하자마자 데비온 후작이 곧장 마중 나왔다.

"데보라 공녀님, 오셨군요. 그간 직접 얼굴을 뵙고 싶었는데 이 자리에 찾아 주셔서 정말 기쁩니다."

"반갑습니다, 데비온 후작님."

"공녀님의 의미 있는 자선 활동을 돕게 되어 얼마나 영광인지 모릅니다. 이쪽으로 오시죠. 공녀님을 위해서 따로 자리를 만들었습니다."

내가 건물 안쪽으로 걸어 들어가자 도서관 내부에 마련된 자리에 앉아 있는 사람들의 시선이 쏠렸다. 예전처럼 숨을 죽인 듯한 싸한 정적이 깔린 건 아니었지만, 내 인상과 배경 때문에 사람들은 여전히 나를 어려워했고 사실 그게 싫지는 않았다.

'세 보이는 거 좋거든.'

나는 후작이 안내한 앞자리에 앉았고, 얼마 후 각 분야의 석학들로 빈자리가 하나둘씩 메꿔지기 시작했다.

"안녕하세요, 데보라 공녀님."

방심하고 있을 때 누군가가 갑자기 말을 걸어서 나는 흠칫 놀랐다.

"데보라 공녀님께서 직접 상단을 운영한다는 소식을 듣고 정말 멋지다고 생각했습니다. 올리트 백작 가문은 상업을 가업으로 하는 곳인데, 공녀님 덕분에 저 역시 상단을 꾸려갈 용기가 생겼습니다. 바쁘시겠지만 나중에라도 백작가에서 열리는 파티에 한번 와 주시면 감사하겠습니다."

"아, 네. 알겠습니다."

긴장한 듯해도 그녀의 눈에는 열정이 가득했기 때문에 나도 모르게 휩쓸려서 알겠다고 대답하자, 그 이후로 여기저기서 내게 말을 걸기 시작했다.

'뭐지?'

마탑 말고 이런 정상인들이 있는 곳에서 무수한 악수 요청을 받은 적은 처음이라서 조금 얼떨떨했다.

'재상의 후광이 진짜 대단하긴 하구나.'

그 아저씨와 앞으로도 잘 지내야겠다고 생각하는 사이 강당 앞에서 정책 발표가 시작되었다.

그때였다.

콰앙-!

하품을 참으며 지루한 시간을 보내고 있는데 돌연 벼락같은 소리가 지축을 울렸다.

쿠우웅-!

바닥이 진동할 정도로 큰 굉음이 고막을 찢을 듯이 사납게 울려 퍼졌다.

"균열이다!"

"또다시 괴물이……."

"당황하지 마라! 근위대를 정문 쪽으로 소집해! 당장 전열을 가다듬고 전투태세를 갖춘다!"

황립 도서관 입구 앞뜰에서 일어난 거대한 균열로 인해 평화로웠던 평일 오후는 순식간에 난장판이 되었다.

키에에엑!

머리가 두 개 달린 흉측한 마물이 샛노란 이빨을 드러내며 무시무시한 포효를 내지르다가, 사람을 보자 공격 태세를 갖추며 날뛰었다. 아수라장이 된 가운데, 새카만 복면을 입가로 끌어당긴 남자가 경비가 허술해진 출입구 쪽을 턱짓했다.

"······지금이다."

"가지."

은밀한 사인을 주고받은 인영들이 그림자처럼 도서관 안으로 스며들듯이 잠입했다.

"이게 무슨 소리죠?"

한편, 포럼이 열린 강당 역시 굉음과 마물의 기괴한 울음에 의해 어수선해졌다.

"또 균열인가?"

"까악!"

쿠르르릉!

거대한 크기의 마물이 난동을 부리자 지반이 흔들리면서 높은 층고를 빼곡하게 채운 책장들이 쓰러질 듯이 사납게 덜컹거렸고 곳곳에서 비명이 터져 나왔다.

"대체 이게 무슨 소란인가!"

포럼을 도맡아 진행하던 데비온 후작이 다급한 얼굴로 소리를 질렀다. 근처를 돌던 근위대 중 한 명이 숨을 헐떡이면서 도서관 강당으로 뛰어 들어왔다.

"후작님. 도서관 입구에서 균열이 일어났습니다!"

"어서 나가야 해요!"

"밖으로 나가면 마물이 있는데 도망치려다가 괜히 놈의 시선을 끌면 더욱 위험하지 않나요?"

"이렇게 가만히 있다가 건물이 무너지거나 책장이 쓰러지면 어떡합니까?!"

사람들이 공포에 찬 얼굴로 웅성거리기 시작하자 데비온 후작이 결연한 얼굴로 앞으로 나섰다.

"귀빈 여러분! 일단 모두 진정하십시오! 밖에서 기사들과 근위병들이 마물을 처리 중이니 침착하게 대기를……."

하지만 데비온 후작의 말은 끝까지 이어지지 못했다.

"불이다!"

"불이 났어!"

어디에선가로부터 매캐한 연기가 흘러들어 오기 시작한 탓이다.

"지금 1층에서부터 불이 빠르게 번져 올라오고 있습니다! 모두 대피하세요!"

"맙소사!"

자욱하게 피어오르기 시작한 연기 너머로 누군가가 절박한 목소리로 외쳐 댔다. 화재로 인해 포럼이 열린 강의실 옆 열람실에 있던 사람들까지 복도로 쏟아져 나왔고, 순식간에 아까와는 비교도 할 수 없는 아수라장이 펼쳐졌다.

"도망가야 해! 난 집에 아이가 있다고!"

"비켜!"

"밀지 마!"

가뜩이나 마물이 나타났는데 연이어 화재까지 일어나자 공포에 질린 사람들은 도미노가 우르르 쓰러지듯 질서를 잃었다. 책장과 책에 불이 붙는다면 불길이 퍼지는 속도가 걷잡을 수 없이 빨라질 것이기 때문에 더욱더 패닉 상태에 빠진 이들이 많았다.

"꺄아악!"

엎친 데 덮친 격으로 창 너머로 거칠게 치솟는 불길이 보였다. 사람들은 이 지옥을 탈출하기 위해 아귀처럼 달려들고 뒤엉켰다.

그리고 이런 난리통에서 입구와 먼, 상석에 앉아 있던 나이 지긋한 석학들은 인파를 뚫고 나아가지 못했기 때문에 뒤쪽으로 계속 밀려날 수밖에 없었다.

"숨을 쉬면 안 돼요."

그때 서늘한 음성이 미처 탈출 못 한 이들 사이를 가로질렀다.

학자 한 명이 매캐한 연기 때문에 새파래진 얼굴로 비틀거리고 있을 때, 데보라 공녀가 침착하게 말하며 손수건에 물을 잔뜩 뿌리더니 입가와 코를 틀어막았다. 거추장스러운 레이스와 치맛단을 찢어낸 그녀는 붉은 눈으로 주변을 면밀하게 살폈다.

'이런 커다란 도서관에 출입구가 과연 하나일까? 분명 시모어 타운 하우스처럼 사용인이 드나드는 길이 따로 있을 텐데.'

그때였다.

"모두들 침착하시고 이쪽으로 오십시오!"

황실 관리인 듯, 푸른색 제복을 입은 남자가 미처 탈출하지 못한 이들을 불러 모아서 책장 뒤에 있는 서재 쪽 출구로 안내했다.

"이 뒤쪽에 비상 대피로가 있습니다."

"다행이군요."

"허어. 정말이지…… 이게 대체 무슨 일인지."

앞장서는 안내원을 따라 어둑어둑하고 비좁은 복도를 가로질러 폭이 좁은 계단을 내려가자, 밖으로 빠져나갈 수 있는 출구가 있는지 어슴푸레한 빛이 보였다.

"도착했군요."

혹시나 좁은 복도까지 불길이 번질까 봐 잔뜩 긴장한 채 안내원을 따라가던 이들은 그제야 안도한 기색이었다.

'후우.'

데보라는 식은땀으로 젖은 손을 가볍게 쥐었다 폈다. 그런데 흐릿하게 찾아온 안도감도 아주 잠시, 분위기가 심상치 않게 돌아갔다.

'뭐지?'

"여. 여긴 어디……?"

밖으로 나오자마자 시야에 들어온 장소는 대로변으로 통하는 길목이 아닌 비릿한 피비린내가 나는 어둑한 공터였다.

"피, 피……."

자욱한 연기가 잦아들고 멍청해진 사람들의 눈앞에 끔찍한 광경이 펼쳐졌다.

공터엔 황실 제복이 벗겨진 채 잔혹하게 살해된 시체가 여기저기 널브러져 있었다. 세작이 황실 안내원으로 위장해서 일부러 데보라 공녀를 공터로 유인한 것이다.

이어, 공터에 쌓여 있는 짐 더미 뒤에서 잘 훈련된 살수로 보이는 검은 복면을 쓴 사내들이 하나씩 모습을 드러냈다.

"……!"

작은 화살촉이 순식간에 공녀가 있는 방향으로 날아든다. 날카로운 촉 끝이 그녀의 귓가를 빠르게 스치고 지나갔고, 붉은 피가 바닥으로 뚝뚝 흘러내렸다.

균열, 잠입, 방화, 위장.

이 모든 것이, 공녀를 막다른 곳으로 끌어내 확실하게 숨통을 끊어놓기 위해서 겹겹이 쳐 놓은 함정이었다.

아무리 독을 가진 난폭한 뱀이라 할지라도, 겹겹이 쳐 놓은 진득한 거미줄이 옭아매면 빠져나가기 쉽지 않을 것이다.

'모든 것이 주군 뜻대로 되고 있어…….'

거미 형태의 마물을 다루는 괴인이자 4황비가 아끼는 심복 중 한 명인 알베르는 황립 도서관에 지어진 첨탑 꼭대기 위에 선 채, 잿빛 연기가 피어오르는 황립 도서관을 내려다보고 있었다.

사람들이 괴로워하고 고통에 울부짖는 모습은 그를 묘한 감회에 젖게 만들었다.

불우한 어린 시절을 보낸 알베르는 무질서가 판을 치고, 짙은 어둠이 득세하는 세상을 꿈꿨다. 그토록 멸시하고 탄압하던 흑마법사들로 인해 제국인들이 불행으로 신음하는 모습은 그에게 희열을 가져다주었다.

'드디어…….'

부하들이 뱀 몰이를 성공적으로 마친 듯, 데보라 시모어가 함정을 설치해 둔 공터 쪽에 나타났다. 알베르는 그녀를 내려다보며 주름진 입술을 꾹 사리물었다.

'사사건건 거슬렸지.'

저 여자를 죽이라는 명령이 주군의 입에서 떨어졌을 때, 알베르는 곧장 이번 일을 자신에게 맡겨 달라고 나섰다. 데보라 공녀뿐 아니라 동부에서 활약한 로자드 시모어 때문에 대업을 함께 이뤄 나가던 흑마법사 동지들이 여럿 죽어 나갔다.

'만약 데보라 시모어가 향화에서 나타난 성녀가 아닐지라도 주군의 계획을 사사건건 방해하는 가장 큰 걸림돌을 치우는 일이다.'

시모어의 뱀들은 그들이 아끼는 공녀의 죽음으로 인해 충격에 빠질 테고, 아군으로 포섭하기 힘든 마탑주를 정신적으로 무너뜨리는 일석이조의 결과를 가져올 수 있기도 했다.

'다만…… 주군께서 균열을 연속적으로 두 번이나 일으키기 위해 많은 힘을 소모하시긴 했지.'

개국 공신 가문인 시모어의 고명딸을 살해하는 것은 절대 쉽지 않기 때문에 이번 계획은 주군이 직접 진두지휘했다.

"데보라 시모어. 머리가 좋고 순발력이 있는 여자야. 제법 유능한 정보원이었던 오펠리아가 단 한 번도 제대로 힘을 쓰지 못할 정도로."

공녀가 망나니에 멍청하다는 소문에 깜빡 속아 온 4황비는 선뜩하게 눈을 빛냈다.

"그러니 나도 최선을 다해야겠지."

4황비와 알베르는 데보라 시모어가 황립 도서관에서 열리는 포럼에 참석한다는 정보를 입수하자마자 공을 들여 몇 겹에 걸친 거미줄을 만들어 냈다.

마검사인 이시도르가 포럼에 참석하지 못하도록 남부에 균열을 일으켰으며, 방화를 통해 공녀를 제 발로 사지로 들어가게끔 유인했다.

"데보라 공녀가 내 가정대로 성녀라면, 마물을 직접 상대하게 해서는 곤란해. 그러니 살수를 풀도록 하지."

검은 유령을 몰아낸 순수하고 강대한 빛.

그것이 제대로 먹힌 것은 어디까지나 마물이 신성력에 취약하기 때문이다. 훈련된 자객들 앞에서 공녀가 아무리 신성력을 발휘해 봐야 별다른 타격을 주지 못할 터.

'저 지저분하고 초라한 공터가 제국에서 가장 화려했던 너의 무덤이 되겠구나. 데보라 시모어.'

안내원으로 위장했던 살수가 독이 든 칼을 움켜쥐고 그녀에게 빠르게 쇄도하자마자, 알베르는 승리를 확신했다.

하지만 1초 후, 눈으로 보고도 믿기지 않는 일이 일어났다.

'저…… 순수한 빛은 대체 정체가 뭐지?!'

그의 눈이 충격으로 부릅떠졌다.

정말 데보라 공녀가 마신께서 계시한 성녀의 현신이란 말인가……!

눈이 아플 정도로 새하얀 빛무리 수백 개가 생성되었고, 이 빛은 황비가 그간 오랜 공을 들여 키워 온 살수들을 향해 활처럼 빠르게 쏘아져 나갔다.

콰아아앙!!

이윽고 데보라 공녀가 서 있던 공터에는 강풍이 몰아칠 정도로 거센 폭발이 일어났다.

코앞에 드리운 위협에서 살아남기 위해 데보라는 본능적으로 신성 마법을 쉴 새 없이 캐스팅했다.

죽음이 아슬아슬하게 귓가를 스쳐 지나갔지만, 공포를 되새길 겨를은 없었다.

상대는 자신과 달리 기척을 읽는 것에 능한 살수였다. 공격을 멈춘다면 곧장 무기가 날아와 뇌가 꿰뚫릴지도 모른다는 절박함이 그녀를 한계까지 몰아세우고 있었다.

한편 데보라 공녀와 함께 공터로 나왔던 석학들은 믿을 수 없는 그녀의 능력에 눈을 크게 떴다.

끊임없이 일어나는 빛의 폭발을 바라보던 알베르 또한 섬뜩한 공포를 느꼈다.

'그동안 잘도 저런 힘을 숨기고 있었군.'

잘 훈련된 정예 부대의 절반을 순식간에 섬멸해 버리는 압도적인 힘. 이 땅에 어둠이 드리우면 구세주가 나타난다고 했던가.

'저것은 성녀라기보다는 전쟁의 신 같지만……'

그녀는 구원자라는 명성에 걸맞게 신성한 빛무리를 끝없이 생성했다. 그 장엄한 빛에 눈가를 일그러뜨리고 있던 알베르는 엄지를 입술로 가져가 강하게 깨물었다.

'저 여자를 오늘 이 자리에서, 무슨 일이 있어도 반드시 죽여야 한다.'

새카만 피가 잉크처럼 뚝뚝 흘러내렸다. 긴 소매 안에서 해골 무늬가 있는 붉은 거미를 꺼낸 그는 작은 종이쪽지에 뭔가를 적은 후, 긴

주문을 중얼거리기 시작했다.

알베르의 왼쪽 얼굴이 점차 새카맣게 물들다가 가뭄이 난 땅처럼 쩍쩍 갈라졌다. 모래성처럼 힘없이 부서져 내린 그의 왼팔과 어깨가 이윽고 거미 무리로 변해서 빠르게 흩어졌다.

그가 조종하는 거미 떼는 은밀하게 건물 틈새와 돌바닥 사이로 숨어 들어갔다. 그리고 개중 가장 치명적인 독을 가진 거미가 공녀를 향해서 서서히 접근했다.

'데보라 시모어가 치유할 틈을 주면 안 돼.'

맹독이 순식간에 뇌 기능을 마비시킬 수 있도록 거미는 정확히 그녀의 목덜미를 노리고 다가갔다.

"끄으윽!"

그때, 돌연 독거미와 연결된 신경이 뚝 끊어져서 알베르는 고통에 찬 신음을 내질렀다.

육체와 정신을 마물과 연결하는 주술은 위력이 탁월한 대신, 시야가 온전하게 확보되지 않는다는 단점과 마물이 공격당했을 때 큰 충격으로 되돌아온다는 위험성을 가지고 있었다.

눈을 감고 있던 알베르는 입에서 검은 피를 쏟으면서 숨을 헐떡이다가 핏발이 선 눈으로 아래를 바라보았다.

'이번엔 대체 무슨 수로 막은 거지……?'

"그르르르……."

데보라가 마물의 접근을 미리 감지할 수 있었던 건 늘 데리고 다니는 성수 덕분이었다. 마물을 감지하는 성수 알을 괜히 경마장에 방문하면서까지 가져오려 한 게 아니었다.

알베르가 흑마법을 전개한 시점부터, 그녀는 경계심을 드러내는 성수 덕분에 근처에 더 큰 무언가가 있다는 것을 눈치챌 수 있었다.

'거미.'

데보라는 퍼플이 밟아 죽인 거미 사체를 보면서 이를 꾹 악물었다.

'역시 황태자의 자선 행사에 나타나서 사람을 해쳤던 독거미 떼는 마물이었어.'

마물을 다룰 수 있는 강한 흑마법사가 있고, 그 특이한 능력을 갖춘 자가 이 근처에서 자신을 노린다는 의미이기도 했다.

'날 죽이려고 단단히 작정했군.'

뾰족하게 날이 갈려 있는 살의로 인해 돋아난 공포심이 흉곽을 드세게 조였다.

더불어 데보라는 실전 전투 경험이 없다시피 했기에 아까부터 정신력을 많이 소모하고 있었다. 목숨을 건 줄다리기 탓에 너무 긴장해서인지 다리가 잘게 떨리고 숨이 점차 가빠 왔다.

거미 군락을 조종하는 강한 흑마법사가 고작 거미를 한 마리만 보낼 리가 없으므로 그녀는 신경을 더욱 바짝 곤두세우고 어둑어둑한 주변을 둘러보았다.

'……온다.'

하지만 공녀의 예상은 보기 좋게 빗나갔다.

독거미를 다루는 흑마법사가 아닌 복면을 쓴 살수들이 담을 넘어 공터에 착지했다. 알베르가 거미를 보낼 때까지 숨을 죽이고 대기하고 있던 자객이었다. 퍼플이 다급히 입에서 마나 덩어리를 뿜어냈지만 이미 그들이 던진 암기 수십 개가 순식간에 그녀를 향해서 쇄도한 뒤였다.

"큭!!"

화살촉이 귓가를 스쳤을 때의 공포가 떠오르자 순식간에 머리가 백지처럼 하얗게 변했다. 수능 날, 가장 자신 있던 수리 영역에서 전혀 예상 못 한 문제를 만났을 때처럼 아찔한 낭패감이 숨을 턱 막았다.

신성 마법은 정교한 캐스팅을 요구한다. 허공에서 화살 모양으로 생성되던 빛무리는 연산 실수로 인해 싸라눈처럼 ㄱ녀이 ㅂㄹ새 머리 위로 나풀거리면서 흩어졌다.

지푸라기라도 붙잡듯 신성력을 최대한으로 끌어올린 데보라는 곧 몸을 덮칠 날카로운 고통을 예감하면서 심장을 보호하듯이 웅크렸다.

챙-!

하지만 그녀가 상상한 끔찍한 고통은 찾아오지 않았다. 소나기처럼 쏟아진 비수가 황금빛 검기를 두른 칼날에 의해 모조리 튕겨 나갔다.

'이시도르……'

개량 이동 마법진을 사용하고 7클래스 이동 마법을 여러 번 중첩해 최대한 빠르게 수도로 달려온 이시도르는 공녀를 감싼 뒤 모든 공격을 가로막았다.

거칠어진 호흡을 고르는 데보라의 상태는 엉망이었고, 그런 공녀를 바라보는 이시도르의 옥색 눈동자는 격랑이 일어난 파도처럼 일렁거리고 있었다.

그는 공녀가 단 한 번도 본 적 없었던 짙은 살기가 담긴 표정을 한 채 일언반구 없이 칼자루를 움켜쥐었다. 번개 같은 속도로 도약한 이시도르가 남아 있던 살수들을 눈 깜짝할 사이에 처리했다.

이내 공터에는 쥐 죽은 듯한 침묵이 내려앉았다. 불길한 고요 속에서 바스스– 무언가가 일사불란하게 움직이는 소리가 들려오더니 어둠 속에 숨어 있던 벌레들이 한 지점으로 모여들었다.

"대체…… 비스콘티 공작…… 어떻게…… 여기에……."

거칠고 음산한 알베르의 목소리가 허공에서 띄엄띄엄 흩어졌다. 무덤처럼 높게 쌓인 거미 떼가 사람 형상으로 천천히 뒤바뀌더니 그가 사납게 포효했다.

"네놈은 남부에 있어야 할 텐데!"

얼굴 반쪽이 굳은 석탄처럼 새카맣게 일그러진 알베르가 외쳤다. 이시도르는 대답 대신 이동 마법으로 곧장 그의 뒤에 나타났고, 오러를 두른 소드가 알베르의 복부를 관통했다.

"감히, 말이 짧다."

이시도르가 칼을 비틀면서 차갑게 말했다.

"크으윽!"

"배후가 누구지?"

그는 상대를 한 번에 절명시키지 않고 손가락, 귀 끝, 입술을 잘라내면서 추궁했다. 알베르는 고통으로 몸을 비틀면서도 절대 입을 열지 않았다.

"끝까지 함구하겠다는 거군."

이시도르의 검기가 아까와는 비교할 수 없이 사나운 기세로 터져나왔다.

"우리들의 말을 너희 귀족 놈들이 언제부터 그리 귀담아들었다고. 새삼스레 대답을 받아내려 하다니 우습구나."

"좋아. 앞으로 네 입에서 나오는 건 비명뿐일 거다."

"……오만한 놈."

알베르의 새카만 몸이 찰흙처럼 뭉쳐졌다가 머리가슴과 배, 두 덩어리로 갈라졌다.

"이시도르!!"

거대한 거미로 변한 알베르의 입이 좌우로 넓게 벌어졌다. 섬뜩한 광경에 데보라가 비명을 지르듯 그의 이름을 외쳤다.

"안 돼!"

괴물은 입을 쩍 벌리며 독니를 드러내고는 이시도르를 단숨에 집어삼킬 듯 달려들었다.

키에에에에!

이시도르가 긴 창을 소환해 이미 괴물이 된 남자의 입 안으로 거칠게 쑤셔 넣었다. 검기를 불어 넣어서 배 속을 있는 힘껏 휘젓자 새카만 독이 폭발하듯 터져 나왔고, 이시도르는 재빨리 공녀를 감싼 뒤 몸을 피했다.

"꺼흑, 끄으윽……."

파편처럼 떨어진 덩어리들이 작은 거미 떼로 변해 꿈틀거렸다.

"어딜."

사나운 눈빛을 한 이시도르가 검을 들어 올려 바닥에 세차게 내리꽂았다. 그물처럼 퍼진 황금빛 마나가 도망치려던 작은 거미들마저 산산이 부스러뜨렸다.

'저건, 뭐지.'

드디어 처리한 줄 알았는데, 부스러진 거미 사체가 살아 있는 것처럼 허공에 흩날렸다. 데보라는 눈가를 좁혔다.

마치 저주받은 영혼이 허공에서 배회하듯 새카만 안개가 주변을 어른거렸다. 알베르는 소멸하기 직전 모든 힘을 끌어모아 저주나 다름

없는 말을 내뱉었다.

"이것은…… 결코 끝이…… 아니다……."

죽어가는 남자의 가느다란 목소리가 데보라의 귓가를 서늘하게 훑고 지나갔다.

"빛이 강하면…… 그림자도 짙다……."

스러져 가는 와중에도 흑마법사는 진득한 불길함을 남겼다.

"……후우."

얼마 후. 텅 빈 공터에는 데보라와 이시도르, 단둘만이 남았다. 공녀와 함께 대피했던 석학들은 이시도르가 도착한 시점에 이미 도망친 상태였다.

"일단 이곳을 나가요."

살아 있다는 것을 확인하듯 데보라의 몸을 꽉 끌어안고 여러 번 쓰다듬은 이시도르가 돌연 그녀의 몸을 번쩍 들어 올렸다.

"……."

그의 눈가가 울 것처럼 붉어져 있어서, 데보라는 차마 내려 달라는 말을 할 수 없었다.

너덜너덜한 종이쪽지를 4황비 앞에 가져온 붉은 거미가 이내 취한 듯이 비틀거리다가 움직임을 멈췄다. 마치 주인의 죽음을 알리는 듯한 모양새였다.

'……설마.'

4황비는 날카로운 눈빛으로 거미를 바라보다가 작은 쪽지를 느릿느릿 펼쳤다.

[데보라 시모어가 마신께서 계시하신 그 성녀임이 틀림없습니다.]

'그랬군.'
그가 감쪽같이 속고 있었어
"하, 하!"
문득 황당한 웃음이 터진다.
'그 속 시키먼 뱀이 성녀?'
말 그대로 악마에게 영혼을 팔아 만들어 낸 균열을 이용해 보험 사
업을 벌여 돈을 벌어들이는 여자가 성녀라니. 정말 웃기지도 않은 일
이었다.
4황비는 사납게 종이를 구겨 쥔 채로 공녀가 죽었다는 소식이 귀에
들어오길 기다렸다. 하지만 도리어 데보라 공녀가 뛰어난 석학들을 안
전하게 구해냈고, 시모어 타운 하우스에서 휴식을 취하고 있다는 소
식만이 들려올 뿐이었다.

사고 당일, 황실에서는 황립 도서관에 불을 지른 방화범을 색출하
기 위해 조사단을 꾸렸고, 사고 현장에 있던 사람들을 하나씩 불러
조사했다. 그리고 개중엔 안내원으로 위장한 남자를 따라 데보라 공
녀와 함께 탈출했던 나이 지긋한 석학들이 끼어 있었다.
"데보라 공녀 덕에 목숨을 구했다고요?"

"예. 연기로 질식할 것 같을 때 공녀님께서 젖은 손수건을 빌려주셨고, 방화범으로 추정되는 습격자들이 나타나자 하얀빛으로 물리쳐 주셨습니다."

"습격자를 물리쳤다는 건, 마법을 사용했다는 뜻입니까?"

"……그게 마법인지는 마나를 다루는 데 문외한이라서 모르겠고, 저희는 그저 목격한 대로 말했을 뿐입니다."

"그러고 보니 공녀가 향화 때 데리고 나왔다던, 거북이 형상의 성수를 보았습니다."

석학 중 한 명이 덧붙였다.

"그 이후에는 비스콘티 공작이 도움을 주기 위해 나타나서 안심하고 도망친 것이고요?"

"예, 그렇습니다."

다소 추상적인 증언만 얻은 가운데, 조사단은 도서관 첨탑에서 금술의 흔적을 발견했고, 테러범이 흑마법사라는 추론을 해냈다. 근처에서 새하얀 빛이 번개처럼 번쩍이는 광경을 본 이들도 있어서, 때아니게 데보라 공녀의 정체에 대한 논란이 불거졌다.

"흰빛으로 흑마법사를 상대했다면…… 설마 데보라 공녀가 향화에서 나타난 그……."

"그럼 미야 비노슈는? 데보라 공녀에게 신성력이 있다는 소문은 들은 적도 없네."

"그녀가 데리고 다니는 성수가 몹시 영험하다던데 성녀이니 그런 상서로운 동물이 따르는 것 아니겠나?"

"신성력이 있었다면 진즉에 알려졌겠지. 혹시 시모어에서 새로운 아티팩트를 개발한 거 아닐까?"

"황실 산하 건물에서는 원칙상 무기나 마도구 반입이 금지될 텐데?"

"대체 뭐가 뭔지 모르겠군."

사건을 언뜻 전해 들은 이들은 그녀의 능력에 관한 이야기로 쑥덕대는데 정작 논란의 중심에 있는 시모어는 묵묵부답이었다.

너무 조용해서 마치 폭풍 전야 같았다.

습격 사건 다음 날. 평일임에도 나는 강제로 침대 위에서 시간을 보내게 되었다.

'시모어 남자들은 날 너무 과잉보호해.'

걱정으로 핼쑥해져 허겁지겁 황립 도서관으로 달려온 아버지는 내가 푹 쉬면서 심리적 안정을 되찾기를 바랐다.

'……이상해.'

목숨이 아슬아슬했던 상황과 사람이 거미로 변하는 끔찍한 장면보다도 날 안아 든 이시도르의 잘게 떨리던 몸이 더 깊게 뇌리에 달라붙어서 떨어지지 않는다. 어쩌면 귀에 맞닿은 그의 심장이 터질 듯이 거칠게 뛰었기 때문에 그의 몸이 떨리는 것처럼 느껴졌을 수도 있다.

더불어 꿈에서 나일라를 뿌리치던, 이시도르를 닮은 남자의 떨리던 손도 떠올랐다.

"나는 너처럼 착한 여자는 질색이라."

"……."

"내 취향 아니라고."

짜증스레 내뱉던 남자 역시 붉어진 눈을 하고 있었다. 나는 왠지 모르게 이시도르가 보고 싶어졌다.

새를 통해 방문하겠다는 편지를 보낸 뒤 비스콘티 타운 하우스로 가기 위한 마차를 부르려는데, 돌연 아버지가 내가 서 있는 별채 계단 쪽으로 다가왔다.

"더 쉬지, 왜 외출 준비를 하느냐?"

"그게……."

내가 뭐라 말하기 전에 아버지가 먼저 입을 열었다.

"어차피 네가 찾는 사람이 이곳으로 온단다. 오늘 비스콘티 공작을 초대했다. 흠! 어제는 경황이 없어서 고맙다는 인사도 제대로 못 했으니……."

여러 번 헛기침한 그는 내 어깨를 가볍게 두드렸다.

"그러니, 더 쉬렴."

"……."

"시모어는 원한은 무조건 배로 갚아 주지만, 그래도 은혜를 잊지는 않는단다. 그렇게 새삼스럽다는 듯이 보지 말아라."

"……네, 아버지."

그리고 그날 저녁. 시모어 만찬장에서 숨 막히는 정찬이 시작되었다.

"……많이 들게나. 비스콘티 공작."

"네. 시모어 공작님."

'취직은 못 해 봤지만, 부장님과 차장님 사이에서 밥 먹는 신입 사원의 기분을 알 것 같아.'

나는 수프를 깨작거리면서 눈동자를 또르르 굴렀다. 이시도르가 시모어 타운 하우스에 잠깐 머물 당시엔 만찬에 보좌관과 가신들도 참석해서 이 정도로 어색한 분위기는 아니었다.

'이게 어떻게 딸의 은인을 대하는 태도냐고…….'

그런데, 식사가 끝난 후 이시도르는 기뻐 보이는 얼굴로 내게 작게 속닥였다

"오늘따라 장…… 흠, 공작님께서 저를 친절하게 반겨 주시네요. 제게 마음을 많이 여신 것 같아요."

'……대체 어느 부분에서 친절을 발견한 거지?'

아버지가 돈 주고도 못 사는 고급 포도주를 내오긴 했지만, 말투, 몸짓 어디에서도 친절의 치읓을 찾기 어려웠다. 이시도르가 지나치게 긍정적인 것 아닌가, 하는 생각을 지울 수가 없다.

여하튼 식사는 조용한 분위기에서 끝이 났고, 나와 이시도르는 싸늘한 추위가 내려앉은 화원에서 바람을 쐬며 산책을 했다.

내가 까치발을 들어 가볍게 입술을 맞대자 그가 볼우물을 슬쩍 패면서 미소 짓는다. 아버지가 술을 건네는 족족 마셔서 그런지 이시도르에게서 옅은 포도주 냄새가 났다.

"그런데 어제는 어떻게 타이밍에 딱 맞춰서 나타난 거야?"

"안 좋은 느낌이 들어서 최대한 빨리 왔어요."

"느낌……."

연인들 사이의 텔레파시나 예감, 뭐 그런 건가?

"놈들은 그간 균열을 큰 인명 피해가 생길 만한 장소에서 일으켰는데, 이번 균열은 온천 개발 때문에 이주한 사람이 많은 지역에서 일어나 피해가 거의 없었어요. 날 남부로 보내기 위해 급조한 장치 같다

는 느낌이 드는 순간 바로 달려왔죠."

그는 정보 조직을 운영하기에 제국 곳곳에 수많은 이동 마법진을 가지고 있었다. 거기다 7서클 중거리 이동 마법까지 여러 번 중첩해서 최대한 빠르게 돌아왔다는 모양이었다.

"뭐…… 공녀는 늘 수도에 있으니까, 기왕이면 빨리 보고 싶어서 마법진을 개량하기도 했고."

"반은 느낌이고, 반은 이성적인 판단이네. 고마워. 칭찬."

"하하."

내가 손을 뻗자 그가 자연스럽게 고개를 숙여 주었다. 나는 그의 부드러운 머리칼을 쓰다듬었다. 머릿결이 좋다고 생각하며 그와 한동안 시시덕거리다가, 언젠가 함께 올려다보았던 어둠 속에 파묻힌 반달을 향해 시선을 던졌다.

"……그 흑마법사, 빛이 밝을수록 그림자가 짙다고 했었지."

"그런 헛소리, 신경 쓰지 마세요."

"나일라는 주신께서 자신에게 강한 신성력을 부여한 건 그만큼 그림자가 짙기 때문이라고 생각했어. 그래서 일종의 사명감을 느꼈지."

"……"

"근데 난 아니야. 벌어 둔 돈 죄다 쓰기 전까지는 절대 안 죽어. 남자 친구가 이렇게 잘생겼는데 억울하잖아. 누구 좋으라고?"

내 말이 끝나기도 전에 이시도르가 커다란 어깨를 들썩이면서 웃었고 나는 그의 손을 가볍게 흔들었다.

"하지만 이쪽을 건드린 것에 대한 복수는 해 줘야지. 만만하게 보이면 그 망할 놈들이 날 또 건드리려고 테니까."

"……"

"시모어는 은혜는 잘 안 갚아도 원수는 확실히 갚아 주거든."

"마음에 드는 가훈이네요."

"비스콘티의 가훈은 뭔데?"

"흥정과 고백은 빠를수록 좋다."

"……그렇구나."

왠지 황금의 비스콘티다우면서도 로맨틱하다고 생각하면서 나는 조심스레 운을 뗐다.

"경은…… 배후가 누구라고 생각해?"

그는 마치 베일에 가려진 무언가를 탐색하듯 어둠 속에 파묻힌 달을 오랫동안 올려다보았다. 차가운 바람이 나와 그 사이를 스치고 지나간 뒤, 헝클어진 금발을 쓸어 올리면서 그가 천천히 입을 열었다.

"적어도 손안에…… 황좌 정도는 떨어져야 이런 미친 짓을 벌일 만하겠죠."

"역시, 황태자의 자선 행사 때 나타난 거미 떼와 어제 그 흑마법사가 다루던 거미가 연관이 있었어!"

"황제는 향화 때 일어난 균열로 황태자에 대한 여론이 나빠지는 것을 굳이 막지 않았어요. 황태자가 총알받이가 되지 않으면 나빠진 민심은 황제 본인에게로 향하니까요."

"이기적인 분이군."

"황태자는 히스테치 황가를 상징하는 푸른 머리칼을 갖고 있지만, 황제가 마음으로 아끼는 아들은 아니에요. 정통성이 떨어지는 몇몇 황자가 아직 황좌에 대한 미련을 버리지 못하는 원인이기도 하고요."

'그래, 황좌……'

그리고 부족한 정통성.

문득, 무언가 잡힐 듯이 눈앞에서 어른거렸다.

그날 밤. 나는 성녀와 관련된 신탁을 찾아보았다.

[깊은 어둠이 드리워도 두려워 말라. 신이 보낸 성녀가 나타날지니.
성녀가 택한 자, 영웅으로 대대손손 그 영광을 누리리라.]

'성녀가 택한 자.'

이 구절을 다시금 읽으며 나는 주먹을 움켜쥐었다.

성녀의 선택을 받는다면, 혹여 정통성이 떨어져도 황위에 오를 명분을 충분히 만들 수 있다. 신의 계시인데 감히 누가 토를 달겠는가.

흑마법사들이 미야를 성녀로 만들려는 시도와 황좌가 어떤 상관관계가 있는지 이제야 이해가 갔다.

심각한 기분으로 몸을 뒤척이고 있을 때, 똑똑 노크 소리가 났다.

"엔리크? 무슨 일로 왔어?"

뜻밖에도 아이의 작은 손에는 내가 선물했던 공작 부인의 일기장이 들려 있었다.

"누나. 나 엄마 일기장에서 조금 이상한 거를 발견했는데……."

아이는 겁을 먹은 것처럼 커다란 눈을 잘게 떨고 있었다.

"이상한 거라고? 어떤 건데?"

아이가 꺼낸 건 일기장 안에 들어 있던 십자 낱말 퍼즐이었다.

"이 퍼즐 안에 사람 이름이 있어요."

"사람 이름이 있다고?"

선뜩한 기분이 들어서 절로 마른침이 넘어간다. 엔리크는 고개를
끄덕였다. 내 팔에 꼭 매달리면서.

'대체 이게 무슨 일이야……'

화원을 파헤쳐 공작 부인의 편지와 일기장을 손에 넣었을 때 나는
안에 있는 내용을 전부 훑어보았고 특별히 수상한 점을 발견하지 못
했다.

엔리크가 사람 이름이 있다고 말하는 십자 낱말 퍼즐도 내 눈엔
그저 평범해 보일 뿐이었다. 십자말풀이는 귀부인들과 신사들이 티
타임을 즐기면서 심심풀이로 하는 게임이라 딱히 의심할 구석이 없
기도 하고.

"엔리크, 난 아무리 봐도 잘 모르겠는데 어디에 사람 이름이 있다
는 거야?"

"여기요."

"음?"

엔리크가 십자 낱말 퍼즐의 가로 단어와 세로 단어가 만나는 교차
지점을 콕 찍는다. 나는 눈가를 좁혔다.

"J?"

1. PREJUDICE

2. CONJURY

1번 가로 퍼즐의 답과 2번 세로 퍼즐 답은 위와 같았고 두 단어가
교차하는 지점의 단어는 J였다.

"다음에는…… 여기요."

그리고 3번 낱말의 4번 낱말의 교차점엔 A가 쓰여 있었다.

나는 엔리크의 손끝을 따라 부지런히 시선을 옮기면서 가로세로가 교차하는 점의 단어를 모두 연결하기 시작했다.

그렇게 완성된 단어는-

"J.A.M.I.L.A……."

자밀라.

놀랍게도, 엔리크 말대로 정말 사람 이름이 완성되었다.

"이거 사람 이름 맞죠?"

"어. 정말 그러네."

'자밀라……? 여자 이름인가?'

단순히 우연의 일치라고 웃어 넘기기엔 마음에 걸리는 것이 있었다.

'소설에서 미야가 쌍둥이의 마수에서 탈출하기 위해서 시모어 공작과 흥정했을 때, 일기는 쏙 빼두고 편지만 거래했었어.'

그래서 이 일기장을 발견했을 때 내심 의아했었다. 하지만 미야가 공작 부인의 일기장에서 숨기고 싶은 무언가를 발견했다면 편지만 거래한 이유가 쉽게 설명된다.

"누나. 근데요, 여기에도 이상한 게 있어요."

그런데 이 안에 있는 건 '자밀라'라는 여자 이름이 다가 아니었다. 낱말 퍼즐 문제의 개수는 12개가 아닌 총 22개. 남은 단어 10개의 교차점에서 나온 것은 더욱 의미심장했다.

"DEMON……."

악마.

'자밀라가 대체 누구인데, 악마라는 단어와 함께 숨겨 둔 거지?'

악마와 계약하는 흑마법사와 관련이 있는 걸까. 마치 경고 같은 십자말풀이를 유심히 바라보는 내게 엔리크가 물었다.

"이거 뭘까요?"

"누군가가 몰래 심어 둔 암호일지도 몰라."

공작 부인이 직접 이 십자말풀이 게임을 만들었을 확률은 거의 없다. 이런 게임을 만드는 사람은 대부분 시녀였고, 황족이나 고위 귀족들은 그들이 미리 준비한 퀴즈를 풀며 즐기기만 했으니까.

"암호, 무서워……."

"엔리크. 누나가 세상에서 제일 센 거 알지? 무서우면 오늘은 나랑 같이 있자. 그리고 어머니의 일기장, 나에게 잠시만 빌려줄 수 있어?"

엔리크는 고개를 마구 끄덕였고 나는 아이의 부드러운 머리칼을 쓰다듬었다.

"근데 우리 엔리크는 관찰력이 좋네. 이런 건 발견 못 하고 흘려보내기 쉬운데."

물론, 뭔가 켕기거나 찔리는 게 있는 사람이라면 눈에 바로 보일 수도 있겠지만.

"엄마의 유일한 유품이니까 자주 봤어요. 그리고 누나가 나한테 준 소중한 선물이기도 하고요."

여러 번 넘겨 봤는지 종이 끝이 헤져 있는 일기장을 잠시 바라보다가, 엔리크를 무릎 위에 앉히고 시집을 읽어 주었다. 어머니의 일기장이 미야에게 버려지지 않고 아이의 손에 들어가서 다행이라고 생각하면서.

얼마 후, 동그란 정수리가 앞으로 꾸벅꾸벅 기울었다. 무섭다면서 내 무릎 위에서 순식간에 잠든 엔리크를 바라보던 나는 '자밀라'와 '악마'라는 단어가 숨겨져 있는 십자말풀이 게임을 유심히 응시했다.

'······우선 자밀라가 누구인지부터 알아봐야겠어.'

"집에서 쉬지 않고 어딜 가는 거지?"

블랑샤에 의뢰를 하기 위해 두꺼운 로브를 걸치고 계단을 내려가는데, 내 앞을 가로막은 벨렉이 퉁명스럽게 물었다.

"힘이 남아도는데 침대에만 누워 있으라고?"

"황립 도서관을 테러한 배후 세력이 잡히지 않았으니까 이러지."

사실 그 배후에 대한 결정적인 단서를 발견해서 알아보러 가는 길이었다.

"잠깐 아르망에 들를 생각이야. 그리고 명색이 시모어인데 몸을 사리는 것도 웃기잖아."

"흠. 그렇긴 하군."

"근데 오라버니. 뭔가 할 말이 많은 표정이네?"

그의 표정이 조금 진지해졌다.

"네가 대단한 신성력을 가졌다는 소문이 돌고 있어. 아버지는 너한테 직접 물어보라고만 말씀하시고. 대체 진실이 뭐야?"

그간 내가 신성력을 각성했다는 사실을 이시도르와 아버지만 알고 있었는데 더는 숨기기 힘들어졌고 이젠 감출 마음도 없었다.

"맞아. 오라버니가 생각하는 것보다 훨씬 대단한 사람이야, 내가. 누나라고 부르고 싶은 마음이 저절로 들지?"

나는 장난치듯 새하얀 구체 모양의 신성력을 손바닥 위에 띄워 벨

렉의 얼굴을 향해 후, 불었다. 그간 가혹하게 노동력을 착취당해 온
그는 내 확인 사살에 놀랐는지 입을 떡 벌렸다.

"서, 성녀가 다 죽었나?! 주신이시여…… 설마 제국을 내다 버리셨
나이까!"

머리를 쥐어뜯으며 경악하는 그를 뒤로하고 마차에 오른 나는 아르
망으로 향했다.

아르망 지하에 있는 마법진을 통해 블랑샤에 도착하자, 업무 중이
었는지 폴리모프 마법으로 미모를 감추고 있는 이시도르가 보였다.

"자주 보는 것 같아서 좋네요."

봐도 봐도 적응이 안 되는 인형 같은 얼굴이 빙긋 웃는다.

"난 오랜만에 보는 것 같은데."

"굳이 비스콘티 타운 하우스를 두고 이곳으로 걸음을 하셨다는
건, 의뢰할 게 생긴 거겠죠?"

"응."

나는 하품을 하는 쿠키를 쓰다듬으면서 자리에 앉았고 그는 늘 그
랬듯이 따뜻한 홍차를 대접했다.

"마스터, 혹시 '자밀라'라는 이름을 들어 봤어?"

그가 고개를 살짝 기울였다.

"자밀라? 독특한 억양을 가진 이름이네요. 웬만한 귀족들 이름은
모두 기억하고 있는데, 그런 이름은 처음 듣는군요."

나는 낱말 퍼즐을 꺼내, 어머니의 일기에서 수상한 암호를 발견했
다고 설명했다. 또한, 내가 봤던 미래에선 미야가 이 십자말풀이가 있
는 일기를 버렸다는 것도.

"일기에 따르면 어머니는 황후 폐하와 가까운 사이라서 황실에서 열

리는 티 파티에 자주 초대를 받았어.”

“…….”

“황실에 있던 시녀들 중 누군가가 황실 내부에 있는 흑마법사의 정체를 알고 있고, 십자말풀이를 통해 은밀하게 내부 고발을 한 거라면?”

“자밀라…….”

이시도르가 손가락을 까닥이자 황족과 귀족 명단이 나열되어 있는 두툼한 두루마리가 허공에서 날아왔다.

“이 안에 황제의 사돈의 팔촌까지 적혀 있습니다. 정보원들이 최근 3년 동안 끊임없이 수정하고 정리한 자료이니 누락된 이름은 없을 겁니다. 한번 찾아보죠.”

“제국에 귀족이 이렇게나 많다니.”

불행 중 다행인 건, 이름이 알파벳순으로 정렬되어 있다는 것이다. 하지만 아무리 이 잡듯이 훑어도 자밀라라는 이름은 찾아볼 수가 없었다.

‘그럼 십자말풀이에 있던 그 이름은 뭐지?’

또다시 난관에 부딪쳐서 몸을 축 늘어뜨리고 있던 나는 ‘아스텔라 히스테치’라고 적혀 있는 4황비의 이름을 물끄러미 바라보다가 느릿하게 입을 열었다.

“이시도르. 혹시, 9년에서 10년 전 즈음, 4황비 밑에서 일하던 시녀 명단을 구할 수 있을까?”

“공녀님은 4황비를 유력한 배후로 생각하고 계시는군요. 그녀는 외척 세력이 전무한 타국 출신의 황비인데…….”

이시도르는 고민에 잠긴 얼굴로 손가락을 느릿하게 두드렸다.

"생각해 봐. 내 오라버니인 로자드의 그늘에 가려지긴 했지만, 3황자도 엄밀히 말하면 균열 덕에 전쟁 영웅이 될 뻔했지."

"……."

"또한, 이번 미야의 데뷔탕트 파트너는 3황자였어. 성녀라는 후광 때문에 각종 유력 가문 영식들에게서 에스코트를 해 주겠다는 제안이 들어왔을 텐데, 하필 파트너가 3황자라니. 공교롭지 않아?"

"……."

"4황비를 조사해 보면, 자밀라의 정체를 알아낼 수 있을지도 몰라."

"4황비를 보필했던 시녀들을 전부 조사해 보겠습니다."

며칠 후.

끈질긴 수소문 끝에 과거에 4황비의 시녀로 일했던 여자를 찾아냈다. 여자는 현재 생활고에 시달리며 작은 수도원에 몸을 의탁한 채 쥐꼬리만 한 보수를 받으며 잡일을 하고 있었다.

"황족의 시녀였다면 보수가 괜찮았을 텐데, 왜 4황비의 시녀 일을 중간에 그만뒀지?"

내가 건넨 은화 꾸러미를 탐욕스러운 얼굴로 움켜쥐고 있던 여자는 4황비의 이름이 나오자 금방 안색이 뒤바뀌었다.

"마음 놓고 말하게. 누군가 그대를 해하는 일은 없을 거야."

내가 금화 주머니와 시모어 인장을 내려놓자 그녀가 좌우로 눈동자를 빠르게 굴리다가 입을 뗐다.

"함께 일하던 시녀가 둘이나 죽어 나갔어요. 어릴 때부터 손속이 아주 잔인한 여자였죠."

"4황비가 어릴 적부터 그녀의 시녀였나?"

"4황비가 네르만 왕국에서 제국으로 넘어온 열다섯 살 때부터 함께 했었습니다."

"그럼, 혹시 자밀라라는 이름을 알고 있어?"

그때, 여자의 눈이 경악으로 크게 벌어졌다.

"시모어의 공녀님께서 4황비의 진명을 어떻게 아십니까?"

"진명이 따로 있다는 건, 개명을 했다는 뜻인가?"

나는 놀란 얼굴을 한 여자에게 물었다.

"예, '자밀라'라는 이름은 4황비가 네르만 왕국에 있을 시절 쓰던 이름이고, 현재 사용하는 '아스텔라'라는 이름은 3황자를 낳았을 때, 황제 폐하께서 직접 하사하신 이름입니다."

"……그렇군."

그래서 이시도르의 명부에 자밀라라는 이름이 없었던 모양이다. 최근 3년간 조사한 이름을 모아 둔 자료니까.

'그리고 미야가 공작 부인의 일기장을 버렸다는 건, 4황비의 진명을 알고 있을 정도로 그쪽과 깊게 엮여 있다는 뜻이기도 해.'

내가 생각에 잠겨 있는데, 여자가 불안하게 눈을 굴렸다.

"그런데, 시모어 공녀님께서 그 이름을 어떻게 알고 계신 건지요……? 네르만 왕국에서 함께 넘어온 측근들만 아는 이름인데……."

그녀가 의아한 얼굴로 작게 중얼거렸다. 굳이 대답해 줄 의무가 없으므로 나는 자리에서 일어났다.

"오늘 일은 전부 잊게나. 입만 조심하면 자네에게 불똥이 튀는 일은 없을 거야."

"아이고, 예예. 시모어의 공녀님께 도움이 되어서 영광입니다."

눈치 빠르게 내 말을 이해한 여자는 돈 자루를 꽉 움켜쥐며 연거푸 몸을 숙였고, 십자말풀이에 있던 이름의 정체를 알아낸 나와 이시도르는 로브를 깊게 뒤집어쓰고 수도원 뒷문으로 나왔다.

'결국, 자밀라는 4황비의 이름이었어.'

"등잔 밑이 어둡다는 말을 실감하게 되는군요."

이시도르의 말에 나는 동의하듯 끄덕였다.

흑마법사 무리의 배후이자, 악마의 계약자이며, 균열을 일으켜 수많은 사상자를 낸 이가 그간 들키지 않고 황실 안에서 버젓이 활보하고 있었다니. 심지어 그자가 지지 기반이 없는 타국의 황비였다니. 그 누가 상상이나 했겠는가.

경악스러운 감정과는 별개로, 비어 있던 퍼즐 조각이 하나둘씩 등장하자 상대방이 그렸던 큰 그림이 구체적으로 보이기 시작했다.

소설에서 미야가 권력과 재력을 갖춘 어장남들의 구애를 끊임없이 뿌리친 건, 성녀의 현신으로서 입지를 굳힌 후 3황자를 지지하도록 이미 설계되어 있었기 때문이었다.

'결국 4황비는 아들을 황제로 만들기 위해서 미야라는 가짜 성녀를 만든 거야.'

정통성이 떨어지는 3황자에게 명분을 실어 주기 위해, 나일라 성녀가 가진 위상을 이용하려 하다니.

자식을 향한 부모의 집착이 새삼 무섭다고 생각하면서 나는 입을 열었다.

"신관을 사칭해 성녀를 찾아 헤맸던 흑마법사들이 왜 정작 미야 비노슈는 건드리지 않았는지, 왜 미야를 성녀로 만들려 했는지 이제 알겠어."

"프랑소아 후작이 미야 비노슈에게 전폭적인 지원을 한 건, 4황비의 아들을 황제로 옹립하기 위함이었군요.”

이시도르가 내 말에 응수했다.

“성녀의 현신이 택한 남자. 이 정도면 황가를 상징하는 푸른 머리칼이 아니더라도 백성들과 귀족들의 지지를 받을 수 있겠지.”

“또한, 성녀를 앞세우면 황권이 점점 높아지는 것을 경계하던 신전 세력을 끌어들일 수도 있어요.”

이시도르의 말대로 성녀가 황후가 된다면 신전이 정치에 직간접적으로 개입할 수 있는 명분이 생긴다.

“그들의 계획대로 되었다면, 개국 공신 가문이 독점하고 있던 권력을 탐내던 원로원 역시 4황비와 결탁해서 3황자의 손을 들어줬겠어.”

강건한 황제파 세력을 신전과 원로원으로 견제하려 하다니.

“……기가 막힌 판을 만들어 놨었군.”

그리고 황당하게도, 그동안 나는 4황비와 미야가 짜고 치는 고스톱에 난입해 본의 아니게 끊임없이 깽판을 놓고 있었다.

소설에서 미야는 헌신적인 봉사를 통해 백성들의 지지를 등에 업었으며, 아카데미에서 두드러진 활약을 보이며 중앙 사교계에서도 큰 존재감을 발휘한다.

하지만 내 개입으로 미야는 핑크 다이아몬드와 올해의 꽃, 아카데미 수석, 그 외에 굵직한 인맥까지 전부 손에서 놓쳤고 원작에서만큼 입지를 높이지 못했다.

‘4황비는 가장 큰 방해꾼인 나를 계속 경계하고 지켜보고 있었겠군.’

그들은 결국 끊임없이 걸림돌이 되었던 내 목숨을 의도적으로 노렸다.

‘미친.’

방해가 된다고 날 죽이려고 한 것이다.

고의로 이시도르와 날 떨어뜨려 놓고, 호위기사들을 따돌리기 위해 방화를 저지르고, 심지어 자객과 강력한 흑마법사까지 보냈다. 그리고 지금, 이 일의 배후는 내가 성녀의 현신이라는 것을 확신하고 있을 것이다.

나는 교차점에 놓여 있던, 'DEMON'이라는 단어를 곱씹으면서 주먹을 꾹 움켜쥐었다.

"하아! 하아!"

미야는 숨을 거칠게 헐떡이면서 침대에서 상체를 벌떡 일으켰다. 섬뜩한 꿈 때문에 몸이 식은땀으로 흠뻑 젖어 있었다.

그녀는 오랜만에 그날의 악몽을 꾸었다. 꿈이 어찌나 생생하던지, 아직도 코끝에서 비릿한 피비린내가 맴도는 듯했다.

"우리와 함께 가요. 미야 영애."

비노슈 가문의 빚을 갚아 주고 선택받은 귀족들만 다니는 아카데미와 중앙 사교계에 발을 들이게 해 주겠다며, 마담 오펠리아는 미야에게 은밀하게 접근했다.

어차피 가문은 몰락했고, 그녀에게는 미래가 없었다. 사채업자에게 시달리다가 나이 든 영감이나 지저분한 평민에게 팔려 가듯 시집을 가느니 차라리 죽는 게 나았다.

"제국에서 그 누구보다 빛나게 만들어 드리죠."

"어떻게요?"

"제국에서 모두의 사랑을 받는 가장 빛나는 존재. 성녀 말고 더 있습니까?"

미야는 가짜 성녀가 되어 달라는 마담 오펠리아의 요청을 받아들였다. 살아남기 위해서 어쩔 수 없다고 자기 합리화를 하며 악마를 부르는 의식에 참여했다. 그리고 그곳에서 그녀는 평생 잊을 수 없는 광경과 맞닥뜨렸다.

염소 문양과 육망성이 그려진 기이한 마법진.

사람의 시체가 썩는 냄새.

검붉은 피로 쓰인 JAMILA라는 이름.

미야가 자밀라라는 이름을 아는 이유는 4황비가 악마를 불러낼 때 자신의 진짜 이름을 사용하기 때문이었다.

그리고 그곳에서 미야는 악마의 속삭임을 들었다.

-너는 깊은 그림자를 가지고 있단다.

뇌와 고막을 울리는 스산한 목소리에 심장이 아프게 조여들었다. 촛불 뒤 그림자처럼 어른거리는 악마의 형상을 보면서 미야는 더는 돌이킬 수 없다는 사실을 깨달았다.

흑마법사들이 주문을 외는 소리는 점차 커졌고, 오펠리아는 미야를 향해 잘 갈린 칼을 치켜들었다. 제단에 올라온 양을 도살하는 듯한 눈빛이었다.

비명조차 지를 수 없었다. 붉은 피가 허공으로 솟구쳤고 미야의 새하얀 목덜미 위에는 깊은 자상이 생겼다. 벌어진 속살 안으로 그들이 말하는 성혈이라는 것이 처음으로 스며들었을 때의 그 고통은 말로 형용할 수 없을 정도로 지독했다.

하지만 통증에는 점차 무뎌지는 모양이다. 이제는 성혈이 부족하다 는 말을 들으면 초조해졌다.

'내가 진짜 성녀여야만 하는데……'

기회만 주면 누구보다 빛날 수 있는데.

데보라 시모어가 아직도 살아 있다는 소식에 마음이 약해져서 이런 악몽을 꾼 게 분명하다.

"이게 다 그 여자 때문이야!"

미야는 숨을 거칠게 헐떡이면서 손에 집히는 것을 전부 집어 던졌다.

'제발 죽었으면 좋겠어……'

마음의 그림자가 깊어진다. 미야는 점점 끝이 보이지 않는 새카만 늪으로 빠져들고 있었다.

4황비, 자밀라는 그늘이 드리운 얼굴로 톡톡 팔걸이를 두드렸다.

데보라 공녀를 살해하지도 못했는데 잃은 것이 너무도 많아서 속이 쓰렸다. 데보라 공녀가 마신께서 계시한 성녀라는 사실을 확신하게 되었지만, 현재 둘 수 있는 수가 거의 없는 상황이다.

'하아, 알베르가 흔적을 남길 줄이야.'

가장 아끼던 부하가 금술의 흔적을 지우지 못한 채 죽었고, 황실은 이번 방화의 용의자로 흑마법사를 지목했다. 감시가 더욱 심해진 상황. 게다가 데보라 공녀가 신성력을 발휘해서 미야가 의심받고 있었다.

'이번엔 그럭저럭 잘 넘어가긴 했지만 이다음이 문제군……'

향화 때 보여 줬던 신성력을 직접 발휘해 보라는 황태자 측의 압박 속에서, 미야는 도서관 화재로 화상을 입은 사람을 치유했다.

'덕분에 동정론을 등에 업게 되었지.'

황태자 측은 역풍을 맞을까 봐 더는 미야를 압박하지 못하게 되었다. 하지만 데보라 공녀가 목숨을 구한 석학들과 새하얀 빛을 본 목격자 때문에 미야가 성녀가 아니라는 말도 심심치 않게 나왔다. 그래서 현재 사교계는 때아닌 성녀 논란으로 혼란에 빠져 있었다.

다행히도 미야를 뒤에서 지지하던 신전과 원로원이 데보라 공녀가 성녀가 아니길 내심 바라고 있었기에, 공녀가 성녀라는 주장은 점점 힘을 잃고 있긴 했다.

'하지만 데보라 공녀가 향화 때 사용한 힘을 직접 시연하면 여론은 단숨에 뒤집히겠지.'

공녀가 만천하에 힘을 드러내기 전에 죽였어야 하는데, 이미 수포로 돌아갔다.

'그 전에 죽일 수 있는 기회가 생길까?'

한 번 더 악마와 거래를 해야 할까.

"주군. 어찌할까요?"

부복한 흑마법사들을 바라보던 자밀라는 어둡게 가라앉은 눈빛으로 입술을 깨물다가 자리에서 일어섰다.

"일단은 붉은 달이 뜨는 날까지 대기하거라."

붉은 달이 뜨는 날은 마계와 연결된 통로가 커지면서 주신의 개입이 약해지고 악마의 힘이 강해진다.

"그날이 얼마 남지 않았으니……."

그녀의 검은 눈동자가 선뜩하게 빛났다.

11
결착

"데보라, 그러고 보니 네 생일이 얼마 남지 않았더구나."

마주 앉은 시모어 공작이 체스판을 들여다보다가 불현듯 말했고 나는 퀸을 탁, 내려놓으며 고개를 끄덕였다.

"이번 생일은 손님을 부르지 않고 직계들만 모여 조용히 보내는 건 어떠냐? 널 노린 배후를 아직 밝히지 못한 상황이니……."

난 일기장에서 발견한 단서를 아직 부친에게 공유하지 않은 상태였다.

'배후를 추리해 내긴 했지만, 황족을 조사하고 추궁할 수 있을 만한 결정적인 증거가 없기도 해.'

황제가 가장 총애하는 4황비가 나를 노리고 있다니. 은근히 까다로운 상대라서 두통이 일었다.

생각에 잠겨 있던 나는 아버지의 제안에 대답 대신 검은 비숍을 들어 체스판을 가로지른 뒤 새하얀 폰을 툭 쓰러뜨렸다. 적진으로 용맹하게 쳐들어간 검은 비숍을 보던 아버지가 턱을 느릿하게 문질렀다.

"과감한 수로구나. 너다워."

나답다고?

그의 평에 나는 문득 격세지감을 느꼈다. 스스로를 소심하고 조용한 편이라고 생각하면서 살아왔는데 어쩌다 이렇게 된 건지.

'하긴. 다음 생이 있다면 호구처럼 살지 않겠다고 피맺힌 각오로 다짐했었지…….'

나는 그 독한 각오를 떠올리며 나이트를 집어 들었다. 몇 차례 공방이 오고 갔고 결국 아버지의 말은 퀸과 나이트에 포위되어서 옴짝달싹할 수 없게 되었다.

"체크메이트."

그는 한동안 이리저리 말을 움직이며 고민하다가 결국 항복을 선언했다.

"일부러 킹을 모서리 방향으로 끌어내기 위해 비숍을 내주었군. 엔리크나 너나 이 아비를 봐주는 법이 없어."

그는 한탄하듯 중얼거리면서 푹신한 등받이에 몸을 기댔다.

게임을 하다 보니 어느새 날이 저물어서 하늘은 새카맣게 물들고 어둠 속에서 싸락눈이 흩어지고 있었다. 집무실에는 침묵이 흐르는 가운데 시모어 공작의 은색 눈이 칼날처럼 서늘한 기운을 품은 채 어둑하게 가라앉아 있었다.

내 앞에서 내색은 안 하지만, 내가 황립 도서관에서 습격을 당한 후 그는 강한 적개심을 불태우고 있었다. 어느 정도냐면, 사병을 동원해 흑마법과 관계없는 사교도 무리까지 비 오는 날 먼지 털듯 털었고, 프랑소아 후작을 탈세 건으로 물고 늘어져 미야 쪽 자금줄을 틀어막았다.

하지만 머리나 몸통이 아닌 꼬리를 아무리 잘라내 봐야 소용없다는 걸 공작도 이미 알고 있을 것이다.

"아버지."

"그래. 말하거라."

"올해 제 생일 파티는 시모어의 공녀답게 그 누구보다 특별하게 열 거예요. 데뷔탕트를 제국에서 가장 성공적으로 치렀고, 사냥 대회 여왕도 되었는데 조용히 넘어가면 시시하잖아요?"

"……."

"물론, 뻔하게 이곳 타운 하우스로 손님을 초대할 마음도 없어요."

나는 비밀을 말하듯 속삭였다.

"선상 파티를 열 거예요."

"……선상 파티?"

덤덤하게 내 말을 듣던 그는 눈썹을 슥 위로 올렸다.

"네. 근사한 배 한 척을 선물로 받았어요."

입이 떡 벌어지는 스케일의 선물을 보낸 사람은 큰 항구를 낀 남부의 가주이자 배를 수십 척도 넘게 가진 이시도르였다.

'수도까지 그 커다란 배를 옮겨 오는 게 가능하다니.'

선물받은 배를 호룬 지구 주변을 흐르는 르네강에 띄운 뒤 선상에서 파티를 열 거라는 내 말에 공작의 눈동자에 황당함과 어이없음이 지나갔다.

"허어……."

그가 혀를 차면서 슬쩍 미간을 좁힌다. 내 허영과 사치를 지적할 줄 알았는데, 그의 입에서 나온 말은 의외였다.

"아비인 나도 아직 네 선물을 정하지 못했는데, 배를 선물로 준비하다니. 대체 누가 그런 기발한 발상을 한 거지?"

"……."

"보석은 조금 물릴 때가 되었다고 생각했는데. 나 참! 어떻게 그런 아이디어를……."

"저도 이시도르가 배 한 척을 선뜻 보낼 줄은 몰라서 놀라긴 했어요."

공작이 갑자기 진지하고 근엄한 표정으로 내 의견을 물었다.

"……데보라. 루비가 채굴되는 광산은 어떠니?"

"정말, 대단히 놀랍네요. 방금 심장이 떨어질 뻔했어요."

"광산이 배보다 낫지?"

"흠흠. 역시 동부 출신에겐 땅이 최고죠."

비싼 걸 선물로 준다는데 달리 사양할 이유가 없었으므로 나는 냉큼 대답했고, 공작은 그제야 굳은 표정을 풀고 슬쩍 웃으면서 커다란 손으로 내 머리칼을 쓰다듬었다.

"그래. 이래야 내 딸이지."

"……."

칭찬인지 욕인지 좀 애매했지만 아버지가 모처럼 즐거워하는 것 같아서 나는 빙긋 마주 웃었다.

"저건 대체 뭐죠?"

르네강 하류 선착장 위. 세련된 형태를 가진 2층짜리 최신식 선박 한 척이 정박해 있는 것을 목격한 사람들은 놀란 표정으로 웅성거렸다.

요트나 조각배의 네다섯 배 크기는 되어 보이는 새하얀 배는 등장하자마자 행인들의 시선을 끌었다. 도저히 안 본 척 지나치기가 힘들었다.

그리고 사람들은 얼마 지나지 않아 그 근사한 선박의 주인이 누구인지 알게 되었다.

"비스콘티 공작이 데보라 공녀에게 배를 선물했다고 하더군요."

"저런 하얗고 아름다운 배를 선물하다니. 너무 낭만적이네요."

최근 로맨스 소설에서 괜히 금발을 가진 남부 출신 영주가 유행하는 게 아니었다.

"저 배 위에서 데이트하면서 노을이 지는 풍경과 야경을 바라보면 너무도 근사할 것 같지 않나요?"

"배의 이름은 공녀의 애칭을 따서 '데비호(號)'라고 지었다더군요."

데보라 공녀가 받은 특별한 생일 선물을 모두가 부러워하는 가운데, 경매장에 라벤더빛을 띤 다이아몬드가 매물로 등장했다는 소식이 사교계에 돌았다.

최초에 3개 정도의 물량이 확보되어 있던 핑크 다이아몬드와는 달리, 라벤더빛을 띤 다이아몬드는 현재 유일무이하다는 소문도 함께였다.

"이 타이밍에 라벤더빛의 다이아몬드가 나오다니. 마치 노린 것 같군요."

"흐음…… 그러게. 보라색이라. 그분 얼굴이 바로 떠오르는군."

"누군지 말하지 않아도 알 것 같아요. 현재 사교계에서 가장 많이 거론되는 인물이니까요."

"보석 유통업자의 장사 수완이 보통이 아니야."

"한번 보면 그 보석이 가진 신비로움에 눈을 뗄 수가 없다고 해요."

새벽빛의 신비로움을 품은 라벤더색 다이아몬드.

마치 데보라 공녀를 위해 나온 듯한 보석이었고, 그녀의 생일을 앞두고 어떤 선물을 줄지 고민하던 이들은 전부 비슷한 생각을 하고 있었다.

"그 보라색 다이아몬드…… 내 여동생 생일 선물로 나쁘지 않을 것 같은데?"

벨렉이 옳거니 외치며 손가락을 딱 튕겼다.

"걔만큼 보라색 보석이 잘 어울리는 사람이 제국에 누가 있겠어? 그 물건, 당장 낙찰받아 오도록 해."

마침 비스콘티 공작은 신형 선박을 선물했고, 아버지는 광산을 선물해서 후보에서 빠진 상태. 제법 해 볼 만했다.

"그런데 벨렉 님……."

가신이 조심스럽게 입을 열었다.

"왜?"

"로자드 님도 보석 입찰에 참여하겠다는 의사를 밝혔답니다. 가격을 써내기 전에, 저쪽에서 고려하는 금액대를 미리 알아보는 게 좋을 것 같습니다."

"젠장! 왜 그 자식은 매번 나랑 생각하는 게 똑같아?!"

비단 로자드뿐만이 아니었다. 보험 사업으로 큰 이득을 본 바슬레인 가문 역시 입찰에 참여했으며, 5황녀까지 경쟁에 뛰어들었다는 소식이 사교계를 들썩이게 했다.

"황녀님. 얼마를 써내셨습니까?"

티에리가 궁금하다는 얼굴로 물었고 5황녀는 눈가를 가늘게 좁혔다.

"이 염탐꾼 같으니. 자네가 공녀에게 흑심이 한 조각 정도 있는 거 내가 모를 줄 아나? 만만한 가격이면 나보다 조금 올려서 써내 보려는 심산이지?"

"전 돈이 없습니다."

티에리가 당당하게 말했다.

그의 수중엔 한 푼도 없는 게 사실이었다. 하지만 이번 건은 어머니에게 돈을 꿔 볼 수 있을 것 같긴 했다. 데보라 공녀는 하늘숲에서 일어난 균열로부터 모친을 구출해 낸 은인이었으니까.

"음. 내 괜한 걱정을 했군."

5황녀는 한심하다는 얼굴로 낙찰받기 위해 써낸 가격을 속닥였다. 워낙 말 같지도 않은 가격이라서 티에리는 헛웃음을 삼켰다.

"예정대로 데보라 공녀의 선물은 목장에서 키우던 귀한 품종익 말로 해야겠어요."

"명마라. 그것도 선물로 나쁘지 않군."

"너무 쟁쟁해서 이건 뭐, 감히 비비지도 못하겠네요."

"나조차 낙찰받을 수 있을지 없을지 확신하기 힘들어. 시모어 쌍둥이들이 경쟁적으로 가격을 올리고 있거든."

확실한 건 핑크 다이아몬드 때보다 물밑 경쟁이 훨씬 치열하다는 것이다.

'현재는 시모어 쌍둥이가 가장 높은 입찰가를 써냈고 심지어 동률이군.'

한편, 색깔 있는 다이아몬드의 주인이자, 유통처인 〈다이에나〉를 운영하는 이시도르는 입찰 가격 현황과 참가자 리스트를 훑어보면서 느긋하게 차를 마시고 있었다.

'다들 열심이네.'

어차피 그 보석을 낙찰받을 사람은 처음부터 정해져 있는데.

'왜 모두 고작 선박 하나가 내 선물의 전부일 거라고 생각하지?'

……내가 그렇게 쪼잔해 보이나?

이시도르는 남들이 들으면 기함할 생각을 하면서 보석 낙찰 희망자 명단을 넘겨 보다가, 손을 멈칫했다.

명단을 응시하는 이시도르의 긴 눈매가 좁아졌다. 그의 날카로운 시선이 닿은 곳에는 '하비에르 히스테치'라고 적혀 있었다.

'3황자…….'

혹시나 했던 인물이 보라색 다이아몬드 낙찰에 참여해서 그는 입술을 슬쩍 비틀었다.

'제법 높은 가격을 적어 냈군.'

여러 번 낙찰 가격을 수정한 것으로 보아 남은 시간 동안 더 올릴 가능성도 보였다.

'아무래도 상관없지만.'

어차피 이번 경매에 참여한 이들 모두 이시도르의 들러리일 뿐이었기 때문에 3황자의 손에 보석이 떨어질 일은 없었다. 그리고 3황자의 이런 행동은 이시도르에게 확신을 심어 주었다.

'역시라고 해야 하나.'

난데없이 데보라의 치마에 술을 쏟고, 아카데미까지 찾아와 주변을 기웃거렸을 때부터 이시도르는 놈이 필라프와 동류라는 것을 직감적으로 깨달았다.

태생이 오만하고, 남보다 우위에 서는 것에 집착하며, 원하는 것은 수단과 방법 가리지 않고 반드시 손에 쥐어야 직성이 풀리는 덜떨어진 놈들.

'게다가 3황자는 제 모친인 4황비가 꾸미는 일의 내막을 알고 있을 테니, 미야 비노슈가 아닌 데보라야말로 성녀의 현신이라는 것을 확

신하고 있겠지.'

이시도르는 무표정한 얼굴로 동전을 던지기를 반복하다가 '라벤더 다이아몬드'라고 칭한 보석의 경매가 시작될 시간이 다가오자 몸을 천천히 일으켰다.

경매장 내부는 소문의 보석을 구경하러 온 사람들로 북적이고 있었다. 낙찰된 이후엔 보석을 멀리서도 구경조차 하기 힘들 게 뻔하고, 참여자의 면면이 화려해서 분위기는 더욱 과열되어 있었다.

홀 중앙, 커다란 유리관 안에 놓여 있는 보랏빛 다이아몬드는 어스름한 새벽빛을 두르고 있었고, 과연 이 아름다운 보석을 누가 낙찰받아 갈지 내기를 하는 귀족들도 다수였다.

그때 내부가 한차례 술렁거렸다.

"저기를 봐."

"로자드 시모어 님이야!"

로자드가 특유의 절도 있는 걸음걸이로 성큼성큼 들어왔고, 뒤이어 예민한 표정을 한 벨렉이 긴 머리칼을 거칠게 쓸어 올리며 등장했다.

'꼭 저놈이랑 같이 온 것 같네. 기분 나쁘게.'

쌍둥이 아니랄까 봐, 둘은 함께 출발한 것도 아닌데 동시에 경매장에 도착했다.

"저분은 5황녀님 아니신가?"

"바슬레인 후작 부인께서도 오셨어."

사교계 명사들이 속속들이 등장하자 경매장의 분위기는 후끈 달아올랐다.

"흐음."

낙찰에 참여한 사람들에게만 제공되는 VIP용 좌석에 비딱하게 앉아 다리를 꼰 로자드는 주변을 차가운 눈동자로 탐색하다가 3황자를 발견하곤 미간을 좁혔다.

'데보라가 은근히 인기가 많다는 건 익히 알고 있었지만, 저건 다소 의외로군.'

물론 3황자가 데보라가 아닌 다른 사람에게 보석을 선물하기 위해 참석했을 가능성도 있다. 하지만 이시도르와 3황자가 아카데미에서 칼부림을 낼 뻔했다는 이야기를 들은 적이 있기에 왠지 거슬렸다.

'뭐, 어차피 저 보석은 내 손에 떨어지게 될 테지만.'

로자드는 일부러 자신이 염두에 둔 가격을 외부에 흘렸고, 경쟁이 붙자 그 가격에서 무려 두 배를 높여 써냈다.

기준점이 되는 금액이 생기면 대부분 눈치를 보면서 그 금액에 10퍼센트, 많게는 30퍼센트를 올리기 마련이다. 과감하게 두 배를 올려 써내는 경우는 드물기에 그는 승리를 확신하고 있었다.

고작 여동생의 생일 선물을 사는데 왜 자신이 이렇게까지 무리를 하고 공을 들이고 있는지는 잘 모르겠지만.

'하긴, 그간 덕 본 게 많으니 이 정도는 해야지. 데보라는 가족 중에서 나와 가장 서먹하기도 하고……'

로자드가 자기 합리화를 하고 있는 동안 벨렉 역시 비슷한 생각을 하고 있었다. 이미 비싸다고 모두가 혀를 내두른 가격에 두 배를 곱한 미친놈은 자신뿐일 거라고.

경매 참가자들은 슬며시 올라오기 시작하는 긴장감을 숨긴 채, 낙찰자 발표를 기다렸다.

그때였다.

입구에서부터 예사롭지 않은 웅성거림이 들려오기 시작했다. 상냥한 웃음을 머금고 VIP들이 있는 자리로 들어오는 이시도르를 보는 벨렉의 눈이 커졌다.

"비스콘티 공자이 왜 여기를?"

전혀 예상하지 못한 얼굴이었다. 그는 이미 한차례 데보라에게 선물을 건넸으니까.

"이시도르, 너도 이번 경매에 참여한 거니? 바슬레인에서 노리던 품목을 선수 쳤으면 이 보석은 좀 양보했으면 하는데."

바슬레인 후작 부인이 퉁명스럽게 말하자 이시도르가 빙긋 웃었다.

"알잖아요. 데보라 공녀에 한해서 욕심 많은 거. 넘치는 애정을 조금이나마 보여 줄 수 있는 자리인데 제가 빠지면 섭섭하죠."

"하아. 다른 선물을 알아봐야겠네."

패배를 직감한 바슬레인 후작 부인이 한숨을 내뱉었다. 제 조카는 지는 게임은 시작도 하지 않았기 때문에 승산이 없었다.

다음 날.

라벤더 다이아몬드가 요네스 지구 타운 하우스 세 채를 상회하는 기록적인 가격으로 판매되었다는 소식이 사교계에 퍼졌다. 무려, 지난번 경매에 나온 핑크 다이아몬드의 세 배에 이르는 가격이었다.

"당연히 그 보석의 주인공은 데보라 공녀겠죠?"

"말해 봐야 입 아프죠. 비스콘티 공작도 정말 대단하군요. 그런 천문학적인 금액을 적어 내다니."

이 보석의 주인에 대한 이야기로 사교계가 떠들썩한 가운데, 황비가 머무는 궁은 발칵 뒤집혔다.

"화, 황비님, 고정하세요!"

제 아들이 그 시끄럽고 요란한 다이아몬드 경매에 참여했다는 소식이 4황비의 귀에 들어갔기 때문이다.

"이런, 정신 빠진 놈! 제가 거길 대체 왜 가?"

가뜩이나 데보라 공녀 때문에 골머리를 앓고 있는데 아들이 헛짓거리로 기름을 붓자, 그녀는 크게 분노하면서 손에 집히는 것을 죄다 집어 던졌다.

'대체 왜 그런 멍청한 짓을.'

설마 제 아들은 아직도 시모어 가문을 등에 업을 수 있을 거라는 망상을 하는 건가?

이시도르와 데보라 공녀의 사이를 갈라놓는 건 이미 불가능하다. 또한, 제국 건국 시기부터 푸른 머리칼을 가진 정통성 있는 후계자를 옹립해 오던 시모어와 비스콘티 가문은 애초부터 4황비의 교섭 대상이 아니었다.

'심지어 낙찰에도 실패했어.'

그 보라색 보석을 미야에게 건넨다면 그나마 상황이 볼만해지는 건데.

열이 확 뻗쳐서 자밀라는 잠시 목뒤를 주무르다가 몸을 벌떡 일으켰다. 3황자의 처소에 방문하기 위해서였다. 하지만 3황자의 방은 텅 비어 있었다.

"하비에르는 어디 있나?"

한참 후, 잔뜩 헝클어진 모습으로 3황자가 나타났다. 외박을 한 듯 술 냄새와 여자 향수 냄새를 풀풀 풍기는 아들을 보는 그녀의 표정이 일그러졌다.

"내가 북부 영주들과 가깝게 지내고 로이엔 백작은 멀리하라고 수십 번 말하지 않았니?"

"제 인맥은 제가 알아서 합니다. 세 살배기 아이도 아닌데 어찌 친구를 사귀는 것까지 사사롭게 간섭하십니까?"

"하비!"

한동안 얌전하게 틀어박혀서 검술 수련에만 몰두하는 듯하더니, 또다시 반항의 기미를 보이는 아들을 보며 4황비가 버럭 소리를 질렀다.

"사방이 적뿐인 고립무원 같은 황궁에서 유일한 네 편은 나라는 것을 아직도 모르겠니?"

하, 하고 3황자가 짧게 헛웃음을 내뱉었다.

"매번 저를 위한다고 하셨지만, 정작 이 나이 먹도록 제 손에 대체 뭐가 있는데요?"

그가 텅 빈 손을 내밀었다.

"……."

"후작 가문 영식 놈 중에도 감히, 황족인 저를 능멸하는 이가 있어요. 그런데 고작 작은 다이아몬드 하나를 손에 쥐려 한 게 뭐 그리 대단한 일이라고 이른 아침부터 찾아와서 화를 내십니까?"

"그렇다면 남들이 넘보지 못할 만큼 큰 금액을 써서 낙찰을 받았어야지! 황제께서 널 애정하시니 그 정도 선물은 해 주셨을 텐데, 왜 비스콘티 공작의 들러리만 서 주고 온 게냐! 지난번부터 왜 너 자신을 우습게 만드느냔 말이야!"

끝없이 쏟아지는 잔소리에 이미 익숙해진 3황자는 그녀의 말을 듣는 둥 마는 둥 했다.

'지긋지긋하군.'

날이 갈수록 숨이 턱 막힐 정도로 짙은 짜증이 밀려왔다. 어머니는 늘 자신을 위한다고 말하지만 이런 식으로 사납게 겁박하면서 자신을 꼭두각시처럼 부리려고 했다. 어릴 때는 모친에게 순종했지만 지금은 아니었다.

어머니와 떨어진 채로 홀로 북부에서 지내던 기간이 제법 길어서일까? 한 발짝 떨어져서 바라보니 어머니는 그리 대단한 사람이 아니었다. 뜻대로 진행되는 것은 그리 많지 않았고 계획은 번번이 실패했다. 그토록 강한 악마와 계약을 하고도 말이다.

"……내 말 알아들었니? 하비, 넌 내가 하라는 대로만 하면 된단다."

딴생각을 하느라 긴 잔소리를 전부 흘려들었지만 하비에르는 건성으로 고개를 끄덕였다.

"후우. 쉬거라. 그래도 그동안 수련을 게을리하지 않았으니, 더는 말을 얹지 않겠다."

곧 4황비는 화를 삭이면서 처소에서 나갔고 하비에르는 이를 꾹 악물었다.

'그간 하라는 대로 했는데 제대로 된 게 뭐가 있어. 괜히 궁으로 기어들어 와서 기분만 잡쳤군.'

그는 거친 손동작으로 외투를 집어 들고 다시 황궁 밖으로 나섰다.

궐련을 문 채 로이엔 백작 무리와 어울리던 그는 술자리에서 풍문을 주워듣게 되었다.

"비스콘티 공작이 거액을 주고 그 보라색 보석을 낙찰받은 건 데보라 공녀에게 정혼을 신청하기 위함이 아닐까, 하는 소문이 돌고 있어요."

"신빙성 있군요. 데보라 공녀가 공작 부인이 되기에는 조금 어려도, 도리어 정혼은 여타 가문 영애들에 비해 늦은 감이 있죠."

'프러포즈를 한다는 뜻인가?'

3황자는 천천히 연기를 내뱉으면서 눈가를 좁혔다.

"데보라 공녀가 비스콘티 공작의 정혼 신청을 받아들일까?"

3황자가 새카맣게 타들어 간 궐련 끝을 테이블 끄트머리에 아무렇게나 비벼 끄며 물었다.

"별 이변이 없는 한 약혼한 뒤에 결혼하겠죠. 사교계 최고의 신랑감으로 꼽히는 남자의 청혼을 군이 거절할 이유가 있겠습니까."

"비스콘티 공작의 정성도 대단하고요."

"크크. 비스콘티와 시모어라. 양쪽에 최고의 이득이 되는 결혼 장사군요."

로이엔 백작이 3황자의 잔에 술을 따라주며 히죽거렸고 옆에 있던 귀족은 고개를 주억거렸다.

"저는 솔직히 비스콘티 공작이 부럽습니다. 데보라 공녀가 제법 큰 상단을 운영한다고 들었거든요. 수입이 아주 짭짤하다는 것도요."

"상단뿐이 아닐세. 공녀가 시모어 공작으로부터 루비 광산을 선물받았다는 소문이 돌고 있어."

광산이라는 말에 모두가 감탄사를 터뜨렸다. 유흥을 즐기면서 흥청망청 써 대는 그들은 항상 돈이 부족했으니까.

"봄꽃 축제 당시 비스콘티 공작이 공녀의 파트너로 나타났을 때 모두가 의아해했는데 지금 보니 그 누구보다 선견지명이 있었어요."

"장인은 마탑주, 지참금으로는 광산. 그뿐이 아니라 공녀는 알게 모르게 사교계의 유행도 선도하고 있죠. 옆에 두면 으쓱해지는 상대인데, 나라도 가시 같은 까칠한 성격을 충분히 참아 줄 의향이 있습니다. 크크."

속물적이고 원색적인 대화가 오가는 가운데 누군가가 의문을 제기했다.

"그나저나 성질머리가 뾰족하기로 유명한 데보라 공녀가 성녀의 현신이라는 소문이 있던데…… 이게 말이 되는 겁니까?"

"당연히 헛소문이겠죠. 미야 비노슈가 성녀라는 게 훨씬 설득력이 있어요."

"하긴. 미야 비노슈의 머리카락은 성녀를 상징하는 분홍색이고, 그간 빈민가를 돌아다니면서 봉사를 해 왔지……."

"하지만 유명한 석학들이 단체로 위증할 리는 없잖습니까?"

"화재가 일어난 상황인데, 아무리 똑똑한 석학들이라도 맨정신이긴 힘들지 않겠어요?"

일행들의 성녀 논쟁을 들으면서 3황자는 술을 연거푸 들이켰다. 술로 젖은 붉은 입술은 기묘하게 비틀려 있었다.

미야 비노슈는 어머니가 악마의 힘을 빌려서 만들어 낸 가짜이고, 사실은 모두가 설마 하는 데보라 공녀 쪽이 진짜라는 것을 그는 알고 있었으니까.

'가짜…….'

어머니는 어릴 적부터 마치 입버릇처럼 자신의 손에 세상의 귀한 모든 것을 쥐여 주겠다고 단언했다.

"하비, 넌 선택받은 아이야. 내 말대로 하면 세상을 전부 네 발밑에 둘 수 있단다."

멋모를 때라, 모친의 말을 철석같이 믿고 추운 북부로 향했다. 그리고생하다 수도로 돌아왔는데, 정작 제 손에 떨어진 건 진짜 대신 웃기지도 않은 가짜 성녀였다. 진짜 성녀는 이시도르 비스콘티 놈이 차지했고…….

술이 들어가서인지 비스콘티 공작의 비웃음이 담긴 시선과 데보라 공녀의 비아냥거리는 말투가 생생하게 되살아난다. 저열한 본질을 꿰뚫는 이시두르의 냉소적인 시선은 내면에 잠재된 ㄱ익 열등감을 자극하는 구석이 있었다.

'내가 황족인데. 황제의 아들인데!'

제까짓 것들이 왜 감히 나를 무시하는 거야. 왜 내가 가져야 할 것들을 모두 엄한 놈들이 쥐고 있느냔 말이야.

속이 확 비틀리는 듯한 감각을 느끼면서 3황자는 손에 든 유리잔을 강하게 움켜쥐었다.

"괘, 괜찮으십니까?!"

유리가 산산이 조각나며 주변에 있던 귀족들이 아연실색했지만, 3황자의 귀에는 웅웅거리는 이명만이 이어졌다.

'이제 어머니 말에 휘둘리는 건 질렸어.'

텅 비어 있던 손아귀에 핏물이 가득 고이기 시작했고 그는 비릿한 미소를 지으면서 주먹을 천천히 쥐었다가 폈다.

꿈에서 나일라는 피를 가득 머금은 듯한 붉은 달을 바라보았다. 인터넷을 검색하다가 사진으로 본 레드문과는 차원이 다른 불길한 빛이었다.

그리고 나일라는 붉은 달 밑에서 때아닌 청승을 떨고 있었다.

"나 미련한 인간인 거 알았으면서, 그간 호구라고 구박했으면서, 왜 새삼 밀어내는 건데?"

그녀가 우울하게 혼잣말을 중얼거렸다.

"내가, 그렇게 질리는 타입인가?"

착한 여자는 취향이 아니라는, 이시도르와 닮은 남자의 말 때문에 나일라는 내심 충격을 받은 상태였다. 하지만 한 발짝 떨어져 제3자의 눈으로 전생의 기억을 관람하는 나로서는 남자가 왜 갑자기 그녀를 밀어내며 심술을 부렸는지 알 것 같았다.

'······나일라가 은근히 인기가 많았군.'

사막을 건넜을 당시엔 남자와 나일라 단둘뿐이었지만, 역경을 뚫고 수도로 귀환하자 제법 많은 지원군이 그녀를 반겼다. 히스테치 가문의 장남은 나일라와 소꿉친구 사이였고, 대마법사인 시모어 쌍둥이들은 그녀를 딸처럼 소중히 여기고 아꼈다.

그뿐이 아니었다. 오르고와 몬테스 가문의 초대로 추정되는 이들도 그녀와 가까운 사이였다.

'······질투했네. 질투했어.'

내심 혀를 차고 있을 때, 돌연 시야가 붉게 이지러지더니 불길한 까마귀 소리와 함께 하늘이 점차 검붉은빛으로 물들기 시작했다.

나일라의 기억은 이제 점점 끝을 향해 다가가고 있었고 나는 식은

땀을 흘리며 눈을 떴다.

"흡……."

익숙한 천장이 보이자마자 절로 안도의 한숨이 흘러나온다. 말이 꿈이지, 마계의 문이 열리는 장면이 눈앞에서 생생하게 벌어졌기 때문에 심장이 아플 정도로 거칠게 뛰고 있었다.

나는 목덜미에 맺힌 식은땀을 훔치며 고개를 돌렸다. 창밖의 하늘은 짙은 먹구름만 느릿하게 흘러갈 뿐 평소와 똑같다. 하지만 꿈에서 보았던 검붉게 물든 하늘이 자꾸만 어른거려서 나는 다시 잠들지 못하고 오랫동안 몸을 뒤척였다.

얼마나 뒤척댔을까, 어느새 창문 너머로 어슴푸레한 새벽빛이 들어오고 있었다. 기분 전환을 하기 위해 이시도르가 선물한 행운의 주화를 가볍게 위로 튕겼다.

나는 반짝거리는 동전 앞면을 한동안 바라보다가 몸을 일으켰다.

'오랜만에 일찍 일어났네.'

평소엔 내킬 때까지 늘어지게 잠을 자는데, 모처럼 이른 시간에 나와 별채 주변을 산책했다. 그러던 중 정원 뒤뜰 쪽에서 사용인들의 수다를 듣게 되었다.

"세상에! 선박 위를 꽃으로 꾸미고 있다고요?"

"네. 비스콘티 공작님이 공녀님께 배를 선물한 것도, 라벤더 다이아몬드를 낙찰받으신 것도, 모두 정혼 신청을 하기 위함이었어요."

이시도르의 행동이 로맨틱하게 느껴졌는지 꺄악 하고, 여기저기서 들뜬 비명이 터져 나왔다.

"게다가 폭죽을 샀다고 하던데, 생일날 밤에 프러포즈하려는 걸까요?"

"듣기만 해도 낭만적이에요. 선상 프러포즈라니!"

나는 그들의 수다를 들으며 애매한 기분으로 턱을 긁적였다.

'예상보다 훨씬 빠르게 소문이 퍼져 나가고 있네.'

내 애칭을 딴 새하얀 배 위에서 이시도르가 내게 정식으로 정혼을 신청할 거라는, 저 소문의 근원지는 사실…… 나였다.

물론, 공범은 늘 그렇듯 이시도르였고.

그날. 그러니까, 4황비 자밀라가 내 목숨을 노리는 배후라는 것을 알게 된 순간부터 나는 고민에 빠졌다.

이미 상대는 내가 진짜 성녀라는 사실을 알고 있으니, 호시탐탐 목숨을 노리려 할 것이다.

'아이고. 내 팔자야.'

이쪽 역시 4황비가 배후라는 것을 확신하고 있으니 스코어로 따지자면 동점이라고 할 수 있지만, 문제는 황족을 조사하거나 추궁할 수 있는 실질적인 증거가 전혀 없다는 것.

또한, 흑마법을 엄격하게 배척해 오던 황실 안에서 오랜 기간 정체를 숨겨 왔다는 건, 4황비가 흑마법사라는 증거를 잡아내기 어렵다는 방증이기도 했다.

'……일단 어둠 속에 있는 적을 밝은 곳으로 끌어내야 해.'

오랜 기간 이어진 탄압으로 인해, 흑마법사들은 숨어드는 것에는 도가 텄을 것이다. 황실 근위대가 도서관 방화의 주범인 흑마법사를 잡겠다면서 여기저기 들쑤셨지만 결국 실패했다.

'차라리 제 발로 나오게 하는 편이 나아.'

나는 이시도르의 집무실 책상 위, 체스판에 놓인 새하얀 비숍으로 손을 뻗었다.

"우리가 먼저 미끼를 던지자. 도서관에서 작정하고 방화를 저지른 걸 보면 그쪽도 몸이 단 것 같던데."

"유인책을 쓰시겠다는 거군요."

이시도르의 말에 나는 고개를 끄덕였다.

"4황비가 흑마법사라는 증거를 찾는 것보다 이쪽이 더 빠를 거야. 군침이 도는 미끼로 유인한 뒤에 단숨에 일망타진하는 거지. 어때?"

그는 쉽게 대답하지 않았다. 그들이 노리는 것은 결국 내 목숨이기 때문에, 이시도르는 내가 나 자신을 미끼로 쓸까 봐 걱정하는 기색이었다.

"그런 걱정은 하지 마. 내 꿈은 무병장수인걸."

"……."

"이시도르. 미끼로 선박을 이용하는 건 어떨까?"

나는 비숍을 천천히 대각선 방향으로 옮겼다.

"마침 내 생일이 다가오고 있어서 생각난 작전인데……."

"말씀하시죠."

"내게 남부에 있는 선박 중 하나를 빌려줄 수 있어?"

"……."

"선상 파티를 열면, 내가 배 위에 있다는 정보를 자연스럽게 적들에게 흘릴 수 있어."

나는 검은 폰에 의해 툭 쓰러지는 비숍을 보면서 천천히 말을 이었다.

"아마 적들은 배를 도서관보다 훨씬 침입하기 쉬운 장소라고 생각할 거야. 특히 르네강 하류는 유속이 강하고 주변에 큰 숲도 있으니 적의 입장에선 몰래 숨어들어 배를 공격하기 쉽기도 해."

강 위에 띄운 배는 결국 적을 끌어내기 위한 미끼인 셈이다.

"그런데, 걸려들지는 모르겠네⋯⋯."

내 중얼거림에 이시도르는 체크메이트가 된 킹을 바라보았다.

"걸려들도록, 개연성을 한번 만들어 보죠."

내 말뜻을 알아들은 이시도르는 다음 날 곧장 커다란 배를 선물했다. 게다가 경매에 희귀한 보석을 내놓기까지. 그리하여 사람들은 아주 자연스럽게 이시도르가 그 배 위에서 프러포즈를 할 거라는 결론에 이르게 된 것이다.

부디 저들이 그간 차곡차곡 만들어 낸 소문에 잘 낚이길 바라면서 사용인들의 대화에 귀를 기울이던 나는 뒤에서 스산한 기척을 느끼고 급히 돌아보았다.

"너, 여기서 뭐 하냐?"

내 뒤에 음산한 얼굴로 벨렉이 서 있었다.

"오라버니야말로 왜 여기 있어?"

아오, 깜짝 놀랐잖아.

"네가 이렇게 일찍 일어나다니. 해가 서쪽에서 뜨겠군."

"오라버니는 수면 부족이야? 얼굴색이 많이 안 좋은데."

"이시도르, 그 여우 자식이 감히 이 몸을 보석 경매의 들러리로 세웠는데 좋은 표정이 나올 수가 있겠어?"

"내 머리에서부터 나온 계획이잖아. 좋게 생각해."

"후우."

그가 머리를 거칠게 쓸어 올리면서 짧게 한숨을 내쉬었다.

최근 떠도는 각종 소문은 내가 냈으며, 선물받은 선박으로 흑마법사를 유인해 낼 거라는 계획은 가족들에게만 은밀하게 공유했다. 내게 약점을 잡혀 있는 벨렉은 그 누구보다 믿을 만했고.

"오라버니. 그나저나 그건 찾았어? 내가 부탁한 생일 선물."

"그래…… 정말 있더군."

작게 중얼거린 그는 문득 어이없다는 듯 헛웃음을 내뱉었다.

"너처럼 생일 선물을 찾아내라고 협박하는 인간은 난생처음 본다!"

"어차피 오라버니가 생각해 낼 선물이 대단하지 않을 게 뻔한데, 내가 원하는 걸 찾아 주는 게 낫잖아? 사는 게 아니라 찾는 거니까 돈도 안 들고."

시모어 직계들이 선물을 고르는 센스가 꽝이라는 건 지팡이를 든 마법사 장난감만 세 개를 받은 엔리크의 경우만 봐도 익히 짐작할 수 있었다.

"말이나 못하면! 네 성격 감당할 녀석은 이시도르밖에 없을지도 모르겠다."

그가 문득 내 손을 세게 움켜쥐었다.

"근데, 이건 뭐야?"

"네 말대로 찾아낸 거니까 선물이라고 하긴 좀 그렇잖아. 라벤더 다이아몬드만큼은 아니더라도 이것도 돈 좀 들었다."

벨렉은 휙 몸을 돌리고는 재빨리 사라졌고, 나는 그가 던지듯이 건넨 보석함을 바라보면서 피식 웃었다.

"괜찮아요?"

"뭐가?"

"생일을 이렇게 보내는 거요."

누구보다 행복하게 보내야 할 생일을 흑마법사들을 유인하기 위한 미끼로 이용하는 것이 속상하지 않으냐고 이시도르는 내게 물었지만, 전혀 아니었다. 나를 이용하는 사람이 아닌, 아껴 주는 사람이 이곳에 많으므로 이미 나는 큰 선물을 받은 것처럼 기뻤다. 그러다가 흠칫 놀랐다. 어느새 난 윤도희의 생일이 아닌 데보라의 생일을 진심으로 나의 것이라고 받아들이고 있었으니까.

그래, 여긴 더 이상 내게 소설 속이 아니다.

진짜 내 세상이었다.

[제법 좋은 기회라고 생각합니다. 명령을 내려 주시면 3지구 잡화점 지하에서 모임을 소집하겠습니다.]

의상실 사용인으로 위장하고 있는 흑마법사 중 한 명이 4황비에게 드레스 디자인이 담긴 카탈로그를 가져왔다. 그 안에는 쪽지가 들어 있었다. 흑마법사는 언뜻 평범한 의상실 직원처럼 보였기에 그 광경은 전혀 위화감이 없었다.

4황비는 붉은 드레스가 있는 페이지를 펼친 채로 손끝을 톡톡 두드렸다. 그녀가 네 번째 손가락을 접고 검지와 중지를 들어 일정한 간격으로 네 번 두드린다는 건, 기다리라는 뜻이었다.

흑마법사들은 오래전부터 합의된 수신호를 통해 외부에서 은밀하게 소통해 왔다. 붉은 드레스를 가리키는 걸 보니, 계획대로 붉은 달이 뜰 때까지 조용히 몸을 사리자는 것이겠지.

그녀의 뜻을 유추한 흑마법사가 조용히 물러났고 자밀라는 입술을 지그시 말아 문 채 생각에 잠겼다.

'······선상 파티라.'

어제 오후, 봄꽃 축제용으로 개발하던 폭죽 아티팩트가 팔렸다는 고급 정보가 들어왔다. 게다가 오케스트라를 부를 예정인지 선박에 피아노를 실어 나르는 것을 봤다는 사람도 있었다.

'폭죽을 쓴다는 건, 밤에 프러포즈 이벤트를 벌이겠다는 뜻이야.'

더불어 배의 규모는 요트 4배 정도의 크기. 작지는 않지만 그렇다고 아주 많은 인원이 들어갈 수 있는 장소는 아니다. 오케스트라로 선상을 채우고 나면 선상 파티에 초대할 수 있는 인원은 더욱 줄어들 수밖에 없다.

'비스콘티 공작과 데보라, 단둘이 있을 확률이 높겠군.'

단둘이 배 위에 있다니. 심복의 말대로 공녀를 없애기에 천재일우의 기회였다.

'하지만······.'

그녀는 감이 좋은 편이었다.

'왠지 그럴듯한 함정 같단 말이지.'

상당히 먹음직스럽게 느껴져서 더욱 꺼려졌다. 한번 의심하기 시작하니, 생각하면 할수록 배후에 있는 자신을 밖으로 끌어내기 위한 유인책처럼 여겨졌다.

'그런 음흉한 능구렁이가 성녀라니.'

일생에 단 한 번뿐인 프러포즈라는 행사를 흑마법사를 잡기 위한 미끼로 써?

예전 같았으면 허영심으로 가득한 망나니 공녀가 이런 전략을 세웠다는 것을 절대 믿지 않았겠지. 하지만 그동안 데보라 공녀는 깜찍하게도 성녀라는 사실을 잘 숨기고 있었다.

더불어 자신은 공녀 암살 계획이 실패해서 궁지에 몰려 있는 상황. 기다렸다는 듯 곧바로 마음을 흔드는 유인책을 내놓은 것으로 보아, 심리전에도 능한 편인 것 같았다.

'……확실히, 지금 내 상황이 좋지는 않지.'

지금 기회가 아니면 공녀를 영영 처리하기 힘들어질지도 모른다.

그러나 데보라 공녀가 모르는 것이 있다. 곧 붉은 달이 뜬다는 사실.

마계로 통하는 힘이 더욱 강해지는 순간 향화를 능가하는 혼란을 일으킬 수 있을 테고, 분명…… 마지막 기회가 생길 것이다.

'향화 때처럼 허무하게 날려 버려서는 안 돼.'

그때는 영혼을 전부 내어 주는 한이 있더라도 반드시 방해되는 것을 제거해 버릴 생각이었다.

'……그래, 지금은 아니야.'

그녀는 인내하듯이 눈을 지그시 감았다.

"오늘, 성녀의 피를 제물 삼아서 악마와 계약을 할 것이다."

3황자 하비에르의 선언에 그를 오랜 기간 북부에서 보필하던 흑마법사들이 군침을 삼키듯 목울대를 일렁였다. 마신께서 계시한 성녀가 데보라 공녀라는 사실을 알게 된 흑마법사들은 인내심을 빠르게 잃어가고 있었다.

마신이 지상에 강림하길 고대하는 사도들에게 성녀만큼 위협적이고 불길한 존재는 없었다. 역으로 성녀의 피와 살, 뼈만큼 탐나는 재물 또한 존재하지 않았다.

등가 교환을 원칙으로 하는 악마가 성녀의 피를 얼마나 높게 쳐 줄지 상상도 되지 않았기에 그들은 데보라 공녀를 죽이고 싶어서 몸이 달아 있었다.

"그대들도 알다시피 내 몸속엔 히스테치 황가의 피와 강인한 흑마법사의 피가 동시에 흐르고 있다."

3황자가 흑마법사들 앞에 서서 엄숙한 얼굴로 말했다.

"여기에 성녀의 피까지 바치면 어떤 악마가 내게 손을 내밀게 될지, 그대들은 짐작할 수 있나?"

그는 자신만만하게 말을 이었다.

"나는 강한 힘을 손에 쥐면, 어머니처럼 소극적으로 움직이지 않을 것이야. 이 몸을 따른다면 그간 견뎌 왔던 모멸의 시간을 모두 보상받을 수 있다. 나는 마신의 힘으로 세상을 내 발아래 둘 것이다."

그간 바라던 것을 입 밖으로 선언하자, 마치 이미 이루어진 것 같은 고양감이 들었다. 진즉에 이렇게 했어야 했는데, 왜 그간 어머니가 하라는 대로 질질 끌려다니기만 했는지 이해할 수 없었다.

"과연, 황자님이야말로 진정 마신의 선택을 받으시겠군요."

"황자님, 계획이 성공하면 저에게도 성녀의 피를 나눠 주십시오."

흑마법사들의 간절한 부탁에 하비에르가 킥킥대며 웃었다.

"그 시건방지고 오만한 여자를 바로 죽일 생각은 없어. 돼지우리에 가둬 놓고 오랫동안 피를 뽑아낼 생각이니까."

3황자의 선동은 제대로 먹혀들었다. 제거해야 할 주적이 눈앞에 있는데 계속 기다리라고만 명령하는 자밀라의 뜻에 반발하는 이들이 속속 생겨났기 때문에 더더욱.

또한 알베르의 죽음으로 4황비는 점차 지배력을 잃고 있었다. 흑마법사 집단을 노련하게 통솔하던 알베르가 사라지자, 여기저기 목소리가 커지면서 내부에 균열이 생기기 시작한 것이다.

게다가 3황자는 히스테치 황가의 고귀한 피를 가졌다. 4황비는 대악마의 계약자이긴 하지만, 균열을 일으키거나 이따금 계시를 받는 수준이다. 황가의 피가 흐르는 영혼과 성녀의 피를 담보로 소환 의식을 하면 진정 마신이 이 세상에 강림할지도 모른다는 기대감이 그들 사이에서 피어 올랐다.

"그럼 바로 착수하지."

"예, 황자님."

르네강 하류 빈민가에서 집회를 가진 그들은, 사방이 점점 어두워지자 작전을 실행하기 위해서 뿔뿔이 흩어졌다.

여기저기서 공수해 온 나룻배를 하나둘씩 끌고 온 흑마법사들은 그것들을 거대한 검은 천 아래 숨겨 놓은 뒤, 빽빽한 참나무로 둘러싸인 고즈넉한 숲 언덕배기 위에서 강가를 내려다보았다.

짙은 고요와 팽팽한 긴장감이 흐른다.

얼마 후, 근방에서 화려한 폭죽이 터지는 소리가 났다. 그들이 서 있는 장소에서도 불빛으로 반짝이는 배와 선상 사람들의 실루엣이 생생하게 보였다.

"참 요란하게도 프러포즈를 하는군."

잘난 낯짝으로 웃고 떠드는 것도 오늘이 마지막이다. 데보라 공녀의 도도한 얼굴이 고통으로 일그러지는 모습을 상상한 3황자는 웃음을 삼키면서 배를 바라보았다.

얼마 후.

물이 흐르는 방향으로 배가 움직이면서 3황자 무리가 대기하고 있는 장소와 배가 점차 가까워졌다. 빠르게 숲 언덕에서 내려온 선발대가 쪽배를 타고 재빨리 선박이 있는 방향으로 노를 젓기 시작했다. 배가 가까워질수록 서정적이 피아노 연주 소리가 점점 커졌다.

수십 명에 이르는 흑마법사들이 작전대로 선체 측면에 있는 개구부 쪽에 매달렸고, 숲에 숨어 있는 흑마법사들은 시체 다섯 구를 이용해 수중 마물을 소환하는 의식을 준비했다. 그들은 성녀를 죽인 뒤 배를 전복시켜서 균열을 통해 나온 마물이 한 짓이라고 뒤집어씌울 생각이었다.

갑판 뒤쪽으로 진입해, 파티가 벌어지는 선두 쪽으로 은밀하게 나아가던 그들은 뒤늦게 뭔가 이상한 것을 느끼고 멈칫거렸다.

"인형……?"

그들이 사람 실루엣이라고 생각한 것은 달그락거리며 움직이는 정교한 인형이었다. 그리고 음악은 오케스트라의 연주가 아니라, 아티팩트에서 흘러나오고 있었다.

"큭!"

그때였다. 텔레포트로 이동한 마법사들이 숲 주변으로 하나둘씩 등장했고 배 위를 향해 매직 애로우가 쏟아지기 시작했다. 근처에 서 있던 흑마법사가 활처럼 변형된 마나에 몸이 꿰뚫려서 단숨에 절명하자 3황자의 안색이 창백해졌다.

뱃머리에서 메아리치던 서정적인 연주는 어느새 뚝 끊겼다. 갑판 위는 순식간에 흑마법사들이 내는 거친 비명과 구둣발 소리로 가득 찼다.

"대, 대체 이게 뭐야……."

3황자가 얼빠진 얼굴로 주위를 두리번거릴 때, 또다시 숲 방향에서 매직 애로우가 쏟아지기 시작했다.

시모어 공작이 이끄는 마법사들은 르네강 하류에 있는 숲에 바로 도착할 수 있는 스크롤을 미리 제작해 두었고 신호를 받자마자 작전을 개시한 것이다.

숲에 도착하는 마법사가 점차 많아지자 매직 애로우의 기세는 더욱 강해졌다.

"으윽!"

이윽고 날카롭게 벼려진 마나가 3황자의 어깨에 깊게 박혔다. 근육이 끊어지는 통증에 3황자가 숨을 삼키면서 몸을 비틀거렸다.

"흐으, 크아악……!"

검을 잡는 오른팔을 못 쓰게 된 그의 얼굴이 새파래졌다. 어깨에서 올라오는 격통보다 함정에 빠졌다는 사실이 그를 더 겁에 질리게 만들었다.

3황자는 선봉에서 전투를 이끈 경험이 여러 번 있었지만, 북부에서 균열을 만들어 낸 사람은 다름 아닌 모친이었기에 언제나 예상 가능한 상황만 맞닥뜨려 왔었다. 돌발 상황에 처하자 3황자는 순식간에 평정을 잃었고 그가 이끌고 온 흑마법사 무리는 적의 기습 공격으로 인해 추풍낙엽처럼 쓰러졌다.

숨을 헐떡이면서 왼팔로 검을 움켜쥔 3황자가 다급히 검기를 끌어 올려 마나로 이루어진 화살을 쳐냈다. 하지만 매직 애로우의 공세가 멈추자 난데없이 사방에서 물기둥이 치솟았다. 배를 전복시킬 것처럼 강하게.

"이대로라면 전멸입니다! 피하십시오, 함정입니다!"

주변에 있던 흑마법사 중 한 명이 마법이 날아오는 방향으로 검은 불꽃을 쏘아내며 3황자에게 다급하게 말했다. 이미 도망가기 위해서 강으로 뛰어드는 이들도 있었다. 애로우 마법에 맞아 구멍이 숭숭 뚫린 선박은 사나운 물기둥에 전복될 것처럼 위태롭게 흔들렸다.

"제길!"

비틀거리던 3황자는 결국 무장을 해제하고 아래로 뛰어내렸다.

"커흡! 컥!"

간신히 수면 위로 머리를 내민 그가 근처에 있는 부두 방향으로 나아가기 위해서 팔을 내저었다.

'일단, 여기서 몰래 빠져나가기만 하면 돼.'

그때였다. 허둥대며 앞으로 나아가는 3황자를 무언가가 가로막았다. 배의 앞머리였다.

바람 마법을 이용해 쾌속선처럼 빠르게 다가온 수많은 나룻배가 강 위를 허우적거리는 흑마법사들을 포위하기 시작했다. 단 한 명도 도망치게 놔두지 않겠다는 듯이.

헤엄을 멈추고 황급히 고개를 치켜든 3황자는 선뜩하게 빛나는 붉은 눈과 마주했다.

데보라 시모어.

3황자가 숨을 거칠게 몰아쉬며 이를 뿌드득 갈았다.

"네년이 감히!"

"이쪽도 널 노린 건 마찬가지라서. 직접 찾아와 줘서 고맙다."

"크흑!"

"이제 네가 인질이 되어 줘야겠어."

3황자가 굴욕감에 찬 얼굴로 공녀를 향해 저주에 가까운 욕설을 퍼부었지만, 그도 잠시였다.

파지직—!

강력한 힘을 가진 전격 마법이 흑마법사들이 허우적거리고 있는 강물 위로 퍼져 나갔다. 물에 젖은 몸속을 순식간에 전류가 통과한다.

3황자의 기억은 거기까지였다.

"끝났군."

강 위로 쏟아진 전격 마법에 맞은 3황자와 흑마법사 무리는 전부 감전된 채 기절했고 나는 3황자를 쉽게 손에 넣을 수 있게 되었다.

'어째 이놈은 예상과 단 한 치도 빗나가지를 않냐.'

나는 기꺼이 이쪽의 포로가 되어 준 3황자를 보며 혀를 내둘렀다. 4황비는 분명 까다롭고 어려운 상대지만 저놈은 딱 예상대로였다.

'이번 수 싸움에서 4황비가 간과한 것이 하나 있지.'

유인책은 상대방의 정체를 잘 모를 때 주로 사용하는 전략이다. 내 수를 읽었다면, 4황비는 자연스레 이쪽에서 자신의 정체를 전혀 파악하지 못했다고 생각했을 것이다.

'그러니 이번 유인책이 자신을 끌어낼 의도라고 생각했을 거야.'

정작 4황비는 제 몸을 사리고 내가 가진 의도를 가늠하느라 그녀의 유일한 약점이자 짐덩이인 3황자의 동향을 파악하는 데 소홀했던 것이다.

'아들 단속에 실패했지.'

애초에 나와 이시도르가 이 덫에 걸려들 가능성이 있다고 여긴 상대는 3황자였다.

로이엔 백작이 벌인 파티에 잠입한 블랑샤 정보원을 통해, 이시도르는 3황자가 야심이 있는 인물이며 현재 상황에 불만이 많다는 것을 알아냈다. 라벤더 다이아몬드 경매에 참석한 것을 보면 3황지기 성녀를 탐내고 있다는 사실도 명확하고.

'그놈의 성녀가 뭐길래……'

원래는 소수만 참여하는 선상 생일 파티를 기획했으나, 탐욕으로 가득한 3황자를 자극하기 위해 프러포즈를 한다는 소문을 퍼뜨렸고 결과는 성공적이었다.

3황자가 미끼를 물었다!

3황자와 그가 이끄는 흑마법사들이 덫으로 제 발로 기어들어 가는 광경을 비행 마법으로 확인한 이시도르는 마법을 이용해 선박이 대기하던 선착장으로 바로 이동해 신호를 보냈다.

인형술사인 미슐 그랑베르에게 협찬받은 인형과 녹음 아티팩트만 실은 선박은 로자드의 바람 마법을 이용한 덕분에 선원을 태우지 않고도 적들이 매복한 곳으로 이동할 수 있었다. 로자드가 바람을 자유자재로 다룰 수 있어서, 강으로 뛰어내려 도망치는 흑마법사를 배로 포위한다는 작전은 더욱 수월하게 진행되었다.

처음부터, 나는 위험한 선박 위에서 난전을 벌일 생각이 전혀 없었다.

'내가 아끼는 사람들이 다치는 걸 보기 싫거든.'

매직 애로우를 쏘아 적들을 배에서 뛰어내리게 만든 뒤, 숲 맞은편에서 대기하던 배로 포위하고 전기 충격으로 마무리.

'아무도 잃지 않고 3황자와 흑마법사 무리를 잡는 데 성공했어.'

쿵쿵, 거칠게 뛰는 가슴을 다독인 나는 숨을 천천히 몰아쉬며 주변을 둘러보았다.

"대충대충 실어라."

시모어 공작이 밧줄로 묶여 있는 흑마법사들을 바라보며 차갑게 명령했다. 흑마법사들의 팔다리에는 신성력이 담겨 있는 구속구가 채워졌고, 시모어 공작의 명령을 받은 마법사들은 기절한 흑마법사들을 감옥 형태의 수레 위로 대충 던져 넣었다.

악마에게 제물을 바치기 위해 살인과 납치를 밥 먹듯이 일삼던 놈들이다. 이쪽 손을 더럽히지 않아도 황실 사법부에서 큰 형벌을 내리겠지.

얼마 후.

남은 잔당이 있는지 확인하기 위해 강 하류 주변을 둘러싼 숲을 탐색하던 벨렉이 나타났다.

"이 빌어먹을 자식들이 사람 사체를 제물로 마물을 소환하려고 했다."

벨렉이 잡아들인 흑마법사들은 피로 그려진 마법진과 함께 밧줄로 꽁꽁 묶여 있었다.

"증거 인멸을 하기 위해 물속에서 활동하는 마물을 소환하려 했겠군요."

기이한 문양이 그려진 스크롤을 집어 올린 이시도르가 입꼬리를 슥 말아 올렸다.

"이걸 3황자가 흑마법사들과 결탁했다는 증거 자료로 제출해야겠어요. 이런 게 없어도 이미 빼도 박도 못하긴 하겠지만."

이시도르의 말대로 상대는 벼랑 끝에 몰린 상황이다. 이번 흑마법사 소탕 작전에는 시모어 직계만이 아니라 마탑과 백기사단도 참여했으니까. 다른 가문의 귀족들도 3황자가 흑마법사 무리를 이끌고 배를 습격하는 광경을 눈으로 직접 보았으니 목격자도 충분했다.

"이건, 이쪽으로 넣어."

소중한 인질인 3황자는 특별히 3중 결계가 쳐져 있는 가장 단단한 수레 감옥에 던져 넣었다.

"……그나저나, 이런 놈을 황제로 세우려 하다니 설마 시모어가 이 팔푼이를 순순히 황제로 인정하고 따를 거라 생각한 건가?"

로자드가 황당하다는 얼굴로 중얼거렸다. 나 역시 기절한 채 뻗어 있는 3황자를 보면서 어이없는 기분을 삼켜야 했다. 4황비가 아무리 능력이 뛰어나고 머리가 좋다 한들, 자기 자식에 한해서는 객관화가 잘 안 되는 모양이었다.

"자식이란 늘 부모의 뜻대로 되지 않지."

시모어 공작이 씁쓸하게 중얼거린다.

점점 밤이 깊어지고 상황이 마무리되어 갈 무렵 이시도르가 심어 놓은 정보원이 다급하게 이쪽으로 뛰어왔다.

"비스콘티 공작님!"

"보고해라."

"4황비의 수상한 동태가 파악되었습니다."

"뭐, 뭐라? 하비가…… 내 하비가…… 흑마법사를 끌고 갔다가 그 계집에게 납치가 돼?"

"크윽, 고, 고정하세요!"

"그, 그럴 리가 없어. 다시 말해!"

아니야.

아니라고!

아무리 현실 부정을 해 보아도, 텅 빈 하비에르의 침소는 아들이 제 발로 사지에 들어갔다는 것을 적나라하게 암시하고 있었다.

"커허헉!"

충격적인 소식을 전한 측근의 목을 강하게 조르던 4황비는 몸을 덜덜 떨다가 숨을 헐떡이면서 궁 밖으로 뛰쳐나갔다. 이미 이성을 잃은 그녀의 눈은 벌겋게 충혈되어 있었다.

내일 아침이 밝아오면 제 아들은 꼼짝없이 죽은 목숨이다. 제국의 법은 흑마법사에게 일말의 관용이 없었다. 흑마법은 높은 수위의 신성 모독죄로 분류되었고, 신성 모독에 따른 형벌은 황족에게도 예외 없이 적용된다.

'멍청한 녀석! 미련한 녀석!'

이렇게 된 이상 그 시모어 잡것들을 쳐 죽인 뒤, 아들을 데리고 도망치는 수밖에 없다.

"그 빌어먹을 시모어 뱀 놈들! 날 건드린 걸 절절히 후회하게 될 거야!"

발작하듯 외친 그녀는 대악마, 루시페르의 소환진이 있는 동굴로 뛰어갔다. 놀랍게도 그 동굴은 황실에서 가장 가까운 숲인 하늘숲의 안쪽에 있었다.

어느 누가 상상이나 했을까. 흑마법사들의 정점에 있는 이의 본거지가 금술을 엄격하게 적대시하는 황궁 근처에 있다는 사실을.

손가락을 물어뜯어 피를 흘리자 굳게 닫혀 있던 동굴 문이 천천히 열렸고, 그녀는 길게 이어진 미로 같은 계단을 따라 허겁지겁 내려갔다.

"내 영혼을 전부 바칠 테니, 나와! 제발……!"

제 이름이 피로 적혀 있는, 육망성이 그려진 마법진 위로 다가간 그녀는 팔을 잘라내 피를 흩뿌렸다. 피가 강처럼 바닥에 번졌고, 스산한 바람이 불면서 내부를 밝히던 초가 모두 꺼졌다.

악마가 소환되기 시작한 것이다.

칠흑 같은 어둠이 내려앉아 사방이 순식간에 새카맣게 물들었다.

우웅- 우웅-

공기가 불길하게 진동했다. 철퍼덕, 살점이 연달아 떨어지는 소리에 이어 뼈와 관절이 뒤틀리는 소리가 나기 시작했다.

"……!"

그리고 제단 구석에 웅크린 채, 악마가 내려오는 광경을 보고 있는 사람이 있었다.

미야 비노슈였다.

4황비가 나타나기 한참 전부터 나와 있던 미야는 동굴 지하를 뒤지며 악마 소환 의식에 관한 자료를 살펴보는 중이었다.

알베르가 죽은 뒤, 미야를 향한 흑마법사들의 감시가 약해진 상태였다. 프랑소아 후작이 불법 비자금 조성 건으로 사법부에 불려 다니느라 정신없는 틈을 타서 몰래 후작저를 빠져나온 미야는 동굴 안에서 악마에 관한 서적들을 읽고 있었던 것이다.

'프랑소아 후작이 조만간 마계의 통로가 넓어지고 붉은 달이 뜬다고 했었지…….'

그녀는 입술을 짓씹으면서 사람을 벗긴 가죽 위에 쓰인 기록을 훑었다.

'차라리 내가…… 악마와 계약을 맺을 수 있다면…….'

더는 4황비를 믿을 수 없었다. 데보라 시모어를 죽여 주겠다고 호언장담했으면서, 모든 계획에 실패했다.

'3황자는 더 멍청하고.'

데보라 공녀는 죽기는커녕 모든 영애가 부러워할 정도의 큰 생일 선물을 받았고, 이젠 '성녀'라는 자신의 자리까지 빼앗으려 한다.

'신관 중에서도 나를 가짜라고 의심하는 것들이 생겼어.'

가짜.

데보라 공녀가 살아 있다는 소식을 들은 이후 미야는 단 한 번도 편하게 잠을 이룬 적이 없었다. 매일같이 끔찍한 악몽에 시달렸고 신경이 과민해졌다. 그리고 그럴수록 공녀를 향한 증오는 더욱 깊어졌다.

'너만 죽으면 난 가짜가 아니라 모두가 선하다고 칭송하는 성녀로 남을 수 있어.'

데보라 공녀가 사라지면 4황비가 균열을 일으키는 것을 멈출 테고, 제국 사람들은 자연스럽게 자신이 주신의 축복을 받았다고 여길 것이다.

'그래. 너만 없으면 돼.'

빈민가를 돌아다니며 봉사한 자신이야말로 성녀였다. 온갖 부와 사치를 누려온 망나니 공녀가 성녀라니. 가당치도 않은 일이었다.

'대체 어떻게 해야 강한 악마를 소환할 수 있는 거지?'

기록에 남아 있는 악마를 소환하는 방법은 시처럼 다소 추상적이었다. 그녀가 이해할 수 있는 구절은 피를 매개로 악마와 연결될 수 있다는 부분뿐이었다.

미야는 예리한 칼날을 팔등에 찔러 넣었고, 육망성 형상의 루시페르 소환진 위에 제 피를 뚝뚝 떨어뜨렸다. 그런데 아릿한 통증을 삼키며 피가 고이는 마법진을 바라보던 중 어디선가 쿵쿵거리는 발소리가 들려왔다.

미야는 재빨리 제단 뒤에 있는 비좁은 공간으로 숨었다.

'4황비?'

산발이 된 몰골로 등장한 4황비를 보면서 그녀는 숨을 죽였다. 길길이 날뛰며 시모어를 향한 저주를 퍼붓다가, 갑자기 제 팔을 자르는 4황비는 숫제 미친 사람 같았다.

발치로 스멀스멀 흘러오는 황비의 피를 보며 몸을 움츠리던 미야는 갑자기 눈앞이 새카맣게 암전되어 헛숨을 삼켰다. 아무것도 보이지 않는데, 강렬하고 스산한 존재감이 목을 조르는 것 같았다.

'악마……'

얼마 후, 어둠 속에서 뼈가 뒤틀리는 소리가 들리다가 멎었고 꺼진 촛대 위로 다시 불씨가 피어올랐다. 푸르스름하게 변한 불꽃 아래, 염소와 같은 모양의 뿔이 달린 악마의 그림자가 너울거렸다.

-너는 성혈과 악의를 품은 자로구나…….

미야는 또다시 뇌관을 따라 흐르는 목소리를 들었다.

맨 처음 오펠리아를 따라 피의 의식에 참여했을 때 들었던, 악마의 서늘한 속삭임이었다.

"저기에 뭔가가 있습니다!"

"4황비를 찾았다!"

황궁 근처, 하늘숲 주변은 이미 시모어 공작이 이끄는 마탑 전투 부대와 이시도르의 백기사단이 포위하고 있었다.

시모어와 비스콘티 두 가문이 배를 습격한 흑마법사의 우두머리를 추적하겠다며 압박했기에, 이번 수색에 대한 황실의 재가는 빠르게 떨어졌다.

황실 사용인들이 4황비가 하늘숲으로 향했다는 증언을 했고, 이시도르가 황궁 주변에 정보원을 풀어 황비의 동태를 주시하던 중이라 그녀의 행방을 파악하기는 쉬웠다.

비행 마법을 동원해 어둠이 깔린 숲을 수색하던 마법사들은 얼마 지나지 않아 얼기설기 뒤엉킨 나무뿌리로 둘러싸인 언덕 아래, 깊은 굴에서 느릿느릿 걸어 나오는 4황비를 발견했다.

4황비가 근거지로 쓰는 곳은 심지어 숲 입구와 그리 멀지 떨어져 있지도 않았다.

"저쪽이다!"

캐스팅 준비를 마친 시모어 공작이 마법사들과 빠르게 4황비 주변을 에워쌌다. 사방이 적으로 둘러싸여 있음에도 4황비는 놀란 기색조차 보이지 않았다.

"왜 저렇게 여유롭지?"

"설마 다 포기한 건가?"

그때 파충류처럼 세로로 길게 찢어진 황비의 황금빛 동공을 목도한 누군가가 식겁했다.

"황족 중에 정말 흑마법과 연관된 자가 있었다니!"

잠자코 서 있던 4황비가 돌연 작게 웅얼거렸다.

"……데보라 공녀는 애초에 배후가 나라는 것을 알고 있었군."

자신의 움직임을 예측한 것처럼 빠르게 모여드는 마법 부대와 기사단을 보며 4황비는 문득 헛웃음을 내뱉었다.

그간 배후에서 균열을 일으키며 황족과 귀족, 신관까지 모조리 농락해 왔던 그녀는 처음으로 타인의 손아귀 안에서 농락당한 비참한 기분을 느끼면서 낮게 웃다가 천천히 팔을 들어 올렸다.

품이 큰 소매가 스르륵 아래로 내려가자 잘려 나간 팔의 단면에서 자라난 새카만 짐승의 팔이 드러났고, 사방에서 검은빛을 띤 불꽃이 용암이 터지듯 폭발했다.

"방어벽을 전개한다!"

시모어 공작을 옆에서 보좌하던 캐시시 장로가 외쳤다.

검은 불꽃은 맹렬한 기세로 타올랐으나, 여러 겹으로 캐스팅된 견고한 방어 마법에 막혀 숲 전체로 번지지 못한 채 사그라들었다.

하지만 그것은 황비가 일부러 꾸민 거창한 눈속임일 뿐이었다.

"……!"

비늘이 촘촘하게 박힌 황비의 검은 팔이 갑자기 거대하게 부피를 키웠다. 곧이어 새카만 발톱이 예리하게 번뜩이며 시모어 공작의 심장을 향해 빠르게 쇄도했다.

퍼어엉!

하지만 그 기습적인 공격은 어둠을 밝히면서 날아온 새하얀 화살에 저지되었다.

"네가 왜 여기에 있어?! 내가 집에 돌아가라고 했잖느냐?!"

황비가 심상치 않은 힘을 가졌다는 것을 파악한 시모어 공작이 갑자기 난입한 데보라를 향해 역정을 냈고, 그녀는 덤덤한 목소리로 대답했다.

"지금 제게 화낼 여유가 없으실 텐데요, 아버지."

데보라 공녀의 몸 위로 일부 석학들만 목격했던 빛무리가 생성되었고, 시모어 공작 주변에 있던 마탑 장로들이 경악했다.

"저, 저건!"

"신성력이 마법 형태를 띠고 있다니!"

신성력은 뾰족한 화살의 형상을 갖추자마자 황비를 향해 맹렬하게 날아갔다.

"데보라 시모어!!"

하지만 황비가 뿜어내는 새카만 기운에 의해 빛의 화살은 힘없이 부스러졌다.

"네가 감히, 황제가 될, 귀한 내 아이를 건드려!"

"황제? 누가 그 띨띨한 놈을 황제로 인정해?"

데보라 공녀가 날카롭게 쏘아붙였고, 황비는 점차 이성을 잃고 폭주하기 시작했다. 시모어 공작의 부성애와 아버지를 보호하는 딸의 모습이 4황비의 역린을 건드린 것이다.

황비의 팔에 달라붙어 있던 새카만 비늘은 점점 범위를 늘려 나갔고, 그녀의 왼쪽 얼굴은 창백한 오른쪽과 대비되게 새카맣게 변했다.

황비가 검은 기운을 내뿜으면서 날카로운 비명을 내질렀다.

"내 아들! 내 아들 하비는 어디 있어?! 당장 그 아이를 내놔!!"

"3황자는 이미 끝났어. 당신의 끝없는 욕심 때문에!"

데보라가 신성 마법을 캐스팅하면서 외쳤다.

"뚫린 입이라고 함부로 나불거리는구나! 능구렁이 같은 계집! 너만큼은 반드시 지옥 가장 밑바닥까지 끌어내려 평생 빛을 보지 못하게 해 줄 것이야!"

"감히! 누굴!"

그때 시모어 공작이 노한 음성으로 포효했다. 늘 냉정함을 유지하던 그가 격렬한 감정을 토해내며 긴 얼음 창을 생성했고 7클래스의 마력이 응집된 창은 황비의 가슴팍을 뚫고 지나갔다.

"왜 내 딸을…… 가만히 있던 내 딸을 괴롭히는 거지?"

4황비만 아들을 빼앗겨서 분노한 것이 아니었다. 시모어 공작은 그간 자신의 무력함을 느끼며 얼음송곳 같은 분노를 삼키고 또 삼켜 왔다.

도서관에서 데보라가 목숨의 위기를 겪고 온 뒤, 시모어 공작은 당장에라도 사병을 이끌고 제국을 뒤엎고 싶은 걸 참으며 끊임없는 인내심을 발휘해야만 했다.

"전 괜찮아요. 어쨌든 살았잖아요."

"데보라……."

"전 무조건 살아남을 거예요. 그러니까 걱정하지 마세요."

도서관 방화 사건이 있던 날, 지친 얼굴로 돌아와 저를 보며 힘없이 웃던 데보라의 표정을 떠올린 그는 그간 꾹 눌러 참고 있던 분노를 터뜨릴 수밖에 없었다.

"커, 커헉!"

시모어 공작은 초인적인 힘을 발휘해 고위급 빙결 마법을 연달아 캐스팅했다. 7클래스의 대마도사가 보여주는 압도적인 무위에 4황비는 속수무책으로 밀리기 시작했다.

시모어 공작이 직접 나섬으로써 승기는 빠르게 이쪽으로 넘어왔고, 사람이 아닌 흑룡의 모습으로 변하기 시작한 그녀를 향한 총공격이 가해졌다.

캬오오오오!

몸을 거칠게 비틀던 4황비의 등에서 날개가 돋아났다. 그녀는 입을 쩍 벌리더니 마치 마계의 마룡처럼 검은 블레스를 뿜어냈다. 맹독 성분이 있는 블레스가 닿은 숲은 금세 생명력을 잃고 검게 말라비틀어졌다.

'저건······.'

데보라 공녀의 눈이 크게 벌어졌다. 문득 떠오르는 꿈속의 광경 때문이었다.

"데보라! 위험해!"

그때 시모어 공작이 다급히 데보라를 끌어안았고, 공작의 뒤로 검은 불길이 치솟았다.

내게 쏟아진 검은 불꽃을 시모어 공작이 온몸으로 막아선 순간, 왜 갑자기 꿈의 한 장면이 생각났는지 모르겠다.

"다음 생애가 있다면, 네가 내 딸이었으면 좋겠다."

시모어 공작과 초대 가주인 미르주 시모어는 엄연히 다른 사람일 텐데.

"그 한심할 정도로 물러 터진 성격도, 차가운 뱀의 피가 흐르면 좀 중화가 되겠지."

미르주 시모어의 퉁명한 말에 나일라는 죽음을 앞둔 순간에도 기쁘게 웃었다. 그녀에겐 가족이 없었으므로 그의 말이 더더욱 다정하게 들렸다.

"대마법사님같이 속이 깊고 자상한 분이 아버지라면, 분명 그 딸은 행복하겠죠."
"내가 자상하다고 말하는 사람은 너 하나뿐이다. 하여튼…… 뭉쳐 터져서는…….”

'자상한 거 맞잖아요. 아버지.'

날 절박하게 부둥켜안은 팔 때문인지 속이 울렁거린다. 뜨거운 체온에 둘러싸인 채, 나는 시모어 공작의 몸을 꽉 마주 안으면서 내부에 있는 신성력을 있는 힘껏 끌어올렸다.

'제발……'

곧 내 주변으로 새하얀 막이 생성되었다. 찰나의 시간 동안 나는 제발 아버지가 무사하게 해 달라고 간절하게 빌었다.

쿠웅!

"……어?!"

시모어 공작의 몸이 독성이 담긴 블레스를 버텨 주길 바라면서 비장하게 이를 악물던 나는 순간 당황했다. 돌연 시야가 휙 뒤바뀌어 둘러보니 나와 시모어 공작은 어느새 군대 후방으로 안전하게 옮겨져 있었기 때문이다.

"이, 이시도르?"

그 짧은 순간, 이시도르가 나와 아버지를 동시에 끌어안고 블링크, 즉 단거리 이동 마법을 쓴 것이다.

'아, 이시도르도 날 살피고 있었구나.'

독성을 가진 블레스가 내가 서 있는 방향으로 쏘아졌을 때, 이시도르와 시모어 공작이 동시에 몸을 움직였고 타이밍이 잘 맞아떨어진 모양이었다.

"시모어 공작님. 괜찮으세요?"

"어어…… 그래."

아버지 역시 나 못지않게 당황한 얼굴이었다.

"정말, 다행이네요."

이시도르가 안도한 얼굴로 흐릿하게 웃었다.

"고, 고맙네. 비스콘티 공작. 매번 자네에겐 신세를 지는군. 흠!"

이시도르에게 끌어안긴 자세로 어깨를 굳힌 아버지는 차마 은인을 뿌리치지는 못하고 눈동자를 어색하게 굴리며 중얼거렸다.

"별말씀을요. 해야 할 일을 했을 뿐입니다."

이 와중에 예의 바른 목소리로 대답한 이시도르는 날이 새파랗게 갈려 있는 장검을 소환하더니 눈앞에서 휙 사라졌다.

닥치는 대로 공격을 퍼붓는 4황비의 등 뒤로, 사라졌던 이시도르가 나타났다. 낫을 든 사신을 상대했을 때처럼 마룡의 등으로 워프한 그는 눈이 시릴 정도로 번쩍거리는 검기를 내뿜었다.

"정말 대단하군……."

"드레곤 슬레이어가 환생하면 저런 모습일까."

"마검사가 괜히 무신이라고 불리는 게 아니지."

후방에서 지원하던 마법사들이 허공을 바라보며 넋 나간 얼굴로 한마디씩 했다.

"마탑주님께서는 마검사를 사위로 둬서 든든하시겠습니다."

"⋯⋯."

시모어 공작의 냉담한 눈초리에 사위 운운했던 장로가 핼쑥한 표정으로 다급히 사죄했다.

"그⋯⋯ 급박한 생황에서 제가 너무 경거망동했습니다. 죄송합니다."

"얼마 후에 저 마룡이 추락할 것 같으니 기사들과 마탑 전투 부대 주변으로 방어벽을 세우게."

"네. 마탑주님."

하늘 위의 상황은 일방적으로 흐르고 있었다. 허공에서 펄럭이던 마룡의 왼쪽 날갯죽지가 이시도르의 검에 순식간에 넝마처럼 찢겨 나갔고 고통에 찬 마물의 비명이 하늘을 쩌렁쩌렁 울렸다.

키아아악-!

마룡이 긴 목을 꺾으며 이리저리 몸을 비틀었다. 하지만 이시도르는 아랑곳하지 않고 오른쪽 날개까지 칼로 베어 냈다.

"마물이 추락한다!"

땅으로 떨어지는 와중에도 마룡의 형태로 변한 4황비는 지독한 살기를 내뿜으며 필사적으로 공격을 퍼부었다. 하지만 방어 마법을 전개하고 있던 마법사들에 의해 블레스는 번번이 가로막혔다.

쿠궁!

지축이 울리는 소리와 함께 결국 마룡이 지상으로 추락했다. 연기가 자욱하게 피어올랐지만 마물이 떨어진 방향으로 쉴 새 없이 공격 마법이 쏟아졌다.

"⋯⋯끝났군."

"저리 공격이 쏟아졌는데 견딜 재간이 있나."

'아니야⋯⋯ 아직 끝나지 않았어.'

나는 꿈속에서 봐서 알고 있다. 저것이 얼마나 끈질기고 강한지.

"데보라, 위험하게 앞으로 나오지 말고 뒤에 있어."

내가 선봉으로 슬며시 나오자 마법을 전개하던 로자드가 미간을 좁혔다.

"이번엔 민폐 안 끼쳐. 아까는 놀라서 실수했지만."

나는 그간 틈틈이 연습했던 신성 마법 중 하나를 캐스팅했다.

"그건 뭐지?"

내가 양손으로 땅을 짚자 로자드의 눈이 크게 벌어졌다.

"마법에 더 가까울걸."

땅에서 용솟음친 흰빛이 덩굴 형태로 변환되어 뻗어 나갔고, 그것은 거대한 마룡의 몸체를 밧줄처럼 빈틈없이 포박하기 시작했다.

"마룡의 비늘은 워낙 단단해서 마법이 잘 통하지 않아. 움직임을 봉쇄한 틈을 타서 검기로 급소를 깊게 베어 내야 해."

"이쪽도 드디어 밥값을 하겠군요."

이시도르가 턱짓하자 전열을 가다듬은 백기사단 기사들이 포박되어 있는 마물을 향해 달려갔다. 마룡이 몸을 둘러싼 빛의 덩굴에서 빠져나오기 위해 괴성을 지르면서 발악했다. 4황비가 두르고 있던 황족의 품위는 찾아볼 수 없는 모습이었다.

'아예 이지를 잃어버렸군.'

일전에 거미로 변했던 흑마법사처럼, 저 난폭한 괴물은 이미 4황비라고 할 수 없었다. 영혼을 담보로 악마와 거래한 이들의 최후는 대부분 저랬다. 자아는 빠르게 사라지고 욕망과 탐욕의 부스러기만 끌어안은 괴물로 전락해 버린다.

기사들의 공격이 제대로 들어간 듯, 사방에 자욱하던 탁한 마기가 점차 사그라들었다.

상황이 어느 정도 정리되자 내가 성녀라는 사실을 믿지 않았던 이들 모두가 나를 얼빠진 얼굴로 힐끗거렸다.

인지 부조화가 온 표정.

'하긴, 패악질을 부리던 망나니 공녀가 성녀라니. 나라도 못 믿겠다.'

설마 했던 일이 진짜가 된 상황.

그간 빈민가에 봉사를 다니던 미야 비노슈가 성녀라는 주장이 사교계에서 힘이 실리고 있었다는 것을 알고 있었다.

'거짓말이니 어차피 얼마 못 갈 거라는 것도.'

그런데…… 미야는 대체 어디에 있지?

이 일의 배후라 추측했던 4황비를 물리쳤는데도 선뜩한 불길함이 발목을 잡아챘다.

내가 마롱으로 변한 황비를 보고 순간 놀라 꼼짝도 못 한 이유는, 그것이 위협적이어서가 아니었다. 오히려 시시해서였다. 모든 일의 배후라고 생각한 4황비의 몸에 강림한 것이 고작 악마가 데리고 다니던 애완동물이라는 것이 영 꺼림칙했다.

'마롱은 결계에 균열을 일으킬 만한 힘이 없을 텐데……'

동이 트고 있었지만 짙은 먹구름 때문에 숲 안은 여전히 어두컴컴했다. 진눈깨비가 추적추적 흩날리기 시작했을 때, 저 멀리 황실 제복을 입은 무리가 다가왔다. 흑마법사들의 본거지가 하늘숲 안에 있다는 소식을 들었는지 황실에서 조사단을 파견한 모양이었다.

"내가 너무 늦었군."

조사단 대표는 황태자였다.

"공이 확실한 일이라 너도나도 조사단 대표를 하겠다고 나서다 보니 내부적으로 잡음이 많아서 시간이 많이 지체되었네."

말에서 내린 황태자가 말을 이었다.

"황족 중에 흑마법사가 있었으며, 황실 관할인 하늘숲 안에 사도들의 근거지가 있다는 소식을 들었다. 그곳으로 날 안내할 수 있겠나?"

"저기, 나무뿌리 사이에 작게 난 동굴이 흑마법사들의 근거지로 이어져 있는 입구로 추정됩니다."

내부로 몸을 접고 들어가자 미로처럼 복잡하게 얽혀 있는 길이 나왔다. 길의 끝에는 끔찍한 광경이 펼쳐져 있었다. 사람 가죽과 내장이 쌓여 있는 광경에 구토하는 이들도 있었다.

나는 울렁거림을 삼키며 급히 고개를 내렸다가 피가 번져 있는 바닥에서 무언가를 발견했다.

'육망성……'

대악마의 상징. 역시, 4황비가 계약한 건 마룡 따위가 아니었다.

"저기, 사람이 있습니다."

그리고 얼마 후, 조사단은 제단 뒤 구석에서 겁에 질린 얼굴로 몸을 덜덜 떨고 있는 미야를 끌고 나왔다.

"미야 비노슈!"

성녀의 현신이라 주장하던 이가 흑마법사의 근거지에서 발견되자 한바탕 소란이 지나갔다.

"흐윽…… 으으윽."

미야는 작은 어깨를 웅크리면서 처연한 표정으로 눈물을 뚝뚝 떨어뜨리고 있었다.

"으흑, 구해 주셔서 정말 감사합니다. 감사합니다."

그녀는 연행되는 와중에도 서럽게 울면서 연거푸 고개를 숙였고, 나는 눈썹을 슥 들어 올렸다.

'지금 쟤가 뭐라는 거야.'

-미야, 붉은 달이 뜰 때까지 시간은 끌거라. 마계와 지상의 연결이 공고해지는 그 순간만큼은 널 위협할 수 있는 것이 아무것도 없을 것이다.

머릿속에서 끊임없이 울리는 스산한 음성을 들으며 미야는 뭐에 홀린 듯이 서럽게 울기 시작했다.

'결국, 위대한 악마를 소환한 건 황비가 아니라 나였어.'

묘한 고양감이 차오를수록 미야는 더욱 크게 울면서 열연을 했다.

-그래, 너다. 성혈이 담겨 있는 네 피가 나를 불렀다.

수천, 수만 명의 시체를 제물로 바쳐 만들어 낸, 악마의 힘이 담겨 있는 성혈. 그것은 모두 미야의 몸속으로 흘러 들어갔다.

대악마가 강림하기에 적합한 그릇이 완성된 것이다.

"미야 비노슈가 흑마법사들의 근거지에 있었다고?"

"얼마 전 미야 영애가 보육원에서 봉사했다고 들었는데, 대체 이게 무슨 일인지⋯⋯."

포승줄에 묶인 채 숲에서 나오는 미야 비노슈에게 군중들의 경악 어린 시선이 쏠렸다. 밤에 있었던 큰 소동 때문에 하늘숲 근처에는 구경꾼들과 호사가들이 모여들어 있었고, 그녀는 모두에게 슬픔을 호소하듯 가냘픈 몸을 들썩이며 울었다.

"……감사합니다. 흐윽, 정말. 감사합니다."

미야는 떨리는 음성으로 계속 중얼거렸다.

"대체 뭐가 감사하다는 거지? 흑마법사들의 잔악한 음모를 방조하고 성녀를 사칭한 네 죄는 절대 얕지 않다. 네게 떨어지는 형벌이 결코 가볍지 않을 터."

조사단 근처에서 걸음을 옮기던 시모어 공작이 차가운 목소리로 쏘아붙였다. 미야는 어깨를 움츠리며 푸른 눈동자를 적셨다.

"그래도…… 이제 타의에 의해 더 큰 죄를 짓지 않아도 되니 마음만큼은 편합니다."

그녀의 말엔 4황비와 흑마법사들에게 협박을 당했다는 뜻이 내포되어 있었다.

"지금 형량을 줄이고 싶어서 피해자 행세하려는 모양인데, 뻔한 개수작을 내가 모를 줄 아나?"

벨렉이 비아냥거리자 미야가 고개를 더욱 푹 숙였다.

"맞는 말씀입니다. 제 나약함과 비겁함을 알고 있습니다. 죗값…… 달게 받겠습니다……."

벨렉이 차가운 표정으로 그녀를 사납게 몰아세우는 모습에 몇몇 사람이 눈살을 찌푸리며 혀를 찼다.

미야가 소외된 사람들을 위해 기꺼이 신성력을 베푸는 광경을 본 이들이었다. 빈민가에서 고생하면서도 내내 상냥한 미소를 잃지 않던 그녀가 처연하게 우는 모습은 동정심을 불러일으키는 구석이 있었다.

조사단에 포함되어 있던 신관 중 한 명이 앞으로 나서서 조심스레 말했다.

"미야 영애는 주신으로부터 신성력을 부여받았습니다. 다소 의심스러운 상황인 것은 맞지만, 사악한 사도 무리와 미야 영애가 얼마나 연관이 있는지, 어떤 관계인지는 시간을 두고 조사가 더 필요합니다."

"뭘 조사해?! 성녀를 사칭했다는 것만으로 이미 신성 모독이다! 내 동생이 누렸어야 할 영광을 얌체처럼 대신 누린 것이다!"

"하지만 미야 영애는 순도 높은 신성력을 가졌습니다. 이는 대주교님께서도 보증하셨고요. 주신의 축복을 받은 자가 신성을 모독한다는 건 모순……."

"왜 모순이지? 성전에 타락한 천사가 있다는 기록이 있잖아."

"벨렉. 일단은 자중해라."

로자드가 민감한 종교적인 문제를 건드리는 벨렉을 급히 만류했다.

"어차피 저 여자 뜻대로는 흘러가지 않을 것이다."

"제길!"

벨렉이 욕설을 내뱉으며 씨근덕거리는 동안, 이시도르는 미야 비노슈의 불꽃 같은 눈물 연기를 보면서 생각에 잠겨 있었다.

'일부러 동정심을 자극하고 있군.'

꽤 많은 이들이 동요한 기색이었다.

동정 여론을 업어 피해자인 척한다고 해도, 얼마 지나지 않아 그간의 선행에 불순한 의도가 내포되어 있다는 것이 밝혀질 텐데. 비스콘티와 시모어의 입김이 들어간 배심원들로 이루어진 재판이 결코 본인에게 유리하게 흘러가지 않으리라는 것을 미야 비노슈도 모르지 않을 터.

'웃기지도 않은 연기까지 해 가면서 이 상황을 질질 끌려는 의도가 뭐지?'

뭔가 믿는 구석이 있나?

'그 믿는 구석이란 게 설마 술독에 빠져 사는 필라프 몬테스는 아 닐 테고.'

이시도르가 고민하는 사이, 어느덧 황실에서 죄인을 연행할 때 사 용하는 마차가 나타났다.

"이자를 쇄빙의 탑 지하 감옥에 가두거라."

황태자가 명령했다.

'쇄빙의 탑'은 중범죄자들을 가두는 교도소였다. 다만 다시는 빛을 볼 수 없는 '어둠의 탑'보다는 죄질이 조금 약한 자들이 들어갔다.

순도 높은 신성력을 가진 신관을 어둠의 탑에 가두려니 눈치가 보 이는지, 조사를 마치고 귀족 사회에 결과를 알리기 전까지는 극단적 인 판단은 보류할 모양이었다.

"어서 타라."

밧줄에 꽁꽁 묶인 미야 비노슈는 범죄자들을 연행할 때에 쓰이는 감옥 마차에 가둬졌다.

"황태자 전하께서 행차하셨다!"

"시모어 공작님과 비스콘티 공작님도 계셔!"

"그런데 미야 비노슈는 왜 저런 꼴로 마차 안에 갇혀 있는 거지?"

"대체 무슨 일이 벌어지는 거야……."

진눈깨비가 흩날리는 궂은 날씨임에도, 호기심 어린 눈으로 마차 감옥 주변을 서성이는 인파는 더욱 많아졌다.

미야는 자신을 향한 의구심 어린 시선 속에서 눈물을 떨어뜨리며 입 안 여린 살을 꽉 사리물었다. 하찮은 평민 놈들까지 이러쿵저러쿵 떠들며 자신을 구경거리로 삼자 돌연 참을 수 없는 증오와 분노가 치솟았다.

'대체 내가 뭘 그렇게까지 잘못한 건데?'

자신과 같은 최악의 상황에 부닥치면 누구든 악마에게 손을 내밀 수밖에 없을 것이다. 만일 자신이 고위 귀족 가문의 영애였다면, 평민들이 감히 자신을 쳐다볼 수나 있었을까.

'다 죽여 버리고 싶어.'

그래도 자신은 저 더러운 것들 사이에서 노력했는데 데보라 공녀가 모든 걸 망쳤다. 미야가 억울함과 짙은 살의를 삼키고 있을 때, 귓가에서 다시금 악마의 목소리가 들려왔다.

-미야. 붉은 달이 뜨면 모든 것이 네 바람대로 될 거란다. 조금만 참으렴.

악마가 몹시 다정한 투로 말했다.

악마는 자신을 담고 있는 미야라는 그릇이 마음에 들었다. 욕망을 위해 수단과 방법을 가리지 않았던 자밀라보다 더. 기실 자밀라의 맹목적인 모정은 악마가 이해할 수 없는 구석이 있었다.

하지만 미야는 다르다. 그녀는 어떤 상황에서도 본인을 피해자로 인식해서 죄책감이 없었기에 타인을 더욱 쉽게 원망하고 증오했다. 남 탓하기 좋아하고 자기 합리화를 자주 하는 인간은 악마가 가장 좋아하는 먹잇감이었다.

-미야. 너를 거스르는 자들은 머지않아 모두 시체로 굴러다닐 것이다. 저기, 멍청한 얼굴을 한 구경꾼들 모두 네 발밑에서 벌벌 떨게 되겠지.

'정말이야……?'

-그래, 기대해도 좋다.

마계의 간섭이 강해지는 붉은 달이 뜨면, 악마는 고위급 마물의 서식지와 지상을 연결할 생각이었다. 인간들은 피처럼 새빨갛게 물든 하늘에서 굶주린 마물들이 쏟아져 나오는 절경을 보게 될 것이다.

'그, 붉은 달이란 건…… 대체 언제 떠?'

조심스레 속으로 질문을 던진 미야는 초조함을 삼키며 손끝을 이로 지근거렸다. 비릿한 피가 혀끝으로 퍼졌다.

-곧.

'곧이, 구체적으로 언제인데?'

-이틀 후. 자정.

'그때까지는 충분히 시간을 끌 수 있어.'

악마의 대답에 미야가 고개를 푹 숙인 채로 입꼬리를 길게 끌어 올렸다.

그때였다.

콰앙!

"꺄아악!"

돌연 미야가 타고 있는 감옥 마차의 뒷바퀴가 큰 파열음을 내며 터져 나갔다. 마차가 중심을 잃고 바닥 쪽으로 휙 기울면서 미야는 아래로 굴러떨어졌고, 사람들의 시선은 마차를 부순 범인에게 쏟아졌다.

데보라 공녀였다.

"가, 갑자기 이게 무슨 짓이오? 공녀."

"손이 미끄러졌네."

데보라 공녀가 태연한 모습으로 손을 탁탁 털면서 전복된 감옥 마차를 향해 걸어갔다.

"공녀!"

돌발 행동을 하는 그녀를 보며 황태자와 조사단이 당황해서 외쳤고, 주변에 있던 군중들은 웅성거렸다.

"눈이 와서 그런가? 이번엔 발이 미끄러지는군."

콰앙!

데보라 공녀는 아랑곳하지 않고 이번에는 방어 마법이 걸린 마차의 자물쇠를 발로 걷어차 폭발시켰다. 그녀가 뿜어낸 빛은 마치 신성력과 같은 순백색을 띠고 있었는데, 파괴력은 공격 마법보다 강력해서 모두의 눈에 경악이 어렸다.

끼이이-

마차 문이 경첩 소리를 내며 힘없이 열리고, 돌연 데보라 공녀가 미야의 몸을 끌어내 가느다란 손목을 움켜쥐었다. 미야의 커다란 눈에 처연한 눈물이 고였다.

"으윽! 아, 아파요! 흐흑. 이러지 마세요."

"세게 쥐지도 않았는데?"

진실이야 어찌 됐건, 멀리서 봤을 때는 데보라 공녀가 나약한 영애를 막무가내로 겁박하는 것처럼 보였다. 보다 못한 황태자와 조사단이 그녀를 만류했다.

"데보라 공녀! 자중하시오."

"공녀님. 죄인은 순순히 황태자 전하의 명에 따르고 있는데 이게 무슨 막무가내식 행동입니까?"

"흐윽, 제가 잘못했어요, 공녀님……. 순순히 제 죗값을 받을게요. 이러지 마세요."

미야의 뺨 위로 눈물이 뚝뚝 쏟아진다. 조사단에 포함된 귀족 중 마음이 약해진 기사단장이 공녀를 저지하려 했을 때였다.

"그대들은 누가 위선이고 누가 진짜인지 이미 알면서도 속는군."

이시도르가 검 손잡이를 만지작거리며 차가운 얼굴로 공녀의 앞을 가로막았다. 시모어 공작과 쌍둥이들 역시 공녀를 에워쌌다.

"지들끼리 밥그릇 싸움을 하느라 마룡과의 전투 때 코빼기도 안 내밀어놓고, 감히 1등 공신인 내 여동생을 방해해?"

"너희는 내 딸 몸에 손끝 하나 건드릴 자격이 없다."

"아무리 날아가는 새도 떨어뜨린다는 시모어라지만 이건 너무한 것 아니오! 지금 공녀가 난데없이 미야 영애의 연행을 방해하고, 그녀를 겁박하고 있잖소?"

사방에서 팽팽한 긴장감이 흘렀다. 데보라는 이시도르와 시모어 직계들에게 둘러싸인 채, 숨을 헐떡이며 서럽게 우는 미야를 바라보았다.

'역시, 이 눈…….'

표정은 처연하지만, 눈동자 속에는 어떠한 절망도, 슬픔도 담겨 있지 않다. 그저 무기질의 인형처럼 번들거릴 뿐.

전생에서 마주한 악마가, 이런 눈이었다.

쇄빙의 탑으로 향하는 마차를 가로막은 건, 내 직감에서 오는 위험 신호 때문이었다.

나일라의 직감인지 윤도희의 직감인지 알 수는 없었으나, 나는 뭔가 이상하게 돌아가고 있는 것 같다는 불길함을 떨칠 수가 없었다.

'모든 정황이 이상해.'

피로 얼룩져 있던 육망성은 마룡이 아닌 대악마의 소환진이고, 균열을 일으킬 정도의 힘을 가진 건 대악마뿐이다.

'그리고…… 퍼플이 힘이 하나도 없어.'

씩씩한 퍼플이 마룡과의 전투에 참여하지 못하고 지금까지 시름시름 앓고 있는 것으로 보아 뭔가 불길한 것이 이곳에 내려온 게 분명했다.

'악마가 자신이 강림할 그릇으로 황비가 아닌 다른 이를 선택했다면 그 대상은 육망성 앞에 있던 미야 비노슈일 확률이 가장 높아.'

또한 벨렉이 '타락 천사를 운운하는 순간 악마가 마기를 신성력으로 눈속임하는 게 가능할 수도 있겠다는 가정이 머릿속을 스쳐 갔다.

위선 역시 악이다. 어떤 면에서는 가장 질이 나쁜.

주변에서 나를 만류하는 목소리가 들렸지만 나는 미야의 팔목을 수갑처럼 더욱 강하게 옥죄었다.

미야가 흑마법사가 아니라고 판단한 조사단은 미야에게 신성력이 담긴 구속구를 채우지 않은 상태. 그녀가 위장을 하고 있다면 이 힘에 고통을 느끼며 반응하겠지.

"미야 비노슈. 네가 시간을 끌려는 목적을 내가 모를 줄 알아?"

"고, 공녀님, 대체 무, 무슨 말씀을 하시는 건가요?"

미야의 몸이 눈에 띄게 덜덜 떨리기 시작했다.

"너, 붉은 달이 뜰 때까지 기다리려는 거잖아?"

"……!"

붉은 달을 기다리느냐는 내 물음에 어지간히 놀란 듯, 찰나 미야의 동공이 가로로 길게 늘어났다가 좁아졌다. 마치 산양처럼.

'역시…… 4황비가 아닌 미야 쪽이었군.'

"저는 공녀님께서 대체 무슨 소리를 하시는지 모르겠어요."

미야는 제 눈동자에 일어난 변화를 감지하지 못한 모양인지 더욱 서럽게 연기했다. 시종일관 시치미를 떼면서 타인의 동정심을 부추기는 눈물을 끊임없이 떨어뜨렸다.

"미야, 그거 알아?"

나는 나직하게 그녀를 불렀다.

"너는 눈물 연기는 뛰어난데 눈빛 연기가 서툴러. 레퍼토리도 필라프 몬테스 앞에서 일부러 자빠지던 때랑 다를 게 없어서 지루하고."

"……."

"붉은 달이 뜨면 마계와 지상을 연결시켜 혼란을 일으키는 게 네 딴에는 대단한 작전이라고 생각했겠지만 매번 똑같아서 지겹다고, 알아?"

악마와 미야의 감정을 동시에 자극하자 맞닿은 손이 잘게 떨리기 시작한다.

"밑천 죄다 드러났으면서 질질 짜면서 거짓말하면, 자괴감 안 들어?"

나는 그녀를 잡은 손아귀에 신성력을 아까와는 비교할 수 없을 정도로 강하게 불어넣었다.

"큭……!"

마주한 눈에서 실핏줄이 터지면서 흰자위가 붉게 물들었다. 신성력에 의해 검게 변색되어 가는 제 팔을 보며 미야가 이제 더는 숨길 수 없다고 판단했는지 입술을 잘게 떨었다.

"……연기하고 거짓말하는 거…… 자괴감 안 드냐고?"

돌연 울음을 뚝 그친 그녀가 산양처럼 변한 눈을 치켜뜨며 나를 정면으로 마주했다.

"사실, 즐거운 것 같아."

그녀의 태도가 갑자기 기이하게 돌변하자, 그제야 이상한 낌새를 느꼈는지 군중들과 조사단이 웅성거렸다.

"데보라 시모어, 너만 사사건건 날 방해하지 않았다면."

"……!!"

"훨씬 더 재밌었겠지."

돌연 손을 타고 눈앞이 핑 돌 정도로 화끈한 통증이 밀려왔다.

맞닿은 그녀의 피부에서 강한 마기가 흘러나왔고, 그녀의 팔목을 쥔 내 손은 화상을 입은 것처럼 붉어졌다. 하지만 검게 변색되어 가는 피부에서 손을 떼어내고 싶어도 이번엔 미야가 내 팔을 할퀴듯이 움켜쥐고 있었다.

"그래, 네 말대로 붉은 달이 뜨기를 기다렸어."

-피처럼 변한 밤하늘에서 마물이 비처럼 쏟아졌을 때, 나일라, 네 영혼이 보여 준 두려움의 떨림을 아직도 기억하고 있단다.

미야의 말이 끝나자마자 스산한 목소리가 고막을 파고들었다.

"하, 네가 나일라……? 내키는 대로, 제멋대로 살던 개망나니인 네가 진짜 성녀의 현신이라. 웃기지도 않네."

미야와 악마의 목소리가 연달아 고막을 들쑤시다가 이내 서서히 하나로 겹쳐졌다.

"하지만 그깟 붉은 달이 없다고 피로 물든 죽음뿐인 네 미래가 바뀌지는 않아."

미야가 하는 말인지, 건국 초기, 나일라로 인해 소멸 직전까지 갔었던 대악마가 퍼붓는 저주인지 구분할 수 없었다. 이를 꾹 악문 나는 날카로운 살의를 드러내는 눈앞의 존재를 향해 말했다.

"유감이네. 나는 보라색 머리가 파뿌리 될 때까지 오래오래 살 거라서."

살이 불에 타는 듯한 통증을 꾹 삼키며, 발끝에 성력을 담아서 그녀의 정강이를 세게 걷어찬 뒤 발등뼈를 부술 듯이 강하게 지르밟았다.

"큭!!"

이런 식의 육탄전은 예상 못 했는지 미야가 몸을 비틀거리다가, 다시금 아까처럼 히죽 웃었다.

"그냥…… 진작 이렇게 할걸."

"……저, 저게 뭐지!"

"세상에. 주신이시여……."

미야를 동정하던 사람들이 그녀의 바뀐 모습에 경악에 찬 얼굴을 했다.

'연금술인가?'

머리를 꽃분홍색으로 바꿔 놓았던 가루가 부스러지며 점점 본래의

색으로 변했기 때문이다.

"저것은 악마다! 사특한 악마가, 대주교님까지 속였다!"

동시에 미야의 관자놀이에 산양의 것과 같은 뿔이 솟아났고, 그제야 신관이 사색이 된 얼굴로 시끄럽게 고함을 질러댔다.

'염색까지 하고. 아주 치밀하게 성녀의 현신을 연기했군.'

문득 황당한 기분이 치솟는다.

과거 나일라는 제 목숨을 희생해 세상을 구했지만 강한 마기에 중독되어 명예와 부를 제대로 누려 보지도 못하고 시한부 인생을 살다가 죽었는데, 엉뚱한 놈들이 가짜 성녀를 내세워 제국을 좌지우지하려고 했으니까.

"주신이시여. 악마로부터 우릴 구원하소서."

양손을 모아쥐고 요란을 떨던 신관이 입을 떡 벌린다.

"세, 세상에."

내가 허공에 수천 개의 새하얀 활을 생성해 냈기 때문이다. 그것은 악마와 빠르게 동화되고 있는 미야를 향해 쏟아져 내렸고, 아버지가 그 틈을 타서 명령을 내렸다.

"당장 모든 전력을 동원해 저기, 악마로 변하고 있는 미야 비노슈를 총공격해라!"

"마탑주님. 저, 저기……."

쿠궁!

갑자기 요란한 천둥 소리가 나면서 어둑한 잿빛 하늘에서 점차 균열이 생겼다. 벌어진 하늘의 틈에서 마룡 무리가 등장했고, 각종 기이한 형태를 가진 마물이 지상으로 쏟아져 내렸다.

'그래도 붉은 달이 떴을 때보다 확연히 작은 규모의 마물 떼야…….'

내 꿈자리를 뒤숭숭하게 만들었던, 하늘 전체가 새빨갛게 물들던 그 끔찍한 광경보다 훨씬 양호하다.

불행 중 다행이라 해야 할까. 최악의 상황으로 치닫는 건 막았지만, 여기저기서 일어나는 균열 때문에 이쪽의 전력은 결국 분산될 수밖에 없다.

'게다가 아까 미야 몸에서 나온 마기…… 심상치가 않아.'

치유력을 퍼부었는데도 아직도 얼얼하게 부어오른 양손을 보며 나는 마른침을 삼켰다. 엎친 데 덮친 격으로 미야가 서 있는 방향에서 뿜어져 나오는 마기는 숨이 막힐 정도로 짙어지고 있었다.

"다쳤네."

어느새 내 곁에 다가온 이시도르가 굳은 얼굴로 말했다.

"공녀님. 위험하다고 느껴지면 도망쳐요. 일전에 말했잖아요. 모두를 구해야 한다는 의무감 따위 가질 필요없다고."

역시 그는 눈치가 빠르다고 생각하면서 나는 쓴웃음을 삼켰다.

"쟤 목표는 어차피 나야."

그리고 내가 이시도르와 가족들을 두고 다른 곳으로 도망갈 수 있을 리가 없다.

'결국 이 생애에도 저 악마랑 붙게 되는구나. 젠장.'

"이시도르."

"네. 공녀님."

"다 잘될 거라고, 나랑 너, 그리고 우리의 소중한 사람들 모두 행복하게 오래도록 살 거라고 말해 줘."

그의 아름다운 에메랄드색 눈동자에 순간 의아함이 스친다. 다급한 시점에 뜬금없이 감성적인 말을 하도록 요구하는 게 효율성과 경제성을 꼼꼼하게 따지는 나답지 않다고 느낀 모양이었다.

"이시도르. 놀랍게도 네 먼 조상의 언어에는 강한 힘이 있었어."

"……."

"원래, 황금의 비스콘티는 황금용의 비스콘티였거든. 용이 하필 황실을 상징하는 지고한 동물이라 정치적인 문제로 가문의 명칭이 바뀌었지만."

"……."

"넌 용의 후예라는 뜻이야. 그것도 드래곤 로드였던, 황룡."

"……."

"혹시 알아? 절체절명의 순간이니 용언(龍言)이 발휘될지."

터무니없는 말이라고 생각할 수도 있는데, 이시도르는 맹목적인 눈으로 내가 시키는 대로 말했다. 이렇게 대형견처럼 충실한 남자가, 이기적이고 제멋대로에 황금만 밝히는 드래곤의 후예라는 게 믿기지는 않지만.

"다 잘될 거예요."

"응."

"그간 우리가 벌인 일 중에 실패한 거, 단 하나라도 있나요?"

"없지. 단 하나도."

"언제나 당신과 내 뜻대로 될 겁니다."

그가 양면이 앞면으로 된 행운의 주화를 꺼내며 특유의 느긋하고 자신만만한 어조로 말을 맺은 순간, 정말 모든 게 잘 풀릴 것 같다는 확신이 들었다.

'이시도르는 KTX 타고 가면서 봐도 남자 주인공이거든.'

그리고 타이밍 좋게, 내 편이었던 이들이 하나둘씩 등장했다.

"내가 늦었군. 미안하다! 공녀."

5황녀가 쏘아낸 강력한 화염이 벌레처럼 꿈틀거리던 마물 떼를 순식간에 섬멸했다. 소드 마스터인 황태자 또한 선봉에 나서서 마룡의 급소를 빠르게 베어냈다.

로자드가 이끄는 마탑 전투 부대는 위력적인 고위급 마법을 빠른 속도로 연달아 영창했고, 티에리 덕분인지, 혹은 내게 목숨의 빚을 진 오르고 공작 부인 덕분인지, 오르고 가문도 악마와의 싸움에 참전했다.

게다가, 일당백의 위력을 보여 주는 내 든든한 호위기사 오릭스까지.

갑작스럽게 벌어진 소동임에도 이쪽은 빠르게 전열을 가다듬고 악마가 벌인 지옥 같은 아수라장에 잘 대응했다.

나일라의 기억에 있는, 붉은 달 아래에서 벌어졌던 일방적이고 잔혹했던 학살과는 전혀 달랐다.

'그래, 한 번 당하지, 두 번 당하냐.'

-설마 이게 끝일 거라 생각했어? 너희 인간들은 여전히 안일하구나.

그때, 눈보라가 강하게 휘날리며 악마의 음산한 목소리가 대기 중에 퍼져 나갔다.

콰르릉-!

큰 파열음이 터지면서 균열이 두 개나 더 일어났고, 크게 벌어진 틈에서 거대한 덩치를 가진, 우두머리로 추정되는 마룡이 튀어나왔다.

하지만 그와 동시에 내가 기다리던 것이 나타났다. 혹시나 해서 벨렉에게 찾아 달라 부탁해 둔 고대 병기. 골렘이었다.

"저, 저건 대체 뭐지?!"

"이번엔 마물에 이어 몬스터인가?"

"아니야. 저 위에 벨렉 경이 타고 있어!"

미르주 시모어의 쌍둥이 동생은 벨렉과 동일한 동력 실험을 했기에 벨렉 또한 저 물건을 작동시킬 수 있을 거라 생각했다.

'안마기를 대량 생산하느라 관절의 구조에 대해선 벨렉이 누구보다 빠삭하거든. 골렘 정도의 단순한 메커니즘이면 작동시키고도 남지.'

"네 선물이긴 하지만 잠깐 빌려 쓰마, 데보라!"

벨렉이 골렘의 머리 위에서 외쳤다. 우두머리로 추정되는 거대한 마룡이 날개를 거칠게 펄럭였지만, 골렘이 거대하고 단단한 팔을 휘두르자 순식간에 도마뱀처럼 나가떨어졌다.

-크으으……!

분한 듯 악마가 거칠게 몸을 떨었고, 땅이 진동할 정도로 강한 마기가 피어오른다.

'제발 조금만 더…….'

나는 바짝바짝 마르는 입술을 핥으면서 악마가 균열을 만들어 내는 데에만 정신이 팔리길 기도했다. 내가 아는 한, 가장 강하고 악마들에게 위협적인 신성 마법이 완성되기 일보 직전이었으니까.

그때였다.

-너, 뭐 하는 거지?

돌연 손을 하늘 위로 뻗은 악마가 새카맣고 긴 창을 소환해 내가 있는 방향으로 던졌다.

악마의 검은 창이 날아온다.

하지만 공녀의 곁을 계속 지키며 주변에 다가오던 마물을 전부 막아내던 이시도르가 재빨리 그 앞을 막아섰다.

챙—!

악마가 던진 창이 황금빛 검기에 의해 저 멀리 튕겨 나갔다. 하지만 이미 악마는 공녀가 심상치 않은 짓을 벌이고 있다는 것을 기민하게 직감했다.

-데보라 시모어. 너는 특별히 아껴 뒀다가 음미하면서 죽이려고 했는데 명을 재촉하는구나.

분노한 악마가 더욱 강한 마기를 내뿜자 대기 속 마나의 흐름이 혼란스럽게 뒤엉키며 데보라의 안색이 창백해졌다.

고지에 다 왔다고 생각했는데, 마기로 인해 마나와 신성력의 융합이 느려졌고, 준비하던 신성 마법이 완성될 때까지 시간이 한참 더 필요해진 것이다.

그리고 이시도르는 공녀의 굳은 표정을 보자마자 그녀가 귀띔했던 계획이 틀어졌음을 바로 눈치챘다.

-이제 네 육신의 맛을 봐야겠다. 데보라 시모어.

"사특하고 천한 것이라 그런가. 입을 함부로 놀리는군."

악마가 공녀를 향해 마기를 내뿜으려 했을 때, 구원 투수처럼 차가운 바람이 데보라와 이시도르의 뺨을 스치고 지나갔다. 악마를 향해 쏘아진 것은 강력한 빙결 마법이었다.

하지만 시무어 공작의 빙결 계열 마법은 마계 속 흑한의 추위를 견디며 악착같이 살아남았던 악마, 루시페르에게 큰 위협이 되지 못했다.

-이딴 잔재주가 내게 통할 성싶으냐?

악마는 가소롭다는 듯 마기를 더 끌어올려 마법을 쉽게 해체시켰고, 마탑주의 강대한 마법이 무력화되자 마법사들의 눈동자에 경악과 절망이 드리웠다.

-성가신 놈이로군.

그 와중에도 이시도르는 악마를 향해 연거푸 검기를 날리고 있었다. 하지만 이시도르의 검기는 악마의 몸에 상처조차 내지 못했다.

게다가 악마를 둘러싼 흉흉한 마기로 인해 접근조차 여의치 않아서 마법사뿐 아니라 기사마저 속수무책이었다.

"어, 어떻게 저토록 강할 수가 있지⋯⋯!"

"마검사의 검기가 통하지 않다니!"

여기저기서 터지는 경악성 속에서 악마가 나직하게 웃음을 흘렸다.

-성혈이 담긴 그릇이 만들어지기 시작한 순간부터 이미 너희들의 실패는 예견되어 있었다.

수천 명에 이르는 제물의 피를 흡수한 미야의 육체는 기대 이상으로 강했기에 악마의 얼굴에 희열이 깃들었다. 쉴 새 없이 쇄도하는 이시도르의 검기를 쉽게 무력화시킨 악마가 동공을 산양처럼 가로로 길게 늘이며 불현듯 중얼거렸다.

-그런데 네놈…… 어디서 많이 봤다 했더니 그놈과 닮았군.

"……이 얼굴이 흔한 외모는 아닐 텐데."
이시도르가 황당하다는 표정을 지었다.

-시건방진 말투와 표정도 놈과 비슷해. 성녀가 갈가리 찢겨 죽는 꼴을 보면 네 오만한 얼굴도 좀 볼만해지겠군.

악마의 검은 피부 아래에 있는 혈관이 툭툭 불거지면서 신체가 아까와 비교도 할 수 없게 크게 부풀어 올랐다.

-너희 둘 다 내 완벽한 부활을 위한 먹이로 써 주마!

창백하게 질린 얼굴로 서 있는 공녀를 향해 악마가 응축한 마기를 내뿜은 순간이었다.
"크아아악!"

하늘에서 금빛 섬광이 무시무시한 속도로 떨어져 내렸다.

이시도르는 조금 전부터 일부러 낮은 위력의 검기를 날리면서 악마의 경계심을 낮추었다.

그렇게 악마가 방심한 사이 최대한 높은 곳으로 워프한 그는 위에서 아래로 뚝 떨어지며 검기를 두른 검을 내리꽂았다. 가속도까지 더해진 날카로운 칼끝이 정확히 눈을 노리고 세차게 떨어진 것이다.

"악마도 눈은 급소가 맞군."

악마의 왼쪽 눈과 뇌에 대검이 깊숙하게 박히자마자 고통에 찬 괴성이 지축을 울렸다.

당장 소멸해도 이상할 게 없는, 정신이 나갈 것 같은 극심한 고통에 악마는 닥치는 대로 마기를 내뿜었고, 대기 중에 검은 폭풍이 일어났다. 하지만 시력이 손상된 악마의 마구잡이식 공격은 공녀에게 제대로 닿지 못했다.

'조금만 더.'

입술을 꾹 깨문 데보라는 천천히 속으로 숫자를 세기 시작했다.

-데보라 시모어, 고작, 이딴 공격으로 내가 널 두고 물러날 것 같아?!

그때 불현듯 악마의 음성이 뒤바뀌었다. 그것은 내내 열등감과 자격지심으로 괴로워하던 미야의 들끓는 듯한, 치기 어린 외침이었다.

-죽일 거야! 죽일 거라고!!

미야의 외침과 함께 검은 폭풍이 아까와는 비교도 안 되는, 흉포한 기세를 뿜어냈다.

쿠웅!

대기를 찢어발길 듯 흩뿌려진 충격파에 부상을 입은 악마에게 다가서던 기사들이 일순간에 나동그라졌다. 이시도르와 시모어 공작, 그리고 높은 무위를 가진 마법사와 기사들만이 간신히 충격파를 견뎌냈을 뿐이었다.

하지만 그저 그뿐이었다.

"쿨럭."

시모어 공작은 입에서 피를 토했고 이시도르는 몸을 비틀거리다가 무릎을 꿇었다. 공간 전체를 수놓은 악마의 흉포한 기운이 모두를 짓이기기 시작했다.

희망 뒤에 오는 절망은 더욱 잔인한 법이다. 이시도르의 공격이 들어가면서 생겼던 희망은 악마가 뿜어내는 압도적인 힘 앞에 바스러졌다.

-데보라 시모어.

미야가 악마가 들던 창과는 사뭇 다른 가시처럼 뾰족한 무기를 만들어 들고 공녀의 이름을 부르며 다가가기 시작했다.

"제발, 피해!"

이시도르가 간신히 몸을 일으켜 달려갔지만 소용없었다.

-방해하지 마!

검은 폭풍이 한 점에 모이며 이시도르에게 쏘아졌다. 이시도르는 그 힘을 이기지 못하고 몇 미터 밖으로 밀려났고, 미야는 잔혹한 미소를 그리며 걸음을 옮겼다.

죽음을 선사하기 위해서.

데보라에게.

"막아라!"

기사들과 마법사들이 데보라 공녀를 지키기 위해 나섰지만, 그것은 싸움이 아니었다. 인간이 개미를 짓밟는 것과 다름없었다. 압도적인 힘 앞에서 그들은 무력했다.

마침내 데보라 앞에 당도한 미야가 뿜어내는 어둠은 무저갱처럼 짙었다.

너만 아니었으면 내가 모두에게 사랑받는 성녀가 될 수 있었는데…….

너만 없었으면…….

너만 없으면.

검은 피가 쉴 새 없이 쏟아지는 미야의 눈과 마주한 데보라는 오랫동안 응축되어 온 증오를 느꼈다.

－데보라 시모어. 너만 없으면, 난 성녀로 남을 수 있었어. 그리고 일이 이렇게 극단적으로 치닫지도 않았겠지.

"……."

－곧, 제국은 시체로 인해 피바다가 될 거야. 너 때문에 네 소중한 사람들 모두가 죽는 거다.

데보라가 붉은 눈을 예리하게 빛내며 입을 열었다.

"열등감으로 스스로를 괴롭힌 건 너 자신이야, 미야 비노슈. 난 그저 내가 할 일을 했을 뿐. 네 고통의 원인과 책임을 나에게 전가하지 마라."

-닥쳐! 너는 끝까지 잘난 척이구나! 무슨 일이 있어도 네 뜻대로 흘러가게 놔두지 않아!

네가 나처럼 불행했으면 좋겠어.

미야가 팔을 치켜들어 공녀의 심장에 검은 가시를 박아넣으려고 할 때, 공녀가 옅게 웃었다.

"용언 효과, 참 확실하네."

공녀가 말을 맺은 순간 번쩍- 눈부신 빛이 폭발했다.

마물과 악마가 내뿜는 자욱한 마기가 어둑하게 번져 있던 호룬 지구가 갑자기 천국이라도 된 것처럼 새하얗게 물들었다.

"뭐, 뭐지?"

균열을 비집고 나오는 마물들과 필사적으로 사투를 벌이던 이들이 문득 주변을 두리번거렸다.

"기적…… 기적이 일어났어."

"신이시여……."

사방에서 날뛰던 마물들이 돌처럼 우뚝 움직임을 멈췄고, 수도에 있던 모든 사람의 시선이 강렬하고 신성한 빛이 내려오는 하늘로 향했다.

-이럴 리가…… 없어.

데보라 공녀의 심장을 찌르기 일보 직전에 미야는 난데없이 몸이 석상처럼 굳는 것을 느꼈다.

-안 돼! 이렇게 허무하게 끝날 리가 없다고!

하지만 성전(聖戰)을 준비하기 위해 다나에게 고인했던 신성 마법은 유독 악마와 마물에게 자비가 없었다.

"메테오……."

하늘에서 내려오는 빛의 정체를 눈치챈 마법사들이 넋을 놓았다. 짙은 먹구름을 뚫고 나타난, 정오의 태양 같은 새하얀 운석이 악마를 향해 맹렬한 기세로 돌진했다.

쿠우웅-!

악마는 단말마조차 제대로 지르지 못했다. 그러나 놀랍게도 운석은 악마를 제외한 것에는 아무런 충격도 가하지 않았다.

그야말로 신성(神性)이었다.

-아아……! 안 돼!

루시페르는 순식간에 소멸했지만, 미야는 끝까지 이를 악물고 발악하면서 팔을 허우적거렸다. 하지만 데보라 공녀가 한 번 더 팔을 하늘 위로 치켜들었고, 이번엔 더 큰 운석 하나가 돌진하기 시작했다.

빛이 강하면 그림자가 짙다고 했던가. 하지만 그림자조차 삼켜 버리는 그 강력하고 찬란한 빛에 악마로 변했던 미야의 몸은 불에 탄 땔감처럼 힘없이 부스러지기 시작했다.

"……"

"……"

그리고 지상에는 깊은 고요가 내려앉았다.

세상을 삼킬 듯이 검게 물들였던 악마가 물러나고, 광명의 빛이 드리운 최후의 기적 앞에서 모두가 쉽사리 입을 떼지 못했다.

"진짜…… 끝났다."

가장 먼저 정적을 깬 사람은 데보라 공녀였다. 믿기지 않는 기적을 행한, 한때는 제국에서 손꼽히는 개망나니였던 공녀가 지친 얼굴로 바닥에 드러누웠다.

"……힘들어."

작게 웅얼거리면서.

진눈깨비가 점차 잦아들고, 하늘을 검게 물들이던 먹구름이 물러나기 시작했다.

"와아아아!"

"악마가 사라졌다!"

"천년 만에 나타난 성녀의 현신께서 또다시 사악한 악마를 몰아냈어!"

제국인들이 가장 사랑하는 성녀의 등장에 모두가 환호하고 감격했다. 그리고 쉼 없이 공녀의 이름을 연호했다.

천 년 전, 나일라는 붉은 달 아래에서 수많은 동료를 잃었지만, 이번엔 그 누구의 희생도 없었다.

신전은 뒤늦게 태세를 전환하면서 고위급 신관 여럿과 마기를 해독하는 물약을 잔뜩 보냈고, 전투에 참여했던 부상자들까지 모두 말끔한 상태로 돌아갈 수 있었다.

"하아. 내 꿈은 돈 많은 백수였는데……."

졸지에 제국을 구한 데보라는 나직하게 탄식하면서 이시도르의 등에 업힌 채 깊은 잠에 빠져들었다.

나와 이시도르는 과거에 함께 데이트했던 돌담 위에 나란히 앉아서 달을 구경했다. 루비처럼 붉게 변한, 우아하고 아름다운 달을.

악마가 그리도 고대하던 붉은 달은, 놈이 흔적도 없이 사라진 작금엔 그저 신비스러운 분위기를 연출해 주는 특이한 볼거리일 뿐이었다.

"공녀님. 몸은 좀 괜찮아요?"

한동안 달구경을 하던 이시도르가 내 눈가를 쓸면서 상냥하게 물어보았다.

"보다시피. 쌩쌩해."

너무 빠르게 회복해서 나조차 깜짝 놀랄 정도였다. 그래서 더더욱 아무 일이 없었던 것 같았다.

대악마가 불과 이틀 전에 나타났다고는 믿기지 않을 만큼, 나와 나의 소중한 사람들은 평소와 크게 다르지 않은 일상을 영위하고 있었다. 내가 침대 위에서 간식을 먹으면서 빈둥대는 동안, 이번 사건에 대한 보고서를 쓰느라 아버지와 집구석 쌍둥이는 정신없이 바빴다.

그날, 아무도 없는 집에서 홀로 전전긍긍했던 엔리크는 한풀이하듯 내 옆에만 찰싹 달라붙어 책을 읽으면서 시간을 보냈다.

아, 그래. 그러고 보니 달라진 게 하나 있다.

우연히 마주치는 사용인마다 경외와 존경심이 가득한 눈으로 나를 바라본다는 것. 심지어 서로 성녀님의 목욕 시중을 하겠다고 복도에서 다투는 모습을 보기도 했다.

'난 시모어 사용인들이 가장 기피하던 지뢰였는데.'

날 바라보던 두려움의 시선이 저렇게 돌변하다니.

'대체 무슨 소문이 어떻게 난 거지?'

물론 눈빛은 바뀌었다지만, 나에게 먼저 말을 거는 간덩이 부은 사용인은 없었기 때문에 크게 체감되는 건 아니었다.

요 이틀간의 일을 회상한 나는 이시도르의 옆얼굴을 바라보다가, 가볍게 다리를 앞뒤로 흔들었다.

"솔직히 이시도르 경이 나보다 더 피곤해 보여. 그래서 오늘 보자고 해서 놀랐어."

사건의 경위를 보고하느라 쉴 틈 없이 황실로 불려 다니는 아버지만 봐도 이시도르가 얼마나 바쁠지 짐작할 수 있었다.

"3황자와 황비까지 얽힌 복잡한 사건이다 보니 작성해야 할 서류가 많긴 하더군요. 황실은 아직도 이 사건에 대해 파악하는 중이고요."

이시도르가 긴 한숨을 내쉬었다.

"그때, 공녀님과 자주 데이트할 거라는 말도 할걸. 제일 중요한 거였는데."

농담 같은 푸념에 나는 피식 웃었다.

절체절명의 순간에 이시도르가 간절하게 말했던 소원이 용언처럼 힘을 발휘한 건지 아닌지 증명할 방법은 없다. 미신에 가까움에도 내가 이시도르에게 소원을 말해 달라고 말한 건, 나일라의 기억 때문이었다.

"나는 착한 여자 딱 질색이라. 내 취향 아냐."

그리 차갑게 쏘아붙였던, 이시도르를 닮은 남자는 몸에 차오른 마기로 인해 시한부 인생을 살게 된 나일라 앞에서 처음으로 약한 모습을 보이며 서럽게 오열했다.

"뚝! 울지 마. 여기 널 달래 줄 사람 없으니까. 나 이제 착한 사람 안 해."

제게 주어진 성녀의 운명이 몸서리치게 싫어진 나일라는 시모어에 부탁해 신성력을 고대 봉인 마법으로 가두었다.

마나의 밀도가 낮아진 상황이라서 사실상 절대 풀 수 없는 봉인이었는데, 하필 필라프가 가졌던 고대 아티팩트와 충돌해 봉인이 깨지게 된 것이다.

"나 다음 생애가 있다면 나쁜 사람이 될 거야."

"하⋯⋯! 네가?"

나일라의 뜬금없는 선언에 남자는 발개진 눈가를 문지르며 황당하다는 듯이 말했다.

"왜 못 해? 네 취향이라는 나쁜 여자, 그거 한다고. 내가."

"이미 내 취향에 맞추겠다는 그 시도 자체가 글러 먹은 거야. 네 취향으로 태어나라고 나를 윽박질러야지."

"⋯⋯아아, 그렇구나."

"하아. 두 번쯤 다시 태어나야 넌 그나마 좀 독해질 거다."

당시 나일라는 남자가 분위기를 조금이나마 가볍게 바꾸기 위해 반 농담조로 말한 것이라 생각했다. 그런데 내가 윤도희의 몸을 거쳐 두 번 다시 태어난 건, 용의 후예인 남자의 입에서 나온 용언 때문인 것 같다는 느낌을 지울 수가 없었다.

'반농담조가 아니라 분명 진심이었을 거야.'

나는 고개를 주억거렸다.

"용언. 효과 좋다니까."

"……그런데 말이죠."

이시도르가 문득 심각한 얼굴로 운을 뗐다.

"지난번, 악마가 내가 어떤 놈과 닮았다는 망발을 했던 것 기억해 요? 황금 비례를 갖춘 얼굴이 결코 흔한 게 아닌데."

"……."

"그때는 날 당황하게 하려는 고도의 심리전이 아닐까 생각했는데, 집에 가서 생각해 보니 나랑 닮은 사람이 딱 한 명 있긴 하더군요."

"로크 비스콘티?"

그의 눈이 크게 벌어졌다.

"공녀가 비스콘티 초대 가주의 이름을 어떻게 알죠?"

"나일라의 기억이 머릿속에 있거든. 꿈에서 자주 봤어."

붉은 달을 올려다보던 이시도르가 문득 내 뺨을 가볍게 어루만졌다.

"초대 가주는 특이한 사람이었어요. 비스콘티 가문을 안정시킨 후 동생에게 그 자리를 넘기고 사라졌으니까요."

"……."

"그리고 그 사람이 죽기 전에 만든 게 바로 블랑샤예요."

"……."

"전혀 몰랐는데, 오늘 꿈을 꿔서 알게 됐어요. 내가 마치 그 사람인 것처럼, 성녀상 앞에서 오열했어요. 깨자마자 갑자기 당신이 괴로울 정도로 보고 싶더군요."

문득 가슴이 꽉 조여들고 숨이 막힐 정도로 뭉클해졌다. 의지할 사람 하나 없는 이곳에서, 블랑샤와 마스터가 없었다면 망망대해 위에 홀로 서 있는 것처럼 막막했을 테니까.

"용언은 잘 모르겠지만, 운명이라는 건 있을 수도 있겠어요."

이시도르가 내 이마에 입술을 떨어뜨리며 속삭였다. 나는 그의 체온을 느끼고 싶어서 허리를 꼭 끌어안았다.

"응. 분명히 있어."

펑!

그때 무언가가 요란하게 터지는 소리가 들려왔고, 나는 그의 품에서 어깨를 화들짝 떼어냈다.

"지난번에 황실 마법사들에게 사들였던 폭죽이 남아서 터뜨렸는데……. 놀랐어요?"

자라 보고 놀란 가슴 솥뚜껑 보고 놀란다고, 최근 사건 사고가 몰아치는 바람에 순간 쫄보가 되어 버리고 말았다.

"여기서 불꽃놀이를 보면 멋있을 것 같다고 생각했어요."

"진짜 근사하네."

나는 머쓱하게 말하며 꽃처럼 화려하게 만개하는 붉은 불꽃을 하염없이 바라보았다. 어디선가 담요를 꺼낸 이시도르는 나를 따뜻한 이불로 폭 에워싼 뒤 다시 끌어안았고 나는 그의 손을 꾹 맞잡으며 입을 열었다.

"……처음에 만났을 때는 이렇게 세심하고 다정한 사람인 줄 몰랐어. 황금만 밝히는 구두쇠인 줄 알았지."

틀린 말은 아니라며 그가 크게 웃었다.

"저 역시, 공녀님이 이렇게 사랑스럽고 귀여운 사람인 줄 몰랐어요."

"……."

"심지가 곧고, 멋지고, 성실하다는 것도……."

"나 별로 안 성실해. 일하는 것보다 노는 게 훨씬 좋아. 작정하면 한달 내내 빈둥대면서 침대에서 안 나올 수도 있어."

"그런데 왜 그동안 워커 홀릭처럼 성실하게 일했어요?"

"2년 이내에 돈을 모아서 작위를 사고 싶었어."

"왜 그렇게 데드라인이 짧죠?"

"결혼하기 싫어서."

그때 사레가 들린 듯 이시도르가 격렬한 기침을 하기 시작했고, 맞닿은 내 몸이 같이 흔들렸다.

"집구석 혈육 놈이 이상한 백작 가문 아들놈을 선 자리라고 들이댔거든."

나는 느릿하게 말을 이었다.

"무엇보다 가주가 되면 내 마음대로 살 수 있기도 하고."

"아. 그래서 작위 가격을 물어보신 거군요. 독립적이고, 자립심 높고, 매사에 진취적이신 공녀님답네요."

"그보다 작위가 생각보다 비싸서 얼마나 놀란 줄 알아?!"

100억이라는 금액이 뜬 순간을 떠올리면 지금도 등골이 서늘해졌다.

"지금이라면, 공녀님이 원하는 작위는 뭐든 골라서 손에 넣으실 수 있어요. 성녀의 현신이고, 제국을 구한 영웅이니까요. 솔직히 말씀드리자면…… 현재 시모어의 기세와 공녀님의 인기라면 차기 황권도 노릴 수 있습니다. 저는 언제든 황태자를 버릴 준비가……."

"황권은 무슨……. 생각만 해도 골치 아프다. 솔직히 지금 벌여 놓은 사업을 추스르기도 바빠."

곧 바리스타가 남부에서 올라오고 가맹점 사업도 할 생각이니 백수의 꿈은 아직은 요원해 보였다.

"그렇군요."

고개를 느릿하게 끄덕인 이시도르가 문득 입술을 잘게 달싹이다가 여러 번 헛기침하며 목을 가다듬었다.

"왜 그래, 감기 걸렸어?"

"아뇨. 그, 그러고 보니 마침 남쪽 영지에서 온천이 발견됐는데."

"……."

뜬금없이 온천은 왜 꺼내는 거지?

"휴양지로 개발하고 있는 곳이라서 공녀님이 마음만 먹으면 한 달내내 온천을 즐기면서 편하게 놀 수 있어요. 일은 동업자인 제가 하는 동안에요."

"제법 솔깃하네."

내가 좋은 반응을 보이자 이시도르가 여우처럼 꼬리를 살랑거리며 제 영지에 얼마나 놀거리가 많은지, 얼마나 편하게 쉴 수 있는지 홍보 대사처럼 요란하게 선전하기 시작했다. 은근슬쩍 제 재산 규모를 내보이기도 했다.

"……이젠 본론을 말해. 이시도르."

"흠, 그…… 결혼에 대한 부정적인 그 생각은 아직도 유효한가요?"

"글쎄……."

내가 대답을 질질 끌자, 시무룩하게 처지는 여우 귀가 왠지 눈에 보이는 것 같다. 아까부터 속내가 빤히 보여서 나는 웃음을 꾹 삼킬 수밖에 없었다.

"그런데, 경의 잘생긴 얼굴을 매일 보고 싶고, 함께 온천에 가서 일은 쉬고 느긋하게 놀고 싶은 바람은 있어."

"……."

"내 미래를 온전히 같이하고 싶은 사람은 이시도르, 당신뿐이라는 뜻이야."

나는 그의 손등에 꾹 입술을 댔고, 이시도르의 눈이 크게 벌어졌다. 저 위, 붉은 만월보다 그의 뺨이 더욱 빨간 것 같았다.

"하아, 공녀는 틈만 나면 내 마음을 들었다 놓더라."

이시도르가 뺨을 문지르며 중얼거렸다.

"그래서 재밌고 흥미진진하지?"

그가 피식 웃는다.

"어떻게 알았어요? 매번 눈을 뗄 수가 없어요."

"나도 사실 경이 너무 잘생겨서 종종 눈을 떼기가 힘들어. 말 안 해줘도 누구보다 잘 아는 것 같지만."

이시도르가 장난스럽게 웃었다.

"마음껏 봐요. 난 당신 거니까."

"좋아."

나와 이시도르는 눈싸움하듯 서로를 마주 보다가 씩 마주 웃었고, 그다음엔 뭐에 홀린 듯이 천천히 입술을 겹쳤다.

"좋아해요."

그가 속삭인다.

이시도르는 나의 첫 동료이자, 든든한 동업자이고, 사려 깊은 조언자기도 하며, 심지어 사랑스럽고 다정한 연인이기도 했다. 그를 만난 나는 아마 세상에서 가장 운이 좋은 사람일지도 모르겠다.

'하긴, 난 두 번이나 나라를 구했으니까, 이 정도 운은 타고나야지.'

"사랑해요, 데보라."

그가 내 이름을 달콤하게 입 안에서 굴리며 고백했다.

사랑. 날아갈 것 같기도 하고, 한편으로는 속이 뜨겁게 벅차오르는 듯한 아찔한 행복감을 느끼며 나는 그의 목에 팔을 둘렀다.

"나도 사랑해, 이시도르."

후일담

"……저 요란한 배는 또 뭐지?"

작은 조각배와 요트 사이에 떠 있는 새하얗고 화려한 선박을 보며 행인이 의아한 얼굴로 중얼거렸다. 그러자 그 옆의 동료가 버럭 역정을 냈다.

"또 뭐냐니! 사악한 악마를 물리치느라 생일을 고생스럽게 보내신 데보라 공녀님을 위해 비스콘티 공작께서 새로 선물하신 배일세!"

"흠! 내가 실언을 했군. 성녀께서는 배를 미끼로 흑마법사 무리를 소탕하셨다고 들었네."

"맞아. 알면 알수록 대단하신 분이지."

데보라 공녀의 활약에 관한 이야기로 제국은 연일 떠들썩했다.

작곡가들은 악마에 정면으로 맞선 공녀의 용기와 수도를 새하얗게 물들이던 신성한 빛을 찬양하는 노래를 지었고, 그녀의 초상화는 없어서 못 팔 정도였다.

수도의 의상실은 데보라 공녀가 데뷔탕트 당시 입었던 스타일의 옷과 보라색 원단으로 도배된 데다, 아카데미 본관 중앙에 공녀의 동상을 세우자고 진지하게 의견을 낸 학부장도 있었다.

말 그대로 인기가 하늘을 찌르는 중이었다.

"그런데 성녀의 현신이신 데보라 공녀님은 왜 개망나니…… 흠! 악녀라는 소문이 자자했던 걸까?"

"그걸 아직도 모르나?"

"……모를 수도 있지."

"성녀님께서는 악마의 사악한 음모와 마수로부터 자신을 숨기고, 그 사이 놈을 섬멸할 강력한 힘을 키우기 위해 그간 개망나…… 흠, 하여튼 그런 척하신 것일세."

"아아! 그 깊은 뜻을 이제야 알겠군."

"그래, 속이 호수처럼 아주 깊은 분이지."

"하아. 나중에 한번 멀리서라도 얼굴을 뵙고 싶어."

"흠. 이건…… 고급 정보인데."

"뭐지?"

"데보라 공녀님께서 가끔 아르망 3호점에 출근하신다는 소문이 있어."

"지금 당장 가지!"

물론 그 소문은 데보라 공녀가 새 지점 홍보를 위해 퍼뜨린 것이지만. 자본주의에 물든 성녀의 깊은 뜻을 제국인들이 알 도리가 없었다.

'……수도에 그런 황당한 소문이 돌고 있었군.'

내가 악마의 마수를 피하고, 몰래 힘을 키우기 위해 악녀인 척 연기했다니.

"금칠에도 정도가 있지……."

질소 과자처럼 과대 포장한 거니 멋대로 떠들어도 상관없긴 한데, 그간 은연중 집착해 왔던 악녀 이미지가 사라져서 살짝 아쉽긴 하다.

"그래도 일단은 내가 이 세계 최강자인데, 함부로 기어오르는 놈은 없겠지."

메테오에 뒤통수 맞고 싶지 않은 한.

나는 혀를 내두르며 포장지를 하나둘씩 풀었다. 내 방에는 황족과 귀족들이 보낸 때늦은 생일 선물이 가득 쌓여 있었고 나는 뒤늦게 언박싱 중이었다.

"이거 24K 순금인가?"

금반지를 무심코 깨물다가 노크 소리에 벌떡 일어나 재빨리 위엄 있는 얼굴을 했다.

"데보라 공녀님."

"뭐지?"

"이제 나가실 시간입니다."

"아, 그래."

오늘 저녁, 악마 때문에 그냥 지나갔던 생일 파티가 선상에서 열릴 예정이었다. 번거로우니 굳이 챙길 필요 없다고 누차 말했는데 이시도르와 아버지는 이런 쪽에서 죽이 잘 맞았다.

"둘이 언제부터 친했다고."

한때 이시도르를 영 마뜩잖아 하던 아버지는 그가 뛰어난 마법사라는 사실과 더불어, 악마와의 전투 당시 날 위해 헌신하던 모습을 보고 이미 반은 넘어간 듯했다.

'이시도르가 워낙 싹싹하기도 하고.'

얼마 후 마차는 하얀 선박 앞에 도착했고, 나는 한 번 헛기침했다.

내심 기대되고 떨렸지만, 괜히 덤덤한 척하면서 선박 위로 올라갔다. 그 위에는 새하얀 그랜드 피아노가 놓여 있었다. 이윽고 이시도르가 케이크와 꽃다발을 들고 천천히 걸어 나왔다.

내가 후, 초를 불자 그가 긴장한 자세로 피아노 앞에 앉았다.

'실력이 많이 늘었네.'

그가 집중한 얼굴로 세레나데를 연주하는 모습은 가슴이 찡해질 정도로 감동적이었다. 연주가 마음에 안 들었는지 후반부 음이 틀렸다면서 이시도르가 수줍게 중얼거렸고 나는 수많은 연습으로 붉어진 그의 손을 감싸 쥐었다.

"정말 최고의 선물이야. 내가 받은 것 중에 가장."

그제야 이시도르는 안도한 얼굴로 나를 마주 안았다. 체온을 나누며 꼭 끌어안고 있는 우리를 태운 배는 서서히 강 하류로 내려왔다.

검은 밤하늘이 비치는 강은 고요하고 평화로웠다. 나와 그 사이에는 굴곡을 함께 이겨냈다는 유대감과 함께 안온하면서도 따뜻한 분위기가 흐르고 있었다.

그리고…… 모순되게도 왠지 모를 긴장감도 함께.

"공녀님."

그가 반지 케이스를 내밀면서 천천히 운을 뗐다.

"……"

"나랑 정혼해 줄래요?"

내 대답은 이미 정해져 있었고, 이시도르는 어느 때보다 기쁘게 미소 지었다.

〈악녀라서 편하고 좋은데요?〉 완결

외전

외전 1. 여우와 뱀들

"왜? 할 말 있어?"

"……아니다."

입술을 달싹이던 벨렉이 고개를 설레설레 젓고는 몸을 홱 돌린다.

'뭘 아니야. 뚫어지게 봤으면서.'

최근, 할 말이 많은 얼굴로 내 약지를 보는 사람들이 많아졌다. 내가 이시도르에게 받은 약혼반지를 항상 끼고 다녔기 때문이다. 그래도 근래엔 반쯤은 마음을 연 줄 알았는데, 아버지도 떨떠름한 얼굴로 꼭 한마디씩 했다.

"혈액순환에 안 좋을 것 같다."

"네?"

"반지 말이다, 반지! 보석이 쓸데없이 커서 불편해 보이는구나."

어제는 보석 알이 성가시게 반짝거려서 눈이 시리다더니. 점점 반지에 대한 불만이 신박하고 다양해졌다.

"그런데 식을 올린 것도 아니고, 겨우 정혼을 약속한 단계인데 왜 벌써 그런 성가신 물건을 끼고 다니는 게냐? 혹시 비스콘티 공작이 은근히 눈치를 주는 거 아냐? 이놈이 감히."

그간 잠잠했던 아버지가 또다시 애먼 이시도르 갖고 트집을 잡으려고 해서 나는 황급히 입을 열었다.

"에이, 그럴 리가요. 어차피 결혼할 텐데 기왕 받은 반지 안 끼고 다니는 것도 이상하잖아요."

사실 내가 반지를 꼬박꼬박 끼고 있는 데엔 더 큰 원인이 있었다.

"데보라, 나 손가락에 강력 접착 마법을 걸어 두려고요. 아니, 아예 반지와 한 몸처럼 연결할 수 있는 연금술을 개발해 볼까……."

선상에서 반지를 나눠 낀 날, 이시도르는 제 약지를 감싼 약혼반지를 들여다보며 진지하게 중얼거렸다.

그는 커플링에 저토록 진심인데, 나만 안 끼고 다니면 서운해할 것 같았다. 솔직히 세상 다 가진 것처럼 감격하는 내 약혼자가 귀여워서 어쩔 수 없었다.

"'어차피'라니! 당장 내일 일도 어떻게 될 줄 몰라. 생각해 봐라. 아카데미 꼴찌였던 네가 제국을 구한 영웅이 될 거라고 그 누가 상상했겠느냐?"

"내일 일은 모르긴 하지만, 지금 당장은 이 반지가 마음에 들어요. 예쁘잖아요."

"역시 여우……."

부친은 뭐라 신음하듯 중얼대다가 헛기침을 한 번 했다.

"흠! 그나저나 최근 황실과 신전이 몸이 달아서 너를 초대하고 싶다고 시도 때도 없이 편지를 보내는데 귀찮아 죽겠다."

말은 귀찮다고 하지만 아버지의 눈가엔 자랑스러움이 묻어났다.

"내가 알아서 거절하고 있으니, 부담 갖지는 말고 네가 원할 때 응하거라."

"네."

그렇지 않아도 당분간 사교계 활동은 멀리할 생각이었다. 나는 대악마 사건의 여파가 조금이나마 잠잠해지길 기다리고 있었다.

'너무 주목받아서 좀…… 그래.'

집안의 사용인들조차 성녀의 현신이라면서 부담스러움 정도로 극진히 대해 준다. 내 약지를 뚫어지다 못해 닳을 듯이 쳐다보는 집안사람들 눈빛도 무던히 넘기기 쉽지 않았다. 아마 귀족들이 반지를 보는 시선도 더했지, 덜하지는 않겠지.

"……."

"엔리크."

"네에?"

엔리크가 커다란 눈을 동그랗게 떴다.

"그렇게 노려본다고 반지가 도망가지는 않아."

"……."

"으이구! 귀여운 표정 지어도 안 돼."

쳇, 하고 작게 혀를 차는 엔리크를 마구 쓰다듬으며 나는 피식 웃었다. 여하튼, 오늘도 하루도 별 탈 없이 흘러갔다.

"주군, 정말 해도 해도 끝이 없습니다."

서류의 최종 승인을 받기 위해 이시도르의 집무실로 찾아온 미겔이 퀭한 얼굴로 탄식했다.

비스콘티 공작저 집무실에는 항상 결재 서류가 산처럼 쌓여 있긴 했지만, 최근에는 정도가 심했다. 마물도 아닌 고위급 악마가 등장한 건 제국 역사상 처음이고, 황실, 기사단, 마탑, 신전까지 전부 뒤얽힌 사건이다 보니 경위서를 끊임없이 써야 했다.

"뒤끝도 징한 게 괜히 대악마가 아닙니다요."

치가 떨린다. 그 빌어먹을 악마만 아니었다면 연말이라 한창 쉬고 있을 시점인데.

이쪽은 죽을 맛인데, 일주일째 철야를 하면서도 연일 은은한 미소를 짓고 있는 주군의 모습을 보면서 미겔은 질색했다. 저렇게까지 좋을까. 하긴, 그토록 오매불망 벼르던 프러포즈에 성공했으니 기분이 째지다 못해 날아가겠지. 주군이 얼마나 요란을 떨면서 프러포즈를 준비했는지 서술하면 이 대악마 사건 보고서에 맞먹는 분량이 나올 것이다.

"미겔, 프러포즈할 때 피아노 연주를 하는 건 실패 없는 고전이라던데. 어떻게 생각해?"

"티에리 경처럼 잘 칠 때의 이야기겠죠."

"하? 나도 연습하면 그 정도는 칠 수 있어."

이시도르의 지나친 열정 덕분에 미겔의 고막은 거의 반년간 혹사당했다. 차라리 패션쇼만 구경하던 때가 행복했던 것 같다고 느껴질 정도였다.

'그래, 결과가 좋으면 된 거지.'

여하튼 상사의 기분이 매일 좋다는 건 미겔에게 호재였다.

"공작님, 퇴근하게 서명 좀 해 주십쇼."

"낭만 없긴, 오늘 밤은 달이 참 아름답지 않나?"

보고서에 흔쾌히 사인한 이시도르가 깃펜을 놓으며 문득 중얼거렸다.

"구름이 많아서 잘 안 보이는데요."

"상관없어. 반지는 잘 보이니까."

몸을 창가로 돌린 그가 반지를 낀 창백한 손을 들어 올리며 달구경인지 반지 구경인지 모를 걸 했다. 이시도르의 입가에는 새하얀 달을 닮은 미소가 걸려 있었다. 습관적으로 끼고 다니던 장갑은 프러포즈 이후로 계속 벗어 둔 채였다.

'볼 때마다 좋네.'

반지가 미지근해질 때까지 느릿느릿 매만지던 그가 새벽까지 훑어야 하는 서류를 보며 짧게 한숨을 내뱉었다.

그가 최근 잠을 크게 줄여 가며 무리하는 건, 신년에 길게 휴가를 내고 싶었기 때문이다. 신년에는 공휴일이 있어서 황실 관료들도 쉴 테니, 지금만 고생하면 일주일은 아무것도 안 하고 놀 수 있을 것이다.

"같이 온천이라도 다녀올까……."

외박이 여의치 않다면, 수도의 데이트 장소를 섭렵하는 것도 나쁘지 않겠지.

'요즘 아트라 외곽에 생긴 호수 공원이 볼만하다던데.'

지도까지 펼쳐 들고 데이트 동선을 틈틈이 연구하던 이시도르는 톡톡 창을 두드리는 소리에 자리에서 일어났다. 데보라의 편지를 가지고 온 머핀이었다. 그는 천문학적인 돈과 고급 인력을 들여서 훈련한 전서구를 연애하는 데 알차게 써먹고 있었다.

[내일 오전에 이시도르 경 집에 잠깐 들르고 싶어. 물론 굳이 무리해서 시간 내지

는 않아도 돼. 바쁘다는 소식 들었거든.]

이시도르는 편지를 보며 짧게 웃었다. 현재 제국에서 가장 만나고 싶은 인사 1위가 공녀님인데, 이런 겸손한 편지라니.

데보라가 시모어 타운 하우스 안에서만 지내며 두문불출하다 보니 황실과 신전을 비롯해 사교계까지 전부 몸이 달아 있었다. 한때는 독사라 수군대며 손가락질하더니, 웃기지도 않았다.

'그때가 더 좋았던 것 같기도 하고.'

내 눈에만 예쁘고 대단하면 되는데. 다소 이기적인 생각을 하며 편지에 가볍게 입술을 댄 그는 곧바로 답장을 썼다.

가벼운 싸락눈이 흰 나비처럼 나풀대며 떨어져 내리는 날이었다. 그간 집 안에서만 빈둥거리던 나는 모처럼 비스콘티가 타운 하우스로 향했다.

저 멀리 차창 너머로 몸소 마중 나온 이시도르가 보인다. 새하얀 눈발 사이에서도 그의 금발은 기죽지 않고 태양처럼 반짝거렸다. 나는 마차에서 내리자마자 그의 화사한 머리칼에 달라붙은 싸락눈을 가볍게 털어 주었다.

"안에서 기다리지. 춥게."

"올해 첫눈이잖아요. 공녀랑 눈 구경하면서 걷고 싶어서."

그가 매끄러운 손으로 내 뺨을 가볍게 문질렀다.

'장갑 안 꼈네.'

부드러운 손길과 함께 차가운 반지가 얼굴에 닿자 공연히 부끄러워졌다.

"흠! 요즘 춥더니 오늘은 바람도 안 불고, 날씨가 제법 따뜻하다. 그치?"

하필 그때 바람이 스쳐 지나갔다. 그러자 이시도르가 손에 든 목도리를 곧바로 내게 둘러 주었다. 익숙한 향이 묻어 있는 목도리에 코를 파묻고 있다가 그가 내미는 손에 천천히 깍지를 꼈다.

싸락눈이 떨어져 내리는 비스콘티 타운 하우스의 정경은 제법 운치 있었다.

"그런데 성녀님께선 무슨 바람이 불어서 용건도 없이 오셨어요?"

그가 블랑샤에서 하던 사무적인 말투로 묻는다. 알면서 굳이 짚고 가는 게 얄미워서 맞잡은 손을 괴롭히듯 세게 움켜쥐었다.

"중요한 용건이 있어. 누구누구 보고 싶어서 온 거 아니라고."

"그럼 뽀뽀하고 싶어서 왔나 보네."

"경이 하고 싶은 거면서 괜히 찔러 보려……!"

말이 끝나기도 전에 그가 재빨리 입술을 겹쳐 온다. 간간이 얼굴에 닿는 싸락눈의 촉감 때문인지, 입술끼리 맞닿은 곳이 더욱 뜨겁게 느껴졌다.

"어떻게 알았지?"

유연하게 입안을 훑고 떨어져 나간 그가 뺨에 쪽쪽, 장난치듯 키스했다.

"오늘따라 더 예쁘네."

"흠. 그러게. 비스콘티 정원도 시모어만큼 참 예쁘다. 눈이 쌓여서 왠지 동화책에 나오는 그림 같아."

괜히 눈이 쌓여 있는 나뭇가지를 손으로 툭툭 건드리며 횡설수설

했다.

"정원? 난 공녀님이 예쁘다고 말한 건데."

내 귓가가 벌겋게 물든 모양이었다. 그가 내 귓불을 손끝으로 더듬으면서 조금 웃었으니까.

"시모어만큼은 아니겠지만, 이곳 정원도 나름 공들여서 가꾸고 있어요."

내 귓가를 매만지던 이시도르가 다시 내 손을 잡으며 다정하게 말했다. 실크처럼 얇게 눈 덮인 정원 오솔길 위에 나와 그의 발자국이 나란히 찍히며 길게 이어졌다.

"그런데 이 부근만 나무가 없네."

"아, 화원이랑 유리 온실을 새로 만들려고 비워 놨어요. 봄이 오면 식물 사냥꾼을 불러서 적극적으로 꾸며 보려고요."

"갑자기 웬 화원?"

"공녀가 꽃구경을 좋아한다는 소문을 들어서요."

"굳이 나 때문에 새로 심을 필요까진 없는데……."

"하긴, 그럴 필요 없네요. 매일 아침 거울만 봐도 되는데."

"음?"

"공녀가 꽃보다 수천 배는 눈부시다고."

"아 좀!"

결국 내가 낯뜨거움을 못 이기고 손을 쥐어짜듯 움켜쥐자 그는 입을 꾹 다물었다.

"……아파?"

"아뇨. 감동해서 말을 못 잇고 있었어요. 힘이 점점 세지는 것 같으니 앞으로 나랑 건강하게 오래오래 살겠네요."

진담인지 농담인지 모를 말을 한 이시도르는 나를 자연스레 타운 하우스 안으로 에스코트했다.

"오늘따라 사용인이 거의 없네."

"최소한의 인원만 남기고 휴가 보냈어요. 연말이니까요. 팬이 너무 많아져서 방해받기 싫기도 하고……."

그가 눈이 묻은 숄을 받아 주면서 뭐라 뭐라 작게 덧붙였다.

"그런데 경은 언제 쉬어?"

"연초에 길게 휴가를 낼 거예요. 말 나온 김에 그때 같이 놀러 다니는 거 어때요?"

"좋아."

피식 웃으며 털장갑을 벗는데 이시도르의 뺨이 점차 붉어져서 고개를 기울였다.

"왜?"

"반지, 끼고 있는지 몰랐어요."

"항상 끼고 다녀."

"……그렇구나. 항상."

아까는 그렇게나 능글대더니, 고작 반지 하나에 어찌할 줄 모르며 시뻘게진 목덜미를 문지르는 모습이 귀엽다.

"흠! 이쪽으로 와요."

"응."

그가 붉은 기가 가시지 않은 얼굴로 앞장섰다.

온갖 보검이 장식되어 있는 복도를 지나 커다란 소파가 있는 응접실에 도착했을 때, 뭔가가 우당탕 소리를 내며 내 앞으로 뛰어왔다. 나는 치마에 대롱대롱 매달린 쿠키를 품에 안아 들고 머리를 살살 쓰다듬었다.

"오랜만이네."

"쓥. 거기 내 자리인데."

이시도르가 쿠키의 분홍색 코를 톡, 가볍게 쳤다.

"공녀님, 차 마실래요? 아니면 주스?"

"주스로 마실래."

나는 푹신한 소파에 자리를 잡곤 골골대는 쿠키를 쓰다듬으며 방 안을 둘러보았다.

겨울이라 그런지 바닥엔 두꺼운 카펫이 깔려 있었고, 큰 벽난로엔 가득 쌓아 둔 장작이 타고 있어서 연말 분위기가 물씬 풍겼다. 그리고 그 와중에 이질적이라서 눈에 띄는 물건이 있었다.

"이시도르, 요즘 지리를 공부하나 봐? 하긴, 사병 훈련 때 요긴하게 쓰일 수 있겠네."

나는 붉은 선이 그려진 수도 지도를 가리키며 말했다. 찻잔을 내려놓은 이시도르가 입을 열었다.

"데이트 코스 짤 때 쓰는 건데요."

"아……."

"자, 아—"

그가 밀푀유를 잘라 얼빠진 내 입가로 내밀었다.

"어? 이거 진짜 맛있다."

"자주 놀러 와요. 맛있는 거 많이 준비해 둘 테니까."

"응."

"방 온도는 어때요? 추운 건 아니죠?"

"딱 좋아."

그가 세심하게 이것저것 챙겨 줄 때마다 속이 근질거리고 쑥스러웠다. 이렇게 단둘이 있는 게 처음도 아닌데, 그가 내 옆에 가까이 다가와서 어깨에 머리를 기대자 나도 모르게 흡, 하고 숨을 삼켰다.

"……어디 불편해요?"

"그건 아니고……."

"그럼?"

"사실, 좀 긴장해서. 이렇게 둘만 보는 게 오래만이라서 그런가."

아니면 이시도르의 얼굴이 볼 때마다 새로워서일지도.

"정말? 침착해 보이는데."

놀라거나 흥분해도 얼굴에 티가 잘 안 나는 게 이 얼굴의 장점이긴 하지만 이시도르가 전혀 안 믿는 기색이라 조금 억울했다.

"봐. 심장 엄청나게 뛰잖아."

나는 그의 손을 내 심장 쪽으로 확 당겼다.

"맞지?!"

"……네."

그가 내 가슴팍에서 손을 떼어 내자마자 왜인지 초조한 기색으로 머리칼을 쓸어 올렸다.

"머리, 헝클어졌어."

"그럼 정리해 줘요."

쿠키는 내가 제 주인의 머리를 강아지처럼 쓰다듬는 모습을 놀란 듯 바라보다가 바닥으로 내려갔다. 빈 품을 잽싸게 차지한 이시도르가 날 꽉 끌어안고 살짝 웃었다.

"좋다……."

"나도."

"진짜 좋아요. 그러니까 자주 얼굴 봐요."

그가 마음속에서 진하게 우러나오는 목소리로 말해서 나도 모르게 진심으로 웃고 말았다.

"만족이 안 돼."

"네?"

"자꾸 욕심이 늘어난다는 뜻이야."

이시도르가 관자놀이를 꾹 눌렀다. 공녀를 시모어로 돌려보내는 매 순간이 점점 힘들어지고 있었다.

그녀와 시간을 보내는 건, 안온하고 따뜻한 동시에 쉼 없이 그를 들뜨게 했다. 그녀가 제게 따뜻한 체온을 건네주고 부드러운 눈빛과 미소를 보낼 때면, 심장이 아플 정도로 꾹 조여들다 녹아내렸다. 그간 타인과 진심으로 교감할 수 없었던 이시도르는 그렇게 달콤하고 애달프면서 사랑스러운 감각을 데보라로 인해 처음 알게 되었다.

처음엔 서로 마음이 통한 것만으로도 좋았는데, 제 마음을 그녀가 받아 주는 것만으로도 행복해서 정신이 나갈 것 같았는데. 정혼을 하고 나니 같이 살고 싶다는 욕망이 불쑥 커져서 조급해졌다.

"식장…… 알아볼까."

이시도르의 폭탄 발언에 미겔의 눈이 화등잔만 해졌다.

"시모어 공작님과 합의된 겁니까? 아카데미 졸업 전까진 안 된다고 할 줄 알았는데, 의외……."

"미리 준비해 둬서 나쁜 건 없잖아. 물론 은밀하게 움직여야겠지만."

"들키면 뒷일은 어쩌시려고요."

"……농담이야. 농담."

"그런 농담은 하지 마세요, 주군. 시모어 핏줄들 성격 익히 겪어 봐서 아시잖습니까."

솔직히 미겔은 차가운 뱀의 피가 흐르는 데보라 공녀가 성녀의 현신이라는 게 아직도 믿기지 않았다. 그리고 공녀 뒤에 있는 무지막지한 뱀들을 앞으로도 쭈욱 감당해야 하는 주군이 이따금 애잔할 때도 있었다.

"아버님 성격이 칼 같으시긴 하지."

"벌써 아버님이라고 부르기로 하신 겁니까?"

애잔하다는 말 취소. 누가 들으면 이제 막 약혼한 사이가 아니라 결혼 10년 차 부부인 줄 알겠네.

"아직 상호간 합의된 호칭은 아닌데, 조만간 그리될 거야."

"아, 예……."

"신년 선물을 들고 아버님을 찾아뵈어야겠군. 새해가 되면 1일부터 7일까지 일주일간 쭉 휴가를 쓸 테니 그런 줄 알아."

'그래서 그동안 광인처럼 철야를 해 댄 거였군.'

"예, 주군!"

상사의 휴가는 곧 본인의 휴가. 심지어 꽉 찬 일주일!

미래에 모실 안주인에 대한 호감도가 한 번 더 상승해 버렸다.

'그나저나 새해부터 그 시모어 공작과 독대라니.'

성녀의 옆자리는 역시 아무나 설 수 있는 게 아니라고 느끼면서 미겔은 고개를 절레절레 흔들었다.

[그간 강녕하셨습니까, 시모어 공작님. (중략) 새해가 밝아 오면 얼굴 뵙고, 인사 드리러 가겠습니다.]

"으음. 신년 첫날부터 찾아온다고……."

시모어 공작은 이시도르의 편지를 보며 턱을 여러 번 긁적였다.

사실 아스테이아 제국인들에게 신년 첫째 주는 가족들과 벽난로 앞에 둘러앉아 도란도란 보내는 명절 같은 기간이었다.

하지만 귀족들, 특히 시모어 직계들은 개인용 별채에서 지내기에 도란도란 둘러앉아 있을 이유가 없는 데다, 신년이고 나발이고 제 일에만 정신이 팔려 제각각 신년을 보낸 지 오래였다. 특히 시모어 공작은 마탑 운영 계획과 가문 예산안을 새로이 검토해야 해서 연초엔 더욱 바빴다.

'그렇게 오랜 시간을 무심하게 일만 하면서 보냈군…….'

이 시기에 큰 의미를 뒀던 것도 아닌데, 이시도르가 신년부터 찾아 뵙겠다는 편지를 보내자 시모어 공작은 새삼 복잡한 기분이 되었다.

'으음…….'

솔직히 나쁜 기분은 아니었다. 벌써 이쪽을 가족인 양 신경 쓰는 이시도르가 콩알만큼 기특하다고 해야 하나. 와 봐야 좋은 소리 듣지도 못할 텐데, 불편을 무릅쓰고 새해부터 어른의 안부를 챙기는 모습이 제법 싹수 있어 보이기도 하고.

'사실 그놈 말고 마땅한 대안이 없긴 하지.'

얼굴값 하게 생기긴 했지만, 그렇다고 제 딸 옆에 꼴값도 못 하는 놈이 서 있는 건 참을 수 없지.

'목숨을 빚진 적도 있고.'

그 난리를 함께 겪어서 그런지, 시모어 공작은 가랑비에 옷 젖듯이 이시도르를 받아들이고 있었고, 한편으론 그런 자신이 낯설었다.

"……일단, 정찬을 준비하도록 해. 손님맞이는 해야지."

"예, 공작님. 식사는 얼마나 준비할까요?"

몇 인분을 준비하냐는 물음에 시모어 공작은 멈칫했다.

"아들놈들에게 물어봐. 내일 저녁에 시간 있는지."

어차피 다들 바빠서 물으나 마나겠지만.

신년이 되면 장남은 각종 사교 파티에서 인맥을 만드느라 집에 잘 붙어 있지 않았다. 아티팩트 개발자인 차남은 새로 편성된 마탑 예산을 받아 내기 위해 기획안을 쓰느라 정신없을 테지. 그래도 막내는 빡빡하게 채워져 있던 과외 스케줄을 확 줄였기 때문에 시간이 빌 것이다.

"겨울철이지만 미리 딸기를 꺼내 두는 게 좋겠군."

생크림 케이크 위 딸기를 가장 나중까지 아껴 먹던 엔리크를 떠올리며 시모어 공작이 말했다.

"그리고, 알아봐……."

"네? 어떤 걸요?"

"딸기 말고 엔리크가 뭘 먹고 싶어 하는지도 알아보라고."

무뚝뚝하고 서툰 아비인 그는 약간 머쓱해하며 덧붙였다.

"누나, 이게 뭐예요?"

내 옆에 앉아 그림책을 보던 엔리크가 쪼르르 다가와 물었다. 예전엔 강박적으로 성적에 도움이 되는 책들만 읽더니, 최근엔 또래 아이들이 좋아할 법한 그림책도 종종 펼쳐 들었다.

나는 조그만 손가락이 가리킨 커다란 원을 보고 고개를 갸웃했다.

"뭘까? 나도 처음 보네."

"누나도 모르는 게 있어요?"

"당연하지. 그리고 이건 비밀인데, 아는 게 많다는 걸 티 내는 거 딱히 좋을 게 없어."

"왜요?"

"사람을 지식인…… 아니, 지식 창고 취급해서 귀찮아지거든. 특히 인상이 만만하면 더더욱. 혹여 아는 걸 티를 내고 싶을 때는 무조건 강의를 해. 공짜로 나눠 주지 말고. 알겠지?"

우리 집 막내는 시모어답지 않게 착하고 귀여워서 나는 종종 피가 되고 살이 되는 인생 꿀팁을 흘리고 있었다.

'조기 교육은 중요하니까.'

엔리크는 내 말을 잘 이해 못 한 듯 커다란 눈을 깜빡였고 나는 보들보들한 머리칼을 가볍게 쓰다듬으며 그림책을 들여다보았다.

"자, 엔리크가 궁금해하는 동그라미가 뭔지 한번 추론해 보자……."

아이가 보는 책은 제국 풍속화였고, 목차와 주변 그림들을 보니 평민들이 먹는 음식인 듯했다.

"아! 이건, 크레이프야."

귀족들이 먹는 크레이프와 전혀 다른 형태라서 한눈에 못 알아봤다. 이곳 평민들은 새해가 되면 크레이프를 최대한 크고 둥글게 부쳐서 가족들과 나눠 먹는 모양이었다.

"크레이프요?"

"응, 대왕 크레이프. 새해에 이렇게 가운데 두고 모여서 먹는 거래."

"아아. 그런 거구나."

엔리크는 궁금증을 해소한 듯 다시 그림책으로 시선을 던졌고, 그 사이 나는 소파에 몸을 기대고 명상했다.

최근 내가 사교계 활동을 끊고 두문불출하는 건 몸을 추스르기 위함도 있었다. 악마와의 전투 당시, 한계치를 초과한 힘을 한꺼번에 사용하는 바람에 바닷물처럼 가득 차 있던 신성력이 마른 사막처럼 고갈되었다.

'회복 속도가 너무 느리긴 해.'

그래도 욕조에 물 차듯이 조금씩은 돌아오고 있으니 조급해할 필요 없겠지…….

마음을 가라앉히며 가만히 몸 상태를 점검하던 때, 엔리크의 유모가 별채로 찾아왔다. 엔리크가 별말 없는 걸 보니 새로운 유모와는 잘 지내는 모양이었다.

"무슨 일이지?"

"도련님께서 과외받으실 시간입니다."

"과외?"

"네, 내가 받고 싶다고 했어요. 검술 과외."

엔리크가 끼어들었다.

"왜 갑자기 검술이 배우고 싶어졌어?"

"힘세지고 싶어서요. 마검사 공작님보다 더요. 나두 나중에 누나랑 제국을 지킬래요!"

큰 눈을 반짝이며 엔리크가 선언했다.

"그래. 규칙적인 운동은 좋은 거니까."

"그리고 나, 키도 더 클 거예요."

"그럼 지금보다 많이 먹어야겠네. 편식하지 말고."

"응! 생선이랑 당근 잘 먹을게요."

엔리크가 그림책을 꾹 쥐고 자리에서 일어나자 유모가 문득 뭔가 생각난 듯 입을 열었다.

"아, 공작님께서 도련님이 정찬 때 어떤 음식을 드시고 싶은지 궁금해하신대요."

"대왕 크레이프 먹고 싶어."

엔리크가 책을 펼쳐 야무지게 그림을 가리켰고 유모의 눈가에는 난색이 떠올랐다.

"음, 이건 평민들이 주로 먹는 음식이라서……."

"뭐 어때? 우리 엔리크가 먹고 싶으면 먹어야지."

딱히 화낸 것도 아닌데, 쥐도 새도 모르게 사라진 선임에 관한 이야기를 들었는지 유모가 기겁하며 맞장구쳤다.

"그, 그럼요, 공녀님!"

"내일 정찬 때 보자, 엔리크."

"예, 누나!"

신나서 볼을 발갛게 물들인 엔리크를 보니, 덩달아 기분 좋은 미소가 흘러나왔다.

'그리고…… 내일 이시도르가 우리 집에 오지.'

그간 정신없이 바빴던 약혼자와 신년을 쭉 함께 보낼 예정이라서 기분이 더 들뜨는 것 같기도 했다.

얼굴만 떠올려도 좋다니. 나도 중증이긴 하다.

"로자드 님."

"뭐지?"

"시모어 공작님께서 오늘 저녁 정찬을 여실 예정이시라는데, 참석 안 하실 거죠?"

책상에 가득 쌓인 초대장을 뒤적대던 로자드가 가신의 말에 신드렁하게 되물었다.

"갑자기 정찬? 이유는?"

"비스콘티 공작이 신년 인사차 방문한다고 해서 자리를 마련하신 것 같습니다."

"신년 인사라. 정혼한 지 얼마나 됐다고 벌써 사위 노릇을 하려 드는군."

그가 손에 쥔 편지를 대충 내려놓으며 혀를 찼다.

"으음. 이러다 조만간 결혼식 치르는 거 아닌지 모르겠어."

데보라는 결혼 적령기니 당장 결혼식 날짜를 잡아도 이상하지 않았다.

"아."

로자드가 문득 뭔가를 깨달은 얼굴로 손가락을 딱 부딪쳤다.

"그 녀석, 오늘 아버지와 만나서 결혼 날짜를 확정 지으려는 모양이군. 신년 인사라. 핑계가 좋네."

"세기의 결혼식이 되겠군요. 시모어와 비스콘티, 성녀님과 마검사라니……."

이 정도면 제국 역사에 남을 결혼이었다. 어떤 대단하고 위대한 2세가 태어날지 상상조차 되지 않았다.

"흐음. 내가 이시도르 나이면 좀 더 즐기고 싶을 텐데."

세상에 여자가 얼마나 많은데. 아직 누군가에게 얽매여 있을 마음이 전혀 없는 로자드는 그리 생각했다.

"비스콘티 공작은 사생활이 깨끗하고 금욕적이기로 정평이 나 있는 인물이죠."

"……이시도르가 깨끗하면 난 지저분하다는 건가?"

"아, 아니요! 그런 뜻일 리가요. 사생활 면에서 성녀의 현신이신 데보라 공녀님과 참 찰떡같이 잘 어울린다는 뜻입니다. 하. 하."

"사생활 면에서 난 성녀 오라비로서 실격이고?"

그가 계속 빈정대자 가신의 얼굴이 창백해졌다.

"요즘 제국에서 가장 인기가 많고 존경받는 분이 바로 로자드 님이신데, 실격이라니요!"

이시도르가 공식 품절남이 된 후, 로자드는 아스테이아 최고의 남편감으로 급부상했다. 괴짜 같은 구석이 있는 벨렉보다 사교 활동을 하며 요령 있게 인맥을 관리하는 로자드가 귀부인들에게 인기가 더 좋았던 것이다.

하여 결혼 적령기 딸을 가진 귀족 가문의 신년 파티 초대장이 그에게 폭우처럼 쏟아지고 있었다.

"오늘은 어느 가문의 초대에 응하실지 정하셨습니까?"

가신은 재빨리 화제를 돌리려 했고, 로자드는 은색 눈썹을 비딱하게 들어올렸다.

"날도 추운데 어딜 나가. 집에서 식사할 거니 일정 비워 둬."

"정찬에 참석하시게요?"

"남자는 같은 남자가 더 잘 알지."

"예?"

"비스콘티 공작 말이야. 소문대로 티끌 하나 없는 완전무결한 놈인지. 내가 한번 제대로 털어 보겠다는 뜻이다."

"너희 둘 다 집에 있었느냐?"

정찬이 열리는 연회장에 어슬렁대며 등장한 쌍둥이를 보며 시모어 공작은 황당해했다.

"웬일로 한가한가 보구나."

"올해는 예산을 받기 위해 굳이 기획안을 작성하지 않아도 됩니다. 작년에 특허 실적이 아주 좋았거든요."

제 자랑을 슬쩍 꺼낸 벨렉은 은테 안경을 추켜올리며 연회장을 두리번거렸다.

"아직 이시도르는 도착 안 한 모양입니다."

"데보라와 산책 중이다. 정시에 들어오기로 했으니 먼저 자리에 앉거라."

"무려 시모어 타운 하우스를 데이트 장소로 쓰다니. 볼수록 대담한 놈이네……."

벨렉이 감탄하면서 적당한 곳에 자리를 잡았고, 로자드는 긴 눈꼬리를 접으며 입을 열었다.

"아버지."

"왜 그런 꿍꿍이 있는 얼굴이냐?"

"오늘, 그동안 아껴 뒀던 고급 술을 꺼낼까 합니다."

"……이시도르한테 술을 먹일 셈이냐?"

"이시도르 경과 하루 이틀 엮인 것도 아니고, 대악마에 대항해 함께 사투를 벌인 전우인데, 남자 대 남자로 허심탄회하게 속을 까 본 적은 없더군요."

"아무리 털어 대도 미담만 나오는 비인간적인 놈인데, 고작 술이 들어간다고 뭐가 나오겠어?"

"이미 많이 털어 보셨군요."

벨렉이 굳이 짚고 가자 시모어 공작이 눈을 좁혔다.

"조용히 해라."

"……네."

"그래, 뭐, 술은…… 분위기를 풀 겸 적당히 마신다면 나쁘지 않겠군."

로자드는 부친의 허락이 떨어지자마자 하인을 불러 제 술 창고 안, 가장 깊은 곳에 넣어 둔 술통을 꺼내도록 했다. 향이 부드럽고 맛이 깔끔해 순식간에 목으로 넘어가는데, 도수는 몹시 강해서 마음의 빗장을 순식간에 풀게 되는 물건이었다.

"아버지!"

"엔리크 왔니?"

얼마 후, 막내가 등장하자 시모어 공작이 눈가에 주름을 접으며 보드라운 머리칼을 몇 번 쓰다듬었다.

"우리 막내가 커다란 크레이프를 먹고 싶다고 했다고?"

"네, 신년이 되면 먹는 거래요."

"참 나, 평민들이나 그렇게 먹는 거지."

시모어 공작이 산통을 깨는 벨렉을 흰 눈으로 보았다.

"지름 오십 인치 크레이프에 트러플과 금가루를 올리고 속은 캐비

어로 꽉 채워 넣었다."

"……평민은 못 먹겠군요."

"아버지, 저기 누나 왔어요."

"어? 벨렉 오라버니랑 로자드 오라버니도 있네요?"

데보라는 바쁜 쌍둥이가 모처럼 둘 다 집구석에 붙어 있어서 의외라는 표정으로 걸어 들어왔다. 시모어 남자들의 눈동자는 짠 듯이 그녀가 서 있는 방향으로 쏠렸다가, 옆을 차지하고 있는 이시도르에게 못 박히듯 고정되었다.

그새 운동을 더 한 건지, 이시도르의 체격이 오늘따라 유난히 크게 느껴졌다. 그들은 여우라고 부르고 있지만, 굳이 따지면 몸은 거대한 맹수 과였다.

'제국을 다 뒤져도 저만한 놈이 없긴 하지.'

겉껍데기는 더할 나위 없이 완벽하고, 소문 깨끗하고, 무엇보다 데보라를 보는 시선이 너무 노골적이다.

'시발.'

벨렉은 무심코 닭살이 올라온 팔을 슥슥 문질렀다. 도대체 저런 투명한 놈한테 뭘 털겠다는 건지. 저건 그냥 제 여동생 전용 꿀통 아닌가.

"이리 좋은 자리에 초대해 주셔서 감사합니다, 공작님."

"으음."

굳이 따지면 이시도르 덕분에 갑작스레 온 가족이 모인 것이나 다름없는데, 가족 모임에 저를 끼워 준 거라고 여긴 듯 기뻐하는 기색이라 시모어 공작은 속으로 쩝, 입맛을 다셨다.

"……시장할 텐데 어서 들지, 비스콘티 공작."

"예, 시모어 공작님."

곧 긴 테이블에 애피타이저와 로제빛을 띤 샴페인이 놓였고, 식사
는 조용한 분위기로 시작되었다.

"재료가 신선하고 간도 정말 좋네요."

고요한 와중에 이시도르가 움푹 볼우물을 만들며 말했다. 보는 사
람이 기분 좋아질 정도로 복스럽게 먹는데도, 테이블 매너는 흠잡을
곳 하나 없이 완벽하고 귀족적이었다.

'우으.'

엔리크는 왠지 분한 기분으로 그런 이시도르를 바라보았다.

'왜 저 사람은 머리카락이랑 얼굴이 막 반짝거리면서 성격까지 좋
은 거야.'

"엔리크, 검을 배운다면서?"

최근 제가 검술을 배우고 있다는 이야기를 들었는지, 그는 오늘 마
력석이 박혀 있는 보검을 새해 선물로 건네주었다.

"또 만나서 반가워. 그사이에 키가 컸네."

'내가 1.3센티나 자란 걸 어떻게 알았을까?'

대부분은 잘 모르던데.

솔직히…… 비스콘티 공작은 좋은 사람 같다. 이렇게 빤히 쳐다보
는 건 예의가 아닌데, 다정하게 마주해 오는 그의 눈동자만 봐도 알
수 있었다. 이시도르가 필라프처럼 못되고 멍청한 인간이면 결혼하지
말라고 떼쓰고 우길 수 있을 텐데. 몰라, 나빠!

"엔리크 군."

"네?"

갑자기 이시도르가 자신을 불러서 엔리크는 화들짝 어깨를 떨었다.

"아까 보니, 검술에 재능이 있던데."

"……제가요?"

"응. 골격도 좋고, 자세를 보니 나쁜 습관이 전혀 없더라."

무서운 악마와 마물을 상대로 큰 활약을 한 마검사가 제 자세를 칭찬해 주자 엔리크는 조금 부끄러워져서 발가락을 오므렸다. 뭐라 대꾸해야 할지 몰라서 입술을 우물대고 있을 때, 내내 먹고 싶어 했던 거대한 크레이프가 등장했다. 데보라가 짧게 감탄했다.

"진짜 크다."

큰 식탁을 가득 채운 거대 크레이프는 모두를 압도하는 위용을 뽐냈다.

"그런데 어디서부터 어떻게 먹는 거죠?"

원래 보름달 같은 둥근 형태를 보존한 채로 나오는 것이 특징인 요리라 크레이프는 전혀 잘려 있지 않았다.

"담당 요리사를 불러야 하나."

기가 질린 벨렉이 중얼거리자 이시도르가 자리에서 일어났다.

"제가 자르겠습니다."

"자네가?"

"네. 스테이크를 깔끔하게 써는 법을 연습해서, 이것도 잘 자를 수 있을 겁니다."

"그런 걸 왜 연습했지? 검술 수련의 일환인가?"

"오러를 사용하면 육즙을 최대한 가둘 수 있어서, 고기 본연의 맛을 즐길 수 있습니다."

"허어. 자네 미식가였군."

연습했다는 게 농담은 아닌 듯, 크레이프 속에 듬뿍 들어 있는 귀한 식재료가 단 하나도 새지 않고 깔끔하게 잘려 나갔다. 게다가 이동 마법으로 각자의 앞접시에 크레이프를 놓아 주는 서비스까지.

"쓸 만한 재주네요."

"그러게."

엔리크의 눈이 놀라움으로 커다래졌다.

"잘 먹겠습니다. 잘라 주셔서 감사합니다."

"엔리크, 많이 먹어."

온 가족이 모여 크레이프를 사이좋게 나눠 먹는, 동화책 속에서 본 신년을 보내게 된 아이는 몹시 만족한 기색이었다. 상기된 얼굴로 크레이프를 베어 먹는 막내가 귀여워서 시모어 공작은 잔잔하게 미소 지었고, 그사이 이시도르는 데보라가 먹기 편하도록 크레이프를 더 작게 잘라 주었다.

하지만 이 화기애애한 분위기에 전혀 동화되지 못한 사람이 있었다. 로자드는 이시도르가 쥔 나이프에 맺힌 미세한 오러를 보며 눈을 가늘게 좁혔다.

'접시에 흠집도 내지 않고 깔끔하게 음식을 썰어 주는 저 스킬. 여자와 데이트할 때 유용해 보이는군.'

마나 컨트롤이 섬세하고 정교한 걸 보니, 아무래도 한두 번 해 본 솜씨가 아닌 것 같다. 선수는 선수를 알아보는 법. 어째 같은 선수의 냄새가 나는 것도 같고.

'역시, 제대로 털어 봐야겠어.'

정찬이 끝나 갈 무렵, 잘 시간이 된 엔리크는 하품을 꾹 참다가 찔끔 눈물을 흘렸다. 시모어 공작은 졸려 보이는 막내를 별채로 데려다주기 위해 일어났다.

"그걸 가져와."

둘이 사라지자마자 로자드는 하인에게 눈짓했다. 이어서 보기만 해도 기가 질리는 크기의 새카만 술통이 등장했다.

"데보라, 너도 올라가거라. 남자 대 남자로 비스콘티 공작과 긴히 할 이야기가 있으니까."

"뭐라는 거야. 벌써 취했어?"

데보라는 콧방귀도 안 뀌었다.

"싸고돌긴. 어차피 결혼하면 매일 지겹게 볼 남편 아니냐. 앞으로 이렇게 모일 기회도 별로 없을 텐데 오늘은 네 약혼자를 양보해."

벨렉까지 거들고 나섰다.

"매제, 어떻게 생각하나? 우리끼리 허심탄회하게 한잔하는 거."

로자드가 능청스럽게 묻는다.

"……."

매제. 그 단어가 이시도르의 심장을 둔중하게 내리쳤다. 철옹성 같던 시모어 쌍둥이에게 관계를 공인받다니. 사정없이 흔들리는 에메랄드빛 눈동자를 보며 데보라는 한숨을 삼켰다.

"많이 먹이지 마. 괴롭히지 말고. 나쁜 물 들이지 말고."

"나쁜 물? 우리가 악마냐?"

"그러니까 적당히 하라고."

베일 듯 날카로운 눈초리로 노려본 뒤 멀어지는 여동생의 뒷모습을 보며 벨렉이 재차 물었다.

"이시도르 경, 초반에는 협박당해서 사귄 거 맞지?"

"아닙니다. 제가 처음부터 훨씬 많이 좋아했고, 먼저 고백했습니다."

"역시, 진실을 말하게 하려면 술부터 먹이는 수밖에."

로자드가 꺼낸 브랜디는 위력이 대단해서, 평소에 술을 잘 안 먹는 벨렉이 가장 먼저 만취했다.

"비스콘티 공작……! 내 동생 눈에서 눈물 나면, 자네 눈에선 피눈물 나는 정도가 아니야. 우리 시모어는 피눈물도 안 나오게 눈을 적출하는 쪽이라는 거 알아 둬."

그는 급발진하며 이시도르에게 살벌한 경고를 하다가도.

"……그래도, 네 또래 애들 중에선 네가 제일 낫다. 마탑 놈들 죄다 찌질하고 너무 예민해서…… 생각할수록 너만 한 놈이 없네."

횡설수설하며 칭찬도 건넸다.

"그런데 이시도르 경, 정말로 협박당한 거 아니지? 내가 협박당해서 이러는 게 아니라, 객관적으로 성격은 네가 훨씬 나은데."

"전혀요. 공녀는 내게 과분해요."

"데보라가 그렇게 말하라고 교육하디? 내 동생이지만 참 치밀하고 무섭다. 걔가 성녀라는 게, 어? 말이 돼?!"

"나일라 성녀보다 공녀님이 더 다정하고, 착하고, 사랑스럽고, 귀여운데요."

"우욱, 내가 취해서 계속 헛소리를 듣는 건가?"

벨렉은 닭이 되어 몸서리치다가 결국 항복하듯 양팔을 들더니 비척

거리면서 처소로 돌아갔다.

'영양가 없는 말만 씨불이던 놈이 가고 드디어 단둘이 남았군.'

로자드는 후, 하고 짧게 숨을 내뱉곤 술을 홀짝대는 이시도르를 바라보았다.

"이시도르 경, 원래 이렇게 술을 잘하나?"

"딱히 즐기는 편은 아닙니다."

"그런 것치곤 잘 마시는데? 간만에 주량이 맞는 사람을 만나서 좋군."

"조금 긴장해서요. 저도 로자드 님과 잔을 기울이게 되어 좋습니다."

둘은 또다시 주거니 받거니 했고, 시간이 갈수록 이시도르의 눈동자엔 몽롱한 기운이 더 짙어졌다. 로자드가 재빠른 손놀림으로 술을 몰래 버려서 이시도르가 일방적으로 많이 마시고 있었다.

'어디, 정말 털어서 안 나오는지 한번 보자고.'

로자드는 끊임없이 빈 잔을 채워 주며 살모사처럼 눈을 번뜩였다.

다음 날 오전. 숙취로 퀭한 로자드를 보며 데보라는 혀를 내둘렀다.

밤새 술자리를 한 이시도르는 손님방에서 세상모르고 자고 있었고, 완고하고 빈틈없는 모습을 하고 있던 집구석 장남은 저런 거지꼴이 되었다.

"왜 갑자기 이시도르를 붙잡고 대작한 거야? 역시, 무슨 꿍꿍이가 있었지?"

"데보라."

"뭐."

"이시도르에게 잘해라."

그는 대답 대신 엉뚱한 소리를 했다.

"……갑자기?"

"아무튼 잘해. 비스콘티 공작만 한 진국이 없어. 네가 복이 많다. 네가 성녀라면 이시도르는 성자라고."

"무슨 뜻이야?"

"그런 게 있어. 잠시 네가 아깝다고 생각했는데 둘이 잘 어울려. 천생연분이야."

제 할 말만 하고 몸을 휙 돌린 로자드는 이시도르와의 술자리를 떠올리며 혀를 내둘렀다.

지난밤. 그는 제법 취한 이시도르를 데리고 제 주특기 중 하나인 유도신문을 했다.

"이시도르, 솔직히 오늘 이 자리가 자네에겐 불편한 자리 아닌가? 아버지나 나, 벨렉이 편한 부류는 아니니까. 데보라도 마찬가지고. 이전 상대가 대하기는 아무래도 더 편했을 텐데……."

"네. 사실 편하지 않죠."

"이제야 좀 솔직해지는군."

"데보라의 가족분들에겐 정말 잘 보이고 싶거든요. 그래서 마주칠 때마다 긴장하게 되는데 오늘, 매제라고 해 주셔서 기분이 정말 좋았습니다."

무구하게 느껴지는 이시도르의 답변에 로자드는 그답지 않게 멋쩍음을 느꼈다.

"흠! 자네는 날 형님이라 부르게."

"좋네요. ……아, 그런데, 형님."

"응?"

"이전 상대가 누구입니까?"

"내가 물었네만? 자네 이전에 만나던 사람이 있었을 거 아냐."

이시도르가 이전 상대를 자연스럽게 말하게 하려 했던 로자드는 그의 직설적인 질문에 내심 당황했다.

"이전에 사귄 사람이라면 없었습니다."

"아무도?"

"네."

이시도르는 고개를 크게 끄덕였다.

"왜?"

"저 결벽증입니다. 데보라 빼고 못 만집니다."

"정말인가? 데보라가 처음이야?"

"네. 공녀님은 처음으로 내가 천재라고 느낀 사람이고, 유머는 재미없지만 귀엽고, 또……."

뭐지, 이 자식은?

취중 진담이라는 말이 있다. 자신은 상대를 고문해 자백을 받아 내는 데는 도가 텄는데, 아무리 뚫어지게 관찰해도 이시도르의 말투나 눈빛, 몸짓은 거짓말을 하는 것 같지 않았다.

게다가 만취한 이시도르에게서 제 여동생이 얼마나 대단한지 밤새 도록 일장 연설을 들어야만 했다.

'뭐, 그런…… 팔불출 같은 주정이 다 있나.'

술로 비스콘티 공작의 마음의 빗장을 풀긴 풀었는데, 왠지 못 볼 걸 열어본 느낌. 그는 뻑뻑해진 눈가를 문지르며 한숨을 삼켰다.

'첫눈처럼 순수한 놈을 시험하다니. 괜히 미안해지는군.'

흔적기관이나 다름없었던 양심이 갑자기 콕콕 아프다. 새삼 그간의 방탕했던 세월을 반성하면서 로자드는 여동생의 결혼을 진심으로 축복해 주기로 결심했다.

새해 첫날과 둘째 날을 제외하곤, 이시도르는 연휴 내내 나와 수도 여기저기를 구경하러 다녔다. 군사 작전 지도처럼 촘촘하게 짜인 데 이트 동선을 따라가다 보면, 머리로만 알거나 무심히 스쳐 지나갔던 수도의 명소를 눈에 선명하게 담을 수 있었다.

'뭐랄까…… 데이트가 맞긴 한데, 너무 잘 짜여 있어서 아스테이아 수도 패키지 여행 같기도 하고.'

그런데 가이드가 무려 이시도르인 초호화 눈 호강 럭셔리 패키지인 거지.

"우와."

오늘은 패키지의…… 아니, 연휴의 마지막 날로, 나와 그는 마차에 앉아 창밖으로 빠르게 스쳐 지나가는 양 목장을 구경하는 중이었다.

"수도에 이렇게 크고 멋진 양 목장이 있는 줄 몰랐어."

양치기 견이 부지런히 뛰어다니며 양을 몰고, 무리를 지은 하얀 양 떼가 눈이 쌓인 언덕을 오르는 풍경은 제법 볼만한 구경거리였다.

"이시도르, 저기 새끼 양도 있다."

내가 창에 얼굴을 바짝 붙이자, 이시도르가 눈매를 휘며 내 팔을 가볍게 당겨 왔다.

"내려서 더 가까이서 구경하다가 갈래요?"

"좋아."

"그리고 저기, 언덕 중턱에 통나무집이 있는데 그쪽에서 보는 경치가 더 괜찮아요."

그가 갑자기 나를 와락 품에 안은 뒤에 이동 마법을 사용했고, 순식간에 양 목장과 가까워졌다. 꽤 고지대라 그런지 귀가 시릴 만큼 차가운 바람이 불었고, 이시도르의 팔이 내 몸을 더 강하게 끌어안았다.

"춥죠?"

그의 커다란 몸이 맞바람을 막아 줘서 맞물린 몸에서 따뜻한 열기가 올라온다.

"귀가 벌써 빨개요."

그가 내 귓가를 입술로 여러 번 꾹꾹 눌렀다.

"경은 왜 이렇게 뜨거워?"

"결혼하면 매일 알려 줄게요."

"아, 진짜!"

왠지 야릇하게 들리는 농담에 괜히 툴툴거리던 나는 무언가를 목격하고 그의 품에서 빠져나왔다.

"공녀님, 갑자기 어디 가요? 혹시 나 잡아 봐라, 그런 건가……."

"……컥!"

나는 저 멀리 울타리 사이에 끼어 있는 하얗고 작은 물체로 뛰어가다가 눈 속에 묻혀 있는 돌부리에 발을 삐끗하고 말았다.

"괜찮아요?"

다급히 뒤따라온 이시도르의 안색이 창백해졌다. 내가 몸을 휘청이다가 근처에 있는 울타리 모서리에 종아리를 긁혔기 때문이다. 가뜩이나 따끔해서 눈물이 찔끔 흐르는데, 울타리 사이에 끼어 있던 게 불쌍한 어린 양이 아니라 양털 뭉치여서 더욱 허무해졌다.

하, 쪽팔리게 이게 뭔…….

"……다쳤네."

치마를 들춘 이시도르의 표정이 못 볼 걸 본 사람처럼 하얗게 굳었다. 난 아차 싶어서 입술을 말아 물었다. 원래 이 정도 상처는 금방 치료했는데 지금 내 상태로 전처럼 빨리 치유하는 건 불가능했기 때문이다.

"신성력에 문제가 생긴 거예요? 왜 나한테 말 안 했어요?"

걱정과 자책, 충격으로 얼룩진 그의 눈동자를 마주하면서 나는 변명하듯 말했다.

"힘 자체에 문제가 있는 건 아니고, 아직 복구가 덜 됐어. 그렇게 펑펑 써 댔으니 남아날 리가 없잖아? 그래도 점차 충전되고 있고……."

"혹시, 건강에 문제가 있는 건 아니죠? 마기로 인한 후유증이 있다거나……."

그가 목울대를 일렁이며 불안감에 젖은 목소리로 물었다. 아마 마기에 중독되어 시한부 인생을 살다 죽은 나일라 성녀를 꿈속에서 보았기에 더욱 충격에 빠진 것 같았다.

"진짜 그런 거 아니야. 경이 이렇게 괜한 걱정을 할까 봐 말 안 했던 거야."

몸에서 힘이 풀린 듯 그가 주저앉더니 길게 한숨을 내쉬었다.

"……아프겠다."

무릎을 굽히고 상처를 유심히 바라보던 이시도르는 나를 갑자기 안아 올리더니 뛰기 시작했다.

그가 도착한 곳은 목장 뒤편에 있는 통나무집이었다.

"이렇게 함부로 주거 침입해도 돼?"

"목장이 내 사유지라서요."

K드라마 재벌 3세처럼 무심하게 말한 그는 서랍에서 구급상자를 찾아냈다.

"우왓."

그가 갑자기 내 다리를 슥 위로 잡아당겨 제 허벅다리에 올렸기 때문에 나는 이상한 소리를 낼 수밖에 없었다.

"신전에서 만든 약이니 금방 나을 거예요."

그가 올이 나간 스타킹을 벌린 뒤 종아리에 난 상처를 치료하기 시작했다.

"잠깐, 살살 발라 줘."

"싫어요. 나 화났거든."

그는 그리 퉁명하게 말하면서도 방금보다 훨씬 조심스레 면봉을 움직였다.

"……말 안 한 것 때문에 화난 거야?"

"혼자 문제를 끌어안고 있다가, 불미스러운 일이 터졌으면 어쩔 뻔했어요? 그리고 내가 당신을 걱정하는 게 뭐 어때서요? 원래 연인끼리는 뭐든 다 나누는 거 아니었어요?"

속사포처럼 내뱉은 그는 울컥한 기분이 안 풀렸는지 꾹 이를 악물었다.

"미안."

"내가 사과 듣자고 이러는 것 같아요?"

이시도르가 돌연 내 발목 부분을 깨물었다.

"알았어. 앞으로는 숨기는 거 없이 다 말할게! 그, 근데 거길 대체 왜 그래! 더럽게!"

그가 대뜸 복숭아뼈를 지근거리기 시작해서 나는 다리를 버둥댔다.

"분명 아까는 결혼 후에 보여 주겠다면서."

"여기라도 깨물면서 그나마 참고 있는 거 안 보이나 보네. 앞으로도 복숭아뼈랑 발목 물리고 싶으면 계속 비밀 만들든가."

아, 무슨 개도 아니고!

그런데 그가 뒤이어 발 전체를 핥을 기세라서 나는 기겁하며 앞으로는 다신 숨기는 것 없이 다 말하겠다고 연거푸 맹세했다.

"마셔요."

"참 나, 병 주고 약 주고도 아니고."

그의 개 같은 응징에 나는 조금 삐친 상태였다. 하지만 그가 직접 타 온 따뜻한 코코아에 스르륵 마음이 풀렸다.

난 원래 쉬운 편이었다. 그래도 이시도르는 나보다 더 쉬우니까 괜찮다.

"완전 멋있어……."

"알아요."

"여기 뷰, 정말 끝내 준다."

"……."

이 통나무집에서 내다보이는 풍경은 그간 본 풍경 중 손에 꼽힐 정도로 아름다웠다. 마시멜로가 떠 있는 달착지근한 코코아를 마시며 양떼구름이 떠다니는 하늘을 넋 놓고 구경하다가, 종종 그와 테이블 아래로 발장난을 하기도 했다.

"이시도르, 우리의 연휴 데이트는 여기가 마지막이야?"

밤기운으로 점차 푸르스름해지는 하늘을 바라보며 묻자, 이시도르가 흠, 하고 헛기침했다.

"야시장이 근처에서 열려요."

"푸하하!"

"갑자기 왜 그렇게 웃어요? 예고 좀 하지. 심장 떨리게."

그가 가슴을 쓸어내리며 호들갑을 떨었다.

"진짜 빈틈없고 알찬 데이트다 싶어서. 연휴 내내 너무 재밌었어. 수도에 그렇게 좋은 장소가 많은 줄 미처 몰랐고."

"공녀와 같이하고 싶은 일 목록 중에 반의반도 못 채웠는데요. 뭘."

"그 목록, 궁금하다."

"야근하다가 공녀 얼굴 보고 싶으면 하루 평균 스무 개씩 추가되는데, 최종 버전이 아니라도 보고 싶으면 봐요."

"앞으로 전부 다 할 수 있을 거야."

"……."

"결혼하면 같이 있는 시간은 더 많아질 테니까."

"……그러네요."

눈꼬리를 접은 그가 내 입술을 가볍게 머금고 있다가 날렵한 코끝을 내 뺨에 비비며 옅게 웃었다.

"그럼, 더 늦기 전에 슬슬 야시장으로 가 볼까?"

"좋아요."

"생각해 보니까 같이 야시장에 오는 게 오늘이 처음은 아니네."

"봄꽃 축제 때는 이렇게 제대로 주변을 구경하지는 못했죠."

"하긴. 보석을 잃어버린 척하는 게 목표였으니."

그땐 블랑샤 마스터와 결혼까지 갈 줄은 꿈에도 몰랐는데.

이시도르도 비슷한 생각을 했는지 인파 속에서 내 손을 더욱 꽉 붙잡았다. 깍지를 낀 채 바짝 얽혀 있는 손이 너무 뜨거워서 추위를 느낄 겨를이 없었다.

신년을 맞이해 호룬 지구 중문에서 열린 야시장은 사람들로 북적였다. 우리는 로브를 눌러쓴 채 그나마 덜 붐비는 쪽으로 걸어 다녔다.

사방이 어두워질수록 허공 위에 매달린 등불이 더욱 밝게 빛났고 각양각색의 길거리 음식이 유혹하듯 맛있는 냄새를 풍겼다. 저글링을 하거나 과장스러운 연극을 하는 사람들도 눈에 띄었는데, 이시도르는 그 광경을 그냥 지나치지 못하고 설핏 눈살을 찌푸렸다.

"참 나. 따라 하려면 제대로 하지."

하필 연기자들이 보라색 가발을 쓰고 내 흉내를 내고 있어서 나는 황당해졌다.

"자자! 악마를 물리치신 성녀님 조각이 고작 40쿠퍼입니다!"

"성녀님 열쇠고리도 있어요!"

심지어 그 옆에서 굿즈까지 파는 광경을 보며 나는 애매한 기분으로 턱을 긁적였다.

"뭔가 민망하네. 근데 저런 걸 대체 누가 산다는…… 아, 경이 사는구나."

이시도르는 어느새 좌판으로 가서 굿즈를 죄다 싹쓸이하고 있었다.

"이게 다인가?"

"예?"

"더 없지?"

"네! 네! 나으리. 가진 거 전부 드렸습니다."

심지어 품절인지 확인하기까지.

"돈이 남아 도니까, 이제 별걸 다 하는구나."

"엄한 놈이 내 약혼자의 열쇠고리를 들고 다닌다고 생각하니까 갑자기 열 받잖아요."

"……."

"인기가 쓸데없이 많아져서 걱정이에요."

'그게 본인이 할 소린가.'

이시도르의 한탄에 대꾸하는 대신 주변을 구경하다가 나도 모르게 짧게 감탄사를 내뱉었다.

"저 인형, 비슷한데?"

가판대 위, 상품으로 걸린 인형을 보고 무심코 생각했다. 눈을 가늘게 접은 노란색 여우 인형이 굉장히 닮았다고.

"누구랑요?"

"이시도르 경이랑. 여우처럼 막 홀리잖아."

"저 여우, 가져올게요."

상품을 따기 위해선 공을 던져 목표물을 떨어뜨려야 했다.

"대박!"

"저 위에 있는 나무를 떨어뜨리는 사람은 처음 봐!"

이시도르가 엄청난 제구력을 보이며 목표물을 죄다 떨어뜨리자 주변에 있던 사람들이 감탄사를 내뱉었다. 물론 가게 주인의 얼굴은 똥 씹은 것처럼 구겨졌다.

"봤어요? 공녀님 약혼자의 실력."

실컷 공을 던지다 온 이시도르가 인형 꾸러미를 들고 자랑스레 물었다.

"뭐, 새삼. 잘난 게 하루 이틀 일이 아니라서."

"하, 가끔은 좀 인간미도 보여 줘야 하는데."

"그래도 여우미는 있어."

나는 왠지 탐났던 요망한 여우 인형을 품에 안으며 말했다.

"나는 이게 갖고 싶었어요."

그가 꾸러미에서 인형 하나를 꺼냈다.

"하얀 뱀이네. 나름 귀여운 맛이 있는 것 같기도 하고."

"왠지 시모어 사람들이랑 비슷해서요."

"푸핫!"

"근데, 아버님께서 나한테 마음을 많이 연 것 같지 않아요?"

"……아버님?"

"신년을 같이 보냈고, 크레이프까지 나눠 먹었으니 이젠 아버님이고 가족이죠. 안 그래요?"

은근히 넉살이 좋은 이시도르를 보며 내심 혀를 내둘렀다. 집구석의 뱀 같은 인간들을 감당할 만한 그릇을 가진 남자는 아마 제국에 이시도르 하나뿐일 것이다.

대체 무슨 짓을 한 건지, 로자드는 벌써 구워삶은 것 같고.

"데보라."

"응?"

"왼쪽 골목으로 갈까요, 아니면 오른쪽?"

"동전 던지기로 하자. 앞면이 오른쪽, 뒷면은 왼쪽."

야시장 안쪽으로 들어가자, 구획 없이 아무렇게나 세워진 허름한 건물들 때문에 계속 갈림길이 나왔다.

"또 오른쪽이네."

"네 번 연속이네요. 앞면이 자주 나오면 운이 좋다는데, 계속 좋은 일만 있으려나 봐요."

"그거 앞면만 있는 동전은 아니지?"

"우리 이제 서로 속이는 거 없는 거 아니었어요?"

그가 양면이 있는 일반 주화를 보여 주며 말했다.

몸 상태가 안 좋아지면 꼭 말해 달라고 당부하는 이시도르의 잔소리를 들으며 걸어가다 보니, 어느 순간 특이한 분위기의 골목이 시야에 들어왔다. 인파가 들끓던 야시장 초입보다 비교적 한산했고, 이국적인 물건이 늘어선 가판에서는 제국어가 아닌 외국어가 뒤섞여서 들려왔다.

"이시도르, 내 눈이 잘못된 게 아니면 저거, 짐승 가죽이 아니라 마물의 가죽 같은데?"

"중문 야시장 안쪽엔 없는 물건이 거의 없어요. 밤마다 이 근처 샛강으로 밀수품을 실은 나룻배가 드나들거든요. 별로면 이동 마법으로 나갈까요?"

'조금 위험해 보이지만 재미는 있을 것 같긴 해.'

어찌할지 머뭇대고 있을 때, 맞은편 골목 쪽에서 소란이 일었다.

"저기, 뭐 하는 거지?"

"궁금하면 같이 가 봐요. 아까처럼 나 두고 먼저 가지 말고."

큰 손과 얽힌 깍지를 더 단단히 낀 뒤, 사람들이 모여 있는 방향으로 걸어간 나는 눈앞의 광경에 눈살을 찌푸릴 수밖에 없었다.

"에잇!"

"더럽고 냄새나는 집시들!"

"꺼져! 너희 때문에 재수 없어서 장사가 안 되잖아."

남자들이 집시로 보이는 허름한 행색의 노인에게 돌을 던지고 있었고, 주변 사람들은 말릴 생각 없이 웅성대기만 했다. 노인 뒤로 이어진 골목엔 수공예품을 팔기 위해 가판을 깐 집시들이 옹기종기 모여 앉아 있었는데, 불량배들의 행패에 잔뜩 겁에 질린 채 떨고 있었다.

"다른 가판도 많은데 집시들이 유독 약해 보이니 시비를 거는 거네."

"그만하지."

커다란 체격을 가진 이시도르가 나서자 대부분 움찔대면서 물러났지만, 대장뻘로 보이는 놈은 기죽지 않고 눈을 매섭게 치떴다.

"저리 비켜. 집시는 여기저기 떠돌아다니면서 저주를 옮기는 더러운 것들이라고."

"나도 집시다."

입에 침도 안 바르고 거짓말을 한 이시도르가 바닥에 떨어진 돌을 주워 들어 휙, 던졌다.

"악!"

이시도르가 던진 돌은 정확히 몽둥이를 든 대장의 손을 맞혔다.

"자, 이제 누가 비킬까?"

그가 대장이 떨어뜨린 몽둥이를 주워 든 뒤 나무젓가락처럼 똑똑 부러뜨리며 친절하게 물었다.

"······히익!"

말도 안 되는 힘자랑에 남자들은 기겁하면서 꽁지가 빠지게 도망쳤다.

"괜찮습니까?"

노인에게 시선을 돌린 이시도르가 문득 아리송한 얼굴로 미간을 좁혔다.

'갑자기 왜 저러지?'

난 이시도르의 반응을 보고 의아함을 느꼈다.

"어르신."

그가 돌연 안색을 바꾸고 진지하게 노인과 시선을 맞췄기 때문이다.

"······."

"잠깐 시간을 내주실 수 있습니까?"

'이 노인······ 그 사람이 맞는 것 같은데?'

······엄청 용하다는 집시 점쟁이.

과거, 이시도르는 정보원에게서 어떤 점쟁이에 관한 이야기를 들은 적 있었다. 기똥차게 잘 맞히는데, 돈 벌 생각이 없는지 점집을 차리지도 않고, 소문을 듣고 찾아가려 해도 여기저기 떠돌아다니는 탓에 만나는 게 하늘의 별 따기보다 어렵다고.

"마스터, 특히 궁합, 애정운, 결혼운 분야에서 최고랍니다. 얼마 전 늦둥이를 낳은 예거 후작 부인도 이 점쟁이에게 좋은 날을 받은 덕에 따악! 성공한 거랍니다……!"

"……."

"그리고 소피아 영애는 이 점쟁이가 점지해 준 날, 파티에 나가 결혼 상대를 만났다고……."

그 당시 색깔 있는 다이아몬드 제작에 난항을 겪고 있던 이시도르는 영양가 없는 정보에 곧바로 짜증을 냈다.

"더는 못 들어 주겠군요. 지금 내가 애정운이나 보러 다닐 정도로 한가해 보입니까?"

"마스터! 그래도 이 점쟁이의 위치를 알아내면 귀족이나 돈 많은 상인에게 비싸게 정보를 팔 수 있지 않겠습니까?"

"그깟 푼돈 벌자고 당신한테 비싼 월급 주는 줄 압니까? 연애운 봐 주는 집시 찾아다닐 시간에 고체 색상 변형과 관련된 연금술 자료나 더 모아 오세요."

"죄, 죄송합니다."

그때의 자신은 그랬다.

'철이 없었지.'

궁합, 애정, 결혼…….

얼마나 중요한 건데.

그 당시 정보원이 가져온 조사 자료엔 점쟁이의 외향 묘사도 포함되어 있었다. 일흔쯤 되는 할머니이고, 좌우 눈동자 색이 미묘하게 다르며 네 번째 손가락이 유난히 길다고.

방금 시선이 마주쳤을 때, 노인이 절 보고 눈을 크게 부릅뜬 덕에 이시도르는 그녀의 정체를 바로 떠올릴 수 있었다.

"잠깐 시간을 내주실 수 있습니까?"

이시도르의 물음에 휘둥그레 눈을 뜨고 있던 노인이 갑자기 몸을 일으키더니 절하듯 허리를 깊게 숙였다.

"고마워도 이럴 것까진……."

유교 사상이 남아 있는 데보라가 어색해하며 노인을 만류했다.

"소인이 최근 귀인 중의 귀인을 만날 거라는 점괘를 뽑았는데, 순간 두 분께 황금빛 후광이 어른거렸습니다."

'황금빛? 진짜 영험하긴 하네.'

이시도르는 다시금 노인의 정체가 그 소문의 점쟁이임을 확신했다.

"귀하신 분들을 뵙게 되어 영광입니다."

"저야말로, 어르신이 용한 분이라는 것을 알고 있습니다."

"아…… 알고 오셨군요."

"사실 우연이긴 한데."

이시도르는 헛기침한 뒤 말을 이었다.

"흠! 특히 결혼이랑 궁합 쪽을 잘 보신다고 들었습니다."

"예, 예. 그쪽이 가장 점괘가 잘 나옵니다."

"복채는……."

"아이고, 괜찮습니다. 황금을 두르고 다니시는 귀인을 눈으로 본 것만으로도, 소인은 이제 여한이 없습니다."

점쟁이가 옷깃에서 낡은 타로를 꺼내며 말했다. 끝이 해진 카드에서 고수의 품격이 느껴졌다.

"걷는 곳마다 광명이 함께할진대 귀인께선 무엇이 궁금하십니까?"

"결혼 날짜요. 언제가 가장 좋을지 궁금합니다. 그리고……."

이시도르는 잠시 머뭇거리다가 이어 말했다.

"궁합 쪽도 부탁합니다."

"그렇게 용한 분이야?"

데보라가 작게 속삭이자 이시도르가 고개를 작게 끄덕였고, 곧 둘의 진지한 눈동자가 점쟁이의 카드로 향했다.

"난 점이나 미신을 믿는 편이 아닌데, 그래도 좋은 말만 해 주니까 기분은 좋다."

"그러게요."

타로점은 반쯤 재미로 보는 거긴 하지만, 싫은 소리를 듣는 것보다는 나았다. 이시도르가 공인한 점쟁이가 뭐라고 했느냐면…….

"두 분, 궁합이 아주 좋으십니다. 이 연인 카드와 이 태양 카드가 정방향으로 함께 나오면 특히 몸의 궁합이 극상이라는 뜻입니다."

"푸흡!!"

"쿨럭!"

"성격도 잘 맞고 대화가 잘 통해서, 의견이 엇갈려도 큰 불화로 번지지 않겠군요."

"하긴, 동업하는 동안 한 번도 안 싸웠지."

"또한, 두 분이 함께 있으면 재물이 서너 배로 따릅니다. 합이 잘 맞아, 결혼하면 더욱 행복하게 사십니다."

"식을 올리기 좋은 길일은 언제입니까?"

"제 점괘로는 언제 어디서 결혼하셔도 잘 산다고 나오는군요. 꽃이 만개할 때 결혼하면 더 좋고요. 자식운까지 좋으시고, 다 가지셨습니다만……."

"다만?"

"여자분 가족들이 유난스럽다고 나옵니다. 치기기 보통이 아닙니다."

그 순간, 쭈뼛 닭살이 올라왔다.

"그래도…… 다행히 남자분 성격이 땅굴처럼 습하고 깊으니 뱀과도 합이 좋습니다."

족집게 같은 구석이 있긴 했는데, 너무 좋은 말만 해 주니 괜히 걸러 듣게 된다.

'뭐, 단순한 점괘인데 너무 깊게 생각하지 말자.'

연휴의 마지막 데이트를 유명 점쟁이의 덕담과 함께 마무리한 것만으로도 만족이었다.

'진짜 재미있었어.'

나는 책상 위에 놓여 있는 노란색 여우 인형을 보며 히죽대다가 연휴 동안 답장을 미뤄 두었던 편지들을 뜯어보기 시작했다. 대부분 사교 모임이나 다과회 초대 편지였다. 신전에서 온 것도 있었다.

"헉."

인장과 사인을 보니, 무려 교황의 친필 편지였다. 대신전이 있는 헬레이아 자치령에 한번 들러 달라는 내용이 적혀 있었다.

"허. 신전은 딱히 한 것도 없으면서 어딜 오라 가라냐?"

거절!

교황의 편지뿐 아니라, 다른 편지도 전부 거절했다. 하지만 이 푸른 광택이 도는 편지엔 차마 거절한다는 답변을 적을 수 없었다.

'의리가 있지.'

사교계 활동이 부담스러워서 차일피일 미루고 있던 와중, 5황녀의 편지를 보니 더는 미뤄 두기만 할 수 없겠다는 생각이 문득 들었다.

'아스테이아의 기득권층으로 사는 이상 귀족들과 계속 지지고 볶긴 해야 하니까.'

사교 모임을 재개해야 한다면 5황녀가 주최하는 모임에서 시작하는 게 가장 끌린다. 신성력을 각성하기 전부터 나에게 전폭적인 신뢰를 주던 친구고, 전투에서도 몸 사리지 않고 와 줬던 온전한 내 편인데 어떻게 거절할 수 있을까.

나는 깃펜을 들고 5황녀에게 답장을 쓰기 시작했다.

외전 2. 데보라의 친구들(?)

대악마와의 전투가 있고 난 후, 데보라 공녀는 명실상부 제국 최고의 인기인이 되었다. 공녀에 관한 주제로 모임을 여는 귀족까지 있을 정도로, 그녀를 향한 열기는 좀처럼 식을 줄을 몰랐다.

"최근 데보라 공녀님에 대한 새로운 소식은 없나? 비스콘티 공작님과 정혼한 소식은 이미 들었으니 넘어가고."

"딱히 없네."

데보라와 이시도르의 약혼 소식은 그날 하루만 잠깐 시끄럽고 말았다. 솔직히 눈과 귀가 있으면 누구나 예상했던 일이었다. 오히려 아직 정혼을 안 했었냐고 되묻는 이가 있을 정도였다.

그보다는 데보라 공녀가 성녀의 현신이라는 사실이야말로 아직도 놀랍고 어리벙벙했다. 머리로는 알겠는데, 인지 부조화가 온다고 해야 하나.

"한번 뵙고 싶은데 말입니다."

"그러게요. 그때를 생각하면 지금도 가슴이 벅차올라요. 사악한 악마를 몰아내던 그 경건하고 성스러운 힘……. 신성이라는 단어가 전혀 아깝지 않더라고요."

"난 마물과 싸우던 중 그분 덕에 목숨을 구했네. 생명의 은인이시지."

"그리 영웅적인 일을 해냈으니, 사교계를 누비며 모두의 추앙을 받을 법도 한데……."

하지만 데보라 공녀는 폭발적인 인기를 누리긴커녕, 사교계 활동을 중단하고 집에서 조용히 지내는 것을 택했다.

"그동안 공녀의 태도가 고압적이고 거만했던 것도, 사악한 흑마법사들을 속이기 위한 연기였나 봐요!"

"역시 성녀님일세."

그녀의 겸손함을 칭송하면서도 모두가 아쉬움에 몸이 달아 있는 상태였는데, 두문불출하던 공녀가 처음으로 사교 모임 초대에 응했다는 소식이 들려왔다. 바로 5황녀가 여는 다과회였다.

"역시, 데보라 공녀님과 가장 친하신 분은 5황녀님이었군."

"왜 두 분이 가깝게 지내는 걸까 궁금했는데, 같은 깃의 새는 같이 모인다고, 뛰어난 사람들은 서로를 본능적으로 알아보는 법인가 봐요."

강력한 화염 마법으로 악마를 없애는 데 일조한 5황녀 역시 제국에서 큰 인기를 누리고 있었다. 4황비로 인해 실추된 황실의 명예가 지하 밑바닥까지 굴러떨어지지 않은 건, 황태자와 5황녀가 목숨을 걸고 전투에 참여하여 황실의 면을 세워 줬기 때문이었다.

"5황녀님께선 이번 다과회에 또 어떤 대단한 분을 초대할까요?"

"혹시 제게 그 다과회에 참석할 영광이 주어지진 않겠죠?"

"새해에 가장 초대받고 싶은 모임이군."

"다과회 장소는 어디가 좋을까. 내 마도구 컬렉션이 진열된 유리장을 공녀에게 보여 주고 싶은데.”

“황녀님, 외람되오나 전시홀 말고 조금 평범한 장소는 어떨까요.”

“흐음. 평범한 접객실만 쓸데없이 많아서 선뜻 못 정하겠어.”

한편, 5황녀는 데보라 공녀가 황실에 놀러 온다는 사실에 잔뜩 신이 났다. 자신이 시모어에 병문안차 들른 적은 있지만, 공녀가 제가 지내는 궁에 놀러 오는 것은 처음이었으니까. 너무 들뜬 나머지 그녀는 다과회 일주일 전부터 황궁 시녀들과 요란스레 손님맞이 준비를 하는 중이었다.

“……옷은 뭐 입지? 보라색 자수정이 박힌 이 옷은 어때? 공녀를 향한 내 애정의 표현이지.”

‘애정? 우정을 잘못 들은 거겠지?’

시녀들은 속으로 생각했다.

“어울리나?”

“황녀님은 어떤 옷을 입어도 잘 어울리셔요.”

키가 크고 시원시원한 외모를 가진 5황녀가 옷을 갈아입을 때마다 시녀들은 멋지다면서 호들갑을 떨었다.

“황녀님, 차는 어떤 걸로 준비할까요?

“지난달 미로 공국에서 들여온 찻잎을 준비해. 그와 어울리는 디저트도 함께.”

그녀는 황제가 금고를 만들어 따로 관리할 정도로 귀한 찻잎을 서슴없이 털기도 했고, 황실 명장들을 불러 7층짜리 케이크를 만들라고 명하기도 했다.

한편, 5황녀가 열과 성을 다해 다과회를 준비한다는 소식은 최근 수도 사교계 영애들에게 단비와도 같았다.

그간 고위 귀족들과 황실 관리들 대부분이 대악마 사건 뒤처리 때문에 몹시 바빴고, 고위 귀족들이 이끌고 있던 사교계 역시 덩달아 침체해 있었다. 그런데 무려 성녀님과 5황녀님의 다과회라니!

제국 최고의 인기인이 참석하는 다과회에 과연 누가 초대될 것인가?!

5황녀와 친분이 있는 영애들은 기대감에 잔뜩 부풀었다.

'남들 앞에서 평생 자랑할 수 있겠어!'

'최고의 인맥과 돈독해질 기회!'

하지만 아무리 기다려도 그녀들에게 편지는 오지 않았다.

"비비엔, 네가 요즘 준비하고 있는 다과회 말이다. 누굴 초대할지는 아직 못 정한 거지? 일부러 안 정한 게 아니고."

여동생의 거창한 다과회 소식을 들은 황태자가 지나가듯이 물었고, 5황녀는 쯧 혀를 찼다.

"단둘이서 오붓하게 만나려 했더니. 대체 언제 소문이 난 거지?"

다, 단둘? 황태자의 동공이 사정없이 흔들렸다.

"저기, 동생아. 난 이시도르와 척지고 싶지 않아. 그는 내 정치적 후원군이기 이전에 절친이라고."

"끽해야 차나 마실 텐데, 뭘 그렇게 멀리 가? 내가 설마 장갑을 들고 달려가서 비스콘티 공작과 치정 싸움이라도 할까 봐?"

"자, 잠깐. 편파적인 제국의 혼인법을 대대적으로 손봐 달라고 사흘 밤낮으로 나를 들볶았던 거…… 기억 안 나?"

황태자는 여동생을 언제 터질지 모르는 폭약 보듯 불안한 눈으로 바라보았다.

"흠! 그건 그거대로 손볼 거고, 공녀는…… 정혼을 했잖아."

"음? 인정 안 할 줄 알았는데."

황태자는 조금 의외라고 생각했다. 동생은 뭐 하나에 꽂히면 늘 끝을 봤기 때문이다

"난 뒤가 없긴 해도, 눈앞의 선을 지킬 줄은 알아."

5황녀가 담담하게 대꾸했다.

아마 데보라 공녀의 정혼 상대가 이시도르가 아니었다면 수긍하기 힘들었을 것이다. 데보라는 그간 자신이 만난 사람 중에서 가장 황홀하게 빛났으니까. 파트너를 위해 기꺼이 분홍색 옷을 입어 주는 남자니까, 큰마음 먹고 포기하는 것이다.

'사실 끼어들 틈도 없었고.'

쌉싸름한 감정을 느끼며 황녀는 나직이 말했다.

"……그래도, 데보라 공녀의 가장 친한 친구는 나니까."

악마 소환이라는 불미스러운 일이 있고 난 후 잠잠하던 공녀가 제가 여는 파티로 사교계 활동을 재개한 덕에 귀족 사회의 공인을 받은 셈이었다. 우리 둘은 절친이라고.

"그런데 너 말고 공녀에게 친구가 누가 있…… 컵!"

황녀가 갑자기 입을 막아서 황태자는 말을 맺지 못했다.

"나 말고 친한 영애가 없다니! 말이 좀 그렇군! 공녀의 성격이 얼마나 좋은…… 흠? ……멋있는데."

"그래……?"

오라비가 영 미심쩍어하는 기색이라, 오기가 생긴 5황녀는 초대장

을 쓰기 위해 충동적으로 깃펜을 들었다.

'근데, 진짜 나 말고 누구랑 친했더라?'

그녀는 기억을 힘껏 쥐어짰다.

"꺄아아악!!"

"무, 무슨 일이야?"

"미술 누나가 5황녀님의 초대장을 받았대요."

그날 밤, 그랑베르 후작가 저택에서는 기쁨에 찬 미술의 고함 소리가 밤새도록 울려 퍼졌다.

'흠. 그런데 미술 그랑베르는 공녀의 친구라기보다……'

왠지 열렬한 신도 같은 느낌이 드는데.

흑마법사와의 전투 때 미끼 역할을 해 줄 관절 인형을 빌려주었 다길래 제법 공녀와 친해진 줄 알았는데, 미술의 상태가 친구라기엔 좀 그랬다.

"화, 황녀님. 지금 제 얼굴 이상하진 않죠? 너무 떨려서요."

미술이 창백한 얼굴로 연신 제 상태를 물었다. 꽉 움켜쥔 주먹은 아까부터 긴장으로 가늘게 떨리고 있었다.

"자네는 원래 하얀 편이니 평소와 크게 달라 보이진 않네. 근데, 그렇게까지 긴장되나?"

하긴, 데보라는 제국을 구한 성녀니까.

일전엔 그녀의 진가를 알아보는 자들이 별로 없었지만, 악마와의 전투 후엔 추종자가 늘어난 게 확실히 체감되었다.

"정말…… 믿기지 않아요. 기대도 안 했는데. 사실 기도는 했지만 전 운이 썩 좋은 편은 아니라서 이 자리에 초대받을 줄은 꿈에도 몰랐어요. 너무나 영광이고, 또 감사해요, 황녀님."

황녀의 변덕으로 이번 다과회에 초대받게 된 미슐 그랑베르는 초대를 받은 날부터 잠을 설쳤다.

다들 제국의 두 인기인이 있는 다과회에 참석하는 자신을 부러워했지만……. 난 절대 성녀님이라서 좋아한 게 아니라고!

미슐은 자신이 늦덕이 아니라는 크나큰 자부심이 있었다.

'그간 막연히 상상만 하던 아르망의 주인이 바로 데보라 공녀였다니! 심지어 성녀라는 숭고한 부업까지 가지셨다니.'

몰래 선물할 인형 조공을 준비하고, 분석 논문까지 쓸 정도로 동경하던 분과의 티타임!

"저란 사람, 참 성공했어요. 살아 있길 잘했어요."

미슐은 감격했다.

"그렇다고 새벽부터 황궁 앞에 와 있을 줄은 몰랐어. 내가 일찍 나와서 망정이지."

"1초라도 지각하면 큰일이잖아요. 그러니 차라리 새벽부터 대기하는 게 마음이 편해요."

"허, 그래, 그건 그렇다 치고. 아까부터 신경 쓰였는데, 그대 손에 든 건 뭐지?"

"대본이요……."

"다과회에 대본이 왜 필요한지 모르겠지만 이것도 넘어가고, 대체 뭘 적어 둔 건가?"

미슐이 아까부터 구명줄처럼 쥐고 있는 종이쪽지를 보며 5황녀가 호기심을 내비쳤다.

"……만나면 할 말들이요. 이것저것."

"봐도 될까?"

미슐이 머뭇대고 있을 때, 마침 공녀가 황궁 앞에 도착했다는 소식이 들려왔다.

"황녀님, 저 갑자기 혀, 현기증이 나요……."

돌연 미슐이 비틀거리면서 이마를 짚었다.

"정신 차려. 새벽부터 대기했잖아. 이대로 쓰러지면 1초도 못 보게된다네."

"버텨 볼게요."

미슐이 이를 꾹 악물고 결연하게 고개를 끄덕였다. 이윽고 문 너머로 데보라 공녀가 나타났고 미슐은 비명을 가까스로 억눌렀다.

"그간 강녕하셨습니까, 황녀님."

데보라 공녀가 특유의 냉랭한 표정으로 인사했다. 하지만 5황녀는 이제 공녀의 눈동자에 깃든 온기를 읽어 낼 수 있었다.

"그대 덕분에."

둘은 눈을 마주하며 가볍게 악수를 나눴다.

"공녀도 잘 지냈지?"

"예, 저도 황녀님 덕분에 그간 푹 쉬면서 잘 지냈습니다."

"그런데 우리 서로 이름 부르기로 했잖아, 데보라."

"그랬죠, 비비엔."

둘이 이름을 다정히 부르는 모습에 미슐은 발을 동동 구르고 싶은 걸 참느라 발바닥에 힘을 주었다.

'황녀님 너무 부러워. 내 이름도 저렇게 친근하게 불러 달라고 하고 싶어!'

속으로는 과격한 고함을 내지르고 있었지만, 미슐은 고위 귀족답게 감정을 숨기는 데에 능숙했다.

"미슐 영애, 오랜만입니다."

데보라는 내심 어색함을 감추면서 인사했다. 아르망에 대해 분석 논문을 써 주고, 심지어 별 다섯 개 맛집으로 홍보해 준 사람 앞에서, 그간 아무것도 모르는 척 정체를 숨기고 있었기에 양심이 조금 찔렸다.

게다가 3황자를 배로 유인하느라 미슐이 가지고 있던 인형을 빌려 썼는데, 죄다 물에 빠뜨려서 돌려주지도 못했다.

'애초에 돌려주지 않아도 된다고 하긴 했지만……'

자신이 시모어 공녀니까, 차마 갚아 달라고 말 못 한 거 아닐까. 데보라는 슬쩍 눈치를 살폈고 미슐은 동공을 떨며 간신히 목소리를 냈다.

"공녀님, 오랜만입니다."

"지난번 배에 태울 인형을 빌려 달라고 갑작스럽게 요청했는데, 흔쾌히 허락해 줘서 고마워요."

'공녀님께서 큰일을 도모하기 위해 제 인형을 떠올려 주시고, 심지어 이용하시다니, 그저 영광! 또 영광입니다! 그러니 이렇게 깍듯한 태도로 고마워하실 필요 없는데에…… 흑흑.'

하지만 미슐은 머릿속에서 빠르게 스쳐 가는 문장들을 입으로 내뱉지 못했다. 미리 써 둔 대본의 대사들과 뒤엉켜서 눈앞이 새하얘질 정도로 정신없었기 때문이다.

'그냥 아무것도 준비하지 말걸.'

"미슐?"

숨 쉬는 방법조차 잊어버린 것 같은 미슐을 5황녀가 가볍게 호명했다.

'역시 내가 좀 불편한가 보네.'

무표정한 얼굴만 보고 미슐이 자신을 어려워한다고 생각한 데보라는 겸연쩍은 얼굴로 입을 열었다.

"시모어는 반드시 은원을 갚습니다. 영애가 손수 만든 인형만 한 가치를 가진 작품을 찾긴 쉽지 않겠지만, 보상하고 싶습니다."

'어? 잠깐, 나, 그 대사를 내뱉을 타이밍인 거 같은데?'

퍼뜩 대본에 있던 대사가 떠오른 미슐이 입술을 가까스로 떼어 냈다.

"보상이라니요. 그런 말씀 하지 마세요. 공녀님에게서 벽이 느껴지니까요."

"원래 얼굴이 좀 차가워서……."

"……완벽."

"……."

"……."

수습하기 힘든 분위기에 잠시 침묵하던 5황녀가 애써 중얼거렸다.

"아하, 완벽도 벽이지."

"……저, 그냥 집에 갈래요. 죄송합니다!"

미슐이 창백한 얼굴을 잘 익은 사과처럼 물들이며 벌떡 일어났다.

"푸흡!"

부끄러움을 견디지 못하고 뛰쳐나가려고 할 때 잠자코 있던 공녀가 돌연 입을 가리고 어깨를 들썩였다. 처음 보는 그녀의 웃음에 미슐은 다리의 힘이 풀려 스르르 주저앉았다.

"소, 손수건이 어디 있죠?"

미슐이 횡설수설 중얼거렸다.

"왜, 아까는 흥분해서 현기증이 난다더니, 이번엔 코피가 날 거 같은가 보군?"

"아뇨. 데보라 공녀님이 웃었더니, 과즙이 여기까지 튀어서요."

"……."

웃음이 과일처럼 상큼하다는 뜻.

"닭아야……,"

"……차나 마실까?"

"예에. 죄송합니다."

"죄송할 것까지야. 그저 제국 최고 인형사의 주접…… 흠, 유머 감각이 몹시 놀라울 뿐. 그대가 주옥같은 말을 꺼낼 때마다 저세상 벽과 마주한 기분이야. 물론 완벽일세."

왠지 모르게 칭찬은 아닌 것 같았지만 미슐은 만족했다.

'난 창피하지만, 공녀님이 웃었으니 됐어.'

동경하는 사람의 기억에 남는 대사를 내뱉고 싶은 허황된 욕심이 낳은 대본인데 어쨌든 먹혔다.

'계 탔다.'

미슐이 속으로 좋아 죽는 동안, 데보라 공녀는 웃음기가 남아 있는 얼굴로 찻잔을 들어올렸다.

"차향이 정말 좋군요."

"네, 너무나 좋네요. 하아……."

"내 특별히 그대들을 위해 아버지가 아끼는 찻잎을 꺼내 왔네. 혹여 서로에게 남아 있던 벽이 있다면 마저 허물자고. 물론 완벽은 아니고. 하하."

"……다시는 그런 거 하지 않겠습니다……."

"왜? 재밌는데."

'둘 다 재밌게 잘 노네.'

어색한 자리는 미슐의 농담으로 화기애애해졌고, 데보라는 간만에 또래 친구들 사이에 끼어 그들의 수다를 들으며 차를 홀짝였다.

"아, 공녀. 그거 아나? 요즘 자수정이 없어서 못 판다는 거."

"보라색 비단이랑 실도 유행이에요. 제가 가진 인형에 전부 입히려고 했는데 품절 사태가 난 거 있죠."

"내 조만간 황실의 상징 색을 하늘색이 아닌 보라색으로 바꾸자고 건의해 볼 생각일세."

"뭘 그렇게까지……."

데보라는 속으로 몹시 멋쩍어하고 있었지만, 늘 그렇듯 표정엔 잘 드러나지 않았다. 그리고 그 모습이 인기에 초연한 인상을 주었다.

"멋있어요."

미슐이 대뜸 말했다.

"그럼, 당연하지. 내 여자답군."

"……."

'참 우정이 깊은 친구들이야.'

데보라는 부담스럽게 반짝이는 둘의 시선을 애써 외면하면서, 땀이 찬 약지를 무심코 만지작거렸다. 최근 약혼반지를 매일 끼고 다니게 되면서 생긴 습관이었다.

그리고 둘의 눈동자는 자연스럽게 그 반지에 머물렀다.

"흠. 데보라 공녀님, 비스콘티 공작님과 약혼했다는 소문을 들었어요. 축하드려요."

"고마워요."

"저, 그, 그런데요."

미슐이 수줍게 입술을 말아 물었다가 떼어 냈다.

"결혼식 때, 그…… 제가 들러리를 서도 될까요? 호, 혹시 남은 자리가 있다면요."

아스테이아에서는 결혼식 당일, 신부 옆에서 네다섯 명 정도 되는 신부 친구들이 꽃을 들고 들러리를 서 줬다. 외부인으로부터 신부를 지키는 풍습에서 나온 전통 중 하나였다.

"내가 무조건 공녀 옆자리야. 넘보지 마라, 미슐."

"그래도 왼쪽은 비잖아요."

투덕거리는 둘을 보면서 데보라는 묘한 기분을 느꼈다. 한때는 공포의 대상이라 자신과 눈을 제대로 마주치는 영애조차 없었는데…….

저 둘 말고도 마거릿과 아린 또한 들러리를 하고 싶다고 찾아왔다. 그간 아등바등 나 혼자 살기 바빴는데, 정신을 차려 보니 제 결혼을 진심으로 축하해 주는 사람들이 이렇게나 많아서 내심 놀랍고 기뻤다.

공녀가 날렵한 눈꼬리를 살짝 휘면서 옅게 웃었다.

'흐악.'

순간 눈이 부셔서 미슐은 눈가를 짚었고…….

'이시도르, 부러운 자식.'

5황녀는 진지하게 최신 공격형 마도구 컬렉션을 가지고 이시도르를 찾아가 치정 싸움을 할 뻔했다.

외전 3. 대신전에서 생긴 일

"엥? 교황이 직접 수도로 찾아온다고?"

살을 에는 추위가 점점 누그러들고 진눈깨비가 추적추적 땅을 적시던 어느 날, 나는 뜻밖의 소식을 들었다.

'그 나이 든 몸을 이끌고?'

나는 그간 신전에서 줄기차게 보내온 초대 편지를 고집스레 거절로 일관해 왔다. 신전은 그동안 하나부터 열까지 도움이 되지 않았고, 앞으로도 그럴 확률이 높았다. 게다가 현재 내 불안정한 신성력 상태도 거절 결정에 한몫했다.

'신성력을 시연해 달라고 징징대면 귀찮아져. 엮이지 말자.'

주교부터 시작해 교황의 편지까지 모조리 거절했으니 자존심이 상해서라도 물러날 줄 알았는데, 내 오산이었다. 교황이 아스테이아 수도로 직접 행차하겠다는 서신을 응답 없는 우리 쪽이 아닌, 황실로 보낸 것이다.

[염치 불고하고, 성녀의 현신을 뵙기 위해 잠깐 수도에 들르고자 합니다.]

방문 이유까지 공공연하게 밝히면서.

'왜 자존심을 굽히면서까지 나를 만나고 싶어 하는 거지?'

내게 꾸준히 퇴짜 맞았다는 불유쾌한 사실을 만천하에 알리면서 수도로 찾아오는 이유가 문득 궁금해졌다.

"이시도르, 왜 교황이 무리수를 두면서까지 날 만나려 하는 걸까?"

나는 블랑샤에 곧장 찾아가서 이시도르와 상의했고, 그는 설핏 미간을 좁혔다.

"……."

"신전에 대한 제국 귀족들 여론이 좋지 않으니 혹시 날 이용해 만회해 보려는 걸까?"

"……물론 그런 속셈도 없지 않아 있겠지만, 내 추측엔 신전 내부의 문제 때문인 것 같아요."

이시도르는 뭔가 아는 게 있는 듯했다.

"내부 문제?"

"지난달 각 지역에 파견 나가 있던 고위급 신관들이 대신전으로 은밀하게 복귀했어요. 심지어 금식 수행을 하던 신관들까지도요."

"큰 내부 행사가 있었던 걸까? 신년 미사 같은 거."

"큰 행사가 있어도 금식 중인 신관들은 잘 움직이지 않아요. 수련장을 이탈하면 금식을 처음부터 다시 시작해야 하거든요."

그는 책상을 톡톡 두드리며 천천히 말을 이었다.

"안 그래도 신전 쪽 동태가 이상해서 신관 한 명을 붙잡고 털어 봤는데, 신전에서 보관하고 있던 성물에 문제가 생긴 것 같더군요."

"성물이라면, 향화 때……."

그의 말에 나도 모르게 허리를 곧추세웠다.

"네, 향화 때 추기경이 가져왔던 그 하얀 묵주가 바로 성물이에요."

"아."

나는 짧게 탄식했다.

만일 교황이 내게 성물에 관해 묻기 위해 찾아오는 거라면, 잘 찾아오는 것이다. 성물이라 불리는 그 하얀 묵주의 진정한 의미와 가치를 알고 있는 건 아마 성녀의 전생을 가진 나뿐일 테니.

일단, 그 성물에 관해 설명하려면 제국인들이 착각하고 있는 부분부터 짚고 넘어가야 한다.

제국인들은 나일라가 본인의 몸을 여섯 개로 조각내 결계를 세웠다고 알고 있는데, 성녀의 희생을 강조하기 위해 후대에서 과장하고 부풀린 것이지 실제 일어난 일은 아니다.

'그게 무슨 호구…… 아니, 희생정신이 강하긴 했어도 그 정도까진 아니었다고…….'

하지만 아예 없는 이야기를 만들어 낸 것도 아니었다. 나일라 성녀는 제국의 미래와 친우들을 위해 남은 신성력을 긁어모아 악마에 대항하는 결계를 만들었다.

'몸을 여섯 조각을 낸 게 아니라, 신성력을 6등분 하여 묵주에 꿰인 구슬마다 담아 두었지…….'

그 하얀 묵주는 평소 나일라의 신변을 처리하던 신전의 손에 들어갔고, 신관들은 그것을 성물이라 부르기 시작했다.

성물은 평소 대신전에서 보관하다가, 교황이 직접 진행하는 큰 규모의 미사나 나일라 성녀의 희생을 기리는 향화 의식 때만 외부에 공개되었다.

지난 향화 때 내가 시기적절하게 거대한 신성력을 각성할 수 있었던 건, 그 하얀 묵주가 전생의 기억을 자극할 정도로 각별한 물건이기 때문이다.

'……나일라의 연인이었던 로크 비스콘티의 피가 스며들어 있으니까.'

흰 묵주를 떠올리자 사막의 거친 모래바람과 남자의 자욱한 피비 린내가 비강을 찌르는 듯했다. 이시도르가 흉곽을 꿰뚫리던 광경 또 한 동시다발적으로 눈에서 어른거렸다. 유사한 기억이 중첩되자 손바 닥에 식은땀이 맺혔다.

나는 트라우마로 인한 초조함을 외면하며 머리를 굴렸다. 그 묵주 에 대체 어떤 무슨 문제가 생겼기에 신관들이 총집합하고, 교황이 이 곳으로 오려 하는 건지 추측해 보았다.

'썩 내키진 않지만, 교황을 만나 보긴 해야겠어.'

그때, 이시도르가 내 마음을 읽기라도 한 듯 내 손등을 꽉 움켜쥐 며 단호하게 눈을 빛냈다.

"그동안 공녀님은 할 만큼 했어요. 한 번도 아니고 두 번씩이나요. 골 치 아픈 일은 신전에서 알아서 처리하게 놔두세요."

"무시하려 했는데, 교황이 몸소 찾아온다잖아."

"교황도 사람인데 털면 뭐든 나오겠죠. 신전이 한창 내리막길을 걷 는 것 같던데 뒤에서 밀면 얼마나 더 빨리 굴러떨어질지 궁금하지 않 아요?"

이시도르는 교황을 협박하고, 신전에 대한 여론을 더욱 악화시키겠 다고 대수롭지 않게 말했다.

'가끔 누가 악당인지 모르겠어.'

내 주변에는 제 편에겐 관대하지만, 남에겐 한없이 가혹한 사람들 이 많아서 든든했다.

"굳이 일을 벌일 필요 없어. 그리고 내심 잘됐다고 생각하고 있어."

"잘됐다고요? 어떤 점이?"

"응. 신전이 가지고 있는 그 성물. 원래는 내 거잖아."

난 전생의 나일라와 지금의 나를 분리해서 생각하는 경향이 있었지만, 이번엔 그냥 넘어가기로 하자.

"그러니까 돌려받아야지."

어쩌면 나일라의 죽음 후 신전으로 흘러 들어간 묵주를 되찾을 기회인지도 모른다.

'운 좋으면 내 고갈된 신성력을 원래대로 돌려놓을 실마리를 발견할 수도 있고……'

"이 노인네가 어딜 오라 가라야."

아버지는 황실에서 온 서신을 보며 바로 역정을 냈다. 편지에는 교황이 황실 접객실에 머물고 있으며, 성녀의 방문을 간절하게 기다린다는 내용이 적혀 있었다.

"그래도 교황이 헬레이아 자치령에서 수도까지는 몸소 와 줬으니, 저도 황실까지는 가 주려고요. 노인 공경 차원에서."

"나잇값 못 하는 눈치 없는 노인네를 왜 공경해? 그리 바쁘다고 거절했으면 적당히 알아먹어야지."

"긴히 할 말이 있기도 하고요."

"교황청 노인네랑 네가 무슨 할 말이 있느냐? 신전에서 너한테 성녀랍시고 희생을 강요하는 꼴, 난 죽어도 못 본다."

"음……."

예상했던 반응이라, 이미 대답도 준비했다.

"걱정하실까 봐 그동안 말씀 안 드리려 했는데, 제 신성력이 돌아오지 않고 있어요."

이 말은 사실이었다. 누수가 생긴 것처럼 회복이 상당히 더뎠다.

"뭐?"

내 말에 충격을 받은 듯 부친의 눈매가 잘게 경련했다.

"그런 중요한 걸 왜 여태 말을 안 하고……! 혹여 건강에 문제가 생긴 건 아니겠지?"

"아뇨. 몸과 마음은 어느 때보다 건강해요. 잘 쉬고, 잘 먹고, 걱정거리 없고, 내가 좋아하는 사람들과 늘 함께 있으니까요."

"흠! 그럼…… 더더욱 잘 쉬고 잘 먹으면 신성력이 돌아오겠지."

"몸에 문제가 생기면 의사에게 가잖아요. 마찬가지로 신성력에 문제가 있으니 그쪽 전문가인 교황에게 물어보는 게 빠르지 않겠어요?"

"신전 놈들은 영 못 미더운데……."

"정 못 미더우시면 이시도르에게 교황의 약점을 미리 잡아 두라고 할까요?"

"그거 좋은 생각이다."

그제야 부친은 굳은 표정을 풀었고, 나는 간신히 교황과 약속을 잡을 수 있게 되었다.

"성녀님을 뵙습니다. 저는 주신의 종, 모리스라고 합니다. 올해 주교로 임명되어 성녀님을 모시는 영광을 누리게 되었습니다."

멀쑥한 남자가 시모어 타운 하우스로 찾아와 자신을 소개했다. 나를 황실까지 에스코트하기 위해 교황이 보낸 고위급 신관이었다.

"난 시모어의 공녀다."

성녀가 아니라, 성질 더러운 시모어의 핏줄이라는 것을 은근히 강조한 나는 그를 힐끗 관찰했다.

'젊어 보이는데…… 벌써 주교라'

순하게 처진 눈꼬리와 미소가 담긴 부드러운 입매가 유순한 느낌을 자아냈다. 신도들에게 제법 인기 있을 것 같았다.

"뵙게 되어서 한량없이 기쁩니다."

모리스가 성호를 연신 긋고 있을 때, 옆에 서 있던 부친이 차갑게 입을 열었다.

"내 딸을 보필하는 건 과분하다 못해 송구스러울 정도의 광영이다. 이를 명심하고 평생 감사하는 마음을 가지고 살도록."

"예, 시모어 공작님. 그리하도록 하겠습니다."

부친의 유난에도 여전히 입가에 미소를 머금은 모리스는 나를 귀빈용 마차로 안내했다.

"교황님께 모시겠습니다."

난 그의 연갈색 눈동자를 잠시 바라보다가 에스코트를 받아 마차에 올라탔고, 얼마 후 교황과 만나게 되었다.

"정오의 태양처럼 어둠을 몰아내던 위대한 신성이 헬레이아까지 미치더군요. 몹시 감격하였습니다. 이리 뵙게 되어서 영광입니다, 성녀님."

황궁 귀빈실에서 만난 교황은 백발이 성성했는데, 작은 체구에 비해 목소리 울림통이 커서 딱 선교하기 좋겠구나 싶었다.

"처음 뵙겠습니다, 데보라 시모어입니다."

으레 하는 안부 인사를 주고받은 뒤, 나는 교황과 마주 앉았다. 내가 별말 없이 차를 홀짝이자 교황이 민망스러운 표정으로 먼저 말문을 열었다.

"그간 소인이 미욱하여 성녀님을 사칭하는 자를 미처 알아보지 못했습니다. 악마가 소환되었을 때도 늦게 대응했지요. 그 점이 성녀님의 마음을 상심케 한 것, 잘 알고 있습니다."

나는 옅게 미소 지었다.

"신전에 기대한 것이 없으니, 제 마음이 상할 이유가 없습니다."

표정과는 달리 비꼬는 듯한 말에 교황은 조금 당황한 낯을 하다가 빠르게 평정을 되찾았다.

"주신의 종으로서, 앞으로 성녀님을 잘 모시도록 하겠습니다. 성녀님의 이름이 후대까지 칭송받을 수 있도록 신관들은 만인에게 설파를 아끼지 않을 것입니다."

"그런 대답을 바란 것은 아닙니다. 그런 뜻으로 이야기한 것도 아니고요."

난 재빨리 손사래를 쳤다.

"제 말뜻은 상대에게 뭔가 바라지 않고 순수한 마음으로 대하면 서로가 상심할 일이 없다, 이런 뜻입니다. 안 그렇습니까?"

내 말에 교황의 입가가 살짝 경련했다. 곤란한데 억지로 웃고 있는 거, 다 읽힌다.

'역시 이시도르에게 미리 물어보길 잘했어.'

성물에 생긴 문제를 해결하기 위해 날 찾아왔는데, 이리 순수한 마음만 강조하면 부탁하기가 껄끄러울 것이다.

"몸소 수도까지 찾아올 정도로 절 걱정하는 교황님의 마음이 깃들어서인지 차향이 참 좋군요."

나는 최대한 유순한 얼굴로 말했다. 더욱 껄끄럽게끔.

"예에…… 흠흠! 그런데 성녀님."

"네, 말씀하시죠."

"성녀의 현신께서 긴히 아셔야 할 소식이 있습니다."

"소식이요?"

'부탁'이 아닌 '소식'이라고 바꿔 말하는 걸 보니, 역시 능구렁이 같은 구석이 있는 인간이다.

"나일라 성녀께서는 아스테이아 건국 초창기인 천여 년 전, 사특한 어둠을 막기 위해 위대한 성물을 남기셨습니다."

"물론 알고 있습니다. 제가 성녀의 현신이니까요. 향화 의식 때 추기경이 가져온 묵주를 말씀하시는 것, 맞지요?"

"예. 그런데…… 그 성물에 이상이 생겼습니다."

나일라 여신의 희생을 상징하는 그 하얀 묵주는 귀족들뿐 아니라 백성들도 그 모양을 알고 있을 정도로 유명한 성물이었다. 그런데 하필 신전에 대한 민심이 바닥인 이 상황에 성물에 문제가 생겼다. 조만간 대신전에서 연례행사가 열릴 텐데, 문제가 생긴 성물을 들고 나갈 수는 없으니 교황은 몹시 난감할 것이다.

하지만 난 아무것도 모르는 척, 교황의 의도대로 말했다.

"저런, 제 물건에 이상이 생기다니. 성녀의 현신으로서 그냥 넘어갈 문제는 아니로군요."

나는 자못 심각한 얼굴로 찻잔을 내려놓곤, 진지하게 교황을 응시했다.

"물건의 상태를 보겠습니다."

"예! 예! 성녀님."

교황은 화색이 된 얼굴로 재빨리 답했고 나는 물건을 내놓으라는 듯이 손을 내밀었다.

"그, 그것이……."

"뭐죠?"

"묵주 구슬의 색이 돌연 미세하게 변하기 시작하여, 변색을 막기 위해 강한 신성이 깃든 성수(聖水) 안에 넣어 두었습니다. 하여…… 실례가 안 된다면 헬레이아 자치령에 들러 주실 수 있겠습니까?"

데보라 공녀의 갑작스러운 헬레이아행(行) 소식에 수도는 한바탕 술렁였다. 물론, 성녀가 교황의 초대를 받아 대신전에 들르는 건 자연스럽고 상식적인 일이다.

"이상할 게 없긴 한데……."

그 성녀가 데보라 공녀다 보니, 왠지 모르게 어색했다. 공녀는 교황청보다 화려한 파티장이 훨씬 어울리는 느낌이니까.

그뿐이 아니었다.

"시모어에서 성녀님의 호위를 위해 어마무시한 정예 팀을 꾸렸다더군."

"물론 성녀님이니 이해는 가네만, 애초에 데보라 공녀님이 가장 강할 텐데, 왜?"

"성녀님의 신성(神性)은 사악한 악마 놈에게는 무자비하지만, 사람에겐 자비롭다고 들었네. 귀신보다 사람이 무섭다고, 혹시 알아? 나쁜 마음을 먹은 놈이 성녀님을 습격할지. 그에 대비는 해야지."

"아무리 그래도…… 소국을 전멸시킬 수 있는 전력은 좀 심하지 않나."

"대체 어느 정도인데?"

"일단 비스콘티 공작님과 그분이 부단장으로 있는 백기사단이 전부 호위로 지원했고……."

"또?"

"마탑주인 시모어 공작님과 마탑 장로들, 로자드 경이 이끄는 마탑 전투부대, 공격용 마도구를 가진 벨렉 경…… 또 누가 있더라. 아! 5황녀님, 그리고 공녀의 직속 호위 부대인 창기사단도 있……."

"그, 그만. 충분히 잘 알아들었네."

수도에서 대신전으로 이동하는 고대 텔레포트 앞에서 데보라 공녀 일행과 접선한 교황과 신관들은 잠시 당황한 낯을 했다. 특히 말단 신관들이 놀랐다.

'지, 진짜 성녀 맞아?'

초상화로 보긴 했으나 성녀의 실물이 너무 차가워서 한 번, 휘황찬란한 호위 라인업에 두 번 놀라고 만 것이다.

"저분은 말로만 듣던 성녀님의 약혼자…… 비스콘티 공작님이군."

"시모어 가문의 천재 쌍둥이들까지……."

"저 검은 머리 검사는 검의 오르고 아니야?"

수도와 멀리 떨어져 지내는 신관들조차 익히 알 정도로 유명한 명사들이 성녀를 호위하겠다고 몸소 나설 줄이야.

'신전과 전쟁이라도 치를 셈인가.'

교황은 애써 당혹감을 감췄다.

"이토록 많은 분이 따르다니! 성녀님의 인망에 감탄하게 되는군요. 물론 신전에도 성녀님의 신변을 보호할 성기사들이 많이 있습니다."

호위가 너무 많은 거 아니냐고 교황이 살짝 돌려 말했다.

"이 인원도…… 반의반의반으로 줄인 겁니다. 더는 못 합니다."

하지만 데보라 공녀가 왜인지 지친 목소리로 음산하게 말했기 때문에 교황은 더는 토 달지 못했다.

"흠흠. 그럼 출발하실까요?"

얼마 후 대인원을 실은 고대 워프 게이트가 작동했고, 데보라 공녀는 이번 생애 처음으로 대신전에 발을 들이게 되었다.

"이 으리으리한 건물이 바로 대신전 중앙의 교황청이군요. 조각 하나하나가 꼭 살아 움직이는 것 같네요."

티에리가 연신 감탄하며 웅장한 그림과 조각이 가득한 신전 내부를 둘러봤다. 매일 하던 도박을 끊어서 검술 실력이 비약적으로 성장한 그는 아슬아슬하게 데보라 공녀의 호위로 뽑힐 수 있었다.

"티에리, 여기 관광 온 줄 아나?"

5황녀가 티에리의 경망스러운 행동을 보며 쯔쯔 혀를 찼다.

"그렇지만 도무지 긴장감이 안 생기는 걸 어떡합니까? 대악마 할애비가 소환되어도 이길 수 있는 일행 속에 있으니, 제 방 침대에 누워 있을 때보다 더 편한걸요."

"틀린 말은 아니지만 아스테이아 귀족의 체통은 좀 지켜 달라고."

"괜찮습니다. 아스테이아 귀족의 품위와 체통은 저기서 지켜 주고 있으니까요."

티에리가 앞장서서 걷는 이시도르를 자랑스럽게 가리켰다.

대신전을 오가는 신관과 사용인들 전부 그를 놀란 기색으로 힐끗대고 있었다. 이시도르의 외모를 처음 보는 사람들은 대개 제 눈을 의심하며 저런 뜨악한 반응을 하곤 했다.

"왠지 점점 더 잘생겨지는 것 같네요. 몸도 더 좋아진 것 같고."

"괜히 입실론의 간판이자 올해의 꽃이겠나."

"후우, 이시도르가 조금만 덜 생겼어도……."

"미안하지만, 이시도르가 조금 덜 생겼다고 가정해도…… 여러모로 자네는 안 돼."

"이리 가벼워 보여도 나름 실연의 상처를 추스르던 중이었는데, 굳이 뼈까지 부러뜨리셔야 하겠습니까?"

"새삼 열 받는군."

"뭐가요?"

"……너와 동질감을 느끼다니. 수치스럽다."

티에리와 5황녀가 싱거운 대화를 나누는 동안, 이시도르는 신관들을 유심히 관찰하고 있었다.

성물이 변색되었고, 공녀의 신성력은 회복이 더딘 상황. 좋은 징조는 아니다. 만일 흑마법사 잔당이 남아 있다면, 미야 비노슈처럼 신관 행세를 하며 이곳에 숨어 있을 가능성도 있었다.

'등잔 밑이 어둡다는 교훈은 충분히 경험했으니…….'

"공녀님, 교황이 성물이 아닌 엉뚱한 곳으로 안내하는 건 아니겠죠?"

이시도르의 속삭임에 데보라는 고개를 살짝 저었다.

"그건 아니야."

이곳에 도착하니, 과거 신전에서 자랐던 나일라의 기억이 새록새록 올라왔다. 미로처럼 이어지는 이 복도 끝에는 신성력이 담긴 물이 샘솟는 성소(聖所)가 있을 것이다.

"도착했습니다."

한참 동안 앞장서서 걷던 교황이 새하얀 대리석으로 된 아치형 문 앞에서 멈춰 섰다. 문 너머, 원형 형태의 방 중앙에는 나일라를 형상화한 커다란 조각이 있고, 그 아래에 작은 샘이 있었다.

"여기서부터는 제한된 인원만 들어갈 수 있습니다."

교황의 말에 벨렉이 눈썹을 슥 들어 올렸다.

"이유가 뭡니까?"

"순도 높은 신성력이 깃든 성수가 솟아나는 곳이라 외부의 오염을 막기 위해서…… 성녀님?!"

그때였다.

돌연 데보라 공녀가 거대한 문을 지나쳐 성물이 있는 실내 중앙으로 향해 빠르게 나아가기 시작했다.

"데보라?!"

'또…… 심장이…….'

쿵- 쿵-

성수에 담겨 있는 묵주를 발견한 순간부터, 향화 때처럼 심박이 거칠게 날뛰기 시작했다. 고막이 아플 정도로 심장이 울리고, 눈앞에 수많은 과거의 잔상이 빠르게 아른거렸다. 기억의 범람 속에서 나는 문득 의문을 느꼈다.

저 묵주는 어떻게 이렇게 강렬한 반응을 끌어내는 거지?

'향화 때도, 저 물건 때문에 힘을 전부 각성했지.'

저 하얀 묵주와 맞닥뜨릴 때마다 심장이 미친 듯이 뛰고 아득한 감각에 사로잡히게 되는 건, 단순히 저것이 전생의 기억을 자극했기 때문일까?

'대체 왜 이러는 거야.'

나는 질문을 던지듯 성수 안에 담겨 있는 묵주를 노려보았다.

'그리고 색깔은 왜 이렇게 변한 건데.'

그때, 탁한 회색으로 물들어 있던 묵주의 구슬에서 흐릿한 빛이 뿜어져 나오기 시작했다. 마치 내 물음에 응답하듯이.

─데보라.

어? 방금 내 이름이 들린 것 같은데?

'익숙한 목소리……'

슬픔이 담긴 듯한 음성에 나는 홀린 듯 그것에 손을 뻗었고…….

"헉!"

매끄러운 구슬을 움켜쥐는 순간 6개의 구슬에서 강한 빛이 흘러나와 점차 어떤 형상을 그려 내기 시작했다.

'설마…… 마법진?'

"젠장."

뭔가 낌새가 이상한데, 이미 늦은 것 같다.

내 주변 공간이 물결처럼 일렁거리기 시작하자 나는 욕을 짓씹었다. 공간의 일그러짐은 점점 심해졌고, 이윽고 발을 딛고 있는 바닥이 소용돌이치는 바다처럼 휘돌았다.

왜곡되기 시작한 공간 속에서 위태롭게 서 있던 나는 본능적으로 뒤를 돌아보았다. 내가 어떤 위험을 감지했을 때, 가장 먼저 떠오르는 남자를 찾기 위해서.

"데보라?!"

나를 부르는 이시도르의 모습이 슬로비디오처럼 느리게 흘러갔다.

당황한 그가 내 쪽으로 곧장 달려와 허우적대는 팔을 빠르게 낚아 챘지만, 이내 공간이 물에 뜬 기름 형상처럼 사정없이 일그러졌다. 나는 순식간에 이상한 장소로 내동댕이쳐졌다.

−젠장. 여긴 또 어디야. 왜 또 이런 일이 생긴 거냐고!

나는 분명 입 밖으로 내뱉지 않았는데 내 생각은 고스란히 공간에 울려 퍼졌다.

−무의식의 세계인가?

노래방에서 에코 설정을 한 것처럼, 내 생각이 또다시 허공에서 메아리친다.

−묵주, 너 내 편 아니었어? 거긴 내 전생의 힘이 잔뜩 들어 있잖아!

황당한 기분을 느끼다, 시야에 들어온 로크 비스콘티 때문에 입을 꾹 닫고 숨을 죽였다. 꿈에서 보는 것과 이렇게 4D 화면처럼 생생하게 느껴지는 건 느낌이 또 다르다.

−……진짜 이시도르랑 똑같이 생겼네. 저쪽 성격이 좀 더 까칠해

보이긴 하지만.

이시도르의 30대를 미리 보기 하는 기분도 들었다.

ㅡ이건, 유료 결제해야 하는 수준 아닌가.

나는 복도를 성큼성큼 걸어가는 그를 홀린 듯이 졸졸 따라갔다. 우뚝 걸음을 멈춘 채 문고리를 움켜쥔 로크 비스콘티가 눈을 질끈 감고 길게 심호흡을 하더니 천천히 방문을 열었다.

그는 턱이 붉어지도록 이를 꾹 악물었다. 마치 울음을 참는 것 같기도 했다. 방 안에는, 살날이 정말 얼마 남지 않은 나일라가 있었으니까.

붉은 달이 뜨던 결전의 날, 대악마는 군단을 이끌고 지상에 내려왔고 수많은 사람이 죽고 다쳤다. 아비규환 속에서 나일라는 가까스로 악마를 물리쳤지만 진정한 승리는 아니었다. 강한 신성력으로 충만한 제 몸을 악마의 힘을 흡수하고 중화하는 그릇으로 사용한 것이다.

그리고 그 후유증으로 나일라는 시한부 인생을 살게 되었다. 그녀의 몸속에 들어온 마기가 장기마저 오염시키기 시작했으니까.

"왔네."

나일라가 창백한 얼굴로 남자를 향해 웃는다. 어떤 마음으로 웃는지 절절하게 느껴져서 지금 내게 눈물샘이 있었으면 아마 무심코 울어 버렸을 것이다.

"오늘은 눈이 왔어. 춥긴 더럽게 춥고."

로크 비스콘티가 어깨에 묻은 눈을 털며 덤덤하게 말했다.

"그래도, 피더라."

그가 연보라색 종이로 접은 꽃을 야윈 손에 쥐여 주었다. 힘내라는 듯이.

"네가 좋아하는 라벤더야."

"고마워."

마기로 인해 검게 물든 그녀의 손끝이 잘게 떨렸다.

"입버릇처럼 하는 그 말 말고. '사'로 시작하는 그거 말해 줘. 네가 하는 말 중에 가장 듣기 좋더라. 다른 말은 솔직히 속 터져서 못 듣겠어."

"있잖아."

"어, 있어."

"……기억나?"

"뭐."

"다음 생애 이야기."

나일라는 다음 생이 있을 거라 굳게 믿고 있었다. 그건 신과 가장 가깝게 연결된 성녀의 어떤 예감이기도 했다.

"기억나. 다음엔 나쁜 여자로 살겠다면서? 잘해 봐. 옆에 붙어 다니면서 응원할 테니까. 날파리가 안 꼬여서 좋긴 하겠네."

"……헤헤."

"바보처럼 웃어도 귀여워서 짜증 나네."

"……사랑해."

"나도."

로크 비스콘티의 목소리가 낮게 침전한다. 둘은 서로의 존재를 부여잡으면서 천천히 숨을 나누었다.

얼마나 시간이 흘렀을까. 남자의 숨결은 슬픔으로 거칠게 갈라졌고, 여자가 내쉬던 여린 숨은 은사처럼 아주 가늘어졌다. 그리고 그 여리고 가냘픈 여자의 숨결은 종내에는 너무 미약해져 더는 존재를 느낄 수 없게 되었다.

이윽고 깊은 어둠이 찾아왔다. 빛 한 점 없는 무저갱이었다. 분명 기억 속에 있는 최후임에도 나는 먹먹한 감정 속에 매몰된 채 한동안 침묵했다.

그때였다.

−데보라…….

−어, 아까 그 목소리!

아까 묵주에서 흘러나왔던 젖은 목소리가 어둠을 밝히며 파문처럼 퍼져 나간다. 쿵 쿵, 혈관이 수축하고 온몸이 울리는 듯한 감각이 또다시 뇌관을 뒤흔들었다.

−너 정체가 뭐야? 왠지 순순히 가르쳐 줄 것 같지는 않다만.

내 말에 정체불명의 목소리가 대답했다.

−난 너를 잘 알아. 현재는 데보라고, 한때는 윤도희였고, 과거엔 나 일라였지.

−대체 어떻게 그걸……?

−지켜봤으니까.

−지켜봤다니? 설마 조상신이라도 돼?

−조, 조상신이라니……?! 굳이 인간의 언어로 정의하면, 난 '사념체' 야. 실제로 존재하지 않는 존재지만, 염원이 모여서 생긴 형체라고나 할까.

조상신이라는 호칭이 어지간히 마음에 안 들었는지 녀석은 급하게 자신을 소개하기 시작했다.

−염원?

−으응. 과거의 너는…… 사랑하는 사람과 다음 생을 함께하고 싶다는 바람을 담아서 새하얀 묵주에 신성력을 옮겨 담았어.

—그건 기억나.

—로크 비스콘티 역시 마찬가지였지. 묵주에 매달린 흰 구슬은 로크가 애지중지하던 황금용의 송곳니를 둥글게 가공해서 만든 거야.

—맙소사. 진짜 귀한 거였네.

고대에만 존재하던 드래곤의 뼈는 현재 극히 소량만 남아 있었다. 정말 부르는 게 값인 물건.

—그래. 저밖에 모르던 남자가 단 하나뿐인 가보를 손수 깎아서 네게 선물했어. 너와 오래도록 미래를 함께하고 싶은 염원을 담아서.

—그럼, 너는 그 둘의 염원이 만나 생긴 사념체라는 뜻……?

—맞아. 그 묵주에 늘 깃들어 있었지.

—그래서 네 목소리가 익숙하게 느껴졌구나.

중성적인 목소리지만, 유순한 울림이 나일라와 비슷한 구석이 있었다. 그래서 묵주가 호명하자마자 나도 모르게 손을 뻗었는지도 모른다.

—으응. 네겐 보여 줄 게 많아.

또다시 과거의 일이 눈앞에서 생생하게 펼쳐졌다. 피처럼 붉은 보름달을 배경으로 사악한 음성이 공간에 쩌렁쩌렁 울려 퍼졌고 섬뜩한 오한이 일었다.

—나일라! 빌어먹을 건방진 계집! 하찮은 벌레 같은 게 감히! 이대로 끝일 것 같아? 너는 곱게 죽지 못할 것이다! 장기가 썩어들어 가는 지독한 고통 속에 몸부림치다가 숨이 끊어질 것이다! 무저갱 속, 고통의 굴레에서 영원히 발버둥 칠 것이야!

이제는 소멸해 버린 루시페르의 목소리. 제 몸을 그릇 삼아 마기를 흡수하는 나일라를 향해 악마는 온 힘을 다해 저주를 퍼부었다.

-저, 저 나쁜 새끼……. 누가 악마 아니랄까 봐.

내 말에 사념체가 공감하듯 거친 파문을 일으켰다.

-악귀처럼 들러붙은 루시페르의 저주 때문에 네 영혼은 주신의 손이 닿지 않는 무저갱으로 떨어져. 그렇게 한동안 깊은 어둠을 떠돌다가 원래 안배된 곳이 아닌, 다른 차원에서 환생하지.

-…….

-불행한 환경 아래에서.

-그게, 윤도희였구나.

-그래…….

사념체의 목소리는 우울하게 가라앉았다.

-그리고 원래 네 영혼이 들어가야 할 데보라의 몸은 악령이 차지하게 돼.

-그 악령이 내가 빙의하기 전 온갖 패악질을 부리던 그 데보라 시모어, 맞지……?

-으응. 루시페르 밑에서 나온 악령이라 이기적이고, 난폭하고, 남이 저보다 잘난 꼴을 못 보고 늘 패악질을 일삼았어.

사념체는 냉정한 투로 말했다.

-그리고 저와 비슷한 색을 가진 영혼인 필라프에게 끌렸고.

-그 악령은 지금 어디 있어?

-원래 몸의 주인인 네가 되돌아오면서 튕겨 나갔어.

-아직 이곳에 있어?

-인간일 때의 기억이 산산조각이 났으니, 자아를 잃고 원념의 모습으로 돌아갔겠지. 아마 제 주인인 루시페르가 소멸할 때 함께 소멸했을 거야.

악령이 튕겨 나가면서 기억의 파편을 남기고 간 건 불행 중 다행이었다. 그나마 빙의했을 때 적응하는 시간이 적게 걸렸으니까.

―말은 정확히 해야지! 넌 소설 속 인물에 빙의한 게 아니라, 제자리에 돌아온 거야. 네게 본래 안배된 자리로.

사념체가 연속적으로 파동을 일으켰다.

―이제야 모든 게 제자리로 돌아왔어. 그 여정이 절대 순탄하지는 않았지만…… 넌 보란 듯이 해냈지.

녀석은 중얼거렸다.

―그 빌어먹을 악령이 미르주 시모어의 영혼과 척졌을 때는 얼마나 마음을 졸였는지 몰라.

하긴, 빙의 당시 데보라는 진짜 호적에서 파이기 일보 직전이었다.

―아, 참고로 미르주 시모어는 네 아버지인 조르주아 시모어의 전생이야. 미르주는 시모어 가문의 초대였고, 널 딸처럼 아끼던 대마법사였어. 워낙 성격이 더럽기로 유명해서, 너는 후생이 있다면 그 뱀 같은 인간을 닮기를 바랐지.

―아, 그건 기억나…….

―흠, 여하튼 최악의 상황이었는데, 신성 마법으로 루시페르를 소멸시키다니, 정말 대단해.

그간 내가 고군분투하는 것을 누군가 지켜보고 있었고, 심지어 공감해 주고, 대단하다고 말해 주니 기분이 이상하다. 나쁜 기분은 아니었다. 조금 머쓱하긴 하지만.

―염원이 이루어지면 너와 이렇게 만나고 싶었어. 난 네 영혼이 만들어 낸 사념체라 너를 늘 지켜볼 수 있었거든.

―아하, 그래서 문제가 생긴 척했군. 날 대신전으로 불러내려고.

성물의 색이 변했다고 해서 걱정했더니, 알고 보니 이 녀석이 꾸민 계략이었다.

-흠흠! 난 로크의 사념도 섞여서 너처럼 마냥 착하진 않아.

녀석이 변명하듯 말했다.

-마냥 착하다니? 나 호구 인생 청산했어. 오랫동안 지켜봤으니까 알 거 아니야.

-그렇다고 네 영혼의 본질이 변한 건 아니지만…… 솔직히 한시름 놨어.

사념체는 진정 안도한 듯했다. 너무 착하기만 하면 이 험한 세상, 살기 힘든 게 사실이었으니까.

-그나저나 용언이란 게 대단하긴 해. 로크 비스콘티가 한 말 기억나, 데보라?

"하아. 두 번쯤 다시 태어나야 넌 그나마 좀 독해질 거다."

사념체의 물음에 나는 과거 그가 했던 말을 떠올리며 응, 하고 대답했다.

-그 용언 덕분에 넌 무저갱 속에서 사라지지 않고, 그 근처에 있던 차원에서 다시 태어날 수 있었어.

녀석은 감탄하듯 덧붙였다.

-진담 반, 농담 반으로 두 번쯤 다시 태어나야 독해질 거라 했잖아. 설마 했는데 정말 두 번 다시 태어나고, 네 무른 성격이 이만큼이나 독해지다니.

-윤도희의 삶이 워낙 매워서 정신이 번쩍 들 수밖에 없었지.

나일라는 악마가 날뛰는 디스토피아 세계관의 구원자라는 혹독한 운명을 가졌지만, 그래도 세계 최고의 미남과 찐한 연애를 했다. 반면 윤도희는…….

ー가족들 뒤치다꺼리에, 아르바이트에, 수능에, 취준 공부만 했던 것 같네.

ー그런데…… 궁금하지 않아?

ー뭐가?

ー네 이전 생이었던 윤도희가 떠난 이후.

ー……!

나는 움찔 놀랐다. 돌연 사념체가 지켜보고 있었던 이전 생이 눈앞에서 빨리 감기를 하듯 차르륵 흘러가기 시작했기 때문이다.

빠르게 스쳐 간 어릴 적 윤도희는 내 생각보다 훨씬 담담하고 어른스러운 얼굴을 하고 있었다. 어딘가 위축된 것 같기도 했다.

이기적인 가족들 사이에서는 자기주장을 하기 쉽지 않으니까. 상대가 부당하게 굴어도 원망하거나 화를 내는 게 어려워서, 차라리 양보하며 한발 물러나는 걸 택하던…….

수천 배속으로 흘러가던 윤도희의 일대기 영상은 어느새 내가 알고 있는 끝을 향해 달려가고 있었다.

도저히 울분을 못 참고 집에서 도망치듯 나온 이전 생애의 나는 교통사고를 당하고…….

ー그 이후야.

ー……!!

또다시 시야가 뒤바뀌면서, 나는 지긋지긋할 정도로 익숙한 공간으로 내동댕이쳐졌다.

내가 전생에 살던 집 거실이었다.

"당신, 도희 이름으로 뭐 보험 들어 둔 거 없어?"

"지금 찾아보고 있으니까 보채지 말고 가만히 있어 봐. 두희는 준비성이 좋은 애라서 뭐라도 들어 놨을 수도 있어."

'와. 시발. 정말 한결같은 인간들이네.'

나는 어이없는 기분으로 이전 생의 가족…… 아니, 가축 같은 인간들을 바라보았다. 저들 성격에 내 죽음을 진심으로 추모하지 않으리라 예상하긴 했는데, 설마 보험금 타 먹을 궁리나 하고 있을 줄이야. 욕이 안 나오려야 안 나올 수가 없다.

윤도희의 유품을 뒤지던 그녀의 모친-장영숙 여사가 인상을 찌푸렸다. 그녀가 들고 있는 건, 기부 단체에서 보내 준 감사 편지와 팸플릿이었다.

"도희 얘는 왜 이런 사기 단체에 매달 10만 원씩이나 기부를 한 거야? 보험이나 들어 둘 것이지."

난 기가 막혀서 목뒤를 잡을 뻔했다.

저기요, 거기 사기 단체 아니거든요? 얼마나 유명한 어린이 재단인데!

내가 아무리 호구였다지만, 없는 형편으로 이름도 안 들어 본 단체에 매달 꼬박꼬박 기부했겠냐고. 솔직히 장영숙 여사의 친구들이 가입하라고 종용하던 보험이야말로 사기였다. 납부 기간은 더럽게 길고, 보상 조건은 까다로운 것들.

억울해서 반박하고 싶었지만 그렇다고 윤도희로 다시 살고 싶은 건 아니라서 나는 잠자코 그 상황을 구경했다.

"얼마 전에 당신, 자전거 배운다고 자전거 보험까지 들지 않았어? 그런데 어떻게 그딴 거 들 동안 도희 보험만 쏙 빼놓을 수가 있어?"

그러게 말이다.

"그럼 당신이 들든가! 맨날 보험료 아깝다고 깽판 놓던 인간이 왜 인제 와서 보험 안 들었냐고 이 난리야?!"

둘의 대화는 곧장 싸움으로 번졌고, 방에 있던 남동생 놈이 벌컥 문을 열고 나와서 빽 소리를 질렀다.

"아! 나 수능 얼마 안 남은 거 몰라? 가뜩이나 방음도 안 되는데 시끄러워 죽겠네."

"미안, 도균아. 엄마가 조용히 할게."

"허어? 이놈이 오냐오냐하니까 어디서 버르장머리 없게 큰소리 내고 있어? 인마, 성적표 내놔 봐."

윤만국 씨는 뿔이 난 장영숙 여사를 감당하기 힘들었는지 막내아들을 쥐 잡듯 잡기 시작했고, 놈의 성적표를 보고 난리를 쳤다.

"이딴 것도 점수라고 받아 왔어?! 한 달에 네 과외비로 얼마가 빠져나가는 줄 알아?"

"아오! 고작 과외비 백만 원 가지고 이렇게 유난 떠는 집은 우리 집밖에 없어!"

"야 인마! 네 누나는 3만 원짜리 인강만 듣고 명문대 잘만 갔어."

"아, 갑자기 도희 누나가 왜 나와? 그 누나는 엄마랑 아빠를 안 닮았으니까 머리가 좋았던 거고."

"뭐? 이 자식이!"

"엄마도 분명 그랬잖아. 도희 누나는 외모도 그렇고, 자기 배에서 안 나온 것 같다고."

그때, 벌컥 문 열어젖히는 소리와 함께 방에 있던 첫째, 윤도연까지 뛰어나왔다.

"뭐? 과외비 백만 원?! 듣자 듣자 하니까 어이가 없어서 코가 막히네. 엄마! 나한테 윤도균의 반의반만 투자했어 봐."

"아줌마는 취업이나 하세요. 그 나이 처먹도록 결혼도 못 하고 방구석에서 놀고먹냐. 공시 준비하는 거, 솔직히 개구라지?"

"야! 뒈질래? 이 족발 같은 새끼가!"

와장창!

"윤도연! 그 비싼 걸 왜 던져!"

집기까지 던지면서 싸우는 꼬락서니를 보며 나는 내심 기겁했다.

'진짜 가루가 되도록 싸우는구나.'

괜히 막장 집안을 콩가루 집안이라고 부르는 게 아니구나 싶었다.

그나저나 보통 저렇게까지 상황이 극단적으로 치닫지는 않았는데, 생각해 보니 저 인간들이 싸우기 시작하면 내가 중간에서 말리는 역할을 했었다. 실컷 싸우다가도 치킨이나 짜장면을 시켜 주면 입을 닫곤 했지.

'처먹느라고.'

하지만 말리는 사람이 없어지자, 이웃 주민들이 경찰에 소음 신고를 할 때까지 저들은 싸우고 또 싸웠다. 민폐 덩어리 그 자체였다.

얼마 지나지 않아 그들은 집에서 나가 달라는 집주인의 통보를 받았다. 사방에서 민원이 들어오는 데다, 방구석과 베란다까지 온통 난장판을 만들어 놨으니 당연한 결과였다.

"뭐야, 너무 좁잖아!"

그리고 그간 전월세 가격이 올라 그들은 더 좁은 집으로 이사할 수밖에 없었다.

"윤도희 없어서 이제야 제대로 된 내 방을 갖나 했는데 이런 구질구질한 집에서 앞으로 어떻게 살아? 이번에도 내 방만 없는 거야?"

방 두 개짜리 집을 둘러보며 윤도연이 버럭 짜증을 냈다.

"이 집도 얼마나 간신히 구한 건 줄 아니? 네가 매달 야금야금 가져가는 용돈만으로도 허리가 휘어! 도희는 그래도 없는 살림에 알바라도 하면서 한 푼이라도 보탰는데, 이 계집애는 취업도 안 하고, 짜증만 늘어놓고!"

"엄마가 언제부터 윤도희 챙겼다고 갑자기 말끝마다 도희! 도희! 도희! 솔직히 엄마가 그런 말 할 자격 있어? 걔 보험만 안 들어 놔서 일이 이렇게 꼬인 거잖아!"

"뭐? 내 탓이라는 거야?"

"그럼 이게 다 누구 탓인데?"

"야! 너 내 집에서 나가!!"

"내가 왜? 낳아 놨으면 책임을 지라고!"

그들은 보는 사람이 질릴 정도의 폭언을 내뱉었고 늘 서로의 탓을 했다. 아비규환이었다.

'지옥이 따로 없군.'

그 루시페르마저 혀를 내두를 것 같은 막장력.

그사이 부친은 어디서 이상한 정보를 주워듣고 와서는, 제3금융권 빚까지 끌어 작전주에 투자하다가 몽땅 날려 버렸다.

"뭐어? 얼마를 날려? 어떻게 당신은 그 나이 먹고 아직도 철이 안 들었어? 미쳤어?"

장영숙 여사가 윤만국 씨의 등짝을 퍽퍽 때리면서 역정을 냈다.

"나만 좋자고 그랬겠어? 돈 걱정 없이 너랑 애들 크고 편한 집에 살게 해 주려고 노력하다가 이렇게 된 거 아냐?!"

"노오력? 멍청하게 속아서 돈 날리곤 노오오력? 우리 핑계 대지 마! 당신이 띨빡인 거야!"

"핑계라니?! 도희라도 있었으면 내가 지푸라기 잡는 심정으로 그런 위험 주식에 손을 댔겠어? 걔라면 분명 대기업에 갔을 텐데, 얼마나 든든했겠냐고! 왜 이 집구석에선 나만 죽어라 일하는 거야? 어째 죄다 식충이들밖에 없어!"

"뭐어?! 식충? 그런 식충이가 해 주는 밥 처먹는 게 누구야?!"

"맛없는 카레 일주일간 우려먹는 게 뭐 벼슬이라고 유세는!"

"야! 윤만국! 너야말로 쥐꼬리만 한 월급으로 유세 부리지 마! 내 친구 남편들 지금 전부 책임 달고 이사 달았어. 너만 빌빌거린다고! 알아?!"

"이 여편네가! 확!"

"때려! 때려! 그리고 도장 찍어!"

이혼하느니 마느니 소리를 질러 대며 상황은 점점 악화일로를 걸었다. 하지만 이런 상황을 타개하려 노력하는 사람은 아무도 없었다. 그저 서로 남 탓만 할 뿐.

'그리고 어째, 이전보다 나를 더 많이 찾는 것 같냐?'

싸울 때마다 윤도희의 이름을 들먹이며 서로를 비난하고 깎아내리는 모습을 보니 소름이 쫙 돈다. 대체 얼마나 오래오래 등쳐 먹을 생각이었던 건지.

'진짜 꼴도 보기 싫은 인간들이다.'

더 볼 것도 없다. 막장극 결말이 뻔히 보이듯, 앞으로 이어질 저

들의 미래 또한 눈에 훤히 보였다. 윤만국 씨가 사채를 끌어 썼으니,
진정한 고생문이 열린 것이다. 앞으로는 저렇게 싸울 여유조차 없
겠지.

'빚 갚느라고.'

저들은 사채업자와 복리의 무서움을 곧 뼈저리게 깨닫게 될 테고, 평
생 돈에 쫓기면서 서로를 원망하겠지.

―자업자득이야.

사념체가 가족을 보며 냉정하게 평가했고, 나는 애매한 기분으로
한숨을 짧게 내쉬었다.

―*데보라, 착잡하게 생각할 필요 없어. 뿌린 대로 거두는 것뿐. 통쾌*
하지 않아? 저 사람들은 널 희생시키고 억압하면서 제 욕심을 채워
왔잖아.

―……황당해서 그러지. 저 인간들이 구제 불능이란 걸 더 빨리 깨
달았어야 했는데.

가족이라는 미명하에 이전 생애의 나는 저들을 너무 오래 참아 주
었다. 뭐, 후회해 봐야 다 지난 일이긴 하지만.

―……!

그때였다. 또다시 배경이 바뀌고, 이번엔 익숙한 단과대 캠퍼스 배
경이 펼쳐졌다. 봄이 온 4월의 캠퍼스는 분홍색 벚꽃이 눈처럼 휘날
리고 있었고, 학생들은 삼삼오오 모여 즐겁게 웃으며 수다를 떨었다.

마음에 여유가 없어서, 저 당시에는 빠르게 스쳐 지나다녔던 풍경. 이

렇게 생생하게 이전 생의 풍경을 눈에 담는 건 마지막 기회일 것 같아서 나는 그곳을 유심히 둘러보았다.

한때는 20대 청춘을 바쳤지만, 지금은 아련한 감각조차 남아 있지 않은 장소 여기저기를 훑어보던 나는 익숙한 얼굴들과 맞닥뜨렸다. 같은 건축과 동기들과 후배들이었다.

그들은 배달 음식을 가운데 두고 잔디밭에 둘러앉아서 도란도란 이야기를 나누고 있었다.

"이거 도희 선배님이 빌려준 강의 노트였는데, 제대로 보답도 못 했네요."

갑자기 누군가의 입에서 윤도희 이름이 나와서 나는 헛숨을 삼켰다. 난 아르바이트와 과제를 병행하느라 학과 MT조차 잘 가지 않았다. 워낙 아싸라서 내 이름도 잘 모를 줄 알았는데.

"저 나쁜 소문 때문에 과에서 혼자 다닐 때, 편견 없이 봐 주고 챙겨 준 선배는 도희 선배밖에 없었어요."

"걔 진짜 날개 없는 천사였어. 나 집안에 큰일 생겨서 휴학 고민할 때, 도희가 바쁜데도 알바 째고 새벽까지 실기 도와줘서 겨우 학고 막았잖아."

"진짜 인성갑이던 선배였는데, 너무 바빠 보여서 말도 제대로 못 걸어 봤네여……."

"다들 도희 좋아했는데, 진짜 너무 안타까워."

"그거 아세요? 복도 청소하는 직원분 쓰러지셨을 때 도희 선배가 응급 처치하고 구급차 불러서 큰일 나기 직전에 치료받을 수 있었던 거잖아요."

"그 누나 진짜 착해서 제 주변에 호감 있는 애들 여럿 있었어여. 김

한준 선배가 오지게 견제해 대서 말도 못 걸었지만여."

"아오, 그 개진상 새끼."

누군가가 내가 하고 싶은 말을 해 줘서 내심 고마웠다.

"아, 근데 김한준 그 미친 새끼 개웃겨."

"왜여?"

"갑자기 술 먹다가 도희 이름 부르면서 오열하고 토하고 지랄도 아니었다. 저 혼자 신파 모노드라마 거하게 찍던데 진짜 못 볼 꼴 봤다."

"요즘 그 인간 얼굴 안 보이던데 뭐 하고 산대요?"

"몰라. 맨날 술 퍼먹다가 맛탱이 가서 졸전도 못 하고, 막학기 앞두고 휴학했다더라고. 소문에는 요즘에도 술에 절어 있다던데."

맛탱이가 가서 졸업을 못 한 게 아니라, 그놈은 원래 실력이 전혀 없었다. 교수님이 절대 논문을 통과시켜 주지도 않을 테고, 졸업해도 답 없으니 무기한 휴학으로 체면을 지킨 거지. 일명, 명예로운 죽음이랄까.

"아, 그런데 도희 선배 가족분들이랑 연락되는 사람 있어요?"

"왜?"

"가족들이 이사했는지, 학과 사무실로 계속 편지가 와서요. 선배가 여길 두 번째 주소로 적어 뒀나 봐요."

"무슨 편지인데?"

"도희 선배가 기부하던 시설 아이가 보낸 편지예요. 그래서 보내지 말라고 전화하기도 좀 그렇고……."

"와, 진짜 파도 파도 미담만 나오네여."

"그니까 말이다."

나는 그들의 이야기를 듣다가 아이가 보낸 편지가 있는 학과 사무실 쪽으로 빠르게 걸어갔다. 잠자코 이동하는 내게 사념체가 말을 걸었다.

-이곳에도 너를 좋아하는 사람이 알게 모르게 참 많았어.

-……그랬구나. 몰랐네.

나는 괜히 코끝을 긁적였다. 반투명 상태라 제대로 긁지는 못했지만.

-그래서 그런가. 네 영혼을 가렸던 루시페르의 저주는 순식간에 정화되었고, 주신이 잃어버렸던 네 영혼을 감지하면서 이변이 생겼어.

-어떤 이변?

-넌 원래 한국에서 태어날 영혼이 아닌데 거기서 태어났잖아.

-그렇지.

-전혀 관련 없던 두 차원이 교차하게 되고, 교차 지점에서 균열이 생기면서 잠깐이나마 네가 이곳의 미래를 볼 수 있게 된 거야. 네가 없는 아스테이아의 미래 말이야.

-아! 그 19금 피폐 소설.

-응. 예언서를 본 거나 다름없어.

-기왕이면 완결까지 보여 주지.

사념체는 다시금 공감하듯 커다란 파문을 일으켰다.

-균열이 더 컸으면 미래를 더 많이 볼 수도 있었을 텐데.

-작가가 게으른 건 아니었구나. 어쨌든 그 소설을 읽은 덕분에 예정된 파국을 잘 막았으니, 운이 정말 좋긴 했네.

나는 묘한 기분을 느꼈다. 전화위복이라고, 인생에 불운만 연속으로 찾아오지는 않나 보다.

이전 삶은 언뜻 불행만 중첩된 것처럼 느껴졌지만, 그 안에서도 좋은 인연은 있었으며, 선의를 잃지 않은 덕에 빠르게 대악마의 저주에서 벗어날 수 있었다.

'또 이곳에서 쌓은 지식도 도움이 많이 됐지.'

색다른 경험과 미래에 대한 정보 덕분에 악마 놈과 더욱 쉽게 맞설 수 있게 되었고.

-어쩌면, 의미 없는 시간은 단 한 순간도 없을지도…….

쏴아아-!

나지막하게 중얼대며 학과 사무실에 들어선 순간, 열린 창 사이로 드센 바람이 들어오면서 책상 위에 있던 흰 편지가 나비처럼 나부꼈다. 매달 기부금과 편지를 보냈던 아이의 답장이었다.

그것들은 바람에 한 장 한 장 흩어졌고, 나는 보석 알갱이처럼 부서지는 햇살을 맞으면서 천천히 내용을 훑어보았다.

[고마워요.]

나는 편지 마지막에 새겨진 네 글자를 눈에 가득 담았다.

어쩌면 이전 생에서 내가 가장 듣고 싶었던 단 한 마디일 것이다. 그리고 나는 이 세계와의 진정한 이별이 찾아왔음을 느꼈다.

-나도 고마워.

나는 후련하게 중얼거렸다. 이제 원래 있던 곳으로 돌아갈 시간이었다.

……그런 줄 알았는데.

-저기, 사념체 씨?

슬슬 가야 할 타이밍인 것 같은데 어느 순간부터 녀석이 대답하지 않는다.

―사념체님?

그래서 공손하게 불러 보았다.

―응답하세요. 집에 가고 싶습니다! 절 여기까지 끌고 왔으니, 이제 집으로 데려다주서야죠.

얘 진짜 어디 갔어? 설마 이대로 캠퍼스를 떠도는 망령이 되는 건 아니겠지?

―이딴 장난 재미없어. 3초 안에 안 나타나면 나가자마자 가루로 곱게 빻아 버릴 줄 알아! 드래곤의 뼈라고 내가 못 할 것 같아? 소, 솔직히 아깝긴 하겠지만, 나 엄청 부자라는 거 알잖아?

본체를 갈아 버린다고 대놓고 협박까지 했는데도 녀석은 응답이 없었다.

―하, 진짜 이게 무슨 일이야.

나는 한동안 사념체를 찾겠다며 캠퍼스를 이 잡듯 뒤지다가 지쳐서 늘 앉아 있던 학부실 뒤편에 앉아 책상에 풀썩 엎어졌다.

―대체 어딜 간 걸까.

'설마, 묵주가 담겨 있던 성소에서 무슨 일이 일어난 건가?'

하지만 그렇다면 분명 사념체가 먼저 낌새를 느끼고 조처를 했을 텐데 너무 잠잠한 게 이상했다.

―이대로 자면 다음 날 침대에서 깨어나는 그런 기적이 일어날지도 몰라.

데보라 빙의 초창기, 현실을 부정하며 여러 번 시도했던 '취침'! 내가 괜히 잠이 가장 잘 오던 장소를 찾아온 게 아니다.

―이번엔 통해라.

한동안 엎드린 채로 눈을 꾹 감고 있는데 돌연 무언가가 내 어깨를 두드렸다.

-……누, 누구?

나는 화들짝 놀라며 번쩍 고개를 들어 올렸고, 이내 눈앞의 인물을 보고 휘둥그레 눈을 떴다.

대체 누, 누구세요?

-혹시, 나 몰라요?

남자의 눈동자에 부드러운 웃음이 스친다. 잠시 얼이 빠져 있던 나는 이내 정신을 차리고 흠, 하고 헛기침했다.

-……내가 아는 그분이 맞나 해서.

내가 왜 순간 못 알아보고 당황했느냐 하면, 이시도르가 낯선 복장을 하고 있었기 때문이다.

-아마 맞을걸요?

그는 탄탄한 몸에 늘씬하게 떨어지는 와이셔츠를 입고 있었고, 심지어 넥타이에 시계까지 하고 있었다. 그가 책상을 꾹 쥐며 내 앞으로 고개를 내밀었다. 셔츠를 걷어붙인 팔뚝 위로 단단하게 핏줄이 섰다.

해외 남성 잡지 표지를 장식할 것 같은 모습으로 피식 웃은 그는 내 헝클어진 머리칼을 가볍게 정리해 주었다.

-내가 꿈꾸는 건가?

-설마요. 이제 집에 갈 시간이에요, 데보라 영애님.

-근데…… 이시도르 경, 옷차림이 왜 그래?

-이 옷 마음에 안 들어요?

-설마. 잘생겼어. 최고야. 완벽해. 감사합니다!

영혼 상태라서 거름망 없이 진심이 나오기 시작했다.

—공녀님이 과거에 고이 보관하고 있던 초상화의 복장을 흉내 내 본 건데, 정말 이런 걸 좋아하는구나. 근데 그 새끼는 누구예요? 제법 괜찮게 생겼던데.

—어?

—공녀님 이전 생애 집에서 봤어요.

아악! 악! 잠깐만.

그러고 보니 이시도르가 입고 있는 저 옷, 이전 생의 내가 상자에 모셔 뒀던 GQ 표지 모델이 입었던 것과 비슷하다.

그렇다는 건…….

—이시도르, 여태 다 보고 있었어? 대체 언제부터?!

—공녀님이 굉장히 신나 보이는 얼굴로 로크 비스콘티를 졸졸 따라 갔을 때부터였던가?

—내, 내가 언제? 그리고 옆에 있었으면 기척이라도 좀 내지! 너무해!

—사념체가 공녀님 영혼을 몸 밖으로 끌어당겼을 때 제 영혼도 같이 딸려 들어오긴 했는데, 들리고 보이긴 해도 제 목소리가 닿지는 않더군요.

—왜지?

—사념체가 공녀님과의 대화를 방해받고 싶지 않은 듯했어요. 아마 지금은 녀석이 우리가 만나는 걸 허락한 듯하고요.

그는 특유의 탐구심 어린 눈으로 주변을 천천히 둘러보았다.

—신기한 차원이네요. 마나가 전혀 없는데 수준 높은 문명이라는 게. 이 물건도 재미있고.

그는 잡지를 보고 구현해 낸 손목시계를 흔들며 말했다.

—넌 벌써 여기 적응한 것 같다.

이시도르야말로 진짜 빙의 체질 아닐까. 지금 그는 누가 봐도 현대물 할리퀸 남주였다.

─제가 이곳 언어를 알아들을 수 있었다면 공녀님에 대해 더 잘 알수 있었을 텐데, 그 점은 아쉽더군요.

이시도르는 가족들과 학교 동기들이 한 말은 언어의 장벽으로 인해 못 알아들은 듯했다. 하지만 그 외의 것은 나와 사념체의 대화를 통해 전부 파악한 모양이었다.

─이렇게 눈으로 보지 않으면 믿기 힘들었을 거예요.

그는 다정함이 담긴 음성으로 말했다.

─고마워요.

─……뭐가?

─얼마 전까지만 해도 공녀님은 우리의 세계를 소설이라 생각하고 있었잖아요. 그런데 저를 배려하기 위해 그 부분은 숨기면서도 최대한 진실과 핵심만을 이야기하려고 노력했었죠.

─…….

늘 느끼지만 그는 참 상냥하다.

─너는…… 내가 정말 괜찮고 좋은 사람인 것처럼 느껴지게 해. 매번.

─좋은 사람 맞잖아요? 그러니까 첫눈에 반한 거겠죠. 두 번씩이나.

첫눈에 두 번 반한다는 건 모순이었지만, 우리 둘에게만은 진실이었다. 그가 넥타이를 풀면서 미소 지었다.

─이 세계를 더 탐구하고 싶은 마음도 있지만, 시간이 길게 주어지지 않을 것 같고…….

─넌 사념체가 어디 있는지 알아?

─네. 그 전에.

-응?

-과거, 공녀님이 고이 초상화까지 간직하던 그 남자가 누군지만 짚고 갈까요?

분명 그는 꽃처럼 화사하게 웃고 있는데, 속에 가시가 느껴진다. 언어 장벽은 있지만 그림에는 아무런 장벽이 없어서, 이시도르는 GQ 잡지를 어떤 남정네의 초상화라고 착각하고 있었다.

엎친 데 덮친 격으로 난 영혼 상태라 표정을 꾸며낼 수 없기 때문에 제대로 된 거짓말을 할 수도 없었다. 그 잡지를 이전 생애 혈육인 윤도연 거라고 덮어씌울 수도 없는 것이다!

-그, 그냥 잘생겨서 갖고 있었어. 그리고 그 남자는 유명 인사라서 만난 적도 없고.

-정말요?

-네 초상화도 호룬 지구 저잣거리에 돌아다니잖아! 그런 거랑 비슷한 거야.

-…….

-네가 제일 잘생겼어! 널 보니까 그 남자는 완전 해산물이야.

-……그래요?

-아, 당연하지!

-로크 비스콘티보다?

-그건 네 전생이잖아! 심지어 얼굴부터 목소리까지 전부 다 똑같던데, 뭘 비교해.

-달라요! 여기, 눈매도 그렇고 입술 모양도 내가 더 낫고.

-잘 모르겠는데…….

이시도르가 또다시 삐지려는 기색이라 난 달래 주기 위해 재빨리 그의 머리칼로 손을 뻗었다.

─어휴. 말 안 듣는 큰 멍멍이 같다.

─그동안 이런 생각을 하면서 내 머리를 쓰다듬고 있었군요.

그래도 기분이 좋아진 듯 내 손에 머리를 가만히 맡긴다. 접촉은 가능한 듯했지만, 영혼끼리라 머리카락을 만지는 느낌은 아니라서 조금 어색했다.

─돌아가서 마저 해 주세요.

그가 마치 강아지처럼 꼬리를 흔드는 것만 같았다.

─네 전생은 성깔 있는 고양잇과 같았는데. 신기하네.

─개새끼 쪽이었는데 솔직하지 못했던 거죠. 죽기 직전까지 후회했어요. 자존심 못 버리고 마음에 없는 말 내뱉던 거. 후회와 그리움으로 점철된 지난한 삶이었죠.

─…….

지금 대화로 확실해졌다. 이시도르가 이 공간으로 끌려오면서, 나처럼 전생에 있었던 일을 전부 기억해 냈다는 것.

하지만 내가 나일라가 아닌 데보라 시모어인 것처럼, 이시도르도 달리 변한 것은 없었다.

─근데, 신전에서 이런 짓 하는 건 신성 모독 아니야?

─공녀님이 성녀인데 이참에 스킨십을 허용한다는 규율을 만들면 되겠네요.

─앞으로 신전에 올 일이 딱히 없을 것 같은데 굳이 교황과 입씨름하면서 남 좋은 일 할 이유가…….

─좋긴 하군요?

─자기 유리한 것만 골라서 듣는 것 봐!

우리 둘은 싱거운 대화를 나누며, 손을 맞잡고 벚꽃이 눈처럼 우수수 떨어지는 캠퍼스 교정을 가로질렀다.

　-캠퍼스 커플의 낭만을 이제야 실현해 보네.

　-캠퍼스?

　-아카데미랑 비슷한 의미야.

　-음, 나도 두 번 다시 태어났어야 했는데…….

그가 진심으로 안타까워했다.

　-방금 상상했는데, 아마 경은 여기서도 잘 살았을 것 같아. 진짜 인기 있는 선배였겠지.

　-공녀님도 잘 살았어요. 꽥꽥대고 심술 맞은 가족들 사이에서 예쁘게 잘 컸어요.

이전 생애 콩가루 가족들을 본 듯, 맞닿은 영혼에서 안타까움과 애틋함이 일렁였다. 온전한 이해와 공감이 고스란히 전이되었다.

　-그리고…… 깊은 어둠 속에서 잘 버텨 줘서 정말 고마워요.

악마의 저주로 인해 오래도록 무저갱 속에서 헤맸던 내 영혼을 우두커니 지켜봤을 때의 슬프고 괴로운 감정도 전달되었다.

'혹시, 의도한 건가.'

어쩌면 사념체는 나보다 이시도르를 이곳으로 부르고 싶었는지도 모르겠다. 그는 내가 악마든 악마 할아비든 상관없다고 말해 줬지만, 오늘은 진정 내 영혼 밑바닥 깊은 어둠까지 모조리 그에게 이해받은 느낌이 들었다.

　-이시도르, 너무 슬퍼하지 마. 사실, 무저갱에서 어땠는지 잘 기억이 안 나. 하지만 확신하는데, 아마 나는 괜찮았을 거야. 너랑 다시 만나기만을 몹시 기대하고 있었을 테니까.

한파가 와도, 언젠가 꽃은 핀다는 걸 알고 있었다. 그가 가르쳐 주었으니까.

–넌 과거에도 꽃으로 꼬시더라.

–네가 꽃을 좋아하니까.

이시도르는 내 손에 종이로 접은 라벤더를 쥐어 줬다.

–……!

이윽고 그 종이가 천천히 둥그런 빛무리로 변해 퍼져 나가기 시작했고 얼마 지나지 않아 세상은 마치 천국에 온 것처럼 새하얗게 변했다.

–데보라…….

그때, 내내 조용했던 사념체가 날 자못 진지한 음성으로 불렀다.

–어?

–늘 명심해. 빛이 있으면 그림자가 있다는 걸.

–역시, 신전에 수상한 것이 흘러들어 왔나 보군.

이시도르의 추측에 사념체는 부정하는 대신 다소 추상적인 대답을 했다.

–……한 개의 촛불로 수많은 촛불에 불을 붙여도 맨 처음 촛불의 빛은 약해지지 않더군.

–…….

–너희에게 영원한 빛이 함께할 거야.

녀석의 의미심장한 발언 후, 주변을 감싸던 강렬한 빛이 사그라지기 시작하며 사념체의 존재감이 확연히 흐려졌다.

–이러지 마.

나는 녀석을 다급하게 붙잡았다.

–설마, 이대로 사라지려는 거야? 그런 거 아니지?

-난 너희가 만든 염원이야. 오랜 소원이 이루어졌는데, 더는 존재할 이유가 없지.

사념체의 목소리는 점점 작아졌고 나는 비명을 지르듯 더욱 크게 외쳤다.

-그래도 이렇게 허무하게 이별하고 싶지 않아. 심지어 너는 아직 이름도 없잖아!

-나중에. 지어 줘.

-……!

-데보라, 사실 난 언젠가 커다란 마시멜로를 먹어 보고 싶었어. 뜨거운 초콜릿도.

-…….

-그리고 눈이 오는 날에는 커다란 눈사람도 만들어 볼 거야…… 그러니까…….

사념체의 목소리는 점점 작아져서 더는 들을 수 없었지만, 왠지 곧 다시 만나게 될 거라는 나직한 속삭임을 들은 것도 같았다.

그리고 이건 후일담인데, 나와 이시도르의 둘째 아이는 겨울에 실컷 눈사람을 만든 뒤, 따뜻한 초콜릿을 마시면서 마시멜로를 먹는 것을 가장 좋아했다.

"……헉!"

흰빛이 사그라들고 번쩍 눈을 떴을 때, 나는 마치 아무 일도 없었던 것처럼 신전 안 성소 앞에 우두커니 서 있었다. 잿빛 기운이 사라진, 새하얀 묵주를 움켜쥔 채로.

……묵주를 볼 때마다 느꼈던 강렬한 박동과 영혼의 울림이 더는 없었다. 사념체가 정말 떠난 것이다.

'정말…… 그 녀석을 다시 만날 수 있을까.'

"공녀! 무슨 일이지?!"

"성녀님?"

아쉬움에 잠겨 있을 틈도 없이 내 돌발 행동에 놀란 주변이 시끌벅적해졌다.

다른 사람들이 성소 문 너머에 서서 우왕좌왕하는 것으로 보아, 사념체와 보냈던 긴 시간이 이곳에서는 정말 찰나였던 모양이다. 영혼이 빨려 들어가는 걸 막기 위해 내 손목을 움켜쥐고 있던 이시도르에게 나는 기민하게 눈짓했다.

그가 손목을 놔주자마자 나는 묵주를 황급히 드레스 안주머니에 집어넣어 숨긴 뒤, 괜히 헛기침을 한 번 했다.

몹시 침중한 표정을 꾸며내면서 교황에게 다가가자, 그도 덩달아 심각해졌다.

"왜 그러십니까, 성녀님?"

"교황께 독대를 청합니다."

얼마 후, 나는 교황과 고해성사를 하는 구역으로 걸음을 옮겼다. 단둘이 이야기를 나누기 위해서였다.

"대체 무슨 일인데 이리 안색이 안 좋으십니까?"

혹여 성물에 문제가 생겼을까 봐 그는 안절부절못했다.

"교황님, 그간의 균열로 인해 성물의 신성한 기운이 많이 탁해져 있습니다. 이대로라면 성수로도 오염과 부식을 막을 수 없습니다."

"그, 그럴 수가!"

교황의 눈이 경악으로 벌어졌다.

"하지만 아예 방법이 없는 건 아닙니다. 오늘 자정, 달이 뜨며 성물을 정화하는 의식을 해야겠습니다."

"오오. 정화 의식을 하면 성물이 돌아옵니까?!"

"예. 정확히 얼마가 걸릴지는 모르겠지만……."

얼렁뚱땅 지어낸 내 말을 교황은 철석같이 믿는 기색이었다.

'나, 의외로 사이비 교주에 소질이 있을지도?'

"따로 도와드릴 것은 없습니까? 정화 의식에 필요한 것을 전부 지원해 드리겠습니다. 성녀님."

"신성한 기운이 깃든 장소가 필요합니다. 아까의 성소가 적당해 보이더군요."

나는 성소 중앙에 우뚝 서 있던 나일라의 성녀상을 떠올리며 말했다.

"예, 얼마든 사용하십시오."

"그리고…… 정화 의식 중에 타락한 기운이 들어올 수 있으니, 의식은 저 혼자 진행하는 편이 좋겠습니다. 그러니 이 일이 최대한 밖에 퍼져 나가지 않게 해 주십시오."

나는 목소리를 죽이고 은밀하게 말했다.

그날 밤.

대신전 깊은 곳, 성소 안에서는 비밀리에 성녀의 정화 의식이 거행되었다. 또한 성녀가 데려온 기사단과 호위들은 성소 주변을 삼엄하게 감시했다.

"성녀님, 성물은 어찌 되었습니까?"

교황은 동이 트자마자 성소로 찾아왔고, 데보라 공녀는 피로해 보이는 얼굴로 관자놀이를 꾹꾹 눌렀다. 누가 봐도 일이 잘 풀리지 않은 듯했다.

"그…… 성녀님. 제가 절대 재촉하는 것은 아니옵고, 혹시나 해서 여쭙는 것인데, 혹여 이달 보름까지는 정화를 끝내실 수 있겠습니까?"

곧 큰 규모의 연례행사를 앞둔 그는 초조한 기색을 애써 감추며 물었고 공녀는 할 말 있는 얼굴로 잠시 입술을 달싹대다가 꾹 감쳐물었다.

"성녀님…… 뭔가 하실 말씀이 있습니까?"

"흠! 아닙니다."

아닌 게 아닌 것 같은데? 방금 무슨 말을 꺼내려고 했던 것 같은데.

"뭐든 편하게 말씀하십시오! 신전은 전적으로 성녀님의 편입니다. 힘이 닿는 데까지 지원을 아끼지 않을 것입니다."

거듭 말하자 그녀가 뭔가를 깊게 고민하듯 보랏빛 속눈썹을 잘게 떨었다.

"그렇다면……."

워낙 심각한 분위기로 뜸을 들여서 교황은 저도 모르게 마른침을 꿀꺽 삼켰다.

"치유석을 지원해 주실 수 있습니까?"

"……!"

너무 뜻밖의 요청에 교황의 눈동자가 동요로 빠르게 흔들렸다. 치유석은 신성력이 깃든 신비한 돌로, 그 존재조차 아는 이가 많지 않았으니까.

'헬레이아 자치령 내에 있는 광산에서만 나는 광물이니 외부에서는 잘 모를 수밖에.'

치유석은 신전에서 독점하고 있으며, 한 해 채굴되는 양이 워낙 미미해 직급순으로 나눠 갖는 보물이다.

'그런데 왜 성녀가 치유석이 필요하다고 하는 거지?'

치유석은 신관들이 신성력을 증폭하거나 회복할 때 사용한다.

하지만 지난번 성녀가 악마와의 결전에서 보여 준 거대한 신성력은 수도와 멀리 떨어진 헬레이아까지 영향을 미칠 정도였다. 심지어 태양 같은 강렬한 신성을 그녀는 무려 두 번씩이나 발휘했고.

솔직히 성녀가 치유석을 달라고 하는 건, 드래곤이 마나가 부족하니 마력석을 달라고 하는 것과 다를 게 없는 말이었다.

'설마…… 신성력에 문제가 생긴 건가?'

퍼뜩, 그간 데보라 공녀가 신전의 부름을 계속 피하던 것도 이와 연관이 있을 수도 있겠다는 생각이 들었다. 이쪽에서 신성을 보여 달라 요구할 수도 있으니.

갖가지 추측에 머리가 복잡해졌지만, 교황은 일단은 알았다고 대답했다.

"치유석은 얼마나 필요하십니까, 성녀님?"

"정화 시간을 단축하려면 많을수록 좋습니다."

자신이 소유하고 있는 최상급 치유석이 아까웠던 교황은 부하들의 치유석을 회수해서 그녀에게 건네주었다.

그리고 다음 날.

"더 필요합니다."

성녀는 또다시 비밀스럽게 치유석을 요구했다.

결국 사흘째 되는 날, 교황은 제 수중에 있던 고급 치유석까지 꺼 낼 수밖에 없었다.

"뭐든 지원해 주신다던 말씀, 지켜 주셔서 감사합니다. 저도 분발해야겠 군요."

성녀가 그리 말하며 생색내듯 거뭇해진 눈가를 쓸었기에 차마 더 지원하기 곤란하다고 말할 수도 없었다.

'설마 그 치유석 안에 있는 신성력을 전부 다 쓰지는 않겠지.'

그날 밤, 왠지 모르게 쓰린 속을 안고 잠자리에 든 교황은 깊은 밤 중에 소스라치게 놀라며 깨어났다.

퍼어어엉!

돌연 처소 밖에서 울려 퍼진 거대한 폭발음 때문이었다.

"교황님! 대신전에 침입자가 나타났습니다!"

이윽고 교황의 처소로 창백해진 신관들이 우르르 몰려왔다.

"침입자?!"

꽈— 앙!

이번에는 뭔가가 무너지는 소리가 지축을 뒤흔들었다. 이러다 신전 건물이 무너질 기세라서, 교황은 외투만 걸친 뒤 허둥지둥 밖으로 대 피했다.

"저, 저자는!"

교황은 경악했다. 얼마 전, 자신이 교주로 임명했던 모리스 신관이 아닌가……!

"대체 무슨 수로 신전 안에 저 삿된 것이 침입한 것이야?! 성기사들이 삼엄하게 감시하고 있고, 성수를 통해 매번 신원을 검사하고 있건만!"

무려 사특한 악마였다. 그리고 악마의 뿔을 단 모리스 신관은 성녀에게 멱살을 잡힌 채로 숨 쉴 틈도 없이 얻어맞고 있었다.

애초에 이시도르는 내 헬레이아행을 탐탁지 않아 했다. 불온한 흑마법사 세력이 남아 있다면, 그것이 헬레이아에 있을 확률이 높다고 추측했기 때문이다.

"헬레이아에 백성들을 선동하는 세력이 있는 것 같습니다."

"어떤 선동?"

"성녀님이 수도뿐 아니라 헬레이아에도 신성을 내려야 한다고요. 헬레이아는 대신전이 있으며, 나일라 성녀의 고향이기도 하니까요."

"으음……."

"일견 그럴듯해 보이지만, 과열된 구석이 있어요."

"굳이 그런 여론을 뿌리며 백성들을 부추긴다는 건……."

"네. 이쪽이 어떻게 반응하나 떠보려는 걸 수도 있어요."

"이유가 뭘까?"

"이건 어디까지나 제 추측인데, 성물의 색이 탁해진 것을 알고 있는 내부인이, 공녀님의 상태 또한 정상이 아닐 거라고 가정한 것 아닐까요?"

"……!"

"또한 그간 경험한 바, 등잔 밑이 어둡다는 걸 흑마법사들은 아주 잘 이용하더군요."

"신전이 대표적인 사각지대라는 거군."

"네. 그곳은 자치령이라 특별한 이유 없이는 제국에서 군사를 보낼 수도 없고요."

"하지만, 신전을 드나들기 위해서는 성수로 신원을 확인받아야 할 텐데……."

"그래도 백번 조심해서 나쁠 게 없으니 절대로 제 곁을 떠나지 마세요."

"응."

그래도 설마 신전을 드나드는 정신 나간 악마가 있을까 했는데, 사념체의 말은 이시도르의 추측을 확인 사살한 거나 다름없었다.

─늘 명심해. 빛이 있으면 그림자가 있다는 걸.
─역시, 신전에 수상한 것이 흘러들어 왔나 보군.

녀석은 이시도르의 말에 달리 반박하지 않았고, 맞장구치듯이 은은한 파장까지 내보냈었다.

'신전 안에 흑마법사가 잠입했다고 전부 떠먹여 준 거나 다름없지.'

그리하여 나는 신전으로 복귀하자마자 새하얗게 원상 복구된 묵주를 재빨리 숨겼다.

'계속 성물에 문제가 있는 척하자.'

신전에 숨어든 사특한 잔당이 이 순간을 천재일우의 기회라고 느끼도록.

'실제로 힘에 누수가 생겼고, 그간 몸을 사렸으니 더 속이기 쉽겠어.'

또한 내가 정화 의식을 핑계로 시간을 질질 끌면서 교황에게 치유석을 달라고 계속 요구한 데엔 두 가지 이유가 있다.

첫째, 내 신성력 상태가 좋지 않다는 걸 은연중 드리네기 위해서.

'아마 교황은 이 사실을 애써 숨기려고 하지 않을 거야.'

신전은 성녀와 잘 지내고 싶어 하면서도, 성녀의 후광이 조금이나마 흐려지길 바라는 이중성을 가지고 있었다. 매번 흑마법사나 악마가 나타났을 때 늦게 대처해 왔고, 가짜 성녀를 진짜라고 주장해서 비난받는 처지니까.

'심지어 기부금까지 확 줄었다지.'

예상대로 교황은 본인 소유의 고급 치유석을 곧바로 내놓는 대신에, 정화 의식을 이유로 부하들이 가진 치유석부터 회수했다.

'그리고 두 번째.'

숨어든 잔당을 초조하게 만들기 위해서.

내가 교황이 가진 고급 치유석까지 손에 넣어 힘을 되찾을까 봐 마음이 급해진 무언가가 나를 기습하기 위해 '이곳'으로 오리라 생각했다.

"너였구나. 이름이…… 모리스였나?"

예상대로 늦은 밤 수상하게 어슬렁대는 놈이 나타났다. 성소 안, 여신상과 연결된 비밀 문 앞에서.

'정작 성소에는 내가 미슐에게 선물받은 인형만 덩그러니 놓여 있지.'

커다란 여신상과 통하는 입구는 겉보기엔 하수구 뚜껑처럼 생겨서 내가 데려온 호위들이 제대로 경비를 서지 않는 곳이기도 했다.

'사실, 일부러 세우지 않았지.'

다만 성소 주변에 서 있는 동료들에게 이곳 좌표가 찍힌 단거리 텔레포트 스크롤을 배포했다. 내가 신호만 주면 바로 달려올 수 있도록.

"여기가 한때 내 고향이었는데, 성소로 통하는 비밀 통로 입구를 너희만 알고 있을 줄 알았냐?"

특유의 웃는 낯을 한 채 주변을 살피던 모리스는 내가 다가가자 눈은 웃는 상태로 입술만 기괴하게 일그러뜨렸다.

"자, 잠시만요. 갑자기 왜 이러십니까? 성녀님!"

"너야말로, 오밤중에 왜 이곳을 어슬렁거리는 거지? 수상하잖아."

"전 그저 잠이 안 와서 잠깐 산책을……."

"너 같은 애들은 꼭 맞아야 정신 차리더라."

나는 미야에게 그랬듯, 놈의 팔을 움켜쥐고 신성력을 주입했다.

"끄아아아악!"

그제야 웃는 눈가까지 악귀처럼 일그러졌고, 피부가 녹아내리면서 이마에 뿔이 올라오기 시작했다.

'중급 악마라서 성수를 버틸 수 있었던 모양이군.'

나는 내심 놀랐다. 이 정도면 제법 거물이었기 때문이다.

"크으으─! 대체 어떻게 안 거지?!"

악마가 고통에 신음하며 물었다.

"처음부터 실실 쪼개는 게 수상했어."

나일라의 기억에 따르면, 사람인 척 둔갑하고 다니는 악마의 경우 호감을 이렇게 사기 위해 지나치게 생글대는 경우가 많았다.

'인간의 복잡한 감정이 담긴 표정을 잘 이해 못 하니 일단 웃고 보는 거지.'

날 에스코트하기 위해 찾아온 날, 아버지가 그리 독사처럼 살벌하게 노려보는데도 분위기 파악 못 하고 실실대다니.

'왠지 제정신 같지는 않더라고.'

그 이후, 악마의 반항이 제법 격렬해 대신전 외벽이 파손되는 사건이 있었지만, 이쪽의 전력이 워낙 압도적이라 금방 제압되었다. 악마는 그간 기량이 비약적으로 성장한 내 전속 호위기사, 오릭스의 창에 몸이 꿰뚫려 소멸했다.

하지만 나는 속 시원한 기분을 느끼지 못했다. 악마가 죽기 직전 남기고 간 말 때문이었다.

"비록 나는 사라져도, 어둠은 사라지지 않는다. 아무리 흑마법사들을 잡아 죽이고, 또 죽여도 복수는 복수만을 낳을 뿐이다."

중급 악마에게 몸을 내준 모리스 신관은 알고 보니 과거 미야 비노슈 덕에 목숨을 한 번 구했던 신관이었다. 은인인 미야가 대악마의 강림을 위한 그릇이었다는 사실을 부정하던 그는 그녀가 옳고, 남들이 오해하고 있다는 것을 증명하기 위해 흑마법에 손을 댔다.

'고위 신관의 피라서 중급 악마가 소환된 걸까.'

어쩌면 미야가 치유력을 가장한 악마의 힘을 발휘했을 때, 그 힘이 신관에게 전이됐기 때문일 수도 있고.

'후자에 더 무게가 실리는군.'

모리스 사건의 경위 조사가 끝나 갈 무렵, 이시도르가 내게 물었다.

"······신성력은 사념체가 사라지기 전에 돌아왔죠?"

그는 내가 사라지려는 사념체를 붙잡기 위해 신성력을 퍼붓는 것을 옆에서 지켜보았다.

"응."

"신성력 누수의 원인은 정확히 뭐였어요?"

"누수라기보다, 내 무의식이 은연중 신성력을 사용하는 걸 꺼리고 방해했다는 표현이 맞는 것 같아."

"······."

"솔직히 성녀 노릇, 지긋지긋하니까."

사념체가 어둠의 존재를 상기시켰을 때, 신성력의 필요성을 깨닫고 금세 힘을 쓸 수 있게 되었다.

하지만······ 잔인하고 악의로 뭉쳐 있는 악마와 맞서는 건 언제나 쉽지 않은 일이었다.

"데보라."

"응?"

"그간 공녀님은 수많은 촛불에 불을 붙여 왔죠."

"······."

"그러니 어둠을 밝히기 위해 홀로 몸을 태우려고 할 필요 없어요. 나도 있고, 저렇게 공녀님 주변에는 사람이 많으니까."

아. 그렇구나.

날 위해 바쁜 일정을 모두 미루고 헬레이아까지 따라온 내 사람들을 새삼 돌아보다가, 문득 뜨거운 무언가가 가슴을 쿵 치고 가는 걸 느꼈다.

나에게 영웅 노릇을 강요하는 사람은 아무도 없었는데, 나 혼자 괜스레 부담을 끌어안고 있었다. 그래서 더더욱 신성력이 돌아오지 않은 것이고.

파란 코끼리를 떠올리지 말자고 다짐하면 파란 코끼리만 주야장천 떠오르는 것과 비슷한 이치였다.

"나, 바보 같네."

"진짜 바보는 저쪽이죠."

이시도르가 교황을 턱짓하며 악당처럼 웃었다.

이시도르는 내가 교황에게 받은 치유석을 신성력이 텅 빈 치유석으로 모조리 바꿔치기했다. 아마 정화 의식 때문에 전부 사용한 것처럼 보일 것이다.

'고급 치유석, 잘 먹고 갑니다.'

갑자기 소화제를 먹은 것처럼 속이 뻥 뚫리는 느낌. 모처럼 불로소득이 주는 포만감을 느끼고 있을 때, 교황과 눈이 마주쳤다.

"아이고, 성녀님!"

그가 내게 호들갑을 떨면서 다가왔고, 근방에 있던 신관들과 내 주변인들의 시선이 쏠렸다.

"성수조차 듣지 않는 사특한 악마를 바로 발견해 멸하시다니! 성녀님을 향한 제 믿음이 더욱 견고해지고 깊어졌습니다!"

"……"

그는 열렬하게 말했다.

"오는 연례행사에서 만인에게 성녀님의 활약에 관해 알릴 것이며, 신전은 최고급 치유석 외에도 성녀님께 모든 지원을 아끼지 않을 것입니다!"

나는 재빨리 손을 내저으며 그가 원하는 말을 해 주었다.

"굳이 공치사하실 필요 없습니다. 교황님께서 순수한 선의로 제게 치유석을 주셨으니, 저도 선의로 돌려드린 것뿐입니다."

"……예."

교황은 욱하는 것을 살짝 참는 얼굴로 대답했다. 그래도 시도는 좋았다. 기왕 털린 거, 성녀에게 치유석을 제공했다고 모두의 앞에서 생색은 내야 수지 타산이 맞을 테지.

"교황께는 참 감사한 마음뿐입니다."

비싼 치유석에, 드래곤의 뼈로 만들어진 성물까지. 기부 천사가 따로 없었다.

"……감사라뇨. 성녀님께 신전이 지원을 아끼지 않는 건 당연한 일이지요."

"정말이지, 이리 아낌없이 지원해 주실 줄 몰랐습니다."

나는 최대한 인자한 미소를 머금으며 말을 이었다.

"교황께서 수도까지 몸소 찾아오셔서 성물에 대한 소식을 알려 주신 덕에, 더 망가지기 전에 성물을 회수할 수 있게 되었습니다!"

"……예?"

회수라는 단어에 그는 잠시 말문이 막힌 듯했다. 나는 그 틈에 한 번 더 쐐기를 박았다.

"성물은 앞으로 제가 온 힘을 다해 정화할 것입니다! 다행히 성녀의 현신인 제가 가지고 있으면 오염이 진행되지 않더군요. 그러니 더는 걱정하지 않으셔도 됩니다!"

"그리 큰 신성을 보인 지 얼마 지나지 않았는데, 신전으로 숨어든 잔당을 처리하고, 성물을 정화하기까지……."

"정말 대단하십니다! 주군!"

이시도르가 내 활약을 깔끔하게 나열하면서 선동했고, 여기서 가장 단순한 오릭스가 바로 선동에 반응하며 거대한 손으로 손뼉을 쳤다.

짝짝짝!

난 박수 속에서, 교황 옆에 선 신관들을 그윽한 눈으로 바라보았다.

"앙리 교주와 루이 대신관, 그리고 자크 신관까지. 여러분들의 아낌없는 도움, 수도에 돌아가서도 기억하겠습니다."

중급 악마 조사에 참여한 고위 신관들의 이름은 이시도르를 통해 미리 알아두었다. 굳이 신전 전체와 척을 질 필요는 없으니까.

"성녀님께서 제 이름을 기억하시다니……!"

"헉, 여, 영광입니다!"

"저, 저희도 성녀님의 방문을 잊지 않을 것입니다!"

내가 직접 이름을 부르며 공치사해 주자 나와 서먹서먹했던 헬레이아의 고위 신관들까지 눈에 띄게 기뻐하며 동요하는 기색이었다. 앙리 교주는 눈물을 훔치며 성호를 긋기까지 했다.

그렇게 교황의 복장을 터지게 하는 박수 소리와 함께 헬레이아에서의 내 일정은 끝이 났다.

"이 하얀 구슬이 드래곤의 송곳니였다니."

나는 묵주를 만지작거리며 감탄했다. 신성력, 마나, 마기까지 모든 종류의 힘을 담을 수 있는 무적의 물질이 바로 드래곤의 뼈다.

'심지어 강인한 사념체까지 담고 있었지.'

"공녀님, 그 물건은 어디에 쓰실 생각인가요? 그렇게 계속 간직할 건가요?"

"응. 쭉 가지고 있을 계획이야."

과거 본인이 직접 깎아 만든 물건이면서 이시도르는 묵주를 애지중지하는 나를 괜히 못마땅해했다.

'전생의 자신을 흑역사 취급한단 말이지.'

"그거, 타국에 아주아주 비싸게 팔아 줄 수 있어요. 신전에서 가져온 성물이라는 걸 아무도 눈치채지 못하게끔 제대로 가공해 볼게요."

그는 유혹의 손길을 내밀었지만 나는 고개를 저었다.

"아마 주고 싶은 사람이 생길 것 같아."

내 말에 이시도르의 표정은 더욱 심각해졌다.

"어떤 새……. 흠! 누구요?"

"우리 아기들."

"……!"

그의 얼굴이 순식간에 잘 익은 사과처럼 새빨개졌다.

"왜, 왜 그래?"

"그간 나만 너무 앞서가고 있다고 생각했는데, 공녀님이 그런 말 하니까 심장이 뛰어서……."

이시도르가 중얼거렸다.

"대체 그동안 얼마나 앞서갔길래……? 나처럼 미리 노후 계획이라도 세웠어?"

"증손주들 증여 방법까지 고민했었죠."

"……정말 멀리 갔구나."

난 부의 대물림은 간과했는데…….

용의 핏줄 아니랄까 봐 역시 남다르다.

그는 내 손에 들린 묵주를 조금 상기된 얼굴로 바라보다가 잠시 후 나직하게 말했다.

"……우리 애들한테 주는 건, 무조건 찬성이에요."

수줍은 목소리를 들으며 웃음을 삼킨 나는 푸르른 새순이 돋은 나뭇가지를 올려다보았다. 어느덧 따뜻한 봄이 오고 있었다.

외전 4. 5월의 신부

"……."

이른 아침, 별채에서 나온 시모어 공작은 붉은 장미가 가득 핀 정원을 하염없이 바라보았다.

5월이 되자, 하루가 다르게 정원이 화사해졌다. 아내가 있었을 때처럼 싱그러운 꽃향기가 산책할 때마다 콧속을 파고들었다.

"조르주아."

시모어 공작은 이슬이 맺힌 붉은 장미를 보며 지난밤 생생했던 꿈의 여운을 되새기고 있었다.

그간은 꿈에서조차 옷 한 자락 보여 주지 않는데…… 지난밤 꿈에 나온 아내는 너무나도 생생했다. 그녀가 늘 풍기고 다니던 라일락 향기까지 느낄 수 있을 정도로.

아내는 제가 과거에 내밀었던 꽃다발을 안고, 새하얀 드레스를 입고 있었다. 공작이 기억하는 한 가장 벅차올랐던 그때의 모습으로 그의 이름을 불렀다.

입가에는 부드러운 미소를 드리운 채로 그의 손을 부드럽게 감싸

쥐었다. 손등을 가볍게 도닥이기도 했다. 마치 잘하고 있다고 격려하듯이.

꿈인데도 상냥하고 따뜻하게 느껴졌다.

'5월이라 그런 꿈을 꾼 걸까.'

아내는 5월의 신부였으니.

제국은 5월에 결혼식이 가장 많이 열렸다. 온화하고 따뜻한 날씨 때문이기도 하지만, 다산과 풍요를 관장하는 여신이 겨울에 사라졌다가 5월에 부활했다는 설화가 있기 때문이다.

'결혼식은 5월이 가장 적당하긴 하지.'

이 설화 때문인지 풍요로운 5월에 결혼하는 신부는 행복해진다는 미신이 있었고, 공작 역시 제 딸아이가 결혼한다면 5월이 좋겠다고 생각하고 있었다.

'그나저나, 조기 졸업까지 해 버릴 줄이야.'

학업까지 마무리되었겠다, 물 흐르듯 진행된 준비 끝에 비스콘티 공작과의 결혼식이 벌써 눈앞으로 성큼 다가왔다.

'생각보다는 기분이 평온하군.'

몹시 섭섭할 것 같았는데.

최근엔 이미 제 딸이 결혼한 듯한 느낌을 받을 때도 있었다. 저기, 데릴사위처럼 시도 때도 없이 찾아오는 이시도르 때문인지도 모른다.

이시도르는 엔리크의 검술 과외를 해 주기 위해 데보라가 없을 때도 종종 타운 하우스에 찾아왔다. 그는 마법과 검을 동시에 다루는 천재니, 사실 엔리크에겐 그만한 스승이 없긴 했다.

"그나저나 막내는 왜 갑자기 검술에 꽂힌 거지……?"

조금 의아했지만, 적당한 운동 덕분에 아이의 혈색이 나날이 좋아지고 있었기 때문에 내버려 두고 있었다.

'……시모어에 검사라.'

예전엔 거부감을 느끼며 반대했을 텐데 지금은 딱히 그렇지도 않은 걸 보면 자신이 늙은 건가 싶기도 하고.

'데보라는 유연해진 거라고 했었나.'

시모어 공작은 정원 너머 뒤뜰에서 목검을 휘두르는 에리크와 이시도르를 잠시 바라보다가, 다시 업무를 보기 위해 집무실로 돌아갔다.

여하튼, 막둥이가 하고 싶은 것 다 하게 해 주려면 쉬엄쉬엄 일하기엔 아직 일렀다.

"이렇게 빨리 졸업장을 주실 줄 몰랐어요."

무려 여름 학기 졸업이라니!

아카데미 마법학부 학장이자 내 큰아버지, 베르트 후작이 찻잔을 내려놓고 피식 웃었다. 언뜻 차갑게 냉소하는 것처럼 보이지만, 똑같은 얼굴을 자주 봐서인지 그가 오늘 기분이 썩 나쁘지 않다는 것을 알 수 있었다.

"제국을 구한 성녀를 일개 마법사가 가르치는 것, 솔직히 그림이 이상하지."

"하지만 교칙상 졸업이 너무 이른 건 사실이라……. 학장님께선 반대하실 줄 알았어요."

"내가 네 아비처럼 그리 융통성 없어 보이느냐?"

더하면 더했지, 덜해 보이지는 않는데요.

나는 목까지 올라온 말을 겨우 삼켰다.

"솔직히 나도 예외를 만들기는 싫었지만, 어쩔 수 없어. 너 때문에 업무가 마비될 지경이니까."

"……."

"널 보겠다고 졸업생들까지 시도 때도 없이 학부 건물에 찾아와서 내가 죽을 맛이다."

그가 제법 시달린 얼굴로 고개를 절레절레 저었다.

사실 아카데미가 개강했을 때는 지금보다 훨씬 심각했다. 내가 하던 수식 강의는 마치 도떼기시장을 방불케 했다.

"존경합니다! 성녀님! 사인해 주세요!"

"제 이름 한 번만 불러 주세요!"

"성녀님! 졸업 논문 통과할 거라고 한마디만 해 주세요!"

"멀리서나마 성녀님을 영접하니, 마탑 승진 시험에서 합격할 수 있을 것 같은 느낌이 듭니다!"

들으라는 강의는 안 듣고, 날 기복 신앙 토템 취급하는 놈들도 있었다.

'물론 눈만 사납게 부릅떠도 바로 입을 다물긴 했지만.'

과거엔 다들 내가 나타나면, 고개를 숙이고 공손하게 길을 내주기 바빴는데…….

'악녀 시절로 굳이 돌아가고 싶은 건 아니지만, 분명 편한 것도 있긴 했어.'

그래도 몇몇 극성팬이 난장을 피워 아카데미 학장과 총장을 곤란하게 만든 덕에 드디어 학교라는 공간에서 탈출할 수 있게 된 모양이다. 긴 의무교육 기간과 5년간의 학부 생활, 이곳 아카데미에서 고생했던 일들이 주마등처럼 스쳐 갔다.

"……아깝긴 하구나."

후련해하는 중 베르트 후작이 문득 중얼거렸다.

"뭐가요?"

"난 네가 강의에 소질이 있다고 생각했거든. 가능하면 조교를 시킬 생각이었다. 그게 교수가 되는 가장 빠른 길이니까."

'거, 말이 너무 심한 거 아니오!'

날 대학원생처럼 부려 먹고 싶었다는 오싹한 말을 그는 아무렇지도 않게 하면서 내 앞으로 무심하게 케이크를 밀어 주었다. 작은 상자와 함께.

"이건……."

상자를 열어보니 장미 모양의 브로치가 담겨 있었다. 그의 흉터가 잠깐 떨렸다.

"널 보면 마리엔이 생각나. 아끼던 후배였지. 강의를 잘해서 조교를 시키려 했는데 설마 내 동생 놈이 날름 채 갈 줄은."

"……?"

설마, 삼각관계가 아니라 마음에 드는 대학원 노예 1호?

그간 머릿속으로 치정 소설을 여러 편 썼던 나는 애써 떠오르는 질문을 지웠다. 모른 채로 놔두는 것이 때로는 더 좋을 때도 있다.

"네 엄마는 5월과 어울리는 아름다운 신부였다. 결혼, 축하한다."

"감사합니다, 학장님."

"졸업장까지 딴 마당에 무슨 학장? 큰아버지라고 부르거라."

"……큰아버지."

조금은 어색하게 흘러나온 호칭에 그가 아까와는 비교할 수 없을 만큼 부드럽게 웃었다.

"결혼식 때 보자꾸나, 데보라."

이시도르의 결혼 소식을 듣자마자 바슬레인 후작 부인은 가족들을 데리고 부랴부랴 수도로 올라왔다. 조카의 결혼 준비를 돕기 위해서였다.

제국에선 신부가 지참금을 가져오는 대신 신랑 측에서 결혼 준비를 했기 때문에 이시도르가 이것저것 신경 쓸 게 많을 것이다.

"본래 이런 준비는 집안 어른이 나서서 이끌어야 하는 건데……."

후작 부인의 뇌리엔 과거, 천사 같던 이시도르의 어린 시절 모습이 콕 박혀 있었다. 그래서인지 홀로 모든 준비를 감당해야 하는 조카가 안쓰럽게 느껴졌다. 하지만 얼마 지나지 않아, 그녀는 안타까움에 혀를 차는 대신 기가 질려 혀를 내두르게 되었다.

'좋게 말하면 완벽주의긴 한데…….'

자신도 꼼꼼하다고 정평이 난 사람인데, 조카 녀석은 한술 더 떴다.

'뭐 하나 대충 넘기는 법이 없군.'

예식장 장소에 사전 답사를 나온 이시도르는 자리 배치뿐 아니라 연회장 커튼 장식, 촛대, 술잔, 카펫, 심지어는 하객이 쓰는 커트러리까지 꼼꼼하게 훑어보았다.

"이 식기는 최근 유행하는 양식이군."

이시도르의 지적에 가신이 재빨리 대답했다.

"예. 요즘 이런 디자인의 식기를 선호하는 수도 귀족들이 많아 준비해 봤습니다."

"하지만 격식 있는 자리인데 너무 무게감이 없어. 또한 계절에 맞는 꽃문양도 아니잖나."

"당장 바꾸겠습니다."

바슬레인 후작 부인은 테이블보에 놓인 수를 유심히 관찰하는 이시도르에게 다가갔다.

"비스콘티 공작님께 긴히 한 말씀 올려도 될까요?"

장갑까지 벗어 테이블보 천의 질감을 확인하던 이시도르가 고모의 부름에 고개를 들어 올렸다.

"편하게 말씀하세요, 고모님."

"그래, 편하게 말하마. 하객 목록을 추리는 것만으로도 골치 아플 텐데, 이런 사소한 것까지 일일이 살피면 네 신경이 남아나지 않을 게다."

"⋯⋯."

"네가 식장으로 빌린 이 장소가 알려지자마자 제국이 한바탕 뒤집혔어. 이 정도 했으면 시모어의 초대 가주가 와도 만족할걸."

"사소한 것이 최상의 품격을 만든다. 비스콘티 초대의 말입니다."

"⋯⋯초대께서 그런 어록을 남겼다고?"

"네, 기억나요."

더는 잔소리 못 하게, 비스콘티의 법도를 따르는 것뿐이라고 받아치는 조카를 보며 바슬레인 후작 부인은 못 당하겠다는 듯 고개를 절레절레 저었다.

"넌 정말 별걸 다 기억하는구나."

"고모님도 기억력 좋으시잖아요. 철없던 제 어린 시절 일들은 좀 잊어 주셨으면 하는데……."

그녀는 종종 어린 시절 이시도르를 미화해서 이야기했다. 장밋빛 뺨에 눈부신 금발, 커다란 눈망울을 가진 어린 이시도르는 얼굴만큼은 정말이지 막 지상에 내려온 천사 같았다고.

"이시도르, 네가 언제 철이 없었니? 무도한 네 아비 때문에 쓸데없이 너는 너무 일찍 철이 들었어."

"아버지가 싫어서 정반대로 행동한 건데 철이 든 것처럼 보였나 보네요."

"……하긴, 반면교사로 삼기엔 더할 나위 없는 놈이지."

지금은 가볍게 말하지만 전대 비스콘티 가주 알베르트 비스콘티의 개차반 짓은 상상을 초월했다. 하나뿐인 아들이 엉망이었기에 천재적인 손주를 향한 전전대 가주의 애정은 점점 커졌고, 반대로 부자간의 갈등은 깊어졌었다.

'참 끔찍했어……'

막돼먹은 오라비를 떠올리며 혀를 차던 그녀는 멈칫했다. 이시도르가 특유의 무표정한 얼굴로 생각에 잠겨 있었기 때문이다.

"……."

과거를 회상하는 그의 눈동자가 심해처럼 어둡게 침잠했다.

오랜 과거, 비스콘티성은 전전대 가주 바르도 비스콘티의 노성으로 인해 늘 시끄러웠다. 알레아 해협에 부딪히는 거친 파도 소리조차 그의 벽력같은 고함을 쓸고 내려가지 못했다.

"성에 마약 유통상을 들이다니. 알베르트, 네놈이 제정신이냐?!"

"아, 아버지……!"

"넌 이시도르 보기 부끄럽지도 않아?! 네놈이 비스콘티의 무결한 위명에 흠집을 내고 고귀한 핏줄의 위상을 더럽히는 동안, 네 아들은 마검사의 재능을 각성했다! 무려! 네놈이 지하 창고에 숨어들어 술을 훔쳐 먹던 여덟의 나이에!"

바르도 비스콘티가 이시도르를 들먹이며 역정을 내자, 벌벌 떨던 알베르트 비스콘티가 돌연 미친개처럼 거품을 물었다.

"아버지! 제게 대체 아들이 어디 있다는 겁니까?"

"뭐?"

"전 다 알고 있습니다. 이시도르가 사실은 제 동생이니 이리 친아들처럼 끼고 도시는 것이지요?"

"이…… 이놈이! 지금 무슨 망발을 지껄이는 게야?"

"역시. 찔리시니 역정을 내시는군요."

알베르트는 광인처럼 눈을 희번덕거리며 혀를 놀렸다.

"아무래도 올가, 그 계집의 머리채를 끌고 와 치도곤을 놓아야겠습니다. 시아비랑 놀아난 불륜녀 주제에 감히 내 행실을 문제 삼아 한탕 해먹어?! 막대한 위자료를 받을 사람은 바로 난데!! 감히! 더러운 계집!"

올가는 정략결혼의 희생자로, 알베르트의 비스콘티의 추저분한 행실에 질려 이시도르만 낳은 뒤에 도망치듯 이혼했다.

이혼 뒤 그녀가 병환으로 사망했다는 소식이 들려온 지가 벌써 5년 전인데, 망자의 명예까지 더럽히는 아들을 보며 바르도 비스콘티는 분을 이기지 못하고 장식용 검을 빼 들었다.

"뒷골목 왈패들과 어울리더니 입을 열 때마다 구린내가 진동하는 구나! 내 오늘 네놈의 혀를 도려내겠다."

"히, 히익!"

술을 너무 많이 마셔 검도 제대로 못 드는 알베르트는 소드 마스터 인 제 아비가 흘리는 살기에 얼어붙었다.

"이 못난 놈! 기개가 열 살짜리 이시도르만도 못하다니. 너야말로 정녕 내 아들이 맞는지 모르겠다!"

바르도 비스콘티가 진저리를 치며 그의 혀를 칼로 그으려는 순간, 아 가트가 난입하여 그들을 말렸다. 바슬레인 영지에 있다가 오랜만에 비스콘티성에 들른 그녀는 눈앞에서 펼쳐진 광경에 기함할 수밖에 없 었다.

"아가트, 저리 가라!"

"아버지! 이시도르가 보고 있어요!"

아버지는 왜 하필 아이가 보고 있는 곳에서 이리 크게 오라비에게 치도곤을 내리는 건지. 조부가 제 아비의 혀를 자르는 잔인한 광경을 저 어린아이에게 보이는 건 너무 가혹한 일 아닌가.

"흐…… 헉! 으으!"

"알베르트, 방금 넌 네 여동생에게 혀를 빚진 거다."

초졸한 입술을 파고들었던 날카로운 검날이 천천히 떨어져 나간다.

"끄으…… 으으……."

긴 칼자국이 난 알베르트 비스콘티의 입술과 턱에서 피가 폭포수 처럼 흘러내렸다.

"……."

"이시도르! 여기 서 있지 말고 어서 방으로 들어가렴."

"아가트, 넌 저 아이를 너무 어리게만 보는구나. 내 손주는 이런 일로 눈 하나 깜짝 안 한다. 비스콘티다운 담대한 녀석이지."

난리가 난 문 너머에서 우두커니 서 있던 어린 이시도르는 제 아비가 줄줄 흘리는 눈물, 콧물, 핏물을 보면서 생각했다.

더럽다고.

자욱한 피비린내와 남자가 지린 똥오줌 냄새가 뒤섞여 비강을 들쑤셨다. 축사에서 풍기는 냄새보다 수십 배 더 구역질이 났다.

"끄으으……."

부친의 탁한 눈동자와 마주치자 돌연 제 몸에 벌레가 기어오르는 느낌이 들었다. 팔뚝과 목덜미에서 소름이 돋아났다.

아무리 닦고, 또 닦아도 불쾌한 감각이 좀처럼 가시질 않았다.

무표정한 얼굴로 종일 손을 부르트도록 닦는 이시도르를 보며 바르도 비스콘티가 짧게 탄식했다.

"너는 이런 점마저도 참으로 비스콘티답구나."

뛰어났던 역대 비스콘티 가주들은 대체로 고질적인 결벽증을 가지고 있었다. 그래서 바르도 비스콘티는 갈라져서 피가 맺힌 아이의 손끝을 보며 도리어 달가워했다.

타고난 완벽주의 기질, 마검사의 재능, 초인적인 기억력, 수단과 방법 가리지 않고 황금을 긁어모으는 습성까지. 초대의 환생이라고 해도 이상하지 않은 아이였다.

"이시도르."

"네, 할아버지."

건조해져 따끔거리는 손을 말아 쥐며 이시도르가 대답했다.

"네가 작년에 철을 미리 매입해 둔 뒤, 마르네 영지의 변경백에게 팔아 큰 차익을 남기자는 의견을 냈다고 들었다."

"예."

"그리고 얼마 전에 그 철을 두 배의 가격으로 매도해 황금을 잔뜩 벌어들였다고 들었는데, 맞느냐?"

"그러합니다."

"너는 올해 철 가격이 오를 거라는 것을 어찌 알았지?"

"두 가지 이유 때문입니다. 하나는 재작년, 철이 예년보다 과하게 채굴되어 가격이 실제 가치보다 크게 하락했습니다. 새로운 광산이 발견된 것도 아닌 상황이니 비정상적인 가격이죠."

"또?"

"마르네 지역 근방 야만족이 점차 세를 불리고 있기에, 조만간 변경백이 무기고를 늘릴 거라 예상했습니다. 무기를 만들기 위해서는 철이 들어가니 당연히 가격이 오를 수밖에요."

고작 열 살짜리 아이의 입에서 나온 대답에 바르도 비스콘티가 크게 웃었다.

"하하하! 넌 마치 황금의 화신인 비스콘티의 초대가 그대로 환생한 것 같구나. 내 장담컨대, 넌 초대에 필적하는 가주가 될 거다."

"초대님을 뛰어넘기 위해 정진하겠습니다."

"패기가 대단해! 비루먹은 개 같은 알베르트 놈이랑은 정반대란 말이지."

"……"

"네게 거는 기대가 크다."

어린 이시도르는 조부가 거칠게 헝클이고 간 머리칼을 성가신 표정으로 정리했다.

솔직히 아이는 조부가 제게 퍼붓는 과도한 기대가 귀찮고 피곤했다. 아버지가 제게 보이는 열패감과 의심 또한 지긋지긋하고 짜증스럽긴 매한가지였다.

"이시도르, 넌 완벽한 아이야."

조부의 단언과는 달리 자신은 완벽한 게 아니라, 그저…….

"이시도르?"

거대한 창으로 쏟아지는 햇살 아래, 석고상처럼 조용하게 서 있던 이시도르는 고모의 부름에 퍼뜩 정신을 차렸다.

"……."

고모가 고릿적 이야기를 꺼내서 그런가, 오랜만에 케케묵은 과거 속에 침전되어 있었다.

"네, 고모님."

그가 가라앉은 목소리로 대답했다.

"……방금, 데보라 공녀가 근방에 도착했다는 소식을 들었다. 목적지가 이곳인 것 같더구나."

무표정하게 서 있는 이시도르가 두려웠던 가신들은 바슬레인 후작부인에게 공녀가 왔다는 소식을 전해 달라 사정했다.

하지만 아가트에게도 무거운 분위기를 두르고 있는 이시도르에게 말을 거는 게 쉬운 일은 아니었다. 지금처럼, 종종 조카가 한없이 어렵게 느껴질 때가 있었다. 표정을 굳힌 이시도르는 바늘 하나 안 들어갈 것처럼 냉혹해 보였으니까.

"네?! 공녀가요?"

그런데 데보라 공녀라는 말이 나오자마자 살얼음 같던 눈동자에 당혹감이 들어찼다. 그가 정문 쪽으로 뛰듯이 걸어 나갔다.

"제기랄, 설마 벌써 여기로 들어온 건 아니겠지?"

이시도르는 심혈을 다해 꾸민 이 식장을 결혼식 당일 그녀에게 보여 주고 싶었다.

"이런 건 깜짝 공개해야 하는 거라고. 서프라이즈! 몰라?"

"다행히 아직 안 들어오셨습니다. 중문 앞에서 기다리고 계십니다."

"젠장, 놀랐잖나!"

"죄송합니다."

순식간에 유치하게 돌변하는 조카를 보며 바슬레인 후작 부인은 순간 어이없는 기분을 느꼈다. 잠깐 정색했던 그녀는 뒤늦게 피식 올라오는 웃음을 삼키며 머리를 거칠게 쓸어 올리는 이시도르에게 다가갔다.

"널 돕고자 따라왔는데, 내가 손볼 곳은 없는 것 같구나. 난 공녀와 인사한 뒤 집으로 돌아가야겠어."

"함께 답사 와 주셔서 감사합니다, 고모님."

"내가 한 게 있어야 말이지."

"옆에 계셔 주시는 것만으로도 도움이 됩니다."

"혹시 어려운 것 있으면 말하고."

"예."

매번 대답은 저렇게 하지만, 그녀는 이시도르가 제게 도움을 요청하지 않으리란 걸 잘 알고 있었다. 이시도르는 작은 아이일 때도 제게 단 한 번도 약한 소리를 한 적 없었으니…….

"저기, 공녀가 있구나."

예식장 중문 쪽에 시모어 인장이 달린 백금 마차가 보였다. 마차에서 내려온 데보라 공녀가 빠른 걸음으로 다가와 안부를 물었다.

"그간 몸 건강히 잘 지내셨나요, 아가트 님?"

"찬란한 광휘를 보여 준 데보라 공녀 덕에 잘 지냈어요."

바슬레인 후작 부인은 묘한 기분으로 말했다.

처음에 봤을 때부터 차갑고 냉정한 인상이라고 생각했고, 지금도 저 외모 탓에 그녀가 악마를 물리친 성녀라는 것을 마음으로 받아들이기 쉽지 않았다.

"저희를 위해 결혼 준비를 도와주셔서 정말 감사합니다."

그런데 데보라가 '저희'라고 말했을 때, 아가트는 마음 한구석이 훈훈하게 데워지는 느낌을 받았다. 이제는 정말, 조카가 혼자가 아니구나 싶어서.

"공녀는 정말 성녀가 맞군요."

"……예?"

"나를 포함해 저런 얼음덩어리까지 녹인 걸 보면, 확실히 성녀가 맞아요."

"저는 그, 그런 따뜻한 사람이 절대 아닌데요."

"내 눈엔 다 보여요."

"……."

"결혼식 때 봐요. 웨딩드레스 입은 모습 기대할게요, 공녀."

부드럽게 웃은 아가트는 작별 인사를 한 뒤에 가볍게 마차에 올라탔고, 그녀가 떠나자마자 이시도르가 의아한 얼굴로 물었다.

"갑자기 무슨 일로 왔어요? 혹시 문제 생겼어요?"

데보라 공녀는 잠시 머뭇거리다가 입을 열었다.

"왜 왔냐면……."

"내 친구가 그러는데, 결혼 준비할 때 제일 많이 싸운다더라."
"내 사촌은 예물 문제 때문에 결혼식 전날에 식장 취소하고, 예단 환불받고 난리도 아니었어. 브라이덜 샤워 대신 소주 샤워했잖아."

이전 생에 이것저것 주워들은 이야기들 때문에 나는 식을 앞두고 약간 긴장하고 있었다.
'난 싸우지 말아야지.'
하지만 걱정이 무색하게 결혼식을 목전에 둔 지금까지 딱히 이시도르와 다툰 적이 없었다.
'하긴, 경제적인 부분 때문에 다투는 경우가 가장 많다고 듣긴 했어.'
시모어와 비스콘티는 그 부분에서는 전혀 마찰이 없긴 했다. 도리어 누가 더 돈지랄을 잘하는지 대결하는 느낌이었다.

"내 딸이 어디 가서 절대로 기죽으면 안 되지."

부친이 내게 준 지참금은 무려 마력석 광산.
이에 세간은 한차례 웅성거렸다.

"마력석 광산을 넘겼다는 건, 마법사 사위를 원했던 시모어 공작이 비스콘티 공작의 마법적 재능을 인정한 거군."

"그간 검사를 주로 배출하던 비스콘티 가문이 처음으로 마탑에서 인정받은 건가?!"

한편, 이시도르는 이에 맞서듯 1년에 단 한 번 출입이 허락되는 고성을 예식장 장소로 빌렸고, 남부 해안가의 황금 기둥으로 세운 거대한 별장을 시모어에 양도했다.

"황금 모래사장 앞에 있는 황금 별장을 선물하다니!"
"그게 그리 놀랄 일인가?"
"황금이 의미하는 건 경제적으로 언제든 협력한다는 뜻이고, 해안 별장을 넘겼다는 건 언제든 남부로 와도 된다는 뜻이잖아. 두 가문의 교류가 더 활발해지겠지."
"오호……."

지참금과 예식에 관련한 내용이 수도에 퍼지자, 외부에선 시모어와 비스콘티의 동맹이 더욱 돈독해졌다고 과대 포장하고 확대하여 해석했다.
'그냥, 대귀족들의 자존심을 건 돈지랄일 뿐이었는데.'
여하튼, 예단은 그렇다 치고…….
'경제적인 문제 다음으로 많이 싸우는 이유가…….'

"자기 혼자 결혼 준비하는 것 같다고 내 친구가 얼마나 울었는지 몰라. 솔직히 반찬 한 번 쓰는 게 뭐 그렇게 어렵다고 애 혼자 이불이랑 그릇까지 고르게 만드냐! 나라도 열 받아서 울겠다."

신부나 신랑 한쪽만 결혼 준비를 하는 경우라고 했던가.

'이건 아주 많이 찔린다.'

사실 난 하는 일이 전혀 없었다.

'제국에서는 남자 쪽에서 결혼 준비를 하는 게 관습이라는데…… 정말 이래도 되는 거 맞아?'

그동안 내가 한 일이라곤 이시도르가 보여 주는 카탈로그 속 그림을 보고 따봉을 날리거나 감탄하는 게 고작이었다. 하는 게 아무것도 없다 보니, 곧 결혼이라는 게 실감 나지 않을 정도였다.

왠지 이대로 손 놓고 있으면 안 될 것 같아서, 결국 난 예식장 답사를 나간 이시도르를 찾아왔다. 혹시 도움이 필요할지도 모르니까.

"갑자기 무슨 일로 왔어요? 혹시 문제 생겼어요?"

이시도르는 갑자기 나타난 나를 의아한 얼굴로 바라보았다.

"문제라기보다는…… 함께하는 결혼인데, 경만 고생하는 것 같아서 와 봤지."

내 대답에 이시도르가 눈가를 부드럽게 휘었다.

"기특해라. 마음 써 줘서 고마운데요."

그가 내 머리를 가볍게 헝클었다.

"예물부터 식장에 놓을 꽃을 고르는 것까지, 모든 과정이 행복인데 그걸 고생이라고 말하면 섭섭하죠."

저 눈빛을 보면 거짓말을 하는 것 같지는 않은데.

"그런데 왜 오늘따라 피곤해 보이지? 무리하고 있는 거 아냐?"

"……그래 보이나요?"

"내 눈은 못 속여. 경은 기운이 없을 때나 피곤할 때 섹시…… 아니, 아니! 하여튼 티가 나. 고민 있으면 얼른 말해. 우리끼리 비밀 안 만들기로 했잖아."

"요즘처럼 즐거웠던 적이 내 인생에서 별로 없는데……."

"응."

그 뒤에 뭔가 할 말이 더 있는 것 같아서 나는 이시도르를 빤히 바라보았고, 그는 오래 뜸을 들이다가 실토했다.

"잠이 잘 안 오더라고요."

헉, 갑작스러운 불면증이라니. 짚이는 구석이 있어서 나는 미간을 좁혔다.

"혹시 은연중 부담을 느끼는 거 아닐까? 황실까지 이 결혼을 주목하니까……."

"그건 아니라고 단언할 수 있어요. 난 여태 황실 눈치를 본 적이 없으니까요."

그는 여상하게 말했다. 하긴 황태자에게 두 얼굴로 사기를 치는 인간이니.

"그러면?"

"이유야 뻔하죠."

"난 그 뻔한 답을 잘 모르겠어."

"들떠서 그래요. 심장이 며칠 전부터 고장 난 것처럼 뛰더라고요."

그가 내 손을 제 왼쪽 가슴팍에 바짝 붙었다. 손바닥을 타고 올라오는 펄떡거리는 박동에 나는 흠칫 놀랐다.

"계속 이 상태였어?"

그가 고개를 크게 끄덕였다.

"커피 마신 것처럼 잠이 안 와요."

작게 중얼대는 그가 뭔가 귀여우면서 안타까웠다. 난…… 그동안 아주 잘 잤는데.

"갑자기 나도 긴장되려고 하네. 며칠이나 못 잔 거야?"

"4일 정도? 그래도 별로 피곤하진 않아요."

그는 대수롭지 않게 말했지만, 최장 밤샘 기록이 3일이었던 나는 기함했다.

"심하잖아. 결혼식이 코앞인데 조금이라도 눈을 붙여야지."

"……."

"내가 재워 줄게. 당장 가자."

"어디로요?"

"침대로."

내 말에 이시도르의 눈이 크게 벌어졌다. 손바닥에 닿은 맥박은 더욱 속도를 높였다.

"나 잘 수 있는 거…… 맞죠?"

나는 미심쩍어하는 그를 호기롭게 잡아끌었다.

"자, 누워."

"……."

"자장자장 해 줄게."

아주 잠깐 음흉한 상상을 했던 이시도르는 피식 웃으면서 침대에 털썩 누웠다. 단둘이 있는 침실에서 그가 여유를 부릴 수 있는 건, 결혼식까지 얼마 남지 않았기 때문이었다.

'그래. 참자, 참아.'

새삼 제 인내심에 감탄하면서 그가 눈을 깜빡였다.

"얼른 눈 감아."

제 몸 위에 이불을 덮어 준 뒤 가슴팍을 도닥거리는 데보라를 빤히 올려다보던 이시도르는 계속되는 재촉과 협박에 결국 눈을 느리게 감았다.

그녀가 낮고 부드러운 목소리로 자장가를 속삭였다.

안온한 분위기 속에서, 그는 문득 자신이 보살핌 받는 어린아이가 된 듯한 기분을 느꼈다. 정작 어릴 때는 누군가가 이렇게 가슴팍을 도닥여 준 적이 없었는데.

'어릴 때도 누가 몸에 손대는 걸 질색했으니까.'

공녀는 매번 이렇게 제게 생소한 기분을 안겨다 주었다.

"자라니까. 자꾸 웃네."

공녀가 뺨을 콕 찔렀고 이시도르는 큭큭거렸다.

"좋아서 그러죠."

"자꾸 이러면 극단적인 방법을 쓰는 수밖에 없어."

공녀가 돌연 그의 눈가에 손을 얹었고, 웃음기가 머물던 이시도르의 입가가 설핏 굳었다.

"잠깐만! 신성력은 반칙……."

"안 자고 버티는 게임도 아니고 반칙이 어디 있어."

"하아……."

애인과 침대 위에 단둘이 있는 긴장감 넘치는 상황인데, 잠이 정말 미친 듯이 쏟아지기 시작했다.

'……미겔이 알면 두고두고 놀림거리가 되겠군.'

어이가 없었지만, 그녀의 다감한 목소리와 손바닥에서 퍼지는 신성한 기운이 온몸의 근육을 이완시켰다. 이시도르는 가물가물한 눈으로 힘없이 중얼거렸다.

"난…… 네 앞에선 항상 바보 같아."

매번 허둥대고, 휘둘리고…….

"그래서 너랑 결혼하는 건데."

그녀의 음성이 귓가에 따스하게 내려앉았다.

"경이 정말 보이는 것처럼 완벽했다면, 내가 이렇게까지 경을 사랑하지는 않았을 거야."

"나…… 많이 사랑해요?"

그는 가물가물한 정신 속에서 아이 같은 질문을 던졌고, 그녀는 아주 많이 사랑해, 하고 다시금 속삭였다. 만족스러운 대답을 듣자마자 이시도르는 스르륵 오랜만에 잠들었다.

꿈에서는 오랜만에 조부가 나왔다. 실망스러운 아들에게 품지 못했던 기대를 손자에게 전부 쏟아붓던 할아버지는 추운 겨울, 급격히 폐렴이 악화되어 앓아누웠다.

이시도르가 가주 자리를 물려받을 수 없는 나이인 열넷에, 결국 조부는 급사했다.

"이시도르, 너에게 비스콘티의 미래가 달려 있단다."

이중장부를 통해 알짜배기 금광을 손주에게 모조리 양도한 바르도 비스콘티는 죽기 전 이시도르에게 여러 번 당부했다.

"넌 블랑샤 차기 마스터로 꼽힐 정도로 천재적인 아이니, 분명 네 모자란 아비까지도 잘 보살필 수 있을 게다."

"……."

"넌 완벽한 아이니까……."

이시도르는 할아버지의 죽음 앞에서 울지 못했다. 납덩어리를 매단 것처럼 가슴이 묵직하게 내려앉았을 뿐이다.

조부의 빌어먹을 '완벽' 타령이 그에게는 매번 강요처럼 느껴졌던 탓이다. 모자란 아버지 몫까지 해내라는 강요. 부친의 무능함과 열등감 또한 지긋지긋했다.

"저 자식이 내 아들일 리가 없어!"

나 역시 그렇게 생각해. 당신은 내 아버지가 아냐. 조금도 닮은 구석이 없는데, 우리가 어떻게 부자야.

소리 내어 부친을 부정하고 싶었던 건 그도 마찬가지였다.

잘하라 강요할수록 비딱하게 구는 성질머리에도 불구하고 이시도르가 할아버지의 기대에 부응한 건, 모자란 아버지와 조금도 닮아 보이기 싫었던 치기 어린 마음 때문이었다.

그리고 사람은 쉽게 변하지 않았다. 시간이 갈수록 완벽을 가장한 외피는 더욱 견고해졌고, 동시에 결벽증은 점점 심해졌다.

하지만 상관없었다. 모든 것이 그의 의도대로 흘러갔으니까.

일찍이 돈 모으는 탁월한 재주를 인정받은 이시도르는 비스콘티의 방계가 운영하던 비밀 조직, 블랑샤의 차기 마스터가 되었다. 비스콘티의 가신들은 전부 자신을 따르고 있으니 가문은 이미 손안에 넣은 것이나 다름없었고.

다만 도무지 어찌할 수 없는 권태에서 허우적거리고 있을 때, 모든 것을 깨부수는 그녀가 나타났다. 제 근본부터 뒤흔드는 검은 백조가. 외로운 손을 부드럽게 맞잡아 주고 제 미숙함마저 사랑해 주는 사람이……

눈가를 좁힌 채 케케묵은 과거의 꿈 속에서 잠시 헤매던 그는, 따뜻하고 부드러운 목소리와 제 손을 감싸는 체온을 느끼면서 어느덧 깊은 단잠에 빠져들었다.

사교계에서는 데보라 시모어와 이시도르 비스콘티의 결혼을 '세기의 결혼'이라고 떠들었다. 그리고 명성에 걸맞게 두 사람의 결혼식은 이례적으로 '장미의 성'에서 열렸다.

장미의 성은 아스테이아 건국 이전부터 존재하던 고성으로 제국이 자랑하는 가장 아름다운 유적 중 하나였다. 겨울에도 장미향이 맴돌았고, 내부는 마치 꽃잎을 겹겹이 겹쳐 놓은 듯한 독특한 구조로 되어 있었다.

깨끗하게 보존하기 위해 일 년에 겨우 한 번 개방하는 곳인데, 비스콘티 공작은 아무렇지도 않게 그곳을 결혼식 장소로 빌렸다.

"재력뿐 아니라 인맥과 권력도 충분하다는 걸 보여 주려는 거지."

황실의 허가뿐 아니라 성을 관리하는 원로원의 동의까지 얻어야 사용할 수 있는 장소를 덥석 빌렸으니 다들 혀를 내두를 수밖에 없었다.

"그나저나, 데보라 공녀님은 고풍스러운 드레스를 선택할까요, 아니면 과거 빅토리아 황비님처럼 정교한 디자인을 선택할까요?"

또한 영애들에겐 데보라 공녀가 어떠한 디자인의 웨딩드레스를 선택했을지가 가장 큰 관심사였다. 그녀가 입은 웨딩드레스 디자인이 그해 유행을 선도할 게 뻔했으니까.

"그간 공녀님은 새하얀 예복을 입은 적이 없어서 쉽게 상상이 가지는 않네요."

"분명 자신의 외모와 어울리는 화려한 드레스를 고르겠죠."

"혹시, 주변에 청첩장을 받은 분 있나요?"

"제 주변엔 없어요."

수많은 호사가의 관심이 쏟아지는 결혼이었지만, 한정된 인원만 초대받아서 모두의 아쉬움을 자아냈다.

그리고 결혼식 당일. 예식장 안은 이른 오전부터 이름만 들어도 아는 제국의 명사들로 들끓었다. 그들은 이시도르의 섬세한 안목이 돋보이는 아름다운 예식장을 둘러보며 감탄했다.

"어머나."

"정말 이래저래 눈이 호강하네요……."

게다가 식장 입구 쪽에서 하객들을 맞이하는 시모어 쌍둥이들은 훤칠한 외모로 모두의 시선을 잡아끌었다. 이목구비가 똑같은 쌍둥이인데도 저토록 분위기가 다르다는 것도 특이했다.

로자드는 시원스러운 태도로 하객들과 교분을 나누는 반면, 벨렉은 고고한 분위기를 두른 채 적당히 예의만 차리고 있었다.

"좋은 날인데 표정 풀지?"

로자드의 핀잔에 벨렉이 한탄 섞인 중얼거림을 내뱉었다.

"……데보라가 정말 결혼하다니. 왠지 안 믿기는군."

"나도 데보라가 제국 1등 신랑감과 결혼하게 될 줄은 꿈에도 몰랐어. 우리보다 먼저 결혼하게 될 줄도 몰랐고. 필라프에게 차여서 수도원이나 안 가면 다행이라고 여겼는데……."

"그거 말고."

"……?"

"막상 닥치니 싱숭생숭하잖아. 데보라 비스콘티. 입에 잘 안 붙어."

"하? 넌 틈만 나면 데보라를 시모어 밖으로 보내 버리고 싶어 했으면서."

"……언제 때 소릴 하고 있어. 걔는…… 가장 시모어다운 애야."

"매번 적응 안 돼서 미치겠군."

로자드가 닭살이 올라온 팔을 벅벅 문질렀고 벨렉이 코웃음을 쳤다.

"너야말로 데보라에게 따로 지참금 챙겨 준 거 모를 줄 알아?"

"……."

"아스테이아 초창기 전통까지 들먹이면서 말이야. 핑계가 아주 눈물겹더라?"

로자드는 못 들은 척 고위급 관료와 재빨리 악수했고, 슬그머니 빠져나가려던 벨렉은 하객으로 온 마탑 고위 연구원들에게 붙잡혔다.

한편, 장성한 아들들에게 손님맞이를 전부 맡겨 둔 시모어 공작은 신부 대기실 근처에 있는 야외 테라스에 우두커니 서 있었다.

'이상하군.'

얼마 후 결혼식이 거행될 아름다운 정원으로 시선을 던지며 그는 지난밤 꿈을 떠올렸다.

'난 대체 왜…… 그런 꿈을 꾼 거지.'

최근 시모어 공작은 아내가 등장하는 꿈을 부쩍 자주 꿨다.

"그간 한 번도 안 나왔으면서."

꿈속에서 그는 아내에게 투정 부리듯 말했다.

"요즘 들어 당신이 내 곁에서 맴도는 듯한 느낌이 들어. 난 미신 같은 거
전혀 믿는 사람이 아닌데도. 이상하지?"
"늘 곁에 있었지만, 당신이 느끼지 못한 것뿐이에요."
"……."
"순백의 영혼이 남긴 잔향은 마치 꽃잎과 같아서, 눈에 보이지 않아도 곁
에서 나비처럼 나풀거리며 맴돌고 있다고 하죠."
"……데보라가 읽어 준 시로군."

시모어 공작은 피식 미소 지었고, 아내는 꽃처럼 마주 웃었다.

"그 아이에겐 고마워요. 내가 못다 한 말을 당신에게 전해 줘서……."

그래, 아마 그때부터였을 것이다. 마음에서 밀어냈던 데보라를 다
시 보기 시작한 게. 아내가 죽은 뒤, 멈춘 듯 무감각하기만 했던 시간
에서 벗어난 것도.
시모어 공작이 상념에 잠겨 있을 때였다. 그의 손을 꼭 부여잡고 미
로처럼 구불구불한 화원을 앞장서던 마리엔이 우뚝 멈춰 섰다.

"왜 그러지?"

"이번에는 두 아이 모두 제대로 찾아왔네요."

"두 아이?"

"네. 우리 아이는…… 어둠 속에서 길을 잃어 아주 오랜 시간을 돌아왔지만."

영문 모를 소리를 한 그녀는 애틋함이 가득한 눈매로 허공을 올려다보았다. 그녀의 젖은 눈동자가 닿은 곳에는 빛나는 구체 두 개가 떠 있었다.

"자, 당신이 들어요."

"어? 어."

"미로 밖으로 잘 데려다 놔야 해요."

"이게 뭐지?"

"곧 알게 될 거예요. 조심조심."

어미 고양이가 새끼를 옮기듯, 구체 모양의 빛을 양지바른 장소로 옮겨 두자마자 시모어 공작은 꿈에서 깨어났다.

'참 나. 이게 대체 무슨 엉뚱한 꿈인지.'

하지만 개꿈이라기엔 너무나 생생했다. 두 개의 신비로운 구체가 뿜어내던 따스한 온도, 아내 특유의 말투와 버릇, 심지어 늘 풍기던 향기마저.

'설마……'

시모어 공작이 불현듯 입을 열었다.

"엔리크."

"네!"

엔리크가 바짝 기합이 들어간 목소리로 대답했다. 오늘, 아이는 신랑 신부가 결혼 행진할 때 뒤에서 꽃을 뿌리는 막중한 임무를 맡았기 때문이다.

"어쩌면 네게 쌍둥이 동생들이 생길지도 모르겠다."

"저, 새엄마, 생겨요?"

갑작스러운 소식에 충격으로 굳은 막내를 보며 그가 쿵 소리를 내며 이마를 짚었다.

"요 콩알만 한 녀석이 무슨 엉뚱한 오해를 하는 게야? 난 그럴 기력 없다. 네 조카 말하는 거지."

"저한테 조카가 생겨요?"

"아마도……?"

엔리크가 곰곰이 생각에 잠겨 있다가 고개를 갸우뚱했다.

"근데, 제 조카가 쌍둥이인 걸 아버지는 어떻게 알아요?"

"네 엄마가 가르쳐 줬지."

"진짜요? 아버지는 하늘에 있는 어머니랑 어떻게 대화할 수 있어요?"

"그냥…… 느낄 수 있단다."

"나도 하고 싶어요! 마나 감응 훈련을 열심히 하면 되나요?"

"아니. 네가 나와 네 엄마에게 사랑받고 있다는 것만 알고 있으면 돼."

"……."

"아주아주 많이……."

"나도…… 사랑해요."

엔리크는 귀까지 빨갛게 물들인 채 수줍게 부친의 허리를 끌어안고 있다가, 코에서 맴도는 라일락 향기에 천천히 고개를 돌렸다.

"우와……."

시야에 들어온 광경에 엔리크의 눈동자가 반짝거렸다.

"누나, 천사님 같아요!"

"고마워, 엔리크."

"정말 예뻐요."

순백의 웨딩드레스를 입은 딸과 눈이 마주친 순간, 시모어 공작은 목이 턱 메는 것을 느꼈다.

저 모습을 아내와 함께 봤으면 더욱 좋았겠지. 아니, 어쩌면 지금 이 순간도 함께하고 있는지도 모른다. 무심했던 자신만 그간 몰랐을 뿐.

"예쁘구나."

시모어 공작은 얄팍한 입술을 모처럼 시원스럽게 끌어 올리면서 딸의 손을 잡았다. 데보라를 오매불망 기다리고 있는 잘생긴 사위에게 데려다주기 위해서.

싱그러운 연못과 아치형 회랑, 푸르른 정원을 가득 메운 각양각색의 꽃들까지. 누구나 한 번쯤은 꿈꿔 봤던 동화 같은 결혼식의 배경을 그대로 구현한 장소였다.

"식장이 정말 아름다워요. 요정이 나올 것만 같네요."

"그러게 말입니다."

장미의 궁 정원에 꾸며진 야외 예식장을 넋 놓고 구경하던 하객들은 이시도르가 나타나자 모두가 약속이라도 한 것처럼 그에게 시선을 못 박았다.

꽃조차 빛바래게 만드는 눈부시고 화려한 금발, 이와 대비되는 금욕적인 이목구비, 건장한 몸을 날렵하게 휘감은 격식 있는 예복까지.

제국 최고의 미남이라는 찬사를 질리도록 들어 왔던 남자답게 오늘도 그는 군더더기 없이 완벽했다. 하객 중 누군가는 저 모습 그대로 국보로 남겨야 할 것 같다는 얼빠진 소리까지 했다.

"……!"

그때, 그의 조각 같은 외모를 하염없이 바라보던 하객들이 놀라움으로 웅성대며 입을 떡 벌렸다. 일자로 꾹 다물려 있던 이시도르의 단정한 입매가 짙은 미소로 인해 순식간에 흐무러졌기 때문이다.

기쁨과 설렘을 도무지 감추지 못하는 표정. 하객들의 시선은 자연스럽게 이시도르의 눈동자가 닿은 곳을 따라갔다. 당연히도 그의 시선 끝에는, 데보라 공녀가 있었다.

저 멀리, 긴 버진 로드 끝에 서 있던 공녀와 그녀의 손을 잡은 시모어 공작이 점점 그와 거리를 좁힌다.

하객들은 오늘의 또 다른 주인공인 데보라 공녀를 보고 저마다 감탄을 삼켰다. 태양 같은 비스콘티 공작의 옆에서 존재감이 흐려지지 않을 사람은, 아마 데보라 시모어 단 한 명뿐일 것이라 다들 생각하고 있었다.

긴 면사포 위, 화려한 티아라를 쓴 데보라 공녀는 굳이 비유하자면 개선식에 나온 여왕 같았다. 장식을 걷어 낸 목깃이나 소매는 공녀가 가진 특유의 고상한 느낌을 두드러지게 해 주었고, 긴 목에 걸린 월계수 모양의 목걸이 역시 드레스와 잘 어울렸다.

다만 파격적인 패션과 보석으로 사교계를 뒤집어 놨던 공녀의 웨딩드레스치고는 평범하다고 생각했을 때…….

"……맙소사."

"대체…… 언제 끝나는 거죠?"

비단뱀처럼 끝이 보이지 않을 정도로 길게 늘어뜨린 웨딩드레스 치맛자락에 모두가 입을 다물지 못했다.

긴 웨딩드레스 트레인 위엔 진주와 다이아몬드 장식이 촘촘하게 박혀 있었고, 수놓인 보석들은 햇빛에 찬란하게 반사되어 마치 공녀가 은하수를 몰고 다니는 듯한 착시까지 불러일으켰다.

어스름한 새벽빛을 연상시키는 공녀의 보랏빛 머리칼 때문에 더욱 신비롭게 느껴지는 광경이었다. 누구나 크게 감탄을 터뜨릴 만한 장면. 하지만 시모어 부녀의 차가운 분위기 때문에 하객들은 저도 모르게 숨을 죽였다.

"조심히 걷거라."

시모어 공작이 딸의 손을 더 꾹 쥐며 속삭였고, 데보라 공녀는 입술을 간신히 달싹였다.

"……네."

그녀는 사실 넘어지지 않기 위해 안간힘을 쓰며 걷고 있었다. 드레스가 생각보다 무거워서 걸을 때마다 압박감이 느껴진 탓이다.

'드레스 위 보석은 다다익선이라고 헬렌에게 입버릇처럼 말했던 것이 이렇게 되돌아올 줄은……'

이젠 명실공히 제국 최고의 디자이너가 된 헬렌은 데보라의 평소 취향을 백분 반영한 드레스를 만들어 주었다.

"데보라 공녀님 덕분에 디자이너로서 크게 성장할 수 있었습니다. 결혼 축하드립니다."

무게감 있는 드레스 때문에 천천히 걷다 보니, 본의 아니게 하객들 얼굴이 시야에서 느릿느릿 흘러갔다. 입실론 멤버들, 데뷔탕트 때 인사를 나눴던 귀부인들, 마탑 장로들, 창술사가 된 오릭스, 티에리와 황태자까지…… 모두 반가운 얼굴들이었다.

이시도르까지 딱 세 걸음 남았을 때, 돌연 숨이 턱 막혀 그녀는 짧게 심호흡했다.

예복을 입고, 앞머리를 위로 올려 정돈한 그는 심장이 쿵 떨어질 정도로 근사했다. 특히나 볼우물이 우묵하게 들어간 저 미소는 눈이 부실 정도였다. 고막이 아플 정도로 쿵쿵 뛰는 심장을 억누르기 급급해서 데보라는 멍청하게 굳어 있었다.

조용한 분위기 속에서 먼저 움직인 건 시모어 공작이었다.

"부디, 행복하게 해 주게나."

"맹세하겠습니다."

그때, 마법사들이 앉아 있던 곳이 술렁거렸다. 시모어 공작이 돌연 이시도르를 가볍게 끌어안았기 때문이다.

"지켜보겠네, 사위. 나는 입으로 하는 맹세보다 눈으로 보이는 행실을 믿는 쪽이라."

"……예, 장인어른."

등을 탁탁 두드리며 가볍게 협박을 하고 떨어져 나간 시모어 공작은 딸의 손을 이시도르의 커다란 손 위로 올려 주었다.

"너희 둘의 앞날에 축복을 비마."

"감사해요, 아버지."

데보라 공녀는 이시도르의 손을 단단하게 감싸 쥐었다. 하얗고 따뜻한 손을 꾹 맞잡은 그는 면사포 너머 정인의 얼굴을 응시했다.

나비처럼 잘게 떨리는 보랏빛 속눈썹을 가볍게 훑자 붉은 눈동자가 자신을 정면으로 마주한다. 이렇게 서로의 눈동자를 보고 있으니, 세상에 오직 공녀와 자신 단둘만 있는 것 같다.

그렇게 생각한 건 데보라 역시 마찬가지였다.

'원래는 서로 전혀 다른 세상에 있었는데.'

그간 이시도르와 함께했던 시간들이 빠르게 머릿속을 스쳤다. 그 기억들이 전부 아름답게 남아 있어서 그녀는 무심코 미소 지었다.

데보라 공녀의 입술이 긴 호를 그렸을 때, 하객들의 눈은 더욱 크게 벌어졌다.

공녀가 저런 식으로…… 웃다니!

그녀의 차가운 얼굴에선 상상도 할 수 없었던 햇살 같은 미소였다.

"늘 웃게 해 줄게요."

이시도르가 눈매를 수줍게 휘며 면사포를 천천히 들춘 뒤, 공녀의 뺨에 입술을 여러 번 댔다. 그의 달콤한 애정 표현에 하객석에서 비로소 커다란 환호와 박수가 터져 나왔다.

"비스콘티 공작님, 입꼬리 단속 좀 하는 게 어떻습니까?"

"그러다 귀에 걸리겠습니다."

그는 소란에도 아랑곳하지 않고, 상대의 이목을 집중시키는 느릿한 동작으로 반지를 꺼냈다. 그의 손가락 끝에서 영원을 상징하는 다이아몬드가 반짝였다. 다이아몬드를 둘러싼 황금빛 링 안쪽에 정교하게 새겨진 그의 이름이 은은하게 빛나고 있었다.

이윽고 이름이 새겨진 반지가 공녀의 약지로 미끄러지듯 들어와 손가락을 감쌌다. 그녀 역시 제 이름이 새겨진 결혼반지를 그의 약지에 천천히 끼워 주었다.

반지를 나눠 갖자 안온함과 충만감이 둘의 가슴을 빠듯하게 채웠다.

'뭐지…… 이 감정은.'

이시도르는 돌연 심장이 둔중하게 요동치기 시작해, 저도 모르게 가슴께를 매만졌다.

데보라에게 처음 품었던 맹목적인 애정과 열망과는 또 다른, 다소 생소한 감정. 굳이 설명하면 사명감에 가까웠다. 평생 이 사람을 책임져야겠다는 다짐이기도 했다.

묵직한 중량감을 가진 감각이었는데, 이시도르는 그것이 부담스럽거나 싫지 않았다. 아니, 도리어 달갑고 기꼈다. 어두운 망망대해 위를 부표처럼 떠돌다가, 마침내 땅에 단단히 뿌리내린 기분이 들었으니까.

그때 데보라가 뭐라 이시도르의 귓가에 속삭였다. 이시도르의 뺨과 귓불이 단숨에 붉어졌다.

"대체 뭐라고 했길래……."

하객들의 의문을 뒤로한 채, 입술을 부드럽게 맞대고 떨어뜨린 둘은 같은 방향을 보며 앞으로 나아가기 시작했다. 이제부터는 연인이 아닌 부부였다. 늘 같은 방향을 보는.

가장 가까운 자리에서 서로의 곁을 지키고, 행복과 슬픔, 외로움을 함께 나누고, 새로운 인연을 만들어 나가겠지.

"이시도르, 넌 내게 행복에 대한 믿음을 주는 유일한 사람이야."

이시도르는 공녀의 말을 떠올리며 맞잡은 손을 더 세게 쥐었다.

그들의 앞날을 축복하듯, 5월의 햇살이 눈부시게 빛나고 있었다.

외전 5. 신혼입니다

결혼식을 마치고 피로연까지 무사히 끝낸 뒤, 나는 사용인들의 안내를 받아 비스콘티 공작저에 도착했다.

'이제 여기서 계속 지내야 하는구나.'

이미 여러 번 초대를 받아서 와 봤던 곳이라 그리 낯설게 느껴지지는 않는다. 마중 나온 비스콘티 사용인 대부분이 구면인데다, 부친이 날 시중들던 하인들을 그대로 보내 줘서 바뀐 건 거처뿐이었다.

무거운 드레스와 장신구를 모조리 벗어 던진 순간엔 홀가분하기까지 했는데, 하녀들이 목욕 후 향유를 듬뿍 발라 주기 시작하자 묘한 긴장감에 빠졌다.

'또 이러네, 또……'

결혼식 내내 야단법석을 떨어서 이젠 지칠 법도 한데 또다시 심장이 미친 듯이 날뛰기 시작했다. 마지노선만 넘지 않았을 뿐, 이시도르와 아주 정숙하게 내외하던 사이도 아니었는데 말이지.

'우연히 분위기가 그렇게 물 흐르듯 흘러가는 것과 모든 것이 완벽하게 준비된 분위기에서 그런 걸 하는 것의 차이인가?'

이렇게 어색한 과정을 거의 모든 신혼부부가 거친다니.

'대단한데?'

식과 피로연에서 체력과 정신력을 모조리 쏟았을 텐데 무려 초야까지…….

'신성력이 없었으면, 난 아마 목욕하다가 잠들었을지도.'

그냥 자는 게 나았을 뻔했나? 아니, 또 그건 좀 아쉽고…….

두서없이 흘러가는 의식 속에서 허우적대는 사이 사용인들이 연보랏빛이 도는 네글리제를 가지고 왔다.

'의도와 목표가 아주 선명한 옷이네.'

알몸을 낯간지럽게 감싸는 천 쪼가리 위에 재빨리 긴 가운을 걸친 뒤, 나는 녹슨 기계처럼 삐걱거리는 걸음걸이로 신방을 향해 걸어갔다.

살짝 열려 있는 문을 밀고 들어가자, 우아하고 고풍스러운 침실이 눈에 들어왔다. 세피아 톤의 따스한 어둠이 깔린 방 중앙엔 큰 침대가 놓여 있었는데, 이불과 시트 위로 촛불이 내는 은은한 빛이 흘러내려 은밀한 분위기가 풍겼다.

"왔네요."

이시도르의 낮은 목소리가 외출한 정신을 퍼뜩 불러왔다. 커다란 침대 휘장 너머 설핏 비쳐 보이는 커다란 실루엣에 나도 모르게 마른침을 삼켰다.

"어, 흠! 왔어."

삶에 찌든 무뚝뚝한 가장도 아니고, '왔어'라니. 낭만이라곤 전혀 없는 첫마디였다.

'미치겠네.'

"기다렸어요."

그가 웃음기 어린 음성으로 말하며 내 쪽으로 걸어왔다.

그 역시 긴 실크 로브를 걸치고 있었는데, 우묵하게 들어간 빗장뼈와 단단한 가슴팍이 훤히 보여서 눈 둘 곳이 없었다. 눈은 어느 방향에 둬야 할지, 입 모양은 어떻게 해야 할지, 손은 또 어디에 둬야 할지, 어색함에 허둥대던 나를 갑자기 이시도르가 와락- 끌어 안았다.

몸을 빈틈없이 가둔 뜨거운 품속에서 나는 숨을 잠깐 멈췄다. 그러다가 스르르 무너지듯 그의 가슴에 머리를 기댔다. 분명 긴장으로 온몸이 딱딱하게 굳어 있었는데, 이젠 녹아내릴 것 같다.

"아주 오래 기다렸어요. 1초가, 1년 같았거든."

곧장 숨 막힐 만큼 강렬한 입맞춤이 쏟아졌다. 날렵한 코가 뺨을 이리저리 누를 정도로 그는 갈급하게 내 입 안을 파고들었다. 갈증을 채우는 듯한 절박한 움직임에 그의 날갯죽지를 꽉 움켜쥐었다.

현기증이 날 정도로 거칠게 움직이던 이시도르는, 내가 숨이 차 못 견딜 정도가 되자 내 상태를 눈치채곤 고양이처럼 부드럽게 윗입술을 빨아들였다. 그러다 방심하면 또다시 깊게 파고들며 노골적으로 혀끝까지 헤집어 놓았다.

"하아. 하아."

어느새 머리칼은 물론이거니와 몸에 걸쳤던 로브까지 죄 헝클어져 있었고, 나는 100m 달리기를 한 사람처럼 힘겹게 숨을 몰아쉬었다. 키스만으로도 힘이 풀려서 허벅지가 잘게 떨렸다.

그의 옷깃을 움켜쥔 채 가까스로 버티고 있는데, 돌연 허리가 번쩍 들렸다. 이시도르가 날 안아 올린 것이다.

침대로 걸어가는 그 잠깐 사이에도 그는 내 뺨과 입술, 이마를 정신없이 쪼아 댔다.

침대 위에 날 천천히 내려놓은 이시도르가 내 젖은 입가를 가볍게 훑으면서 서늘하고 긴 눈매를 유혹적으로 늘어뜨렸다.

"데보라, 바로 말해 줘요. 어디가 기분 좋은지, 또…… 아플 때도요."

내 구석구석 전부를 알고 싶어 하는 집요한 눈동자였다. 시선이 닿은 곳마다 살갗에서 열꽃이 피는 것 같다.

그렇게 나를 지그시 바라보던 그는 긴 속눈썹을 내리깔고는 느슨해진 로브 끈을 천천히 잡아당겼다.

로브가 좌우로 벌어지면서, 근육질로 다져진 단단한 상체가 드러났다. 부피감 있는 흉곽과 짙은 음영을 그리는 복근은 그가 얼마나 대단한 검사인지 여실히 보여 주고 있었다.

내가 조금 머뭇거렸는지, 그가 달래듯 내 뺨에 입술을 누르며 내 손을 제 몸으로 가져갔다. 바늘 하나 안 들어갈 것 같은 몸인데 살결은 비단처럼 부드럽다. 근육의 굴곡을 천천히 쓰다듬자 그가 설핏 미간을 좁혔다.

"좀 더……."

그가 눈가를 찌푸리며 중얼거렸다. 별거 아닌 손길에 일일이 반응하는 게 기분이 묘하다. 뭐에 홀린 듯 내 손은 과감하게 더 아래로 내려갔고 어깨를 움찔거리던 그는 더는 못 참겠는지 내 위로 덮치듯 올라탔다.

"이름 불러 줘요."

이시도르의 큰 손이 내 목덜미를 쓰다듬다가 어깨에 아슬아슬하게 걸려 있던 네글리제 끈을 끝까지 내렸다.

그의 입술 역시 점점 아래로 내려갔다. 어느새 옷은 전부 벗겨져 있었고, 이곳저곳 안 닿는 곳이 없는 뜨거운 입술로 인해 발끝까지 열이 올랐다.

"……이시도르."

"한 번 더."

그는 자기 이름이 새겨진 반지를 낀 내 약지를 가볍게 깨물며 계속 종용했다.

"이시도르."

그의 이름을 입속에서 굴릴 때마다, 넬 것 같은 열띤 눈빛을 한 그가 애타는 몸짓으로 거듭 입을 맞췄다.

"윽."

이윽고 생경하고 아릿한 통증이 느껴지자, 난 눈을 질끈 감고 그의 어깨를 팔로 꽉 감았다.

그날, 나는 밤새도록 그의 품에서 이름을 불렀다. 아마도 그동안 불렀던 걸 합친 것보다 더 많이 불렀을지도 모른다.

"……이, 금발 머리 짐승아."

창 너머로 어스름한 새벽빛이 어른거릴 즈음엔, 이 인간 같지 않은 놈에게 도저히 이름을 불러 줄 수 없어서 애칭(?)과 욕설을 함께 내뱉다가 까무룩 의식을 잃듯 잠들었다.

해가 중천인데 그녀는 일어날 생각을 안 했다.

이시도르는 깊게 잠든 사랑스러운 아내를 깨우는 대신, 이마 위로 흐트러진 보라색 머리칼을 가볍게 정리해 주었다.

'귀여워.'

오뚝한 코와 모양 좋은 입술을 구경하며 이마를 쓰다듬던 그가 손을 멈칫했다. 밤새 자신이 남긴 흔적들이 눈에 들어왔기 때문이다.

그의 손끝이 가볍게 공녀의 귓불을 매만졌다.

목과 가슴팍 여기저기 집요하게 흔적을 새겨 놓고도 미안하긴커녕 포만감과 엇비슷한 만족감이 올라왔다. 긴 칼라가 달린 옷으로 가리려고 해도 여기, 귀밑까진 가리기 힘들겠지.

'솔직히 이런 데 집착하는 새끼들이 제일 꼴불견이라고 생각했는데.'

정신을 차리니 자신이 그런 꼴불견이 되어 있었다.

제 움직임에 맞춰 율동하는 아름다운 나신에 더욱 깊게 닿고 싶어서 그는 밤새 안달하며 지독하게 그녀를 품에 안았다. 짙은 고양감, 작열하는 욕정, 애정, 소유욕까지 소용돌이쳐서 반쯤 정신이 나갈 것 같았다.

그동안 자신이 그녀를 얼마나 간절히 원했는지, 통제가 안 되는 몸을 통해서 뼈저리게 깨달았다. 동시에 잠자리에 대한 제 상상력이 얼마나 빈곤했는지도…….

그간 이런저런 책을 보면서 공부했는데 미쳐 돌아서 그런지 이론은 단 한 구절도 떠오르지 않았다.

"한입에 삼키고 싶네. 진짜."

돌연 심장이 뻐근할 정도로 애정이 치받쳐서, 애착 인형처럼 데보라를 와락 끌어안은 이시도르는 곧바로 옆구리를 꼬집었다.

"윽!"

"잠 좀 자자…… 잠 좀."

졸린 눈꺼풀을 흐릿하게 들어 올린 데보라가 빈틈없이 맞물린 하체로 아득한 시선을 던졌다가 황당함을 담고 그를 노려봤다.

"이시도르, 혹시…… 나 몰래 뭐 이상한 거 먹었어? 어떻게 이렇게 계속 그게……."

절륜함에 질려 말을 끝까지 잇지 못하는 그녀를 향해 이시도르는 뻔뻔하리만치 태연한 표정으로 고개를 기울였다.

"힘은 좋을수록 좋은 거 아닌가요? 안 서거나 시원찮아서 쫓겨나는 놈들은 많이 봤는데……."

"적당히 해야지. 중용의 미덕, 몰라?"

"알다시피 어중간한 건 잘 못 해서요."

품에서 슬금슬금 빠져나가려는 데보라를 바짝 끌어안은 그는 귓가에 여러 번 입술을 댔다.

"혹시 아팠어요? 아니면, 어디 불편하다거나……."

그의 조심스러운 물음에 데보라는 약간 누그러진 얼굴로 고개를 살짝 저었다.

만일 아팠다면, 밤새도록 그의 품에 안겨 있지 못했을 것이다. 이시도르는 관찰력이 뛰어나고 순발력도 좋은 데다 기사답게 운동신경까지 발군이라 그녀의 입에서 좋다는 말이 기어코 튀어나오게 만들었다.

쾌감에 절어 뇌가 이상해질 것 같다는 위기감이 들 정도였다. 다만, 지나쳐서 짐승 소리가 절로 나온다는 거지…….

"난 인간이라서 짐승을 따라가려니까 힘들어."

퉁명스레 중얼대자 이시도르가 빙긋 웃었다.

"잘 길들여 봐요."

"난 사육사로 들어온 게 아니거든?"

"사육사도 하고, 공작 부인도 하고, 시모어 공녀도 하고. 하고 싶은 거, 전부 다 하면 되겠네."

그때, 텅 빈 위장이 심하게 요동쳐서 데보라는 꼬르륵 소리를 가리기 위해 급하게 헛기침했다.

"크흠……."

"일단 식사부터 해야겠네요."

이시도르의 눈동자가 돌연 반짝였다. 대체 무슨 생각을 하기에 저런 표정을 짓나 싶었는데…….

잠시 후 음식이 들어오자 그는 데보라를 무릎에 앉히고 음식을 전부 떠먹여 주려 했다. 하고 싶은 거 다 하라고 말한 장본인이 더 하고 싶은 게 많아 보였다.

"굳이 이렇게 먹어야 해……?"

"힘들다면서요. 원흉이 앞에 있으니 부려 먹어요."

"포크랑 나이프 들 힘은 남아 있거든요, 공작님."

"푼돈 모아 태산이라고, 아껴요. 자, 아―"

"……."

악착같이 아껴 둔 힘, 대체 어디다 쓰게 하려고…….

침대 위, 가득 차려진 영양식에 그녀는 저도 모르게 마른침을 삼켰다.

"블루베리 말고, 다른 거 줄까요?"

"……저기, 빵."

그래도 고소한 냄새를 맡으니 식욕이 확 돌긴 했다.

"치즈 크림도……."

"분부 받들겠습니다, 여왕님."

그는 맥락 없는 상황극까지 야무지게 하면서 어미 새처럼 살뜰하게 입 안에 음식을 넣어 줬다. 그리고 식사가 끝난 뒤엔, 어깨부터 허리까지 꼼꼼하게 마사지해 주었다.

근육을 푸는 손길이 제법 익숙해서 데보라의 눈가가 가늘어졌다.

"이런 건 어디서 배워서 써먹었던 거야? 보통 사용인들이 해 주지 않아?"

"남이 내 몸에 손대는 걸 싫어해서, 마법으로 혼자 풀었어요. 근육 조직 구조는 다 알고 있죠."

아 그래, 결벽증이었지. 지난밤의 그는 달라붙는 걸 굉장히 좋아했어서 잊고 있었다.

"그렇구나…… 아, 좋다…… 악……! 조금만 살살."

"……."

"잠깐! 손길이 좀 수상한데……."

"살살 할게요. 살살."

여우처럼 눈웃음친 그가 간질거릴 정도로 부드럽게 몸을 쓰다듬었다.

'아, 뭔가 감질나서 열 받아.'

결국 데보라는 속내가 뻔히 보이는 그의 수작질에 넘어갈 수밖에 없었다.

그렇게 종일 이시도르와 침실에서 시답잖은 말장난을 하며 뒹굴던 그녀는 다음 날, 난생처음 보는 곳에서 눈을 떴다.

'뭐, 뭐야?'

어디선가 철썩이는 파도 소리가 들려온다. 젖은 기운이 묻어나는 해안가 특유의 해풍이 뺨을 스치자 멍했던 정신이 조금 돌아왔다.

'아, 맞다.'

난 이 장소가 어딘지, 왜 난데없이 낯선 방에 누워 있는지 떠올렸다.

"원래 오늘 오전에 남부로 내려갈 생각이었는데…… 꿀 바른 것도 아닌데 침대에서 일어나질 못하겠네요."

"남부?"

"네. 당신을 위해서 영지 해안가에 별장을 예쁘게 꾸며 놨어요. 보여 주고 싶어요."

"바다…… 너무 보고 싶다."

난 진심으로 중얼거렸다.

나일라일 적엔 사막화된 지역만 돌아다녔고, 윤도희일 적엔 여행 자체를 가 본 적이 별로 없어서 여유가 생기면 부산에 놀러 가야겠다고 막연히 생각했었다. 내게 바다는 늘 가고 싶은 장소였다.

"자고 있어요. 바로 구경할 수 있을 거예요."

무슨 뜻인지 제대로 곱씹어 볼 겨를도 없이 그가 입술을 부딪쳐 왔다. 그리고 정신을 차리니 지금 이 상황이 된 것이다.

'……참 대단하다.'

장거리 마법진을 이용하는 동안에 한 번도 안 깬 나의 둔감함이 대단한 건지, 혹은 체력 좋은 나조차 세상모르고 자게 만드는 노란 머리 짐승이 대단한 건지…….

'자는 얼굴은 꼭 천사 같네.'

낮이랑 밤이랑 이렇게 다르냐.

나는 베개 위로 흐트러진 이시도르의 금빛 머리칼을 조심조심 건드리다가 몸을 일으켰다.

"벌써 깼어요?"

내 기척을 느꼈는지, 이시도르가 잠긴 목소리로 물었다. 내가 곯아떨어져 있는 동안, 그는 이곳으로 이동하느라 제대로 잠을 청하지 못한 모양이었다.

자다 깬 얼굴에, 머리는 죄 헝클어진 모습을 하고 있어도 여전히 자체 발광하는 그의 외모가 새삼 경이롭다.

"어디 가요?"

"바깥 경치 구경하려고. 졸려 보이는데 더 자."

"싫어요. 같이 봐……."

졸음기 때문인지 칭얼거리는 투였다. 사실 칭얼거린다는 표현은 그의 낮은 톤의 음성엔 전혀 안 어울렸지만, 뻗친 머리를 꾹꾹 누르며 하품을 참는 모습이 왠지 그런 귀여운 표현을 떠올리게끔 했다.

'완전무결이라는 수식이 따라다니는 비스콘티 공작님의 이런 모습은 세상에서 오직 나만 알겠지.'

사소하지만 인간적인 이시도르의 일면을 관찰하며 나는 뜬금없는 만족감을 느꼈고, 한편으로는 그와 정말 결혼했다는 걸 실감했다.

부부가 되어 아주 하찮은 일상까지 공유한다는 건, 색다른 신선함과 즐거움을 주었다.

"머리 뻗쳐도 잘생겼으니까 그만 만지고 같이 구경해요, 여보."

장난스럽게 던진 말인데 그가 잠이 싹 달아난 표정을 지어서 순간 어색한 분위기가 되었다. 귓불을 붉힌 채 더듬더듬 머리를 만지던 그가 가까스로 입술을 열었다.

"네, 여보."

'여보'라는 단어에 악센트를 줘서 발음한 그는 나를 뒤에서 폭 끌어 안았다. 강아지처럼 어깨에 턱을 올려놓고 있다가 이마를 마구 비비 기도 했다.

"멋지다."

마침 일출이 시작되고 있어서, 하늘과 드넓은 바다가 점차 짙은 오 렌지빛으로 물들었다. 바다 풍경이 눈을 즐겁게 하고, 발코니 너머로 는 선선한 바람이 들어오고, 철썩거리는 파도 소리는 경쾌해서 나는 더없이 행복해졌다.

"남부가 벌써 좋아진 것 같아. 난 늘 바다를 동경하기도 했고."

"해협 앞에 있는 해변은 더 좋을 거예요. 마침 오늘 날씨도 맑은데 아침 먹은 뒤에 구경시켜 줄게요."

그의 말대로 협곡은 에메랄드빛 바다를 보석처럼 품고 있었고, 새 하얀 모래사장 위로 끊임없이 투명한 물결이 밀려 들어왔다.

나는 이시도르의 눈동자 색과 똑같은 바다에 순식간에 매료돼서 치맛자락을 걷고 바로 물가로 걸어 들어갔다. 다리 사이로 작은 물고 기들이 지나다니는 걸 구경하고 있는데, 저 멀리 이시도르가 아무렇 지도 않게 배를 들고 왔다. 물론 과일 배가 아니라, 타는 배였다.

그는 보트와 함께 거침없이 물로 뛰어들었다. 남부 출신 아니랄까 봐 물 만난 고기 같았다. 그가 근육을 유연하게 움직이며 헤엄치는 모 습은 혼자 보기 아까울 정도로 멋있었다. 몸의 굴곡을 따라 달라붙 은 셔츠를 보니 함부로 내보이면 안 될 것 같기도 하고……

"우왓!"

그때, 멍하니 서 있는 나를 번쩍 위로 안아 든 이시도르가 수심이 깊은 쪽으로 걸어갔다. 가슴 위까지 잠길 정도로 성큼성큼 발을 내딛자 나도 모르게 그를 바짝 끌어안았다.

"……엽네."

"뭐?"

"미치게 귀엽다고."

"잠깐! 귀엽다면서 갑자기 내려놓으려는 게 어디 있어?"

문어 빨판처럼 다시 달라붙으려 하자 이시도르가 볼우물을 만들며 장난스레 웃었다.

"아기 코알라 같아요. 오구, 무서웠어요?"

"아, 진짜!"

내가 대롱대롱 매달리는 게 재밌어서 일부러 짓궂게 군 게 틀림없다.

"내가 못 할 것 같아?"

난 반쯤 오기로 그의 품에서 내려왔다가, 발이 땅에 안 닿아서 허겁지겁 발버둥 쳤다.

"물속에서는 그렇게 몸에 힘주면 안 돼요. 오히려 더 뜨기 힘들어져요."

"……나 진짜 힘 뺀다? 손 놓으면 안 돼."

"걱정 마요. 그리고 하다 보면 익숙해질 거예요."

그가 호흡법과 물에서 뜨는 법을 친절하게 설명해 줬다. 다행히 타고난 운동신경이 좋아서 금방 물에 익숙해졌다.

"열대어가 많은 장소로 가 볼래요?"

"응!"

난 그의 손이 이끄는 대로 한참 동안 첨벙대다가, 조금 지쳐서 근처에 떠 있는 배 위로 올라갔다. 작은 보트 안에는 이시도르가 준비해

온 커다란 과일 바구니가 놓여 있었다.

에메랄드빛 바다 한복판에서 남편이 잘라 주는 열대 과일을 먹고, 부드러운 모래 위에서 일광욕하면서 나는 생각했다.

'……죽인다.'

신선놀음이 따로 없다.

돈 많은 백수가 되어 하는 일 없이 놀겠다고 누차 다짐하긴 했는데, 내가 그동안 꿈꾼 삶은 알고 보니 시간만 많은 백수였다.

'돈 많은' 백수란 자고로 5성급 리조트 뺨치는 별장에서 체크아웃 걱정 안 하고 내킬 때까지 빈둥대다가, 전세 낸 해변에서 아무에게도 방해받지 않고 느긋하게 노는 거라고 이시도르가 몸소 가르쳐 주고 있었다.

'게다가 음식도 다 맛있어.'

해안가라서 수도에서 먹었던 해산물보다 훨씬 종류도 다양하고 신선했다. 밤바다를 내다보며 구워 먹는 바비큐 역시 별미였다.

2주라는 길다면 길고 짧다면 짧은 시간을 그렇게 세상과 담쌓은 채로 실컷 놀면서 느낀 게 하나 있다. 제국에서 가장 잘생긴 남편과 노는 건 생각보다 쉽게 질리지 않는다는 것…….

'짜릿하다.'

어쩌면 고위 귀족의 의무가 기다리고 있기에 이번 휴가가 더욱 달콤했을 수도 있고.

"평생 이렇게 살까요?"

신혼여행 끝자락에서 이시도르가 문득 중얼거렸다. 내 의견을 물었다기보다는 혼잣말에 가까웠다. 일단 현실성이 없었고 본인도 빈말이라고 생각하는 듯했다.

"방금, 솔직히 혹했어."

"방계 쪽 인물을 세우고 손 터는 방법도 있긴 한데……. 중앙 정계 활동을 내려놓으면 아이가 생겼을 때 물려줄 권력이 약해져서 그 부분이 마음에 걸려요."

"……정말 아주 구체적으로 진지하게 고민했구나."

그만큼 휴가가 끝나 가는 게 아쉽다는 뜻으로 들려서 나는 피식 웃었다.

"이렇게 단둘이 여행 와서 가장 좋았던 게 뭔 줄 알아요?"

"뭔데?"

"당신 웃는 얼굴 많이 본 거."

"……."

별거 아닌 일에도 실없이 웃긴 했다. 일단 이시도르 앞에서는 위엄을 지킬 필요가 없고, 여행지가 주는 설렘도 한몫했다.

"예쁘게 웃을 때마다 참기 힘들었던 것만 빼곤 정말 좋았어요."

순간 지나칠 수 없는 문장이 귀에 걸려서 나는 눈가를 좁혔다.

"참았다고? 대체 언제?"

매번 미남계에 휘둘리는 내 나약한 의지력이 가장 큰 문제긴 한데, 어쨌든 이시도르는 결혼식 이후로 전혀 인내심을 보여 주지 않았다.

"오늘 아침에는 착하게 팔베개만 해 줬잖아요. 기억 안 나요?"

"그건 양심이 있으면 당연한 거고!"

"짐승이라면서요. 금수한테 양심이 어디 있겠어요."

눈을 반달처럼 휜 그가 내 목덜미를 여기저기 깨물었다. 그동안 불로소득만 소중하게 생각했는데, 이 순간 난 어이없게도 노동의 신성함을 깨달았다. 이리 빈둥거리고 놀기만 하니 힘이 남아도는 거 아닌가.

'진짜 날백수로 사는 건 조금만 미루자…….'

일해야 노는 것도 더 재밌는 법이다. 단 걸 먹으면 짠 게 더 맛있듯이.

나는 재빨리 태세 전환을 하면서 목덜미로 위로 흩어지는 부드러운 금발을 가볍게 매만졌다.

외전 6. 비스콘티 공작 부인으로 사는 법

"새 주인님을 모시는 데에 단 한 점의 모자람도 없어야 할 것입니다."

"네, 집사장님."

남부에서 지내는 비스콘티 사용인들은 영지로 내려오는 새 안주인을 맞이하기 위해 부지런히 성을 쓸고 닦았다. 그들의 몸짓에는 바짝 기합이 들어가 있었다. 공작 부인이 너무나 대단한 사람이었기 때문이다.

무려 대악마를 물리친 성녀이자, 마법을 상징하는 시모어의 고명딸! 그뿐 아니라, 화려하고 강렬한 패션으로 중앙 사교계를 뒤흔들다 못해 들었다 놨다는 소문까지.

수도에 가 볼 기회가 전혀 없어서 공녀에 대한 무성한 소문만 들은 사용인들은 약간의 우려와 기대를 담아 틈만 나면 수다를 떨었다.

"유행을 선도하는 분이니 안목이 굉장히 높으시겠죠?"

"비스콘티 공작님을 선택한 것 자체가 드높은 안목을 증명한 거죠."

"성격은 과연 어떠실까요……."

성격에 관한 이야기가 나오자 다들 짧게 침묵했다.

데보라 시모어, 아니, 이제 데보라 비스콘티가 된 그녀는 '너그럽고 관용이 넘치는 성녀'라는 지극히 상식적인 통념을 깬 인물이었다.

사악한 흑마법사들의 이목을 속이기 위해 그녀가 한때 악인 행세를 했다곤 하지만, 그것이 데보라 공녀가 원래 상냥한 성격이라는 뜻은 아니다.

애초에 시모어는 더러운…… 아니, 뱀처럼 냉정한 기질로 유명한 가문이기도 하니.

"차, 착해 보여도 시커먼 꿍꿍이가 있는 것보단 낫잖아요. 미야 비노슈처럼요."

뒤늦게 누군가가 분위기를 수습했다.

"그렇긴 하죠."

겉으로는 잘해 주는 척해도, 내탕금을 만들기 위해 사용인들의 식비에까지 손을 대는 귀족 부인도 심심치 않게 있었다.

악마와 싸운 성녀님이니 너그럽진 않아도 정도는 지킬 것이다. 무엇보다 주인으로 모신다는 사실만으로도 자긍심이 생기는 대단한 분이기도 하고.

"어쨌든, 괜한 실수로 비스콘티에 대한 공작 부인의 첫인상을 망치지 말자고요."

군기가 잔뜩 들어간 채 공작 부부를 마중 나간 비스콘티 사용인들은 마음의 준비를 했음에도 내심 놀랐다. 시모어의 공녀는 소문으로 듣던 것보다 훨씬 냉정하고 싸늘해 보였기 때문이다. 큰 키와 고압적인 표정 탓인지, 보고만 있는데도 괜히 움츠러들었다.

그때였다.

"아르르르!"

돌연 황금빛 털을 가진 거대한 맹수가 정원을 헤치고 빠른 속도로 난입했다.

"설마 저, 전설의 신수……?!"

비스콘티 숲에 황금 털을 가진 영물이 있다는 풍문을 들었던 집사장이 경악했다.

"세상에…… 그냥 뜬소문인 줄 알았는데."

"위험해 보이니 제, 제압해야……."

"공작님, 어찌할까요?"

허락을 구하는 사용인들의 시선이 비스콘티 공작에게 향했다. 비스콘티 영지에서만큼은 황금 털을 가진 짐승을 함부로 사냥할 수 없었기 때문이다.

'황금의 비스콘티니까.'

이시도르가 만든 희한한 규칙이었다.

공작 부부의 앞길을 가로막은 위협적인 맹수를 보며 모두가 우왕좌왕하고 있을 때, 놈이 대뜸 공작 부인 앞에서 몸을 벌러덩 뒤집었다. 더 강한 포식자 앞에서 복종하듯이.

동요 없이 무표정하게 서 있던 공작 부인이 팔을 뻗어 영물의 하얀 배를 쓰다듬다가, 품을 뒤적거리더니 정원 쪽으로 무언가를 휙 던졌다.

"가 있어."

"그르르……."

응수하듯 목을 울린 신수가 순순히 수풀 쪽으로 사라졌다.

"방금, 눈빛 하나로 저 짐승을 제압한 거 맞지?"

"저 거대한 맹수에게 명령을 내렸어!"

"엄청나군. 과연 성녀님이다!"

사용인들은 그 놀라운 광경에 입을 다물지 못했다.

"쿠키가 신나서 변신하는 걸 깜빡한 모양이에요."

한편, 난감한 얼굴을 한 이시도르가 데보라에게 속삭였다. 쿠키는 간혹 크게 변신한 뒤 숲에서 힘을 뽐내며 새를 사냥했는데, 비스콘티 공작이 애지중지하는 작은 고양이가 아까 그 맹수라는 사실을 사용인들이 알 리가 없었다.

"혹시 그 황금색 영물이 마님을 환영하기 위해 나타난 것 아닐까요?"

"길한 징조가 틀림없습니다. 앞으로 비스콘티에 황금빛 영광이 드리울 것입니다!"

누군가가 이 상황을 좋게 해석하기 시작했고, 모든 사용인이 빠르게 동조했다.

확실히 대단하긴 했다. 맹수를 코앞에 두고도 눈 하나 깜짝 안 하는 공작 부인의 담대함과 대범함은 사용인들에게 강한 인상을 남겼다.

그리고 본래 첫인상이 가장 길고 오래가는 법이다. 쿠키의 난입으로 데보라는 졸지에 맹수마저 굴복시키는 카리스마 있는 안주인이 되었다.

그날 저녁.

"하루 본 걸로 속단할 수 없긴 한데, 비스콘티 사용인들은 시모어보다도 정중하고 깍듯하더라."

데보라의 간략한 평에 이시도르가 어깨를 으쓱했다.

"평소보다 더 기합이 들어가긴 했더라고요."

"하긴, 첫날이니……."

"그런데 아까 던진 그 하얀 주머니는 뭐였어요?"

데보라가 던진 주머니를 격렬하게 사수하려는 쿠키 때문에, 이시도르의 손등에는 여기저기 발톱 자국이 났다. 결국 주머니 속 내용물을 확인하지도 못했고.

"알고 싶으면 99골드."

그녀가 장난스레 손바닥을 내밀자 이시도르가 느릿느릿 깍지를 꼈다.

"맨입으로 퉁 치려고 하네. 손이 예쁘면 다야?"

"가격 흥정해 봐야, 오른쪽 주머니에서 꺼낸 돈을 왼쪽 주머니에 다시 넣는 것과 다를 바 없어요. 부부는 일심동체, 몰라요?"

이시도르는 부드럽게 웃으며 말을 이었다.

"우린 이제 한 몸이니까, 제가 가진 모든 것이 이제부터는 전부 당신 거예요."

"……."

"살펴보고 부족하면 말해요. 더 벌어 올 테니까."

그는 헌신적인 동반자의 눈동자를 하고 있었다. 신뢰감을 주는 단단한 눈빛이 가슴 한구석을 울린다.

'왠지 결혼하고 더 믿음직스러워진 느낌인데.'

간질거리는 기분을 숨기기 위해 데보라는 괜히 그의 손등을 찰싹 때리는 척하면서 할퀸 자국이 남은 손등을 치료해 주었다.

"그래, 내가 졌어. 캣잎이야."

"캣잎?"

"쿠키한테 던져 준 주머니에 든 거. 고양잇과 동물은 개박하라는 풀을 보면 사족을 못 쓰거든. 별거 아니지?"

"별거 아니라기엔 제대로 낚였어요."

"하하."

"난 궁금한 건 절대 못 참는 편이라……. 그래서 매번 당신 얼굴만 보면 못 참는 건가."

"잠깐…… 왜 갑자기 분위기가 묘한 쪽으로 튀는 것 같지."

이시도르는 깍지를 낀 채, 소파에 걸터앉아 있던 그녀를 천천히 밀어서 넘어뜨렸다.

"'갑자기'는 아닐걸요. 늘 그쪽으로 갈 기회만 노리고 있으니까 방심하면 안 돼요."

이시도르가 다소 뻔뻔해 보이는 낯으로 웃었다. 그럼에도 덫처럼 시선을 옭아매는 미소였다.

데보라는 결국 팔을 뻗어 그의 날렵한 턱을 쓰다듬었고, 그는 부드러운 손길에 눈매를 곱게 휘었다.

'으음. 어딜 가나 나를 어려워하는군.'

나는 머쓱함에 턱을 긁적였다.

만만하고 쉬워 보이는 것보다야 백번 낫긴 한데, 내 앞에서 뻣뻣하게 굳어 있는 회계사들이 전부 나이가 지긋한 중년이라 내 안의 유교 사상이 괜히 속을 불편하게 했다.

"차를 준비했어. 다들 앉지."

내 말에 그들이 토끼처럼 화들짝 놀랐다.

"예!"

"이토록 좋은 차를 준비해 주시다니, 감동하였습니다."

"풍미가 좋군요."

뭐, 이 정도는 기본 아닌가?

기본만 지켜도, 늘 기본 이상은 한 것 같은 악녀 클래스는 여전하다. 자리에 앉았음에도 여전히 벌 받는 것처럼 허리를 뻣뻣하게 곧추세운 그들은 두꺼운 장부를 살피는 나를 긴장감 어린 눈으로 봤다.

참고로 내가 지금 보고 있는 장부는 비스콘티성의 한 해 예산과 지출이 정리된 장부였다. 비스콘티 성(姓)을 갖게 된 나는 자연스럽게 가문의 일원으로서 예산 상황을 공유받게 되었다.

가문에서 책정한 예산으로 성과 저택을 관리하고, 대외 활동으로 입지를 넓히고, 사용인들을 감독하는 일은 귀족 부인의 의무였다. 그리고 당연하지만 이 예산 사용 문제는 부부 싸움의 가장 큰 원흉이기도 하다.

아내를 불신해서 가용 예산을 적게 책정하는 귀족도 있고, 실제로 사기꾼에게 속아 가문을 거덜 내는 부인도 있었으니까.

'근데 이게 맞아?'

황당할 정도로 많은 예산에 나는 정색할 수밖에 없었다.

'설마 1년 동안 이 돈을 전부 다 써야 하는 거……?'

이쯤 되면, 돈을 버는 게 일이 아니라 쓰는 게 일이다. 죽었다 살아나도 도통 고쳐지질 않는 내 소시민 마인드로는 아무리 무리해도 반의반도 다 못 쓸 것 같았다.

"그런데 말이지……."

굳은 얼굴로 장부를 훑다가 문득 운을 떼자 회계사들의 동공이 불안으로 흔들렸다.

"예!"

"여기엔 왜 이렇게 많은 예산을 투입했지?"

나는 장부를 가리키며 물었다.

"아, 그 건은…… 별장을 짓는 데 사용된 자금입니다."

'순금으로 지은 별장이야? 왜 이렇게 비싸.'

호기심이 생겨서, 나는 지출 내역과 사업 개요를 더 자세하게 훑어보았다.

"……!"

그리고 아래 붙어 있는 개발 지역 지도를 훑으며 묘한 기분을 느꼈다. 지도에서 낯설지 않은 이름을 발견했기 때문이다.

"이 지역…… 화산 지대 아닌가?"

"그렇습니다! 근방에서 커다란 유황 온천이 발견되었지요. 개발도 거의 완료되었고요."

회계사가 놀란 눈으로 말했다.

'확실히, 온천이 나올 만한 지형이군.'

그리고 온천은 귀족들이 휴양지로 가장 선호하는 장소였다. 산 좋고 물 좋은 곳에 별장을 지은 뒤, 그 안에서 유유자적 휴가를 보내는 건 귀족들이 보석 쇼핑만큼이나 좋아하는 사치 중 하나다.

'하지만…… 이시도르는 다른 꿍꿍이가 있어 보여.'

단순히 휴양 목적으로 지었다기엔 투입된 자금 규모가 너무 크다. 내 추측에 그는 향후 토지 가격이 상승할 지역에 일부러 고급 별장을 잔뜩 짓고 있는 것 같았다.

'황실에서는 귀족들의 품위 유지비에는 세금을 크게 매기지 않지. 반발이 심하니까.'

별장은 품위 유지비 항목으로 처리할 수 있어서 일반 상업 용도의 건물을 짓는 것보다 세금 측면에서 훨씬 유리했다.

개발한 지 얼마 안 된 온천이라 시설이 좋을 테니, 겨울이 되면 인기가 자연스레 높아질 테고, 주변 숙소의 인기도 오르겠지.

'일반 숙박업소와는 차별화된, 고오급 별장에 대한 수요가 없을 리 없어.'

허영 넘치는 귀족들에게 별장을 팔아넘기면 못해도 5배가 넘는 시세 차익을 남겨 먹을 수 있지 않을까?

'오호라……'

황금알을 낳는 비스콘티식 예산 사용법에 대해 점차 알아 가다 보니 어느덧 시간이 훌쩍 지났다. 나는 관리인들을 보내기 전, 궁금한 점을 물었다.

"이리 크고 규모 있는 별장을 지은 걸 보니, 그에 어울리는 커다란 온천인 모양이야. 이 온천 사업은 비스콘티 공작께서 직접 진행하는 건인가?"

"온천 사업에 관해선, 각하께서는 최종 보고서를 검토하시고, 실무는 모르강 백작이 진행하고 있습니다."

"그렇군. 시간 내주어 고맙네."

그들을 집무실에서 내보내기 무섭게 불퉁한 얼굴을 한 이시도르가 나타났다.

"저 노인네들이 왜 당신을 반나절이나 독점하고 있던 거죠? 나도 오늘은 아침밖에 못 봤는데."

그가 세상 억울한 얼굴로 엉뚱한 소리를 내뱉었다.

"그냥, 이것저것 궁금한 게 생겨서 시간이 많이 갔네."

"나한테 물어봐도 돼요."

"고오급 인력인 마스터님을 자꾸 부려 먹을 순 없죠."

"하아. 왜 그딴 소리를 해선."

제 업보라며 한숨을 내쉬던 그가 시계를 힐끗 보더니 함께 저녁 식사를 하자고 제안했다.

남부식 조리법으로 만든 생선 요리를 양껏 먹은 뒤, 황금 조명이 매달린 테라스에서 차와 후식을 먹었다. 이시도르가 과일이 가득 올라간 케이크를 적당하게 잘라 내 입에 넣어 주며 물었다.

"불편한 건 없죠?"

그는 시도 때도 없이 안부를 물었다. 내가 남부에서 잘 적응하고 있는지 늘 세심하게 살폈다.

"있지."

"뭐죠?"

"비스콘티 성을 가진 누구 씨가 이른 아침부터 자꾸 달라붙어서 얼마나 불편한지⋯⋯."

"뭐 그런 거머리 같은 놈이 다 있나요."

"그러게 말이야."

"혼내요. 기왕이면 입술로."

뻔뻔한 소리를 입에 침도 안 바르고 내뱉은 그가 차에 설탕을 가득 때려 넣으며 화제를 재빨리 돌렸다.

"아, 주말에 연회가 잡혔어요. 하지만 대부분 만만한 애들이라 귀찮은 일은 없을 거예요."

"비스콘티 가신들이 오는 거야?"

"네. 대대로 비스콘티 가문 밑에서 일한 지역 호족들이고, 대부분이 남부 출신이죠."

살벌한 중앙 사교계에서 단련되었는데도 갑자기 긴장감이 올라온다. 온전히 이시도르의 사람들만 와서 더 부담스러운 측면도 있었다. 적들이 많았을 땐 개망나니처럼 굴어도 상관없었지만, 아군에겐 인간답게 굴어야 할 것 아닌가.

"명단 줘. 이름이라도 외워 두게."

"걔들 이름을 왜 굳이……? 같은 공간에서 숨 쉬는 것만으로도 영광인 줄 알아야죠."

말 같지도 않은 소리를 하는 이시도르에게 억지로 명단을 빼앗아 손님의 이름과 특징을 파악하는 사이에, 연회가 성큼 앞으로 다가왔다.

공작 부인 환영 연회에 참석하는 비스콘티의 가신들은 대체로 젊은 편이었다. 나이 지긋한 가신들은 전대 가주인 알베르트 비스콘티가 급사한 뒤 일선에서 물러났기 때문이다. 그리고 이시도르의 부하들은 연회가 열리기 전날, 주군에게 정신교육을 받는 중이었다.

"쓸데없는 질문은 하지 마라."

"예!"

"하등 도움 안 되는 말도 하지 말고."

"예!"

"분위기에 취해서 집에 안 돌아가고 놀고 마시다가, 연회가 길어지면…… 알지?"

"자, 잘 모르겠습니다."

얼빠진 답을 하는 동료를 보며 미겔은 속으로 혀를 찼다.

'신혼을 즐기고 싶으니, 최대한 신속하게 꺼지라는 뜻이잖아. 으이구, 저렇게 눈치가 없어서야.'

"궁금하면 어디 해 보든가."

이시도르의 눈빛은 몹시 스산했다. 그는 안 그래도 이 연회에 유감이 많았다. 데보라가 참석자 이름을 외우느라 자신과 안 놀아 줬기 때문이다.

"……저, 절대 안 하겠습니다."

가신은 이시도르가 하는 유치한 생각은 꿈에도 모른 채 바짝 긴장했다.

"그래, 모르겠으면 외워."

이시도르는 힘이 들어간 가신의 어깨를 탁탁 두드린 뒤 빠른 걸음으로 집무실로 향했다.

'일찍 퇴근해야지. 저녁에는 이동진을 타고 데보라랑 시내에 나가야겠어.'

콧노래까지 흥얼거리면서 서류를 한창 살피던 중 노크 소리가 났다.

"공작님."

"무슨 일이지?"

"그것이……."

이어지는 미젤의 말에 이시도르의 표정이 차갑게 굳었다.

"필라프 몬테스 쪽 동태가 수상하다고?"

"예."

이시도르는 짧게 침음을 내뱉었다.

'필라프 몬테스.'

고작 이름 하나로 사람의 기분이 이렇게까지 더러워질 수 있다니.

하긴, 말투, 눈초리, 몸짓, 사고방식, 뭐 하나 깔끔한 구석이 없는
놈이니 떠올리자마자 시궁창 같은 기분이 드는 게 당연했다.

"정보원을 붙여. 수상한 짓을 할 때마다 보고하고."

"예, 공작님."

'그간 조용하더니, 간만에 거슬리게 만드는군.'

그 저열한 머리로는 죽었다 깨어나도 대단한 계략을 꾸미진 못하겠
지만, 그래도 구두 속에 든 작은 돌처럼 거슬렸다. 이시도르의 눈매가
가늘어졌다.

외전 7. 필라프 몬테스

　손끝이 하얗게 번질 정도로 유리잔을 세게 틀어쥔 필라프가 목구멍에 독주를 들이부었다. 돌연 흐흐 웃다가, 불같이 분노한 얼굴로 테이블을 부술 듯 쾅쾅 두들기기도 했다.

　'정말 꼴불견이군.'

　몬테스 가문의 개망나니가 이 지역에 하나뿐인 유흥가에서 주정을 부리는 건 늘 있는 일이지만, 그날따라 더 유난스러웠다.

　그날은 필라프가 데보라의 결혼 소식을 들은 날이었다.

　"뭐? 데보라 시모어가 결혼……?"

　몬테스 영지 외곽 접경지에서 폐인처럼 지내던 필라프는 한동안 멍하게 서 있다가 손에 집히는 물건을 닥치는 대로 집어 던지기 시작했다.

　이젠 너무도 익숙한 모욕감과 열패감이 그의 몸을 감쌌다. 이 빌어먹을 험지에 있는 동안 한시도 엿 같지 않은 적이 없었는데, 데보라의 결혼 소식을 들은 그날은 그 엿 같음이 최고조에 달했다.

　"거짓말!!"

　돌연 그가 발작적으로 외치며 정보상의 멱살을 쥐었다.

　"거짓말이지?"

"아, 아닙니다! 제가 어느 안전이라고 감히 거짓말을……."

"닥쳐! 거짓말이잖아."

그는 현실을 끊임없이 부정했다. 수도에서 추방당한 것, 데보라를 납치하려다가 그녀를 큰 위험에 빠뜨렸다는 사실 모두 계속 부정했다. 그저 깊은 억울함과 울화를 느낄 뿐이었다.

"나보고 이딴 개집에서 살라고?"

애초에 이 역겨운 동네에서 계속 지내야 한다는 것 자체가 필라프에겐 믿기지 않는 현실이었다. 이 지역 촌놈들은 보기만 해도 비위가 상하는 데다, 요리는 간이 안 맞았고, 언제 지었는지 알 수 없는 2층짜리 목조 건물은 그간 겪었던 주거 환경 중 단연 최악이었다.

그래도 맨 처음 유배 왔을 때의 그는 화를 꾹꾹 억누르며 자중했었다. 수도에서 떠나오기 전, 부친이 필라프를 몬테스 호적에서 파 버릴 기세로 분노했기 때문이다.

"로스 영감, 그런데 대체 언제까지 이곳에 처박혀 있어야 하지? 수도로 복귀하는 건 바라지도 않아! 토르소 지구에서 얌전히 지내겠다고 아버지께 전해 줘."

참고로 토르소 지구는 몬테스 영지 내에서 가장 번화한 구역이었다.

"도련님께서 곧은 마음으로 수련하시면서 기다리시면 분명 공작님께서 기회를……."

"닥쳐! 기회는 무슨! 아버지는 날 이 망할 촌구석에 처박아 두고 천천히 말려 죽일 심산인 거야!"

필라프는 이시도르가 향화 때 고위급 마물을 상대로 활약했다는 소식을 들은 날, 결국 폭발했다.

이시도르, 그 얄미운 놈은 운 좋게 아비가 일찍 뒈져서 벌써 비스콘티 공작이 된 데다, 굵직한 전공을 세우며 멀찍이 앞서 나가는데, 자신은 이 쉰내 나는 곳에서 썩어 가는 처지라니.

필라프는 근신하는 척도 때려치우고, 외곽 지역의 유흥가를 전전하며 독한 술을 퍼마시기 시작했다.

"사실 향하에선…… 원래는 내가…… 항테지의 부탁을 받아 싱급 정령을 데리고 나가려고 했지. 그런데 이시도르 그 개자식이 내 공을 가로챘어……."

그는 만취한 채 옆에 앉은 작부에게 두서없이 주절거릴 때도 있었고, 울화가 치밀면 부하들과 하인들을 들볶으며 화풀이하기도 했다.

그처럼 그는 늘 화를 주체하지 못했지만, 수도에서 새로운 소식이 들려오면 더 난폭해졌다.

"데보라가 성녀의 현신이라고? 그 시모어의 망나니가?"

"컥!"

필라프는 헛소리를 내뱉은 가신의 목을 거칠게 움켜쥐었다.

"시발. 아무리 내가 눈먼 허수아비 꼴로 촌구석에 처박혀 있다지만, 감히 내게 그런 말 같지도 않은 거짓말을 해? 애초에 데보라는 신성력이 없어! 시모어 주제에 마나도 느낄 줄 모르는 무능한 계집이라고. 그런데 어떻게 대악마와 맞섰다는 거지?"

"끄, 끄으윽!"

"네놈이 날 우습게 보고 거짓말을 한 거지? 그렇지?!"

"거짓말 아닌…… 컥!"

"거짓말이지? 거짓말이라고 말해!"

"쿨럭! 쿨럭! 거짓말입니다. 제, 제가 다 자, 잘못했습니다!"

협박으로 원하는 대답을 받아 냈지만, 대악마와 맞서 싸운 데보라의 활약상은 이미 너무 멀리 퍼졌기 때문에 헛소문이라 치부하기 힘들었다.

"수도에서 일하는 조카가 데보라 공녀님께서 내린 광휘를 실제로 보았다더군. 빛이 얼마나 크고 찬란한지, 호룬 지구를 전부 뒤덮었다는 거야!"

"대악마가 나타났는데, 단 한 명도 다치거나 죽은 사람이 없었다는 소문도 들었어."

"나도 그 빛을 봤어야 했는데!"

"아쉽지만, 성녀님과 동시대에 살아 숨을 쉬는 것만으로도 크나큰 축복일세."

외곽 지역인데도 어딜 가나 데보라에 대한 칭송이 들려왔고, 심지어는 유흥가 도박꾼들마저 패를 뒤집기 전 데보라 성녀님을 부르며 기도했다.

"소문이란 게 과장되어서 퍼진다지만, 이건 과장이 아니라 왜곡이야, 왜곡! 다들 데보라, 그 또라이에게 속고 있어……!"

쥐뿔도 없던 데보라가 성녀고, 신성력이 강한 미야가 성녀 사칭범이었다니. 진짜 성녀는 코앞에 놔두고, 미야에게 아카데미 추천장까지 써 준 필라프로서는 더욱 믿기 힘든 현실이었다.

이건 말도 안 된다.

"그 미친 또라이가…… 분명 무슨 이상한 짓을 한 거야."

하지만 아무리 아니라고 홀로 되뇌어도 데보라의 인기가 하늘을 찌르는 현실은 바뀌지 않았고, 그는 자꾸만 잃어버린 현실을 곱씹게 되었다. 원래는 자신이 성녀의 옆자리에 있었을지도 모른다.

"데보라는 날 많이 좋아했으니까."

이시도르에게 쏟아지는 제국인들의 찬양 또한 제 몫이었겠지. 분명, 기회가 있었으면 놈보다 더 크게 활약할 수 있었을 텐데.

"나를 좋아했었는데……."

술을 퍼마실 때마다, 제가 가져야 할 모든 걸 아주 간발의 차로 놓치고 빼앗긴 듯한 억울함이 짙어졌다.

근신만 풀리면 다시 이시도르로부터 성녀를 돌려받을 거라고 이를 갈기도 했다. 하지만 그런 망상도 데보라의 결혼 소식에 산산조각 나 버렸다. 결혼은 돌이킬 수도 없으니.

그는 짙은 분노에 휩싸여 독주를 벌컥벌컥 들이켰다. 실성한 것처럼 웃다가, 벌겋게 달아오른 얼굴로 테이블을 발로 차기도 했다.

"데보라 시모어! 치사하고 더러운 계집! 반반하고 돈 좀 있는 놈이 나타나자마자 입 싹 씻고 날 버려?"

필라프가 버럭 고함을 내뱉었을 때, 옆자리에 있던 용병 무리가 씩씩대며 일어났다. 점원이 말릴 새도 없이 순식간에 일어난 일이었다.

"이봐, 빨간 머리! 말 다 했나?"

"성녀님께 그게 무슨 말버릇이냐? 그 말은 신성 모독이다!"

"성녀님은 너 같은 쓰레기가 감히 함부로 입에 올릴 분이 아닌…… 크윽……!"

"마, 맙소사! 저, 저게 뭐야!"

돌연 허공에서 나타난 불의 정령을 보며 용병들은 경악했고, 필라프에게 멱살을 잡힌 남자는 정령이 내는 지독한 열기에 마른침을 삼켰다.

"내가 아직도 너 같은 천것이 함부로 입에 담을 만한 쓰레기로 보이나?"

"저, 정령사……!"

"네놈들이 모르는 게 있어서 그러는 모양이니 친히 알려 줄게. 그 대단하신 데보라 성녀님은 사실, 아주 집요하신 스토커야."

"컥!"

필라프는 남자의 멱살을 더 세게 틀어쥐며 씹어뱉듯이 말을 이었다.

"예전부터 어찌나 지긋지긋하게 나를 따라다니던지. 저 멀리서 열리는 파티까지 쫓아와서 한 번만 춤추자고 질척대는데 소름이 돋을 정도였어. 니들이 껌뻑 죽는 잘난 성녀님이 사실은 나한테 반해서 죽고 못 살았다고! 알아?!"

데보라 공녀가 비스콘티 공작과 성대한 결혼식을 올렸다는 건 술집에 있는 사람 모두가 다 아는 사실이었다. 그리고 퀭한 얼굴로 눈동자를 번뜩거리는 남자는 누가 봐도 망상병에 걸린 미친놈이었다.

"걘, 원래 내 거였어!"

하지만 저 미친놈이 소환한 정령 때문에 아무도 함부로 입을 열지 못했다.

"그래, 날 아주아주 오래 좋아했어. 비스콘티, 그 여우 같은 놈이 개수작을 부려서 빼앗겼지만."

아니, 뺏긴 건 아니지. 빼앗긴 물건은 다시 찾아올 수라도 있는데, 결혼이라니. 울화가 치밀었다.

"혼담을 받았던 건 나라고!"

성녀였다는 걸 알았다면, 자신이 혼담을 거절했을 리 없는데. 중요한 사실을 감쪽같이 숨기고 있던 데보라를 향한 울분을 느꼈다.

"왜 다들 나한테는 거짓말만 늘어놓는 거야! 그리고 너희는 왜 그런 불손한 눈으로 날 쳐다보는 거지?"

"꺄악!"

정령이 필라프의 감정에 반응해서 더욱 강렬하게 타올랐다. 목제 가구와 벽에 부지불식간에 불이 붙기 시작했고, 내부는 아수라장이 되었다.

"도련님!!"

그때, 칼칼한 노인의 음성과 함께 사방에서 물이 비처럼 쏟아졌다. 필라프는 운디네를 소환한 로스 남작을 핏발 선 눈으로 노려보았다.

로스 남작은 한때 몬테스 정령군의 일원이었으나, 가문 내부 권력 싸움에 밀려 좌천되었다. 가족도 없고, 권력과 돈마저 없는 초라한 노인네의 몰골을 볼 때마다 제 미래를 보는 것 같아 소름이 돋았다.

"하. 이젠 퇴물이 된 영감탱이까지 날 무시하네."

"절 무시하시는 건 좋습니다. 하나 화재로 번지기 쉬운 건물 안에서 불의 정령을 소환하시다니요! 이젠 고위 귀족의 긍지마저 잃어버리신 겁니까?"

"고위 귀족의 긍지? 지금 내 꼴이 어딜 봐서 귀족이지? 아버지는 내가 천것들처럼 대충 굴러먹길 원해서 여기 처박아 둔 거 아닌가. 소원대로 해 드리는 걸세."

"하아……."

로스 남작이 지친 얼굴로 긴 한숨을 내뱉었다.

필라프는 그가 외지로 밀려난 힘없는 노인이라고 철석같이 믿고 있었지만, 사실 로스 남작은 몬테스 공작이 외아들에게 준 마지막 기회였다.

몬테스 공작은 긴 세월 가문을 지킨 로스 남작의 결정을 전적으로 따르기로 마음먹었다. 필라프를 계속 후계로 둘 것인지, 아니면 쓸 만한 방계를 후계자로 입양할 것인지.

"도련님께서 뛰어난 정령사의 재능을 가졌다고 판단하여 그간 두고 보았으나, 약자를 돌보지 못하는 난폭한 지도자는 다수에게 고통을 줄 뿐이기에…… 저는 결심을 굳혔습니다."

"……무슨 뜻이지?"

필라프는 순간 술이 확 깨는 듯한 느낌을 받았다.

"곧 알게 되실 겁니다."

로스 남작은 씁쓸한 얼굴로 사라졌고, 필라프는 얼마 지나지 않아 가문의 인장이 찍힌 편지를 받게 되었다.

"……이건, 또 무슨 개소리야?!"

몬테스에 새로운 후계자를 들일 계획이니 앞으로 네 마음대로 살라는 내용이 담긴 부친의 편지였다.

"아아악!"

자신이 몬테스 공작이 되지 못할 거라고는 단 한 번도 의심해 본 적 없던 필라프는 편지를 곧바로 갈기갈기 찢어 버렸다. 며칠간 악에 받쳐 광인처럼 고함을 지르고, 낡은 집에 있는 집기들을 성에 찰 때까지 주먹으로 부수고 짓밟았다.

더는 던지고 부술 것이 없어지자 그는 술집으로 가서 가장 독한 술로 손을 뻗었다.

"씨발! 내가 개새끼도 아니고, 꺼지라 하면 순순히 물러날 것 같아?"

하지만 악을 써 봐야 현실적으로 필라프가 할 수 있는 일은 별로 없었다. 마음 같아선 부친을 끌어내리고 거슬리는 것들을 전부 짓밟고 싶었지만, 당장 수도로 돌아갈 수도 없는 처지였다.

그때였다. 그의 몸 위로 긴 그림자가 드리웠다.

"필라프 몬테스 님."

고양이처럼 길쭉한 동공을 가진 남자가 로브를 내리며 말을 걸었다. 불과 3주 전, 그가 인두겁을 쓴 악마와 만난 날이었다.

그리고 현재—
"그 정보, 틀림없겠지?"
"그럼요, 필라프 님. 제 말대로만 하시면 얼마 지나지 않아 몬테스의 주인이 되실 수 있을 겁니다. 흐흐…… 그뿐이겠습니까. 당신의 속을 태우던 잡것들 모조리 잿더미로 만드실 수 있습니다."
듣기 좋은 악마의 속살거림에 필라프가 히죽거렸다.
그래, 진작에 이렇게 해야 했다.
'미야 비노슈, 너도 이런 기분이었겠군.'
무력함과 열등감을 느끼며 빌빌거리느니, 악마와 손을 잡는 편이 백번 낫다고 생각하면서 그는 검은 피가 든 독주를 들이켰다.

나는 오랜만에 꿈속에서 과거의 편린을 보았다. 강한 모래 폭풍이 불어닥치는 사막에서 나일라는 필라프와 똑같이 생긴 붉은 머리 남자에게 고래고래 소리를 지르고 있었다.

"플뢰르 몬테스!"

플뢰르 몬테스. 그는 필라프 몬테스와 외모뿐 아니라 성정까지 똑같았다.

"너는 그 성질머리부터 죽여야 해!"

나일라가 그의 못된 성격을 지적하자 놈이 바로 폭발했다.

"성질? 나일라, 내가 겨우 감정 하나 다스리지 못해서 이러는 걸로 보여?"
"그래! 아무리 화가 나도 그렇지 어떻게 힘없는 노인을…… 그렇게 함부로 대해?"
"집시 주제에 대의를 방해했다. 악마에 맞서서 목숨 걸고 최전방에서 싸우는 나를 가로막았어! 내가 없었다면 일찌감치 뒈졌을 날파리들 주제에 성가시게 앵앵거리기에 분수를 알려 준 것뿐이다."

플뢰르의 공격적인 전투 스타일은 마물뿐 아니라 종종 민간인에게도 피해를 줬고, 노인은 그 점을 우려해 플뢰르의 통행을 막으려고 했다. 하지만 뼛속까지 선민의식으로 똘똘 뭉친 플뢰르가 제 길을 막는 노인을 참아 넘길 리 없었다.

"여기서 찢어지자."

결국, 나일라는 극단적인 결단을 내렸다.

"뭐?"

플뢰르 몬테스의 적갈색 동공에 당혹함과 분노가 맺혔다.

"각자 갈 길 가자고. 당신과 더는 함께 못 다니겠어."

"허? 아무리 성녀라지만, 너무 제멋대로 아닌가? 그리고 물과 불의 정령의 선택을 동시에 받은 정령사 찾기가 어디 쉬운 줄 알아?"

플뢰르 몬테스는 대신전 안에서 다섯 손가락 안에 드는 수호기사였다.

나일라는 물의 정령을 소환할 수 있는 플뢰르가 사막화된 지역을 함께 횡단하기 적합한 파트너라고 판단했다. 그래서 그가 제 수호기사가 되는 것을 수락했지만, 완벽한 오판이었다.

"그래, 당신이 조금이나마 내 말을 들어 먹을 거라고 생각한 내 잘못이다. 정령이 택한 사람이 이럴 줄은 몰랐지."

나일라는 중얼대며 미련 없이 몸을 돌렸고, 플뢰르는 떠나가는 그녀의 팔을 낚아챘다.

"네가 나 없이 사막을 건널 수 있을 것 같아? 얼마 못 가 갈증에 허덕이면서 물을 찾게 될 거다."

"사막에서 모래를 들이마시다가 목 막혀 죽더라도 당신이랑 다니는 것보단 낫겠어!"

나일라는 그의 손을 세게 털어 냈다.

"진짜 가는 거냐? 대체 왜?! 그간 성녀라고 곱게 대우해 줬더니 뭐가 불만인 거야?"

"……."

"이봐 나일라! 야!!"

"……."

"그래, 어디 혼자 잘해 봐! 나 없이는 이 험지에서 반나절도 못 버틸 거다."

그의 장담대로 나일라는 얼마 지나지 않아 거대한 마물이 만들어 낸 모래 폭풍에 휩쓸렸다. 거센 바람에 뭔가 해 볼 새도 없이 몸이 허공으로 붕 떠올랐고, 그녀는 모든 소지품을 잃은 채 사막 한가운데에 내동댕이쳐졌다.

민가는커녕 선인장조차 볼 수 없는 죽음의 땅 한복판에서 나일라는 하늘에 뜬 별을 지표로 하염없이 걷다가 탈수증으로 쓰러졌다. 아마 로크 비스콘티를 만나지 않았다면, 정말 그때 죽었을지도…….

사막에서 만난 로크 비스콘티는 친절하거나 다정한 면은 없었지만, 어딘가 이상한 구석은 있었다.

"널 어떻게 믿고 수통을 맡겨. 자, 마셔."

지독한 결벽증이면서 제 손바닥에 고인 물만 마시도록 강요했고…….

"그쪽이 저보다 강해 보이시는데 어떻게 그쪽이 가지고 있는 수통을 훔치겠어요."

"그쪽이 뭐냐, 그쪽이. 그럼, 당신 이름은 저쪽이야?"

할 말이 없어지면 괜히 엉뚱한 트집을 잡곤 했다. 말은 또 어찌나 신랄하게 하는지.

"성녀는 무슨. 신전에서 신성력 강한 고급 인력을 저임금으로 부려 먹으려고 듣기 좋은 칭호 하나 만들어 낸 거지."

하지만 나일라는 그가 말만 뾰족하게 할 뿐이지, 심성은 좋은 사람이라고 생각했다. 플뢰르와는 달리 약자에게는 관용을 베풀었으며, 결코 힘을 남용하지 않았다. 오만해 보이는 분위기는 허세에서 비롯된 게 아니라, 귀족으로서 긍지가 강하고 자존감이 높기 때문일 것이다.

여하튼 나일라는 로크 비스콘티와 독성이 담긴 마물을 죽이고 다니면서 사막화된 땅을 정화하기 시작했고, 어디를 가나 백성들의 애정과 존경을 받았다.

또한 로크 비스콘티는 졸지에 성녀의 수호자이자 광휘의 마검사로 불리게 되었다. 정작 장본인은 오글거린다며 극도의 거부감을 드러냈지만.

그리고 플뢰르 몬테스는 로크 비스콘티에게 강한 열등감과 시기심을 느꼈다.

'필라프 놈처럼.'

성녀의 선택을 받아서 절 무시하던 아버지에게 인정받고 싶었던 플뢰르는, 성녀와 로크 비스콘티가 곧 약혼할 거라는 소문이 돌자 흑화해서 악마와 손을 잡았다. 갖지 못하는 것에 집착하고, 수단과 방법을 가리지 않는 것까지 똑 닮은 걸 보면 필라프는 플뢰르의 환생이 틀림없다.

'신전의 수호기사면서 설마 그런 식으로 배신을 때릴 줄이야.'

악마와 계약한 플뢰르는 사사건건 거슬렸던 로크를 몰래 처리하기 위해 그를 민가 쪽으로 유인했고…….

"로크!!"

"헉……!"

나는 헛숨을 짧게 삼키면서 상체를 벌떡 일으켰다.

"악몽 꿨어요?"

부드러운 음성에 쿵쿵대며 뛰던 심장이 조금씩 원래의 속도를 되찾았다. 보통 이른 아침부터 몸을 비비적대면서 엉겨 붙는 건 이시도르였는데, 오늘은 내가 그의 품에 와락 파고들었다.

따스한 온도를 가진 단단한 가슴팍에 뺨을 비비자 그가 내 뒷머리를 부드럽게 쓸어 주었다.

"정말 나쁜 꿈 꿨나 보네."

"……과거 기억을 봤어. 간혹 꿈을 통해서 이전 생애를 생생하게 마주할 때가 있거든."

"꿈에서 초대가 또 못되게 군 건 아니겠죠?"

그가 본인 디스를 하면서, 긴 손가락으로 땀이 송골송골 맺힌 내 뒷덜미를 훑었다.

"로크가 아니라, 플뢰르 몬테스가 나왔어. 아마 필라프의 전생 같은데."

"……그 재수 없는 놈."

로크 비스콘티의 기억이 있는 이시도르의 미간이 좁아졌다.

"필라프가 수도에서 추방된 뒤론 꿈에 놈이 나온 적은 없는데, 참 새삼스럽단 말이지, 괜히 불길하기도 하고, 신경 쓰이기도 하고."

나는 굳은 얼굴의 이시도르를 바라보며 물었다.

"필라프 요즘 뭐 하고 지내?"

"……."

"당신은 내 정보원이기도 하잖아."

"그 전에 당신 남편이고, 남편으로서 그런 놈에게 신경 안 쓰면 좋겠어요. 시간 아까우니까."

"부부는 일심동체라며. 우리 사이에 비밀 안 만들기로 한 거 기억 안 나? 그리고 이젠 사념체 덕에 다 알게 됐잖아. 난 단 한 번도 필라프 몬테스를 좋아한 적 없었다는 거."

"……."

"이전 생애, 이번 생애 계속 너 하나만 마음에 담았다는 거."

굳어 있던 그의 입가가 살짝 씰룩거린다. 귓가는 조금씩 붉게 달아오르고 있었다. 마른세수를 한 그가 짧게 한숨을 내쉬었다.

"내가 그동안 큰 오해를 했네요."

"무슨 오해?"

"공녀님이 다방면으로 완벽해도, 남자 보는 눈만큼은 낮은 줄 알았는데 아니었네."

"……."

"새삼 또 반했다는 뜻이에요."

"새삼 뻔뻔해 보인다."

그는 씩 웃으며 가볍게 내 이마에 입을 맞추다가, 내가 또다시 필라프에 대해 추궁하자 마지못해 입을 열었다.

"요즘 필라프 근황이라면, 재밌게 돌아가고 있죠. 변방에서도 망나니짓하다가 몬테스가의 후계자 자리에서 밀려났어요. 몬테스 공작 부인이 울고불고 난리를 쳐서 아쉽게도 몬테스 성(姓)은 보존한 것 같지만……."

"후계자 자리에서 밀렸는데, 그 불같은 성격에 가만히 있어?"

"하던 망나니짓이나 계속할 줄 알았는데, 최근에 이해가 안 되는 행동을 하더군요. 현재 이그니스 남작과 접촉 중이라 이유를 알아보는 중이에요."

"이그니스 남작?!"

얼마 전에 봤던 이름이 또 나와서 내 눈이 커졌다.

"당신이 이그니스 남작을 어떻게 알아요? 지역 토박이에, 이름이 알려지지 않은 하급 귀족인데……."

"이그니스 남작은 모르지만, 이그니스 화산은 알고 있어."

지역에 있는 명소 이름을 성으로 하사받는 건 흔히 있는 일이었다.

"게다가 당신이 온천을 개발하는 지역 근방에 있는 화산이기도 하잖아."

내가 지난번, 온천 개발지 지도를 보고 놀랐던 건 그 안에 표기되어 있던 이그니스 화산을 이미 알고 있었기 때문이다. 정확히는 내가 아닌 나일라가.

'아.'

필라프가 무슨 짓을 꾸미는 건지 감이 조금씩 잡히기 시작한다.

"어째 그놈은 다시 태어나도 한결같은지……."

내 중얼거림에 이시도르가 눈썹을 슬쩍 들어 올렸다.

"뭔가, 알고 있어요?"

"당장 출발하자."

나는 침대에서 벌떡 일어났다.

"이그니스 남작이 있는 곳으로!"

이그니스가(家)는 작위를 받은 지 이백 년도 채 안 된 하급 귀족 가문이었다. 원래 대대로 용병 일을 하다가, 화산 지역에서 출몰한 몬스터를 물리치고 지역 백성들을 지킨 공으로 황제로부터 봉토와 함께 성(姓)을 하사받았다.

비록 영지로 하사받은 땅은 경제적 가치가 전혀 없는 데다 몬스터까지 출몰하는 험준한 지역이었으나, 이그니스 남작은 스스로가 이 마을의 수호자라는 자부심이 있었다.

실제로 그는 이 근방에 사는 백성들에게서 가장 존경을 받는 귀족이기도 했다. 부유하거나 명성이 높지는 않아도, 나름 만족하면서 살아왔던 그는 근래 찾아온 필라프 몬테스 때문에 미칠 것 같았다.

몬테스 가문의 도련님이 제 영지 안으로 쳐들어와서 말 같지도 않은 협박을 했기 때문이다.

"필라프 님, 다시 한번 말씀드리지만, 이 화산 뒤로 이어지는 동굴은 절대 함부로 드나들면 안 되는 곳입니다."

"잔말 말고 비키지?"

"불 속성을 가진 몬스터가 나타나기에 마법진으로 입구를 전부 봉인한 지 오래이옵고, 만일 입구를 연 사이에 민가로 몬스터가 내려가기라도 하면 큰일입니다. 위험하지 않은 몬스터라도 불 속성을 가진 탓에 화재를 일으킬 수 있어서……."

통행로를 막은 거대한 돌을 치우면 안 되는 이유를 구구절절 설명하던 이그니스 남작은 흠칫 떨면서 한 발짝 뒤로 물러날 수밖에 없었다.

필라프 몬테스의 살기 어린 눈동자와 마주하자 저도 모르게 마른침이 넘어갔다. 용병 일을 겸하면서 그간 산전수전 다 겪었다고 생각했는데 고위 귀족의 살기와 위압감은 궤를 달리했다.

"이그니스 남작."

"……큭."

단순히 살기만으로도 다리가 후들거릴 정도였다.

"내가 지난번에 충고하지 않았나. 나는 두 번 말하는 걸 가장 싫어한다고."

"……."

"그리고, 분명히 그런 말도 했었지. 내가 다시 찾아왔을 때는 이곳 입구를 열어 두는 건 물론, 네놈이 용병질하면서 만들어 둔 내부 지형 지도까지 전부 준비되어 있어야 한다고."

"……으윽!"

정령이 내는 열기로 인해 갑옷이 점점 달아올라서, 남작이 않는 소리를 냈다.

"말이 통하는 줄 알았는데, 실망이군."

"……."

"내 앞을 막으면 단순히 네놈만 화를 입을 줄 알았나? 네 식솔까지 쥐도 새도 모르게 묻어 버릴 수 있는 게 내 위치다.”

필라프가 더 큰 공포를 심어 주기 위해 상급 정령인 셀레아나를 소환했을 때, 남작이 질끈 눈을 감고 소리 질렀다.

“정말 죄송합니다!!”

“죄송하면 당장 지도를 내놓고 비켜.”

“데보라 성녀님-!”

그런데 그가 뒤이어 외친 건, 엉뚱한 이름이었다.

“제 영지에서 일어난 일이라 제 선에서 해결하고 싶었는데 소인이 부족하여……!”

필라프의 눈이 크게 벌어졌다. 암벽 위에서 로브를 쓴 인영 하나가 가벼운 동작으로 뛰어내렸기 때문이다.

“그거 보게, 남작. 저놈은 말이 통하는 종자가 아니라니까.”

익숙한 목소리가 이명처럼 귓전을 울렸다. 꿈에서도 본, 루비처럼 새붉게 빛나는 눈동자를 마주하자 필라프가 포효하듯 외쳤다.

“데보라!!”

“필라프, 그렇게 크게 부르지 않아도 제국에서 내 이름을 모르는 사람은 아무도 없어.”

“네가 여길 어떻게?!”

플뢰르 몬테스가 나온 불길한 꿈을 꾼 날 데보라는 곧장 이동 마법진을 타고 이그니스 남작령에 도착했고, 이미 전날 남작으로부터 모든 정황을 전해 들었다.

“성녀님, 제가 몬테스 공자를 잘 설득해 보겠습니다.”

물론 이그니스 남작이 객기를 부려서 등장이 좀 늦어지긴 했지만…….

"어떻게 오긴. 성녀로서 이 땅의 정의를 수호하기 위해 찾아왔다."

"하! 웃기지도 않아. 네가 언제부터 성녀였다고."

필라프가 이죽거리며 말을 이었다.

"이렇게 내 뒤를 밟으며 스토킹하는 게 성녀가 할 짓인가? 내가 어지간히도 신경 쓰이시나 봐. 수도에서 쫓아내 발도 못 들이게 할 땐 언제고 이 험지까지 헐레벌떡 뒤따라온 걸 보면."

"넌 여전히 자의식 과잉 덩어리군."

"내가 자의식 덩어리면 넌 가식 덩어리야. 마나도 못 다루던 주제에 어떻게 갑자기 신성력이 생겼는진 모르겠지만, 이제 와서 정의로운 척하며 대단하신 성녀 행세해 봐야 패악질 부리던 과거가 사라져?"

"내 눈을 봐. 과거의 흔적이 보이나?"

필라프는 이를 꽉 사리물었다.

그녀의 말대로 집착으로 얼룩져 있던 소름 돋는 붉은 눈은 온데간데없었다. 대신 그 자리엔 그의 신경을 긁는 강렬한 빛이 불꽃처럼 타오르고 있었다. 영혼이 뒤바뀐 듯한 그 확연한 차이를 오래전부터 직감으로 느끼고 있었지만, 그는 인정하기 싫었다.

"과거의 흔적이 사라져? 제국을 구한 성녀라기에 뭐 대단한 변신이라도 한 줄 알았더니, 기품 있는 레이디와는 거리가 먼 그 껄렁대는 말투도 여전하고, 스토킹도 여전하고, 뭐가 바뀌었다는 건지 모르겠군."

도통 인정할 수 없어서 그는 계속 부정의 말을 내뱉었다.

"스토킹이라는 단어에 유독 집착하는군. 내가 꼭 그러길 바란 사람처럼."

"이시도르와 다니더니 말장난하는 기술만 늘었구나."

그때였다. 시야 안에 들어와 있던 데보라가 사라지고 증오스러운 금발 머리가 필라프의 눈앞에서 번뜩였다.

"말장난뿐이겠어? 부부는 원래 닮는 법이지. 아, 우리 결혼했다는 소식은 들었지? 혹시 모를까 봐."

"이 개자식!"

아주 오래전부터 분노를 부채질해 왔던 인물의 등장에 필라프는 순식간에 이성을 잃었고, 그의 감정과 동화된 정령 셀리아나가 불을 난사하기 시작했다.

재빨리 결계를 쳐서 불꽃을 무력화시킨 이시도르는 필라프 근처로 이동 마법을 전개한 뒤에 신속하게 검을 휘둘렀다. 하지만 수백 마리의 하급 정령이 순식간에 뭉치더니 검의 형상으로 변해 이시도르의 검로를 가로막았다.

쿠쿵!

응축된 거대한 힘끼리 충돌하면서 지축이 뒤흔들렸다. 동시에 지표면에 아지랑이가 피어오를 정도로 강한 열기가 사방으로 퍼져 나갔다.

"후, 뜨거!"

"큭, 불 맛이 어떠냐?"

"이따가 데보라한테 호 불어 달라고 해야겠다."

호들갑을 떨더니 장난스러운 말투로 응수하는 이시도르를 보며 필라프가 뿌드득 이를 갈았다.

"나불대는 그 입, 전부 찢어 주마."

"무서워라."

콰앙! 콰앙!

황금처럼 빛나는 검과 붉게 타오르는 정령이 부딪칠 때마다 생기는 강한 풍압이 공간을 맹렬하게 갈라놓았다.

"저, 저러다 비스콘티 공작님께서 다치시는 건 아니겠죠."

퍼플이 만들어 낸 결계 속에서, 이그니스 남작은 안절부절못하며 불안한 눈으로 둘을 응시했다. 반면 데보라는 이시도르와의 대화를 떠올리며 덤덤하게 서 있었다.

"이시도르, 솔직히 말해. 필라프랑 싸우면 누가 이겨?"

"내가 이겨요. 무조건."

그는 당연한 사실을 읊듯이 말했다. 아무리 그래도 내심 필라프와 1 대 1로 싸우는 상황을 걱정했는데, 실제 보니 왜 이시도르가 자신감이 넘쳤는지 알 것 같다.

'차이가 너무 나.'

언뜻 호각을 이루는 것 같지만 필라프를 감싼 정령의 기세는 점차 사그라들고 있었고, 이시도르의 검기는 초지일관 흔들리지 않았다. 아마 대악마와 생사를 걸고 맞붙었던 경험이 그의 실력을 성장시킨 것 같았다.

"크윽……!"

시간이 갈수록 힘이 빠지긴커녕 점점 무거워지는 검을 받아치던 필리프의 흰자위에 핏발이 섰다.

"셀리아나!!"

그의 외침에 허공에서 대기하던 셀리아나가 이시도르에게 브레스를 내뿜으려 했지만, 불길이 번지기도 전에 도리어 필라프가 허리를 꺾으며 피를 토했다.

"커헉!"

이시도르가 얼음 속성의 마법이 담겨 있는 검을 셀리아나의 핵이 있는 곳으로 소환한 것이다. 기습 공격에 셀레아나는 재로 화해 역소환되었고, 그 반동으로 인해 몸속 마나가 꼬인 필라프가 각혈했다.

"……."

뺨에 튄 필라프의 피를 훑은 이시도르의 표정이 차갑게 굳었다.

검은 피. 악마와 한배를 탔다는 가장 명백한 증거였다.

"널 친우라고 생각한 적은 없지만, 멋모르던 어린 시절 함께 보냈던 시간까지 시궁창으로 만드는군."

"하하……! 난 오래전부터 네놈만 나타나면 시궁창에서 구르는 기분이었어, 속은 시커면 주제에 고고한 척하는 꼴이 아주 역겨웠지."

"내가 고고해 보였나 봐."

"……끝까지 입만 살아선. 이왕 이렇게 된 거 시궁창에서 같이 구르자고……! 퉷!"

검은 가래침을 탁 뱉은 그가 음산하게 웃더니, 왼쪽 눈에서 검은 피를 주르륵 쏟아 냈다. 눈 한쪽이 점점 노란빛을 띠더니 고양이처럼 동공이 가늘어지는 광경을 보면서 이시도르가 욕설을 뇌까렸다. 악마의 계약자들이 최후에 보여 주었던 모습과 흡사했으니까.

제 영혼의 일부를 내주는 대신 금지된 힘을 받고, 계약한 악마와 점점 동화되어 가는 모습.

쿠구쿵!

필라프를 막기 위해 이시도르가 검기를 불어넣는 순간, 용암 동굴이 흔들리더니 갈라진 땅 사이로 수증기가 뿜어져 나왔다. 곧이어 더 넓게 벌어진 지반 사이로 물이 솟구치기 시작했다.

"결국, 나왔군."

흑마법의 낌새를 눈치채고 으르렁대는 퍼플 옆에서, 데보라는 유감스러운 기분으로 중얼거렸다. 이전 생에 그녀는 이와 비슷한 광경을 본 적 있었다. 필라프와 계약한 악마 '푸켈'의 이능을 보는 건, 벌써 두 번째인 셈이다.

푸켈. 신전 서적엔 '욕조의 공작'으로 기록되어 있으며, 땅속에 흐르는 물과 물의 온도를 자유자재로 다루는 상급 악마였다. 푸켈은 과거 플뢰르 몬테스에게 접근했었다.

'푸켈이 정령사를 계약자로 원한다는 거지.'

그리고 필라프에게 다시금 접근했다는 건, 아직 놈이 원하는 것을 얻지 못했다는 의미일 것이다.

'과거엔 플뢰르가 너무 일찍 자멸했거든.'

그 불같은 성질머리를 못 이기고 로크와 주먹다짐을 하던 플뢰르는 검은 피를 들켜 성급하게 악마의 이능을 이용했다. 신전의 수호 기사면서 악마와 손을 잡은 것도 모자라, 놈은 비열하게도 온천을 터뜨려서 마을 하나를 수몰시켰다. 로크 비스콘티가 온전히 전투에 집중할 수 없게 만들기 위해서.

"로크!!"

칼처럼 솟구치는 물줄기를 피하며 마을 사람을 대피시키던 로크 비스콘티는 어디선가 뿜어져 나온 뜨거운 물로 인해 오른팔에 화상을 입었다.

"기사님, 제 아이가 아직 저 안에 있어요."

나일라는 로크를 바로 치료하고 싶었지만, 어딘가에서 아이 엄마의 간절한 애원이 들려왔고. 그는 1초의 망설임도 없이 물이 소용돌이치는 그 아비규환으로 공간 이동했다.

희뿌연 수증기 속으로 사라진 그는 한동안 돌아오지 않았다. 죽은 줄 알고 얼마나 마음을 졸였는지. 그를 기다리는 시간 자체가 악몽이었다.

하지만 뭐, 다 옛날이야기고 지금은……

"필라프 몬테스! 친우처럼 오랜 세월을 함께했건만, 그대의 행보는 나날이 짙은 실망만 안겨 주는군!"

데보라는 어젯밤 국밥처럼 든든한 우군인 황태자를 데려왔다.

"신혼인 저희도 일하는데, 전하도 일을 하셔야죠?"

약간의 협박과 함께.

필라프가 전생을 답습할 경우를 대비해 인근 마을 사람들은 이미 황군이 신속하게 대피시켜 둔 상태고, 무엇보다 황태자에겐 죄인 필라프를 곧바로 중앙 감옥으로 연행할 수 있는 권력이 있었다.

이쪽이 귀찮게 손을 쓰지 않아도 성과에 목마른 황태자가 알아서 신속하게 처리해 줄 거라는 뜻이다.

"필라프! 그대가 아무리 몬테스 가문의 장자라 해도 흑마법에 손을 댄 죄는 무겁다!"

"비켜라! 인간."

그때 필라프의 목에서 이질적인 목소리가 튀어나옴과 동시에 등에서 붉은 박쥐 같은 날개가 펼쳐졌다.

"저놈 잡아!"

황태자가 버럭 소리를 질렀지만, 시야를 전부 가릴 정도로 엄청난 양의 수증기가 사방을 자욱하게 감쌌다.

"빌어먹을 멍청한 인간!"

허겁지겁 하늘로 솟아오른 푸켈이 계약자인 필라프에게 욕설을 한 바가지 퍼부으면서 날개를 힘껏 퍼덕였다. 몬테스 놈들은 멍청한 주제에 자존심만 쇠심줄처럼 굵어 악마의 말을 들어 먹질 않는다.

데보라 성녀가 나타난 순간, 도망치자고 그렇게도 신호를 보냈는데 필라프 놈은 들은 체도 하지 않았다. 아니, 감정에 잡아먹혀 아예 들리지도 않는 것 같았다.

플뢰르 몬테스도 마찬가지였다. 로크 비스콘티가 나타난 순간 네 상대가 아니니 도망치자고 그렇게나 말했는데 무시했고, 결국 이그니스 지역에 발을 들이기도 전에 마검사의 검에 목이 뎅강 썰리고 말았다.

"그나저나 최상급 인간인 성녀가 뭐가 아쉬워서 폐급 인간인 필라프를 미행한 거지? 성녀의 취미가 정말 스토킹인가?"

"무슨 말 같지도 않은 소리야? 네놈이 예전부터 노리던 물건이 이그니스 화산 지역에 있었잖아, 푸켈!"

열 받은 성녀의 목소리에 악마의 눈이 휘둥그레졌다.

"어, 어떻게!"

"그리고 북부 출신인 필라프가 아무런 연고 없는 이그니스령에 나타나 길을 열라고 행패를 부리는데, 상식이 있으면 당연히 이상하게 여기지."

"끄아아악!!"

땅에서부터 길게 뻗어 나와 온몸을 옥죄기 시작한 새하얀 넝쿨에 악마가 하늘이 떠나가라 괴성을 질렀다.

넝쿨을 이루고 있는 밀도 높은 신성력 때문에 유황불에 지져지는 듯한 고통이 엄습했다. 온몸을 뒤틀며 날개를 세차게 펄럭여 봤지만 몸에 얽힌 넝쿨은 점점 더 촘촘하게 사지를 옭아맸고, 결국 푸켈은 고통을 견디지 못하고 하늘에서 추락했다.

"크흑……! 이 몸에 대해서 어, 어떻게 안 거지? 성녀."

악마가 도무지 이해할 수 없다는 투로 묻길래 나는 악마에게 바짝 다가가 귓속말을 했다.

"난 나일라의 기억이 있거든. 신전 대도서관엔 너 같은 고대 악마들에 대한 기록이 남아 있고."

"하, 하지만 '그것'에 대한 건…… 나와 계약자 말고는 아무도 모를…… 텐데……."

"그게 뭔지는 모르지만, 대충 이그니스에 뭔가 중요한 게 있다는 건 알아. 과거에 플뢰르 몬테스가 술 먹고 나일라에게 찾아와서 말했거든."

"……뭐?"

"로크와의 약혼은 때려치우고 이그니스로 함께 가자고. 그곳에서 어떤 물건만 손에 넣으면 자신이 대악마로부터 지켜 줄 수 있다고."

"그런 미친 소리를 했다고?!"

푸켈이 기겁했다. 바보 멍청이도 아니고, 어떻게 악마와 계약을 진행하면서 계약의 내용을 성녀에게 발설할 수가 있는 거지?

설마 이중간첩인가?

애증, 질투, 집착, 허세까지 뒤얽힌 복잡한 인간의 감정을 잘 이해 못 하는 악마는 이 상황이 그저 어이없고 혼란스러웠다.

"플뢰르가 술 먹고 나불댄 덕분에 광활한 이그니스 화산 지대 어딘가에 중요한 물건이 있다는 건 알고 있었는데, 네 덕분에 아주 구체적인 좌표를 알게 되었네. 고맙다."

데보라는 용암 동굴을 턱짓했고, 악마의 노란 동공이 빠르게 진동했다.

"역시 저 안에 뭐가 있는 거 맞네."

"놔라, 인간! 내가 말할 것 같……! 끄아악!"

"어딜 도망가?"

데보라는 필라프의 육체에서 황급히 떨어져 나온 악마를 잡아채 신성력으로 만든 밧줄로 고문하기 시작했다.

"끄아악! 아파! 아파! 아프다고! 네가 무슨 성녀야? 악마보다 더 잔인하고 사악한…… 아아악!!"

"무슨 놈의 악마가 시바견보다 엄살이 더 심하네."

절로 눈살이 찌푸려지는 우렁찬 호들갑에 데보라는 자신이 대단한 고문관이 된 것 같은 미묘한 기분을 느껴야 했다.

"끄흑, 아악! 말할게! 말한다고요!"

"저 안에 뭐가 있길래 필라프에게 접근한 거지?"

"흑…… 흐끅! 그게요……."

비스콘티 공작 부인 환영 연회는 갑작스럽게 일주일 뒤로 연기되었다.

한껏 설레고, 한편으로는 긴장하는 마음으로 연회를 기다리던 비스콘티 가신들이었지만, 지금은 고작 연회 이야기를 하고 있을 때가 아니었다. 현재 남부 전역이 비스콘티 공작 부인 이야기로 들썩이고 있었기 때문이다.

"정말 대단하십니다! 대악마를 물리친 지 얼마나 되셨다고, 공작 부인께서 그런 대단한 업적을!"

비스콘티 가신 중 한 명이 감격스럽게 외쳤고, 누군가가 맞장구쳤다.

"인간을 꾀어낸 사특한 악마를 찾아내어 엄벌하셨을 뿐 아니라, 제국 역사에 길이 남을 대단한 발견까지 하시다니……! 도무지 한 사람이 해낸 일이라고 믿기지 않습니다."

"역사에 남을 발견이요? 무슨 발견을 말씀하시는 겁니까?"

그때 소식이 느린 막내가 어벙하게 물었고, 가신 중 한 명이 혀를 쯧쯧 찼다.

"아직도 못 들었나? 공작 부인께서 무려 고대 정령왕의 유적을 발견하셨다네."

"맙소사! 정말입니까?!"

"그래, 남부에 내려오시자마자 남부 역사서에 남을 천문학적 가치의 유적을 발견하신 거지. 성녀의 현신이실 뿐 아니라, 행운의 여신이시네."

아스테이아 제국 사람들, 특히 귀족들이 가장 열광하는 것이 마나가 풍부했던 시기인 고대부터 내려온 유물이다. 심지어 신화 속 존재처럼 여겨지는 정령왕의 유적이라니. 드래곤의 이빨만큼이나 가치가 큰 것 아닌가!

"그리고…… 그보다 더 대단하신 건, 큰 인명 피해를 막으셨다는 거지."

"만일 필라프, 그 배신자 놈을 미리 색출해서 저지하지 않았다면 정말 큰일 날 뻔했네."

"마검사이신 주군께서 필라프 몬테스보다 훨씬 더 강하시지 않나요?"

철없는 막내의 말에 또다시 가신 중 한 명이 혀를 찼다.

"고대 정령왕의 유적이 필라프의 손에 들어갔다면 당연히 좋은 꼴 못 봤겠지. 악마가 그놈의 몸을 차지했다면 더더욱 좋은 꼴을 못 봤을 테고."

"그 유적이 고대 아티팩트만큼 대단한 힘을 가지고 있습니까?"

"그렇다네. 이그니스 화산 지대 용암 동굴에서 발견된 고대 유적은 정령사를 강하게 만들어 준다고 들었어."

안 그래도 강한 정령사인 필라프가 그 유물을 이용했다면 얼마나 강한 불의 정령이 나타났을지, 생각만 해도 끔찍했다.

"신혼을 즐기면서 편하게 쉬실 때인데…… 몸소 나서서 또 한 번 제국의 평화를 지키시다니, 공작 부인께서 만인에게 귀감이 되어 주시는군요."

"그런 분을 모실 수 있게 되어 영광입니다!"

일찌감치 소문을 들은 남부 사람 모두가 성녀님에 대한 찬양 일색인 와중에, 정작 주인공인 데보라는 이그니스 영지를 둘러보며 쩝쩝 입맛을 다시고 있었다.

'그 악마 녀석! 대단한 걸 숨겨 놓은 줄 알았는데……'

뭐 실제로도 대단한 것이긴 했다. 불의 정수가 담긴 돌이라니. 다만 처음엔 대단했을지 몰라도 지금은 전혀 아니라는 게 문제였다.

'돌이 부식되어서…… 돌가루가 되어 있었지.'

불의 정수가 담긴 돌이 망가진 이유는 추측컨대 마나의 밀도가 급격히 변했기 때문 아닐까.

지금은 고대와는 달리 공기 중 마나의 밀도가 현저히 떨어진 상태고, 이는 돌이 온전하게 남아 있기 어려운 환경이었던 게 틀림없었다. 게다가 몬스터 출몰 지역이니 괴물들이 심심하면 툭툭 건드리고 다녔겠지.

"으아악! 이럴 리가 없는데!"

악마, 푸켈은 돌조각을 움켜쥔 채로 절규했다.

"불의 정령왕을 몸종으로 부리려던 내 꿈이~!"

"대체 얼마나 대단한 돌이었길래?"

데보라의 물음에 악마가 훌쩍였다.

"소환한 정령을 정령계로 보내지 않고 권속으로 부릴 수 있는 돌이었어요. 게다가 정령왕의 기운이 깃들어 있어서 소환자의 능력보다 두 단계나 높은 정령과 계약할 수 있었지요!"

"두 단계나?!"

놈은 몬테스 핏줄의 능력으로 최상위 정령을 불러낸 뒤, 몬테스의 몸을 차지하고 그 정령을 제 몸종처럼 부릴 계획이었던 것이다. 뭐 어차피 돌이 멀쩡했어도 그런 위험한 짓을 하도록 내버려 두진 않았겠지만.

"그런데, 이상하네요."

그때, 이시도르가 손으로 돌가루를 만지며 중얼거렸고 데보라가 바로 맞장구쳤다.

"그렇지? 이 붉은 돌가루 말이야. 태양이 안 드는 동굴인데도 아직 열기가 남아 있는데 이유가 뭘까?"

이시도르는 곧장 그럴듯한 가설을 내밀었다.

"비록 돌가루가 되긴 했지만, 본래 기능이 조금이나마 남아 있을지도 모르죠."

그는 불의 정령을 다루는 비스콘티의 가신을 불러 몇 가지 테스트를 했다. 그리고 실험 결과, 공기 중에 떠도는 붉은 돌가루가 이 동굴을 정령계와 비슷한 환경으로 만들어 준다는 걸 알게 되었다.

"몬테스 가문이 갖고 있던 그 고대 아티팩트!"
"네, 그 아티팩트와 연결된 아공간과 유사한 장소가 되었군요."

더불어 중급 정령을 2마리까지 소환할 수 있던 가신이 3마리나 소환할 수 있게 되었다. 불의 정령사들에게는 가장 탐나는 수련장을 발견한 셈이다. 비록 아쉽게도 불의 정수라는 1등짜리 대박 로또는 아니었지만……

데보라는 눈을 가늘게 좁혔다.

"이시도르, 이거 네이밍을 잘만 하면 돌가루가 아니라 금가루가 되겠는데?"

무조건 '고대'는 붙여야 한다. 제국 귀족들은 고대에 열광하니까.

'그리고 고대에 있던 돌 맞긴 맞잖아…….'

그리하여─불의 정수가 한때 있었는데, 이제는 없는─용암 동굴은 하루도 지나지 않아 '고대 정령왕의 유적'이라는 그럴싸한 이름으로 남부 귀족들 사이에 퍼지게 되었다.

'벌써 시간이 이렇게 흘렀네.'

악마가 터뜨린 온천수로 물난리가 난 이그니스 영지를 도와주고, 수도에서 내려온 관리에게 사건의 경위까지 설명하자 훌쩍 시간이 지나갔다.

"……"

영지로 돌아가는 마차에 타기 직전, 나는 탁하게 가라앉은 적갈색 눈과 마주쳤다. 악마와 격리된 필라프는 구속구를 찬 채, 황태자가 가져온 이동 감옥 안에 앉아 있었다.

나를 보자마자 놈의 눈동자가 사납게 번뜩거렸다. 저 지경이 되었는데도 성질머리는 여전했다.

"어때? 이제 속이 시원해? 한때 네가 매달리던 놈이 밑바닥까지 떨어진 꼴을 보니 우스워 죽겠지?"

"안 우스워."

"하! 날 우습게 보지 않았다면, 네가 성녀라는 사실을 나에게 숨기지 않았겠지. 미야 비노슈를 진짜 성녀의 현신처럼 싸고도는 모습을 보면서 속으로 실컷 비웃고 있었을 거 아냐?"

"필라프 몬테스."

나는 가라앉은 목소리로 그를 불렀다.

"무슨 말을 하려고 그리 진중한 척 무게를 잡으시나? 하던 대로 해."

"앞으로 서로 볼 일 없을 것 같아서 한 점의 거짓 없는 진실을 말해 주는 건데……."

나는 바짝 다가가 그에게 진심을 다해 말했다.

"난 너에게 집착하던 그 데보라가 아니야. 다른 사람이야."

"……."

"내가 성녀라는 걸 너에게 숨긴 적 없다는 뜻이야. 그 데보라는 애초에 성녀가 아니니까. 네가 믿든 말든, 그게 진실이야."

"……개소리."

씹어뱉듯 말한 그는 미간을 찌푸린 채로 입을 꾹 다물었고, 필라프와의 악연은 그게 마지막이었다.

외전 8. 영원한 빛

"신경 쓰이는 일 있어요?"

이그니스령에서 돌아온 뒤로 내가 표정을 계속 굳히고 있었는지, 이시도르가 걱정스러운 어조로 물었다. 지친 마음을 누그러뜨려 주는 향 좋은 차를 내밀면서.

"음……."

나는 따뜻한 차를 한 번 홀짝이곤, 어스름하게 떠 있는 반달을 가만히 올려다보았다. 이시도르는 대답을 재촉하지 않고 내 옆에서 함께 차를 마셨다.

고요한 가운데 풀벌레 소리가 난다. 한동안 그 소리에 귀 기울이다가 이시도르의 따뜻한 손을 가볍게 잡고 천천히 운을 뗐다.

"신전에서 강한 악마가 나온 지 얼마 지나지 않았는데 이번엔 상급 악마가 나타났어. 전투력이 강하지는 않지만, 푸켈은 신전 기록에 남아 있을 정도로 고위급 악마야."

"……."

"아무래도 사념체가 사라질 때 결계도 함께 사라지면서 문제가 생긴 것 같아."

"또다시 강한 악마가 나타나서 누군가가 다칠까 봐 걱정돼요?"

이시도르가 내 속마음을 읽은 것처럼 말했다. 나는 솔직하게 고개를 끄덕였고 그는 내 손을 더 꾹 맞잡았다.

"사람이 어떻게 홍수나 지진을 미리 막겠어요. 그저 최선을 다해서 매 순간 대응하면 돼요. 늘 그랬듯이."

"그러네. 미리 걱정할 필요 없지. 그간 잘해 왔고."

나약한 마음을 드러내도 부드럽게 다독여 주고, 갈대처럼 흔들려도 곧바로 지지해 주는 사람이 있어서 나는 조금 행복해졌다.

"그리고 당신의 근심을 조금이나마 덜어 주자면, 벨렉 경이 신전에서 가져온 치유석을 이용해 3㎞ 반경에 있는 악마는 모조리 감별할 수 있는 아티팩트를 제작했다고 하더군요."

"진짜?"

"네."

"근데, 왜 내 노예…… 아니, 오라버니가 당신에게 먼저 소식을 전했지?"

"직접 편지를 보내기 쑥스러워서겠죠. 자꾸 나한테 공문으로 이런저런 소식을 전해 달라는 걸 보면……."

"오라버니가 그런 성격이긴 하지."

나는 큭큭 웃다가, 입맛이 조금 돌아서 무심코 이시도르가 가져온 달콤한 초콜릿을 입에 물고 혀로 살살 녹였다.

"그러고 보니 사념체는 강력한 결계를 무려 천 년 동안이나 유지해 온 거네."

왜 사념체가 염원을 이루자마자 은퇴했는지 알 것 같다. 악마 놈들이 지겨워서 나라도 때려치울 것 같았다.

"자아가 생긴 뒤론 외롭기도 했겠죠."

이시도르가 말했다.

"그렇게 강한 의지와 능력을 갖춘 녀석이 만약 사람으로 태어난다면, 대체 얼마나 대단한 모습일지 상상도 안 간다. 제국 역사서에 길이 남을 전설적인 마검사나 교황이 탄생하는 거 아니야?"

나는 농담조로 말했다. 말이 씨가 될 줄 모르고.

심지어 가장 가까이에서 그 말을 듣고 있는 줄도 모르고.

공작 부인 환영 연회는 예정보다 두 달이나 늦게 열렸다. 이그니스 령에서 나타난 악마 때문에 비스콘티 공작과 공작 부인이 수도로 소환되었기 때문이다.

황실에선 부부에게 남부를 지킨 공을 치하하며 훈장을 수여했다.

이름하여 평화 훈장.

대악마가 출현한 이후 흑마법과의 전쟁을 선포하며 황실에서 새롭게 제정한 훈장인데, 비스콘티 공작 부인이 최초로 이 평화 훈장을 손에 넣게 되었다.

평화 훈장을 수훈한 가문은 국가적 행사에서 특별한 예우를 받았다. 그런데 현재 제국에서 가장 높은 권위를 지닌 훈장의 첫 번째 주인이 그들의 주군이라니!

남부 가신들의 자부심은 하늘을 찌를 듯했다.

"어떻게 하면 공작 부인을 뵐 수 있느냐고, 어찌나 주변에서 연통을 보내오던지. 귀찮을 정도입니다."

"바쁘셔서 우리도 아직 제대로 인사드리지 못했는데, 순서를 지키라고 하게."

"저기, 내려오시는군!"

"두 분 정말 잘 어울리시는군요."

이미 기대치가 하늘을 찌를 정도로 높았는데도, 연회가 진행될수록 가신들은 공작 부인에 대한 충성심이 커지는 것을 느꼈다.

"체이스 경, 얼마 전 다리를 다친 유기견을 입양했다고 들었네."

"예! 이름은 찰스고, 잘 적응하고 있습니다. 조용한 줄 알았는데 말썽꾸러기더군요."

그녀가 가신의 이름을 전부 기억하고 있을 뿐 아니라, 소소한 근황까지 알고 있었던 것이다. 작위가 더 낮은 귀족이 먼저 화두를 던지기 쉽지 않아서 보통은 대화가 어색하게 뚝뚝 끊기는데, 공작 부인과는 물 흐르듯 자연스럽게 이야기를 나눌 수 있었다.

그리고 이 연회에서 가장 감격한 사람은 단연 모르강 백작이었다.

"부인께서 말씀하신 대로, 최근 온천 분위기가 심상치가 않습니다."

비스콘티에서 진행 중인 온천 개발 쪽 실무를 담당하고 있는 모르강 백작은 몹시 상기된 얼굴로 데보라에게 말했다. 완공된 온천을 대체 어떻게 성공시킬지 골몰하고 있었는데, 공작 부인이 해결사로 등장한 것이다.

진중하고 조용한 성격인 그가 흥분한 모습을 보이는 건 흔하지 않아서 가신들은 그가 서 있는 곳을 힐긋거렸다.

"완공된 온천을 이용하고 싶다는 편지를 보낸 고객이 벌써 수십 명이 넘어갑니다. 아직 추운 겨울도 아닌데 말이죠."

"더더욱 많아질 걸세. 그러니 그 일을 더 빠르게 진행하게."

"예! 차질 없이 철저하게 진행하겠습니다."

공작 부인이 자리를 옮기자마자 가신들이 모르강 백작에게 다가왔다.

"부인과 무슨 대화를 나눈 거지?"

"그래, 자네만 알고 있지 말고, 우리도 좀 알지."

"공작 부인께서 그간 온천 사업에 대해 다양한 조언을 해 주셨네."

"어떤 조언을 하셨지?"

"부인께서 발견하신 고대 정령왕의 유적을 온천 홍보에 적극적으로 이용하라고 하셨어."

"어떻게?"

"말로 겨우 한 시간 거리밖에 안 된다고⋯⋯."

"정말 한 시간 거리인가?"

"그래. 고대 정령왕의 유적과 공작님께서 개발하고 계시는 온천이 지리적으로 가깝다네."

모르강 백작은 빠르게 말을 이었다.

"그리고 이그니스 용암 동굴과 온천을 왕래하는 말과 마차를 정기적으로 배치해서, 정령사들뿐 아니라 관광객들까지 이용하기 쉽게 하라고 지시하셨어."

고대 정령왕의 유적 주변으로 전국의 모든 정령사와 관광객이 모여들 것은 불 보듯 뻔했다. 하지만 용암 동굴은 몬스터가 출몰하는데다, 오르내리기 험준한 지역이라 수련하기엔 적당해도 휴식하기엔 적당하지 않았다.

그들에게 근처에 온천이 있다고 홍보한 뒤 셔틀버스처럼 말과 마차를 배치하면 성수기인 겨울뿐만 아니라 사시사철 안정적으로 손님을 받을 수 있을 거라고 데보라는 생각했다.

"우리 쪽만 이득을 보는 건 아닐세. 부인께선 이그니스 남작에게 용암 동굴의 입장료를 받으라고 조언하셨지. 본디 가난한 지역이었는데, 지금까지 벌어들인 입장료로 벌써 성을 보수했다더군."

"역시! 사업 수완이 대단하시군."

"그런데 말이야……."

모르강 백작이 목소리를 낮추고 은밀하게 운을 뗐다.

"그런데?"

"홍보도 아직 안 끝났는데 벌써 '그 소문'을 들었는지, 예약이 물밀듯이 쏟아져서 정신이 하나도 없네."

"그 소문?"

"흠! 불의 정령왕의 힘이 깃든 이그니스 화산 천연 온천수가…… 정력에 좋다는 소문."

비스콘티에서 개발하던 온천 지역이 때마침 이그니스 화산 지대를 끼고 있었다. 어떻게 이렇게까지 얽어걸릴 수 있는 건지. 모르강 백작은 공작 부부의 금전운에 놀랄 수밖에 없었다.

"……진짜인가?"

"불의 기운이니 당연히 남자에게 좋겠지."

"나도 예약 좀 걸어 주게. 지인 좋다는 게 뭔가?"

모르강 백작의 주변은 점점 떠들썩해졌고, 데보라는 흐린 눈으로 그들의 대화를 듣고 있었다.

'하여간 그놈의 정력.'

정말 언제 어디서나 잘 먹히는구나 싶다.

'뭐, 유황천에 든 리듐 성분이 정력에 좋은 건 맞으니까, 허위 광고는 아니지.'

그렇고말고.

"그런데 왜 벌써부터 정력에 좋은 걸 밝히는 거지? 다들 어디에 문제가 있나."

그때 옆에서 의아하게 중얼대는 이시도르 때문에 데보라는 쿨럭, 헛기침했다. 허세가 아니라 저 짐승은 정말 이해가 안 돼서 하는 소리일 테니까.

갑자기 목이 타서 테이블을 두리번거리는데, 이시도르가 무알코올 샴페인과 장미꽃 장식이 올려진 초콜릿 무스를 건네주었다. 이 연회장엔 알코올이 든 음료가 하나도 없었다. 이시도르가 가신들을 얼마나 빨리 집에 돌려보내고 싶어 하는지 알 수 있는 부분이었다.

'신혼인데, 적당히들 하고 가라.'

그가 살벌한 눈초리로 연회장을 둘러보는 중, 옆에 있던 데보라가 붉은 눈동자를 반짝였다.

"이 초콜릿 무스 정말 맛있다. 장식도 너무 예쁘고."

이시도르는 곧장 눈을 가볍게 휘었다. 수도에서 가장 유명하다는 쇼콜라티에를 남부까지 데려오길 잘했다고 생각하면서.

"입맛에 맞아서 다행이네요."

"이런 디저트는 흔치 않은데. 연회에 온 손님들도 좋아하겠어."

"손님들이야, 아무거나 처먹…… 아니, 먹어도 상관없고…… 당신이 초콜릿을 가장 좋아해서 준비했어요."

"……내가?"

원래 그녀는 디저트를 편식 없이 고루고루 잘 먹는 편이었다. 그런데 생각해 보니 최근엔 초콜릿 디저트에 유독 손을 자주 댔던 것 같다. 밤에 진을 다 빼놓는 누구누구 때문에 달고 진한 게 당기는 거라고 생각했는데…….

퍼뜩 스쳐 간 묘한 느낌에 그녀는 생리 주기를 헤아렸다.

'날짜상으로는 이번 주인데, 늦어지고 있긴 하지.'

게다가 최근에 평소보다 낮잠이 많아졌다. 이것도 체력을 다 빼놓는 누구누구 때문인 줄 알았는데…….

"내일, 의원을 만나 봐야겠어."

"어디 아파요?"

"……입맛이 조금 바뀐 것 같기도 하고, 신경 쓰이는 부분도 있고."

"……!"

이시도르의 에메랄드빛 눈동자에 온갖 감정이 들어차기 시작하는 걸 보면서 데보라는 급히 말을 덧붙였다.

"아닐 수도 있잖아. 혹시 모르니까 일단은 마음을 비워 두자."

그는 고개를 끄덕였지만, 그 이후로 전혀 연회에 집중하지 못하고 반쯤 넋이 나가 있었다.

"이시도르."

"……?"

"아까부터 왼팔이랑 왼다리가 동시에 움직이고 있어."

"……아."

데보라는 그가 그토록 얼이 빠진 모습을 처음 보았다. 밤만 되면 미남계를 동원하며 온갖 수작을 부리던 이시도르가 제 손만 꼭 부여잡은 채 다소곳이 누워 있는 것도, 결혼한 이래로 처음 보는 모습이었다.

"근데…… 안 자?"

"먼저 자고 있어요. 곧 따라갈게요."

"어딜 따라온다는 거야."

"악몽 꾸면 지켜 줘야죠."

솔직히 지금처럼 맹한 상태면 하급 악마한테도 당할 것 같았지만, 굳이 지적하지 않았다.

'그나저나 나…… 손에 땀 차는데.'

이시도르의 손이 오늘따라 더 뜨겁다. 하지만 뿌리치면 서운해할 것 같아서 나는 손을 더 꾹 맞잡으며 그의 품으로 파고들었다.

다음 날.

둘은 의원을 불렀고, 임신 여부를 확인할 수 있는 고대 아티팩트까지 가져왔다. 그리고 결과는…….

국무회의가 열리기 전, 티타임을 갖기 위해 모인 가주들은 시모어 공작을 몹시 부러운 얼굴로 바라보았다.

'자식 농사도 잘 짓더니…….'

'사위까지 잘 들이다니~!'

최근, 남부 지역에 있는 이그니스 화산 온천은 귀족들에게 가장 가고 싶은 휴양지로 꼽히고 있었다.

온천 주변의 숙박 시설은 이미 예약이 전부 차서 못 가는 상황. 그런데 사위가 무려 그 대박 온천의 주인인데다, 장인어른 전용 온천탕과 별장까지 만들어 놨다는 소문이 돌고 있었다.

"시모어 공작님, 요즘 남부에서 좋은 소식이 많이 들려오더군요."

"악마를 물리쳐서 평화 훈장까지 받으셨다고요."

"뭐, 내 딸이 워낙 뛰어난 아이다 보니, 늘 좋은 소식이 끊이지 않는군."

시모어 공작이 씰룩거리는 입가를 가리기 위해 호로록 차를 마셨다. 그는 오늘 몹시 기분이 좋은 상태였다. 정력에 좋다는 온천을 선물받았기 때문은 아니고, 딸 부부가 타운 하우스에 방문하기 때문이다.

'빨리 집에 가고 싶군.'

하지만 그 전에 처리해야 할 일이 있었다. 그 일 때문에 오늘 몸소 국무회의에 나온 것이다.

'악마가 나타날 때마다 바쁜 내 딸을 나서게 할 수는 없지. 걔는 할 만큼 했어.'

시모어 공작은 악마에게 효과적으로 대항하고 피해를 예방하기 위해서는 새로운 방식의 군사 훈련과 신무기 보강이 필요하다고 의견을 낸 뒤에 자리에서 일어났다.

"공작님, 새로운 방식이라면, 구체적으로 어떤 훈련법을 말씀하시는 겁니까?"

몇몇 장교와 가주가 회의실을 나가는 그에게 다가와서 묻자 시모어 공작이 평소와는 결이 전혀 다른 대답을 했다.

"군사 훈련이나 전술에 대한 자세한 내용은 로자드가 더 잘 알걸세. 신무기 개발 건은 벨렉이 주도하고 있으니 마탑에 문의하도록 하고."

뜻밖의 대답에 남은 이들은 혼란에 빠져서 웅성거렸다.

"벌써 인수인계를?"

"시모어 공작님께서 저렇게 말씀하시는 건 처음 보네. 국무회의에서 거론될 정도로 중요한 건은 늘 본인 선에서 처리하셨는데 말이야."

"설마 슬슬 은퇴를 생각하시는 걸까?"

"은퇴까지는 아니라도, 마음의 결정을 내릴 시기이긴 하지. 쌍둥이들 모두 이제 혼기도 찼고……."

"그렇다면, 차기 시모어 가주는 대체 누가 될까요?"

"전략을 짜고 군사를 움직이는 로자드 경이 유력하지 않을까요? 가주라면 자고로 사람을 부리는 능력이 가장 중요하니까요."

"내 생각은 다르네. 마법의 시모어 아닌가. 마탑 최고의 연구원으로 꼽히고 있는 벨렉 경이 가능성이 더 크다고 보는데……."

의견을 나눌수록 미궁 속에 빠지는 느낌이었다.

둘 다 워낙 능력이 뛰어나고 성과도 비등비등했기에, 누가 가주가 될지 짐작조차 가지 않았다. 시모어 공작의 속내 역시 도통 알 수 없었고.

'가문와 마탑, 이 거대한 두 집단을 반드시 한 사람이 책임져야 할 이유가 있을까…….'

한편, 깊은 생각에 잠겨 있던 시모어 공작은 쪼르르 달려오는 막내를 보며 옅은 웃음을 머금었다.

'그러고 보니, 이 녀석도 있었지.'

그는 후계 문제에 관해선 모든 가능성을 열어 놓고 천천히 고민해 볼 생각이었다. 사람은 변하기 마련이고, 환경 역시 늘 똑같지 않으니 반드시 과거와 동일한 결정을 내릴 필요는 없을 것이다.

그리고 고민하는 과정에서 쌍둥이들과 대화를 많이 나누고, 아들 둘의 의견과 생각을 최대한 많이 들어 볼 생각이었다.

"이 나이 먹고도, 참 어려운 게 많아."

짧게 푸념하며 엔리크의 머리칼을 쓰다듬던 시모어 공작이 손을 멈칫했다. 막내의 머리가 평소보다 조금 위에 있었기 때문이다.

"엔리크, 요즘 키가 컸구나."

"네! 스승님 보여 주려고 열심히 검술 연습했거든요."

검을 배운 뒤로 엔리크는 이시도르를 스승님이라고 부르기 시작했다. 처음엔 개를 본 고양이처럼 뾰족한 눈으로 경계하더니 말이다.

"녀석, 나중에 마법보다 검이 더 좋다고 하겠어."

"으음. 사실 둘 다 좋아요. 우열을 가리기 힘들 만큼요."

"그래, 좋으면 다 해야지."

"네! 둘 다 잘할 수 있어요!"

엔리크가 눈을 반짝이면서 대답했다.

실제로 엔리크는 훗날, 천부적인 재능과 뼈를 깎는 노력으로 마법과 검술, 두 분야에서 정점을 찍게 된다.

"누님께서 고생해서 사수한 평화인데 잘 지켜야지요. 그리고…… 아이들이 살기 좋은 세상을 만들고 싶어요."

또한 엔리크는 새롭게 창설된 데몬 슬레이어 부대의 단장으로 활동하며 제국 사람들의 존경과 레이디들의 인기를 한 몸에 받게 되는데, 이것은 먼 미래의 이야기.

아버지 무릎에 앉아서 오늘 있었던 이야기를 재잘거리던 아이는 얼마 후 데보라 누나와 스승님이 도착했다는 소식에 반색했다.

"누나-!"

"엔리크, 잘 지냈어?"

"넵!"

"자네는 뭘 이렇게 또 많이 가져왔나."

선물을 가득 실은 마차를 보며 시모어 공작이 혀를 내둘렀다.

"아버님과 어울리는 신상품이 너무 많아서요. 워낙에 미남이시니."

"흠."

저런 얼굴을 가진 놈에게 미남 소리를 듣다니. 기분이 나쁘지 않아서 시모어 공작은 괜히 헛기침했다.

"하여간에 넉살은. 일단 들어오게. 얼마 전 괜찮은 찻잎을 들여왔는데 자네도 마음에 들 걸세."

시모어 공작은 이시도르와 차를 마시다가 슬쩍 체스판을 꺼냈다. 정정당당하게 승부하는 막내나 데보라와 두는 것보다, 눈치껏 수를 물러 주는 이시도르와 체스를 두는 것이 더 재미있었던 것이다.

둘이 차를 마시며 시간을 보내는 동안, 데보라는 결혼 전 지내던 별채로 올라갔다. 서재는 자신이 시모어에서 지냈을 때의 모습 그대로였다.

아카데미에 늘 가지고 다니던 분홍색 깃펜을 잠시 만지작거리던 그녀는 과거에 빠르게 독파했던 시집을 꺼내 한 자씩 천천히 음미하다가 까무룩 기절하듯 잠이 들었다.

그곳은 새하얀 꽃이 만발한 들판이었다.

여긴 어디지?

의아함도 잠시, 자신은 익숙한 손을 잡고 자연스럽게 두 아이가 있는 곳으로 다가가고 있었다.

"엄마! 아빠!"

허리에 목검을 찬 금발의 소녀가 팔을 마구 흔들었다. 붉은 루비 같은 눈동자를 빛내며 폴짝거리던 아이는 산들바람이 불자 기분 좋은 듯 가늘게 웃었다. 웃는 얼굴이 아기 여우를 연상시키는 사랑스러운 아이였다.

그리고 그 옆엔 보라색 머리칼을 가진 냉랭한 외모의 소년이 서 있었다. 꽃을 수줍게 움켜쥔 채로.

"꺾은 거 아녜요. 떨어져 있었는데, 깨끗해서……."
"그래서 엄마 주는 거야? 고마워."
"나두!"

가까이 다가가자 아이들이 와락 그녀의 품으로 안겨 들었다. 사랑스럽고 따스했다. 행복해서 저절로 미소가 지어지는 감각이었다.

'기분 좋은 꿈을 꾼 것 같은데 정작 기억이 하나도 안 나네.'

나는 왠지 모를 아쉬움을 느끼면서 눈을 비볐다.

잠에서 깼을 때는 사방에 짙은 어둠이 깔려 있었다. 분명 시집을 얼굴에 얹은 채로 소파에서 불편하게 자고 있었을 텐데, 이시도르가 옮겨 놓은 모양인지 내 몸은 침대에 곱게 누워 있었다.

'진짜 오래 잤다.'

시계를 보고 처를 내두르다가 배가 고파서 밖으로 나오자 방 근처 응접실에 앉아 있던 이시도르가 일어났다.

"잘 잤어요?"

"보다시피 세상모르고 잤어."

"배고프죠? 식사하러 갈까요?"

최근 수면 시간이 불규칙해져서 식사 시간도 엉망이 될 때가 많았는데, 그는 절대로 나를 혼밥하게 놔두지 않았다.

"어? 아버지도 아직 식사 안 하셨어요?"

이시도르야 원래 유난스럽다 치고, 부친까지 날 기다리고 있어서 괜히 민망해졌다.

"깨우시지……."

"오후에 디저트를 많이 먹어서, 지금에야 입맛이 좀 도는구나. 어서 들자."

긴 테이블에 음식이 놓이기 시작했다. 나는 단호박이 든 수프를 뜨면서 눈동자를 또르르 굴렸다.

'슬슬 말을 해야 하는데.'

사실, 오늘 이곳에 온 건 중대 발표를 하기 위해서였다.

며칠 전.

"축하드립니다, 공작 부인."

의사의 확언에 이미 결과를 예감하고 있었음에도 덜컥 심장이 내려앉는 느낌이 들었다. 내 배 속에 또 다른 생명이 숨 쉬고 있다는 게 도무지 믿기지 않았으니까.

나와 이시도르를 반반씩 닮은 아이가 세상에서 태어나다니.

실감이 안 나서 멍하게 있는 나를 그가 조심스럽게 끌어안았다. 맞닿은 몸이 쿵쿵 울릴 정도로 그의 심장이 거칠게 뛰고 있었다.

"앞으로 더, 더 잘할게요. 내가."

"이미 잘하고 있어."

"그래도 그러고 싶어요. 네겐 항상 더 좋은 사람이 되고 싶어서 그래."

그날 이후, 이시도르는 산모에게 좋다는 것들을 수소문해 사 모으기 시작했고, 겨울철을 대비한 과일까지 쟁여 놓았다. 태교에 관한 책들을 논문처럼 쌓아 두고 공부하는 모습을 보면서, 자식 교육을 굉장히 잘할 것 같다는 생각을 잠깐 했었지.

"태교엔 음악을 듣는 게 그렇게 좋다던데, 오랜만에 실력 발휘를 좀 해 볼까요?"

손가락을 푸는 그를 보며 난 무심코 말했다.

"피아노라면…… 괜찮은데."

"……"

"농담이야. 사랑하는 거 알지?"

"……"

"어?! 방금 들었어?"

"……뭘요?"

"우리 아기가 아빠 피아노 연주 듣고 싶다고 했어."

"으음. 노래를 불러 주려고 했는데 역시 피아노가 더 나으려나."

"노래?! 진작 말하지."

바로 솔깃했다. 설마 진짜 음치는 아니겠지?

"듣고 싶어. 불러 줘."

망가지는 귀여운 모습을 은근히 기대했는데, 그는 노래를 상당히 잘 불렀다. 대단한 가창력이라고 할 것까진 없었지만, 음색이 너무 좋아서 박수가 절로 나왔다. 노래방 가면 무조건 먹히는 그런 목소리라고 해야 하나.

처음으로 이시도르가 부르는 노래도 듣고, 아이와 함께할 미래를 그려 보면서 설레는 시간을 보냈다. 남은 건 가족들에게 소식을 알리는 건데……. 편지로 전하기보다 직접 전하고 싶어서 타운 하우스에 방문했다.

"데보라, 너 혹시 그……."

그런데 말하기도 전에 부친이 뭔가를 눈치챈 기색이었다.

"네?"

"······흠. 아, 아니다."

아닌 게 아닌 것 같은데.

"그, 맞는 거 같은데요."

"그, 그래?!"

"예. 기쁜 소식이 있어요! 저희에게 아이가 생겼어요."

"역시!"

아버지는 몹시 기뻐하며 축하해 주었다.

"그런데 어떻게 눈치채셨어요?"

"네 엄마가 쌍둥이를 가졌을 때 오늘 너처럼 새콤한 샐러드를 많이 먹었단다. 평소엔 고기만 골라 먹던 양반이 말이야. 너도 원래 풀은 잘 안 건드리잖니."

"······그렇죠."

"그리고 왠지 그럴 것 같았다. 결혼식 전에 꾼 그 꿈······ 역시 태몽 같단 말이지."

"태몽을 꾸셨어요?"

아버지는 대답 대신에 잔잔한 물결처럼 웃었다. 애틋한 기억을 떠올리는 사람처럼.

"새로운 만남이 기대되는구나. 너희 둘을 닮은 아이라······ 분명 굉장히 사랑스럽겠지."

"저도 기대돼요. 왠지 꿈같기도 하고요. 사실 아직은 실감이 안 날 때가 더 많아요."

"갈수록 몸이 고될 테니 건강 잘 챙기거라. 필요하거나 갖고 싶은

게 있으면 언제든 말하고."

"네, 아버지."

내 대답에 그는 눈가에 주름을 접으면서 더욱 짙게 웃었다.

과거엔 미소에 한없이 인색한 공작이었는데, 요즘엔 부친의 편한 웃음을 자주 보게 되어서 좋다. 방문할 때마다 1센티씩 쑥쑥 자라 있는 엔리크를 보는 것도, 한때는 서로 살벌하게 경쟁했지만 이젠 자신의 행복과 적성을 찾아가는 시모어 쌍둥이들의 성장을 보는 것 역시.

아직은 잘 티가 나지 않는 배 속의 아이를 눈을 감고 가만히 느껴 보는 것도 좋았고, 무엇보다 내 옆에 언제나 이시도르가 있다는 게 가 장 좋다.

매번 생각하는 거지만, 그는 날 특별하고 대단한 사람처럼 느끼게 해 주었다. 거친 바람이 불어도, 흔들릴지언정 쓰러지지는 않으리라 는 확신과 용기를 심어 준다. 그리고 간혹 스스로가 한심해질 때, 끝 없는 격려로 나 자신을 더욱 존중하고 사랑하게 해 주었다.

"그런데 우리 튼튼이 이름은 뭐가 좋을까?"

제국엔 '태명'이라는 개념이 없어서, 이시도르는 내가 배 속의 아기 를 튼튼이라고 부를 때마다 몹시 즐거워했다. 지금도 볼우물을 만들 면서 웃더니, 아직은 오목한 내 배에 쪽쪽 입을 맞췄다.

"튼튼이보다 더 좋은 이름을 찾아보려고 그동안 정말 열심히 고민 해 봤는데……."

협탁으로 손을 뻗은 이시도르가 두꺼운 노트를 펼쳤다. 고뇌가 가 득한 흔적을 보면서 나는 피식 웃었다.

"세상에 좋은 단어는 이 안에 전부 들어 있는 것 같아."

"이 중에서 제일 마음에 드는 걸 골라 볼래요?"

"으음……."

나는 뚫어지게 노트를 보다가 돌연 눈에 들어오는 글자가 있어서 손가락으로 콕콕 찍었다.

"여자아이일 때는 바네사, 남자아이일 때는 바레스. 어때?"

"좋아요."

외전 9. 바레스와 바네사

시모어에선 유독 쌍둥이가 많이 태어난다. 그 시모어 핏줄의 특성은 내게도 유감없이 발휘되었다. 성별이 다른 이란성 쌍둥이가 우리에게 찾아온 것이다.

바레스와 바네사.

25분 차이로 먼저 세상에 나와서 오빠가 된 건, 남자아이인 바레스였다. 곱슬곱슬한 보라색 머리칼을 가진, 나를 꼭 빼닮은 아이.

"이목구비가 이렇게 뚜렷하고 늠름한 아기님은 처음 봤어요. 미래에 엄청난 미남이 되실 게 틀림없어요."

사람들은 바레스를 볼 때마다 감탄하며 말했다. 특히 아린 오슬롯이 매번 호들갑을 떨었다.

'잘생기긴 했어.'

내 아들이라서가 아니라, 객관적으로 바레스는 굉장히 잘생겼다. 날렵한 눈매와 차갑게 다물린 얇은 입술 탓에 조금 사나워 보였지만.

'조금…… 이 아닌가.'

이시도르를 빼다 박은 에메랄드빛 눈동자를 제외하면 바레스는 나를 분신처럼 닮았다. 시모어 핏줄 특유의 비정한 분위기가 생후 13개월 아가에게서 흘러나오다니…….

"우으……."

그런데 그 아이의 날렵한 눈매에 갑자기 눈물이 그렁그렁 맺히기 시작했다.

"아부, 아부!"

"바레스! 아빠 여기 있어."

아이가 애타게 찾자마자 집무실에 있어야 할 이시도르가 아기 놀이방으로 득달같이 나타났다.

"아바!"

겉모습은 저래도 바레스는 눈물이 많았다.

'쫄보인 것까지 나랑 비슷해.'

눈을 떴을 때 엄마나 아빠가 주변에 없거나, 낯선 소리가 나거나, 벌레가 날아오면 겁을 잔뜩 집어먹고 닭똥 같은 눈물을 뚝뚝 떨어뜨리기 일쑤였다. 유모에게 얌전히 몸을 맡기다가도 제 아빠가 일정 시간 이상 안 나타나면 걱정이 되는지 지금처럼 서럽게 훌쩍대는 것이다.

"바레스, 아빠가 사라져서 놀랐어?"

이시도르가 바레스를 능숙하게 안아 올렸고, 서러움이 폭발한 아이는 그의 팔에 폭 안겨서 숨을 식식 몰아쉬었다.

"아부."

"응."

이시도르는 거칠게 오르락내리락하는 등을 문질러 주고, 귀엽다는 듯 제 뺨을 통통한 볼에 비비기도 했다.

"바바! 바바!"

바레스가 갑자기 허공에 손을 뻗는다.

"토미랑 놀고 싶었구나?"

이시도르가 상냥하게 응수하면서 애착 인형을 흔들며 어르자 바레스는 언제 울었냐는 듯 입술을 살짝 벌리면서 웃었다. 반면, 여동생인 바네사는 아빠가 오든 말든 씩씩하게 장난감을 가지고 놀고 있었다.

"마마! 새!"

창 너머에서 지저귀는 새를 가리키면서 손뼉을 치고 까르르 웃기도 한다.

바레스와 내가 똑 닮았다면, 반짝이는 금발을 가진 바네사는 이시도르의 어린 시절 초상화에서 톡 튀어나온 것 같았다. 눈을 가늘게 접으며 웃거나, 복숭앗빛으로 물든 통통한 뺨을 씰룩일 때면, 너무 귀여워서 나도 모르게 심장을 부여잡고 쓰러지곤 했다.

"나무, 위! 새."

호기심 어린 눈을 한 바네사가 루비 같은 눈을 빛내며 계속 내게 말을 건다.

"이제 나무 위에 있다는 표현도 할 줄 아네. 우리 바네사 너무 똑똑해."

이렇게 영특하고 대단한 아이가 내 딸이라는 게 이따금 믿기지 않는다. 내가 딸바보에 팔불출인 건 맞긴 한데, 바네사는 누가 봐도 정말 천재적이었다.

"바네사, 아빠는 뭐 하는 사람이야?"

"공작!"

내가 이시도르를 가리키자 바네사가 똑 부러지게 대답했다. 벌써 공작을 알다니. 역시 천재…… 맞지?

"엄마는?"

"대장!"

통찰력까지.

"바레스는?"

"……."

"바레스한테 오빠, 해 봐."

게다가 똑똑한 내 딸은 바레스를 오빠라고 부르지 않는 확고한 주관까지 가지고 있었다.

"……울보!"

"울보는 또 어디서 배운 거야?"

"우우."

다행히도 울보는 제 아빠 품에서 고롱고롱 잠든 상태라 바네사의 외침을 듣지 못했다.

"오빠 울보야?"

"마마! 우으, 으으……."

보들보들한 금발을 쓰다듬으며 다시 묻자, 대답하기 귀찮아졌는지 바네사가 칭얼대며 팔을 뻗는다. 쌍둥이 아니랄까 봐, 내 품에 안기자마자 눈을 가물대더니 제 오빠처럼 곧장 곯아떨어졌다.

"우리 튼튼이들 잘 자네요."

"요 며칠 그렇게 안 자더니."

밤새도록 자다 깨기를 반복하는 아이들 때문에 나와 이시도르는 조금 피로한 얼굴로 서 있다가, 눈이 마주치자 동시에 웃었다.

"자는 모습이 제일 예쁘다니까."

"조심조심."

혹시나 깰세라 나와 그는 안고 있던 아이를 도자기 그릇인 양 조심스럽게 침대에 내려놓았다.

생김새가 전혀 다르고 성격도 정반대인 이란성인데, 잘 때만큼은 똑 닮아 보인다는 게 신기하다.

"여보, 보여요? 여기, 유치가 하나 더 났어요."

이시도르가 아이 입술을 가리키며 내 귓가에 작게 속삭였다.

"머리도 많이 자랐다."

꼼지락거리는 손가락과 발가락은 또 어찌나 귀여운지, 이렇게 가만히 보고만 있어도 시간 가는 줄을 몰랐다.

"그나저나 우리 아드님은 아빠 닮아서 울보네."

바레스의 눈가에 말라붙은 눈물을 훑으면서 내가 장난스럽게 말하자 이시도르가 짧게 한숨을 내뱉었다.

"아마 난 그때로 돌아가면 또다시 울걸요."

그의 말에 나는 무심코 그때를 떠올렸다.

쌍둥이를 가졌을 당시, 초반에는 입덧이 없어 비교적 수월하게 지냈는데 후반으로 갈수록 두 아이가 커지면서 장기를 짓누르기 시작해 제법 고생했다.

잠도 제대로 못 자고 몸은 수고스럽긴 했지만, 정신적으로 힘들지는 않았다. 옆에서 살뜰하게 챙겨 주는 이시도르 덕분이었다.

그렇게 9개월을 꽉 채운 뒤, 눈앞에 별이 튈 정도로 고통스러운 진통이 왔다.

이시도르는 말리는 사용인들을 전부 뿌리치고 산실에 들어와 침착하게 나를 다독였다. 신관에게서 배워 온 호흡법까지 천천히 되새겨 줘서, 정신없는 와중에도 그가 참 어른스럽다고 생각했었지.

그런데 출산 후, 눈을 뜨자마자 나는 눈물을 왈칵 쏟는 이시도르를 마주했다.

"걱정했어요. 혹시, 당신이, 흐윽, 눈, 안 뜰까 봐."

내 몸에 문제가 없다는 것을 확인하고 그간 쌓였던 걱정과 나에 대한 안타까움이 녹아내리면서 눈물이 쏟아졌다고 그는 회고했다. 내 품에 얼굴을 묻고 숨을 헐떡거리는 이시도르를 마주 안으면서 나도 조금 울었다. 지금에 와서는 애틋하게 느껴지는 기억이었다.

아이들에게 이불을 덮어 준 뒤, 나는 그와 테라스로 나가 티타임을 가졌다. 육아 때문에 바쁘고 일이 정신없이 쏟아져도, 우리는 반드시 하루에 한 번은 단둘이 있는 시간을 가졌다. 이시도르가 새로 달아 둔 마법 조명을 구경하며 자연스럽게 어깨에 머리를 기대자, 그가 머리카락을 쓸어 주었다.

오늘 오전 아이들이 어떤 장난감을 가지고 놀았는지부터 시작해, 벌써 15호점을 열게 된 아르망의 근황까지……

차를 마시면서 시시콜콜한 대화를 나누는데, 그가 문득 눈매를 휘며 날 빤히 봤다.

"일 이야기랑 애들 이야기 말고, 나한테 할 말 없어요?"

"음…… 오늘도 참 잘생겼다고 생각해."

"그건 그냥 맞는 말이잖아요. 당신이 예쁘다는 거 말해 봐야 입 아픈 것처럼."

"갑자기 듣고 싶은 말이 있나 보네. 좋아한다든가 사랑한다든가."

"다 알면서 일부러 안 하는 거였구나. 괜히 더 듣고 싶게 만들려고."

어젯밤에도 듣고 오늘 아침에도 눈을 뜨자마자 들었으면서, 그는 이렇게 늘 내 애정 표현을 요구했다.

"좋아해. 사랑해."

"나도 사랑해요."

그리고 나는 그를 향한 마음이 찰랑거리며 차올라 흘러넘칠 정도로 자주 말해 주었다.

우리 둘은 대화를 멈추고 자연스럽게 손을 맞잡고, 톡톡 발장난을 치다가 입술을 부딪쳤다. 한참 동안 내 입술을 머금고 있던 그의 입술이 턱 끝에 닿다가, 목과 쇄골로 내려온다.

그가 주는 열기를 내가 거부할 수 있을 리가 없다.

나는 커다란 몸을 부드럽게 감싸 안으면서 가볍게 그의 어깨를 깨물었다.

아이들은 정말 눈 깜짝할 새에 자라난다.

얼마 전까지만 해도 잘 기어 다니지도 못했던 아가들이 어느새 스스로 벌떡 일어나서 아장아장 걷고 있었다. 저 작은 발로 용케 걷는 게 기특하긴 한데, 사고 치는 일도 점점 늘어난다는 게 함정이었다.

"요 녀석, 장남이라서 얌전하다 했더니 갑자기 엄마를 들었다가 놓네."

오늘 아침, 바레스가 갑자기 사라졌다는 소식에 나는 손님을 맞을 준비를 하다 사색이 되어 뛰쳐나왔다. 아이의 실종 소식을 들은 이시도르 역시 다급히 가신들을 소집하고 블랑샤 정보원까지 풀었는데, 바레스는 1시간도 채 안 되어 허무하게 발견되었다.

쿠키의 등을 타고 타운 하우스 성 근처 숲으로 들어갔다가, 떨어진 열매까지 야무지게 먹은 뒤에 유유히 돌아온 것.

"하아."

입가를 과즙으로 벌겋게 물들인 채 쿠키를 꼭 안고 있는 바레스를 보니 한숨이 절로 나왔다.

"쿠기. 조아. 엄마."

"냐아~"

쿠키가 바레스의 품에 안긴 채 기쁜 듯이 골골거렸다.

얼마 전, 사냥하다가 다친 쿠키를 바레스가 순식간에 신성력으로 치유해 준 이후로 늘 저렇게 붙어 있더니 기어이 사고를 친 것이다. 천진하고 귀여운 모습에 화도 낼 수 없어서 나는 허탈하게 주저앉았다.

바네사가 복도에 진열된 장식품을 도미노처럼 전부 쓰러뜨린 건 빙산의 일각이었다니.

"데보라, 얼굴이 왜 그리 창백하지?"

오늘 손님으로 타운 하우스에 방문한 5황녀가 내 안색을 보더니 걱정스럽게 물었다.

"쌍둥이들이 걷기 시작하더니 부쩍 사고를 쳐서요."

"저런, 고충이 말도 못 하겠군. 하지만 바네사와 바레스 둘 다 너무나 귀엽단 말이지. 깜찍해서 혼내기도 힘들겠어."

매번 쌍둥이의 선물을 한가득 보내오는 5황녀는 나중에 바네사의 샤프롱이 되어 주고, 데뷔탕트에 함께 나가 주기로 약속했다. 황태자는 바레스가 성인이 되면 대부가 되어 주기로 했고, 부업으로 작곡을 시작한 티에리는 쌍둥이 생일에 새롭게 만든 동요를 직접 연주해 주기로 했다.

고맙게도 쌍둥이들을 아껴 주는 주변 사람들은 몹시 많았다.

"할아버지!"

"큰 공작님!"

시모어 공작은 손주들이 찾아올 때마다 뭐든 해 주지 못해서 안달이었다.

"데보라, 이제 와서 하는 이야기인데, 사실 네가 쌍둥이를 낳을 거라는 걸 알고 있었단다. 네 엄마가 내 꿈에 나타나서 커다란 빛을 두 개나 건네주고 갔거든."

게다가 본인이 태몽까지 직접 꾼 아이들이라서 더 애정이 있는 듯했다.

아이라면 질색할 것 같았던 시모어 쌍둥이들은 의외로 바네사와 바레스에게는 친절하게 대해 주었다.

'벨렉 시모어가 까꿍이라는 단어를 입에 담을 줄이야.'

엔리크는 처음엔 수줍어서 어쩔 줄 모르더니, 요즘엔 동화책을 가져와서 아기들 앞에서 읽어 주기도 하고 장난감을 흔들며 놀아 주기도 했다. 아기가 아기를 돌봐 주는 모습에 그날은 황실 화가를 납치해서 그 장면을 그리라고 협박하고 싶었다.

'이미 바슬레인 후작 부인 때문에 몇 번 초상화를 그린 적이 있지.'

바슬레인 후작 부인은 쌍둥이의 초상화를 생일 선물로 달라고 요구할 정도로 아이들을 귀여워했다.

"바네사는 이시도르 어릴 때 모습이랑 어떻게 이렇게 똑같지? 저 나비 날개처럼 긴 속눈썹을 봐요! 정말 천사가 따로 없다니까. 그리고 바레스처럼 의젓하고 늠름한 아이는 처음 봐요. 장차 제국을 뒤흔드는 큰 인물이 될 것 같아."

모두가 바레스의 인상이 사납다고 솔직하게 말하지 못하고, 늠름해 보인다고 저렇게 에둘러 말했다.

'문제는 바레스가 얼굴만 저렇고 성격은 전혀 시모어스럽지 않다는 거지.'

표정이 없고 눈매가 사나워서 그렇지 첫째는 겁이 많은데다 벌레 한 마리 못 죽이는 순하디순한 심성을 가지고 있었다. 왠지 바레스도 냉랭한 인상 때문에 나처럼 나중에 오해를 많이 살 것 같다는 생각이 들었다.

'뭐, 오해가 반드시 나쁜 것만은 아니니까.'

때때로는 그 오해가 편하고 좋을 수도.

나는 피식, 웃음을 머금으면서 비뚤게 모자를 쓰고 있는 바레스를 바라보았다.

"모자는 이렇게 똑바로 써야지."

"네. 이케?"

"이렇게."

"나두!"

바레스의 페도라를 손보고 있을 때 옆에 서 있던 바네사가 일부러 모자를 이상하게 돌려 쓰더니 우다닥– 계단으로 뛰어갔다.

"바네사! 너 어디 가?"

외출을 앞두고, 복도에서 술래잡기 놀이를 시작하려던 바네사의 야망은 이시도르에게 붙잡히면서 바로 좌절되었다.

"요 장난꾸러기 녀석."

"아빠! 모자! 안 대–!"

붉은 꽃이 매달린 바네사의 모자를 휙 빼앗더니, 창틀 높은 곳에 올려놓는 이시도르의 장난기도 그 못지않긴 했다.

모자를 잡기 위해 토끼처럼 폴짝거리던 바네사를 웃으며 바라보던 이시도르는 녀석이 폭발하기 직전 기막힌 타이밍에 재빨리 모자를 돌려주었다.

"꽃 모자, 내 거야!"

"그래. 바네사 거야."

"흥! 나는! 드래곤보다 더 클 거야!"

"아빠가 목말 태워 줄게. 지금 당장 커질 수 있어."

"꺄아!"

그가 토라진 바네사를 곧바로 어깨에 태웠다. 시야가 훌쩍 높아지자 아이는 곧장 신이 나서 소리를 질렀다.

"바레스도 목말 해 줄까?"

고개를 설레설레 젓는 바레스의 손을 꼭 쥐고 앞장서는 이시도르를 따라 마차가 있는 곳으로 향했다.

간만에 우리 비스콘티 가족은 나들이를 나갔다. 아이들이 작았을 땐 멀리 나가는 게 좀 부담스러웠는데 이젠 피크닉을 갈 수 있다는 게 감격스러웠다.

마차는 비스콘티의 타운 하우스를 한참 동안 가로지르다가, 커다란 호수가 있는 사유지 쪽으로 들어갔다.

"꺄아아!"

마차에서 내리자마자 바네사는 신나서 숲 여기저기를 뛰어다녔고, 바레스는 풍경을 반사하는 거울 같은 호수에 감명을 받았는지 가만히 앉아 주변을 감상했다.

쌍둥이인데 성격이 저렇게까지 다를 수 있다니. 매번 놀랍고 신기했다.

그때였다.

"바네따아아!"

나무를 타다가 꽈당 엉덩방아를 찧은 제 동생을 보고 바레스가 후다닥 달려가다가, 녀석까지 벌러덩 넘어져 잔디밭을 대굴대굴 굴렀다.

"오빠! 안 대애애!"

바네사가 엎어져 있는 바레스를 마구 흔들면서 애타게 불렀다.

"일어나아!"

"……."

그 광경을 보며 나는 결국 푸훕, 웃음을 터뜨렸다.

"못 일어나는 게 아니라 창피해서 안 일어나는 것 같은데……."

푹신푹신한 곳에서 넘어져서 그리 아프지 않을 텐데, 자기들끼리 신파 드라마를 찍고 있는 모습이 몹시 귀여웠다. 성격은 정반대지만, 저럴 때 보면 참 우애가 깊단 말이지.

"그런데 방금 바네사가 처음으로 오빠라고 부르지 않았어?"

"들었어요. 역사적인 날이네요."

"아빠아⋯⋯."

엎어진 상태로 꼬물거리는 바레스를 이시도르가 안아 들었다. 세 바퀴나 구른 게 서러웠는지 풀투성이가 된 바레스는 아빠 품에 안기자마자 훌쩍거렸다.

"웁부야⋯⋯."

언제 그랬냐는 듯, 바네사가 오빠라는 호칭을 바로 버리고 다시 나무를 타는 것에 집중했다.

실컷 뛰어 논 뒤에, 피크닉 바구니에 담아 온 샌드위치와 과일을 모두 먹어 치운 아이들이 노곤한 눈으로 졸기 시작했다. 첫째는 이시도르의 허벅지를 베개 삼아 곯아떨어졌고, 바네사는 내 옷자락에 얼굴을 파묻은 채로 색색 숨을 내쉬었다.

아이들의 따뜻한 체온 때문인지 내 몸에도 온기가 퍼져 나갔다. 작은 숨소리가 고막에 닿을 때마다 가슴 한쪽 편이 간지러웠다.

오늘따라 이 안온함과 평화가 감각에 선명하게 아로새겨지는 느낌이었다.

그리고 새삼 감사하게 된다. 따뜻하고 화목한 가정을 함께 꾸려 가는 내 다정한 동반자에게.

"여기, 누워요."

이시도르가 제 단단한 팔을 탁탁 두드렸다. 나는 팔베개를 벤 채, 양 떼구름이 천천히 흘러가는 푸른 하늘을 바라보았다.

"⋯⋯좋다. 행복해."

무심코 중얼거리자 이시도르가 다정하게 응수했다.

"나도⋯⋯ 행복해요."

가슴을 간지럽게 만드는 부드러운 산들바람이 우리 둘 사이를 스쳐 지나갔다. 솜사탕을 가득 베어 문 것처럼 달콤한 어느 봄날이었다.

〈악녀라서 편하고 좋은데요?〉 외전 완결